Diogenes Taschenbuch 21112

B. Traven
Werkausgabe
Band 15

B. Traven

Der Banditendoktor

Erzählungen III

Eine Edition der
Büchergilde Gutenberg
im Diogenes Verlag

Werkausgabe B. Traven in Einzelbänden
Herausgegeben von Edgar Päßler

Einzig berechtigte deutschsprachige Lizenzausgabe
mit freundlicher Genehmigung der
Büchergilde Gutenberg, Frankfurt am Main

Veröffentlicht als Diogenes Taschenbuch, 1983

Büchergilde Gutenberg, Frankfurt am Main
40/88/36/4
ISBN 3 257 21112 0

Inhaltsverzeichnis

In the Bush in Mexico *American Song*

Down we hiked from Illinois
Full of hope three jaunty boys
In the bush in Mexico

Shorty Greg kicked off the first
He wasn't fit to stand the thirst
In the bush in Mexico

We buried him near a maguay plant
With our bare hands in boiling sand
In the bush in Mexico

A nasty snake bit Kid at night
I could do nothing so he died
In the bush in Mexico

I was grounded with delirium
While the buzzards picked my chum
In the bush in Mexico

I cannot return to Illinois
For I feel as if I'd slain these boys
In the bush in Mexico

I go to stay for ever here
Where their voices I can hear
In the bush in Mexico

Im Busch in Mexiko *American Song*

Von Illinois wanderten wir hinunter
Drei junge Burschen mutig und munter
    In den Busch in Mexiko

Der kleine Greg ging am Durst zugrunde
Die Zunge hing ihm wie 'ne Faust im Munde
    Im Busch in Mexiko

Bei einem Maguay mit nackter Hand
Gruben wir ihn in den heißen Sand
    Im Busch in Mexiko

Eine Schlange biß Kid in die Hände
Am Abend war's schon mit ihm zu Ende
    Im Busch in Mexiko

Ich lag im Fieber-Delirium
Die Geier pickten an Kid herum
    Im Busch in Mexiko

Ihre Mütter würden mich traurig fragen
Fühl' so, als hätt' ich die Jungen erschlagen
    Im Busch in Mexiko

Ich kann nicht zurück in die Heimat mehr gehn
Muß wohl bei den gebliebenen Kameraden stehn
    Im Busch in Mexiko

Der Banditendoktor

Eines Nachts wurde an die dünne Bretterwand des Bungalows geklopft, in dem ich wohnte. Eine Uhr besaß ich nicht, aber nach der Stellung des Mondes schätzte ich, daß es kurz nach zwölf Uhr sein müsse. Es war in einem indianischen Dorfe, und der Ort stand im ganzen Distrikt in dem Rufe, ein Nest von Banditen zu sein. Auf dem Lande in Mexiko ist man nirgends sicherer, als wenn man mittendrin zwischen Banditen wohnt, weder Indianer noch Mestizo ist und sich um nichts kümmert, was die Leute um einen herum tun und auf welche Weise sie ihr Leben fristen. Und außerdem habe ich erfahren, daß man in solcher Umgebung friedlich und zufrieden lebt, wenn jedem Bewohner des Dorfes bekannt ist, daß man nur ein Paar durchlöcherte Stiefel, einige abgetragene Hemden und eine Hose besitzt, die nicht einmal mehr gut genug dazu ist, eine andere Hose damit auszuflicken. Man darf auch ruhig noch obendrein einige Pesos haben, einige Bücher und eine klickernde und aus allen Nähten fallende Schreibmaschine mit amerikanischen Typen.
Die Leute, die in jenem Dorfe wohnten, Banditen oder Nichtbanditen, ließen mich nicht verhungern. Als ich mit meiner Baumwollfarm elend zusammengesunken war, weil mir meine schöne Baumwolle der Boll-Weevil geholt hatte, der neun Monate Arbeit und Hoffnung in weniger als vierundzwanzig Stunden vernichtet hatte, stand ich da, zerknittert und zerknüllt ins Blaue blickend. Aber kaum hatte ich für mich die Fragen aufgeworfen: ›Was werden wir essen?‹, ›Was werden wir trinken?‹, ›Wohin werden wir uns nun wenden?‹, da erschienen in meinem Bungalow zwei Männer des Dorfes mit dem Wunsche, daß sie Englisch gelehrt haben möchten. Und sie wollten wissen, wieviel ich dafür berechne. Ich sagte, zwanzig Centavos für jeden und für jede Stunde. Sie zahlten mir jeder zehn Stunden im voraus, und so konnte ich Saat für Mais kaufen, um in dem Baumwollfelde, das

zugrunde gerichtet war, Mais anzupflanzen, für den die Zeit günstig war, weil die erste Periode der Regenzeit dicht bevorstand. Durch jene zwei Schüler bekam ich in kurzer Zeit zehn weitere Schüler; denn aus irgendeinem Grunde, mir damals nicht klar, wollten alle Männer des Ortes mit einem Male Englisch lernen. Die Männer kamen beinahe regelmäßig, aber sie bezahlten ihre Stunden durchaus regelmäßig. Und wir alle waren miteinander höchst zufrieden. Also was werde ich mich darum bekümmern, ob Banditen oder Nichtbanditen! Sie ließen mich leben und ich sie.
Wird auf dem Lande in Mexiko des Nachts an die Tür geklopft, so gebieten einem Erfahrung und gute Lehren, sich ruhig zu verhalten, nicht zu antworten und soviel wie möglich zu versuchen, den Atem zu unterdrücken. Es kommt vor, daß man nach dem Anklopfen die Tür öffnet, um nachzusehen, wer es ist, und ob es vielleicht der Telegraphenbote sein könnte, der einem hundert Dollar bringen möchte. Sobald man die Tür öffnet, kracht dann ein Schuß, oder es krachen ein halbes Dutzend, und man zieht sich wieder zurück, entweder allein oder von einem halben Dutzend Männern gefolgt, entweder gesund und unbeschädigt oder mit einigen Bleikernen beschwert.
Tapferkeit mag ja vielleicht eine große Tugend sein, auf dem Schlachtfelde, wo die befleckten Ehrenschilde der Nationen wieder reinpoliert werden sollen; aber Tapferkeit an gewissen Orten und zu gewissen Zeiten und in Mexiko ist meist ein Zeichen von unheilbarer und angeborener Dummheit. Es ist hier niemand verpflichtet, Jongleur zu sein und herumflitzende Revolverkugeln mit den Zähnen aufzufangen. Dafür ist ja der Zirkus da.
Und da es nun schon mehrere Jahre her war, daß ich mit Wanderzirkussen herumgezogen war, so hatte ich die Gelenkigkeit verloren, und ich hielt mich, als ich das Anklopfen hörte, so still wie eine vergrabene Geldtruhe. Es klopfte wieder, und diesmal stärker und nachhaltiger. Ob ich nun zu zittern begann und mir der kalte Schweiß ausbrach, weiß ich jetzt nicht mehr; aber ich glaube, daß es nicht geschah. Denn wenn es schon so weit ist, daß nachts heftig

an die Tür geklopft wird und das Klopfen sich verstärkt, nützt es gar nichts mehr, vor Angst zu schwitzen; denn dann ist das, was geschehen wird, auf alle Fälle schon entschieden, ganz gleich, was es ist. Man kann sich dann also ruhig Schweiß, Angst und Hoffnungsbrühe sparen und diese Dinger für die Würmer aufbewahren, damit man nicht nachträglich von denen noch beleidigt wird, daß man ihnen nicht genug Fett und Muskelfleisch hinterlassen hat.

Nachdem nun abermals heftig geklopft worden war, hörte ich halblaut draußen reden. Es waren, wie ich aus den verschiedenen Stimmen hören konnte, wenigstens drei Männer. Die Stimmen hatten einen kräftigen und mitleidlosen Tonfall. Die Männer wußten, was sie wollten.

Dann hörte ich, wie die Männer zur Tür schuffelten. Ich hörte die schweren Tritte auf der sandigen Erde. Zwei schienen Halbstiefel anzuhaben und einer Sandalen. Auf alle Fälle wurde mein Leben um die Zahl der Schritte verlängert, die bis zur Tür waren. Ich überlegte, ob ich fliehen könnte.

Der Bungalow hatte, wie alle solche Holzhäuser in Mexiko und im Süden der Staaten, an jeder Seite eine Tür. Aber die Türen hatte ich mit Vorlegebalken verrammelt. Das Abwuchten des Balkens konnte nicht ohne Geräusch getan werden, und beim leisesten Geräusch wären die Männer an der Tür gewesen, wo ich ausbrechen wollte. Ich dachte natürlich auch sofort an eine List, durch die ich mich vielleicht retten könnte. Aber in diesem kurzen Augenblicke – ich war aus tiefem Schlaf geklopft worden – fiel mir keine List ein, die brauchbar hätte sein mögen. Ich mußte wohl auch erst einmal zusehen, wie die Männer, denen ich eine mich heilende Medizin zu verabreichen gedachte, aussahen und was sie wollten. Einen Revolver oder eine sonstige schießende Spritze hatte ich auch nicht. Hilft auch nicht viel, wenn man so etwas hat. Es kann glücken, daß man alle drei erschießt. Das ist das geringste. Viel wichtiger und viel schwieriger ist, aus dem Dorfe fortzukommen, nachdem man drei seiner Bürger erschossen hat, aus einem

Dorfe heil fortzukommen, von dem man weiß, daß es eine Burg voll von Banditen ist. Ich habe oft gefunden, daß es eine der größten Sicherheiten ist, wenn man keinen Revolver hat. Dann hat man keine Verpflichtung, tapfer zu sein. Tapferkeit wird immer und überall schlecht belohnt. Es sind immer die Leisegänger, die den Krieg überleben; die wahrhaft Tapferen bleiben draußen für den Ruhm derer, die unter Triumphbogen heimmarschieren.
Die Männer waren nun zur Tür gekommen. Der Bungalow war auf Pfosten gebaut, der schweren tropischen Regengüsse wegen. Infolgedessen führten hier einige Stufen hinauf zur Tür.
Ich hörte die Leute die Stufen hinauftrampeln. Da die Treppe nicht sehr breit war, schien nur einer an der Tür zu sein, während die beiden andern auf den unteren Stufen standen.
Der Mann an der Tür klopfte nun heftiger an, und er gebrauchte wohl, nach dem harten Ton zu schätzen, den Knauf seines Revolvers oder seines Gewehrs.
Als das Klopfen nichts fruchtete, begann er zu rufen: »Oiga, Hombre, machen Sie auf, stehen Sie auf. Wir wollen mit Ihnen reden.«
Das gab mir nun den Beweis, daß sie genau wußten, daß ich im Hause war, denn andernfalls würden sie nicht rufen.
Sie waren hartnäckig sowohl mit dem Klopfen als auch mit dem Rufen. Aber ich rührte mich nicht, mit keiner Wimper.
Nun redeten sie wieder untereinander. Dann hörte ich, wie sie die Stufen hinabpolterten und über den Sand dahinschlurften. Ich glaubte, daß sie endlich eingesehen hätten, ich sei nicht zu Hause. Aber ich hatte mich verrechnet, wie es immer geht, wenn man etwas glaubt.
Sie gingen einige Schritte weiter und blieben dann stehen, genau an der Wand, die meinem Brettergestell, auf dem ich schlief, am nächsten war. Und nun begannen sie hier gegen diese Wand mit aller Kraft zu klopfen und zu rufen. Jetzt wußte ich aber auch, daß unter den Männern einer sein mußte, der mein Haus genau kannte; denn sonst wäre es für jene Leute nicht möglich gewesen,

zu wissen, in welchem Teil des Bungalows ich schlief. Es blieb mir nun nichts weiter übrig, als zuzugeben, daß ich im Hause sei. Und ich machte mich auf, dem Tode, gefaßt und ohne mit einem Härchen zu wackeln, in das kalte Auge zu sehen. Ruhmvoll war ein solcher Tod nicht, denn niemand würde Notiz davon nehmen, wie kaltlächelnd und höhnisch ich den Tod hinnahm; denn erstens war es finster, und zweitens war weder ein Zeitungsreporter noch ein Geschichtsschreiber zugegen, der der Nachwelt hätte verkünden können, wie edel meine Haltung in der letzten Stunde meines Lebens war. Banditen scheren sich nicht viel darum, ob man eine edle Haltung einnimmt oder ob man vor kalter Angst mit den Kinnbacken bibbelt. Auch Henker kümmern sich nicht darum. Es ist Geschäft, nüchtern und sachlich wie jedes Geschäft, und darum uninteressiert für jede Phrase, die nichts mit dem Geschäft unmittelbar zu tun hat.

So schnell stand ich ja nun nicht auf von meiner Bretterlage, wie vielleicht erwartet worden war. Denn jede Minute, die ich gewann, war dem Tode abgerungen. So sagte ich schläfrig: »He, ihr da draußen, was ist denn los? Caray, zum gottverfluchten Maultierschwengel, kann man denn in diesem Nest, bebrütet von Teufelsfratzen und Geierfedern, nicht eine einzige Nacht in Ruhe schlafen? Was ist denn das für ein besoffenes Gesindel, das sich vor meiner Hütte herumbalgt? Ich habe keinen Tequila hier im Hause. Zur Hölle mit euch verschwefelter Brut, ich will schlafen.«

Ich war immer lauter geworden, mich absichtlich in Wut und Ärger hineinredend; denn wenn es schon meine letzten Worte auf dieser Erde sein sollten, so wollte ich doch, daß sie mit Inbrunst, Kraft und Saft mein letztes Gebet verschönern möchten, damit die Ewigkeit weniger langweilig sei.

Einem schlaftrunkenen Menschen nimmt man nichts übel, wenn man sein rasches Aufstehen dringend benötigt. Und diese Männer hier schienen mein Wachwerden wirklich sehr zu wünschen. Denn als sie hörten, daß ich antwortete, wurde ihr harter Ton ein wenig milder. Vielleicht hatten sie geglaubt, ich sei in der Tat nicht daheim, und daß sie deshalb unverrichtetersache hätten abziehen müssen.

Einer nahm nun das Wort allein: »Hören Sie, Señor, kommen Sie doch für einen Augenblick zur Tür, ich muß dringend mit Ihnen sprechen, es ist eine ernste Sache.« Es lag viel Bitten in dem Klang seiner Worte.

Indianer und Halbindianer haben keinen Begriff für Zeit. Wenn sie etwas auf dem Herzen haben, kommen sie zu jeder beliebigen Zeit des Tages oder des Nachts.

Mich an die Tür zu locken, konnte nun aber doch vielleicht nur ein Trick sein, um das, was sie mit mir vorhatten, leichter und bequemer auszuführen. Aber was immer es auch sein mochte, was die Männer zu tun gedachten, ich mußte nun doch endlich die Tür öffnen. Sie hätten die Tür ja sowieso einschlagen können, wenn sie gewollt hätten.

»Hallo, Señores«, sagte ich nun, mich dabei schläfrig gegen den Türpfosten lehnend, »womit kann ich Ihnen helfen?«

Es war Mondschein, und ich konnte die Männer, die da vor den Stufen standen, deutlich sehen, wenngleich ich ihre Gesichter nicht erkennen konnte, weil sie von großen Hüten beschattet waren. Die Männer waren sehr robuste Gestalten, ohne Jacken, nur Hosen an und Baumwollhemden, die am Hals offenstanden. Einer trug Ledergamaschen und gelbe Stiefel mit hohen Absätzen, die aber völlig schiefgelaufen waren. Ein anderer trug ledergraue Stiefel, die an mehreren Stellen aufgeplatzt waren. Der dritte trug, wie ich schon früher aus seinem leichten Tritt geschlossen hatte, Sandalen an nackten Füßen.

Zwei der Männer, die mit Stiefeln bekleidet, hatten jeder ein Gewehr, das sie in der Hand trugen. Der eine von diesen beiden hatte außerdem noch einen Revolver hinten im Ledergurt stecken. Beide hatten ihre Gürtel voll mit Patronen gespickt. Der Mann mit den Sandalen trug nur eine Machete in der Hand.

Es war dieser Mann mit der Machete, der mich zu kennen schien. Ich glaubte auch, daß ich ihn schon verschiedene Male im Dorfe

gesehen hatte, während mir die andern beiden durchaus fremd waren.
Man hat zuweilen etwas im Instinkt. Und nirgends entwickelt sich der Instinkt besser als bei einem Leben, wo man auf guten Instinkt fortwährend angewiesen ist und wo der Instinkt oft nur das einzige Schutzmittel ist, das man zur Verfügung hat. Dieser Instinkt gab mir merkwürdig rasch die Gewißheit, daß der Mann mit der Machete mir gegenüber friedliche Absichten hatte und daß die beiden anderen Männer nicht mein Leben und meine Reichtümer verlangten, sondern irgendeine Hilfeleistung.
Es war dann vielleicht doch nicht mein Instinkt, der mir die Absicht der Männer verriet, sondern es war wohl nur, daß ich die Gedanken des Mannes mit der Machete auffing in demselben Augenblicke, als er sich bemühte, seine Gedanken in Worte umzusetzen. Er sagte: »Señor, tenga la bondad, por favor, möchten Sie nicht die große Freundlichkeit haben, mit uns zu meinem Hause zu kommen? Ich habe da meinen Neffen liegen. Ich weiß nicht, was er hat. Man hat ihn mir krank ins Haus gebracht. Er will nicht aufwachen. Und wir möchten Sie doch recht sehr bitten, mit uns zu gehen und zu sehen, ob Sie ihm nicht helfen können.«
»Was fehlt ihm denn?« fragte ich.
»Das wissen wir eben nicht, und darum möchten wir Sie ja so sehr bitten, nachzusehen, was mit ihm ist.«
Der nächste Doktor wohnte etwa vierzig Meilen weit. Er würde für den Besuch, der nur zu Pferde zu machen war und drei Tage Zeit aufbrauchte, sicher wenigstens hundert Pesos verlangen, eine Summe, die auf den Tisch gelegt werden mußte, ehe sich der Doktor auf das Pferd setzte. Und wer von diesen Leuten kann hundert Pesos bezahlen? Umsonst kommt der Doktor nicht, weder dieser noch ein anderer. In erster Linie ist er Geschäftsmann und in zweiter Linie noch lange nicht nur Doktor; denn es stundet ihm niemand die Miete, und wenn er seine Rechnung beim Bäcker und beim Gemüsehändler nicht pünktlich bezahlt, dann wird ihm im zweiten Monat nicht einmal mehr ein Kilogramm Kartoffeln

geborgt. Wer nicht zahlen kann, hat kein Recht zum Leben, er muß entweder sterben oder versuchen, ohne Doktor am Leben zu bleiben. Darum bleiben die meisten Mexikaner so lange am Leben, bis sie mehr als neunzig Jahre alt sind und kein Kirchenbuch sich mehr darauf besinnen kann, wann sie geboren wurden, vorausgesetzt natürlich, daß ihnen nicht in einer Schießerei der Atem fortgeblasen wurde und gleich so weit, daß sie ihn nicht mehr einfangen können.

Ich besaß eine wacklige Pappschachtel, in der einmal, in längst vergessenen Zeiten, Schuhe eingepackt gewesen sein mögen, die sicher nicht meine Schuhe waren, denn meine Schuhe waren viel älter. Diese Pappschachtel, was immer ihr einstiger und erster Zweck gewesen sein mochte, diente mir als Medizinkasten. Man darf sich natürlich meinen Medizinkasten nicht so vorstellen wie einen First-Aid-Kasten der Henry-Ford-Automobil-Fabrik, Dearborn. Er war nicht ganz so vollkommen. Meine Medizin-Pappschachtel enthielt auch einige Medizin. Aber außer dieser Medizin war noch darin: Nähzeug, Hosenknöpfe, ein morsches Farbband, einige abgebrauchte Sicherheitsrasierklingen, eine ausgepreßte Zahnkremtube, ein großer Angelhaken, zwei kleine Angelhaken, fünf Zeitungsausschnitte, ein Taschenmesser mit zerbrochener Hauptklinge, die andere, kleine Klinge war zwar sehr verrostet, war aber sonst noch gut erhalten, Bindfaden in verschiedenen Stärken, vier verschiedene Schrauben, einige Nägel, ein Bleistiftstümmelchen, ein undichter Füllfederhalter, der ausgebrochene Zahn eines Eselfüllens, die Rattel einer Klapperschlange und noch einige andere Sachen, auf deren Art und Gebrauchswert ich mich nicht genau erinnere.

In meiner Jungenzeit hatte ich stets all mein irdisches Hab und Gut in meinen Hosentaschen und Jackentaschen, weil ich immer fahrtbereit und reisefertig sein mußte, wo immer ich auch war. Da ich inzwischen wohlhabender geworden war, trug ich nunmehr alle meine irdischen Reichtümer in jener wackligen Pappschachtel, die im Augenblick zugeschnürt sein konnte. Denn meine Lebensweise hatte sich seit meiner Jungenzeit wohl vorübergehend, aber nicht dauernd geändert. Auch jetzt noch mußte ich immer, zu jeder Tageszeit und Nachtstunde, reisefertig sein.

Auch wenn mir jene Herren mit schußbereiten Gewehren nicht gesagt haben würden, daß meine medizinischen Kenntnisse augenblicklich sehr dringend gewünscht seien, so hätte ich dennoch meinen Medizinkasten mit mir genommen. Das geschah instinktiv und aus Erfahrung. Denn es war vorgekommen, daß ich glaubte, mich nur für eine Stunde von meinem gegenwärtigen Aufenthaltsorte zu entfernen; und wenn ich zur Besinnung kam, war ich auf einem anderen Kontinent gelandet, zuweilen gestrandet. Durch solche Erfahrungen wird man vorsichtig, und Zahnbürste, Rasierzeug und ein kleiner Taschenkompaß waren Tag und Nacht gut eingeknöpft in meiner linken hinteren Hosentasche als ständiges Notgepäck.

Was wußte ich, wo ich landen würde, wenn ich jetzt mit diesen drei Nachtvögeln davonflog.

»Ist das Ihr Doktorkasten?« fragte mich nun einer der Männer, während er dabei sein Gewehr so über die Schulter warf, daß er den Lauf vorn in der Hand behielt und der Kolben hinten über dem Rücken war.

»Ja, das ist mein Medizinkasten«, bestätigte ich, und die Männer murmelten etwas, was wie Zufriedenheit klang.

»Dann wollen wir uns nun aufmachen«, sagte ein zweiter.

Ich schob den hölzernen Riegel vor die Tür. Und dann zockelten wir los.

Ich hatte auch nicht die leiseste Idee, wohin wir gehen würden. Denn darüber war nichts gesagt worden. Es hatte keinen Zweck für mich, zu fragen, wohin wir gehen würden; denn ob wir nach Honduras marschierten oder nach Alberta in Kanada, das hatte ja nicht ich zu entscheiden, sondern das wurde, ob es mir nun gefiel oder nicht, von denen diktatorisch entschieden, die Gewehre hatten. Immer wer das Gewehr hat, der hat das Recht zu kommandieren, und immer der, der das Gewehr nicht hat, hat die Pflicht zu gehorchen. Das ist nun schon so seit dem flammenden Schwert des Erzengels an der quietschenden Gartentür des Paradieses. Weltgeschichtliche Leistung, zwei nackte Menschen aus dem Gemüsegarten hinauszujagen, wenn der Feldhüter ein flammendes Schwert schwingt und die beiden durch Schuld geknickten Leutchen nichts weiter als Waffe in den Händen halten als ihre Scham, ein abgetrenntes Blatt von ihrer flimsigen Kleidung und die abgeknabberte Rinde ihres Apfelstrudels, der an allem Unheil schuld war. Was blieb ihnen übrig, sie mußten gehorchen, und es half ihnen gar nichts, daß sie zwei Mustermodelle aus den Privatkunstwerkstätten für künstlerische Lehmarbeiten waren. Hätten sie ebenfalls ein Schwert oder ein Maschinengewehr gehabt, wäre alles anders gekommen, und unsere Ansichten über Befehlen und Gehorchen hätten eine andere Richtung eingenommen. Darum wird man wohl verstehen, warum ich mit den drei Männern durch die Nacht wanderte, ohne mit einer Silbe mich zu beschweren oder gar zu fragen, wohin wir gehen würden. Wo man nichts dreinzureden hat, läßt man alles gehen, wie es will.

Wir trotteten nicht mitten durch das Dorf, sondern hielten uns nahe den Hütten, die mehr am Rande lagen. Die Hunde bellten entsetzlich von allen Seiten. Und jene Hunde, die uns nicht sahen und uns nicht hörten, bellten sich heiser, um den übrigen Hunden nicht alles Vergnügen allein zu lassen. Es war ein Höllenlärm im Dorfe. Denn von dem anhaltenden Bellen der Hunde wachten auch die Hähne auf und krähten, und die Esel fielen mit ein. Aber von den Bewohnern kam niemand vor seine Hütte, um zu sehen, was los sei. Denn Indianerhunde, wenn erst einmal einer damit anfängt, bellen die halbe Nacht, ob da ein Trupp von Banditen die Häuser umschleicht oder ob ein Esel schläfrig durch das Dorf wandert, oder eine Katze hinter einer Maus her ist, oder ob der Mond scheint oder ob gar nichts geschieht. Nachdem wir die letzten Häuser hinter uns hatten, marschierten wir eine gute lange Strecke durch niedriges Dschungelgestrüpp, dann durch ein Stück Busch und erreichten endlich ein Bretterhaus.

Das Haus hatte vorn einen eingezäunten Blumengarten und an beiden Seiten gutgepflegte Gemüsegärten, wie ich leicht und sicher in dem hellen Mondlicht erkennen konnte. Das Haus sah nicht von alten Brettern zerflickt aus und war nicht mit Lumpen, alten Schilfmatten und Fellen behängt und benagelt, wie die meisten Häuser des Dorfes auszusehen pflegten. Es machte von außen schon einen sehr reinlichen Eindruck. Auf der Porch, der Veranda, standen zahlreiche Blumen eingepflanzt in Töpfen, und da waren kleine Palmen und tropische Blattgewächse in Kästen und ausgebrauchten Eimern und Petroleumbüchsen. Der gute Eindruck, den ich von außen empfing, wurde um ein Vielfaches verstärkt, als ich in den Wohnraum kam. Nicht nur in dem Dorfe selbst, sondern im ganzen Bezirk hatte ich ein ähnlich sauberes und gut möbliertes Haus nie vorher gesehen. Das Haus eines gutsituierten amerikanischen Farmers, der Reinlichkeit und Behäbigkeit liebt, konnte weder in Texas noch in Arizona, noch in Coahuila oder Sonora besser und freundlicher aussehen als dieses Haus. Ich hatte nicht gewußt, und ich hätte es auch nicht geglaubt, daß hier in dieser Gegend eine so wohldeftige Familie lebte, die fähig war, ein Haus so in Ordnung und Wohnlichkeit zu halten, wie ich es hier sah.

Die Leute hatten eiserne weißlackierte Bettstellen; sie hatten richtige Stühle, einige Schaukelstühle, eine gute Decke auf dem Tisch, große eingerahmte Bilder an der Wand: Lohengrin mit seiner Elsa auf dem Bettrand sitzend; Othello, seine großen Bombastreden von fernen Ländern und wilden Ungeheuern haltend; Porfirio Diaz in glänzender Generalsuniform; der Ausmarsch des mexikanischen Freiheitshelden Hidalgo aus dem Dorfe Dolores; die Heilige Jungfrau von Guadelupe; und eine Anzahl von kleinen und vergrößerten Photographien von Onkeln, Tanten, Großvätern, Ehepaaren, Kindern und Kommunionkerzenträgern, die wohl alle zur Familie gehörten.

Man vermochte sich nichts zu denken, was friedlicher hätte sein können, wohlanständiger und ehrenwerter als das Haus und die

Familie, die es bewohnte. Wer in einem solchen Hause wohnte und ein Haus so in Ordnung und Sauberkeit halten konnte, waren Bürger, die einen Staat wohl in seinen Fundamenten stützen und erhalten konnten.

Aber ein erfahrungsreiches Leben lehrt einen in harter, wenn auch in erfolgreicher Schulung, Dinge nicht blindlings so zu nehmen, wie sie aussehen. Es gibt wunderschöne Pflanzen im mexikanischen Busch, die einen verführen, sie näher anzusehen, aber wenn man sie anfaßt oder auch nur unvorsichtig mit dem nackten Arm streift, bekommt man einen Hautausschlag, an dem man zwölf Monate doktern und salben kann und man selbst dann noch nicht einmal sicher ist, wann man ihn los sein wird.

Trotz des wohlanständigen und ehrenwerten Hauses vergaß ich doch nicht einen Augenblick lang, daß mich drei Männer hierhergelockt hatten, die auch dann noch genügend verdächtig hätten sein müssen, wenn sie nicht mit schußbereiten Gewehren und gespickten Patronengürteln beladen gewesen wären.

Mit keinem Wort und mit keiner Geste ließ ich erkennen, daß mir der Zwischenreim für das wohlanständige Haus und die drei Burschen bereits klargeworden war. Ich sah das alles so an, als ob es gar nicht anders sein könnte. Ich betrachtete mir die Bilder an den Wänden, als ob sie große Meisterwerke einer Galerie seien, und um die Leute glauben zu machen, daß ich die Bilder bewundere, sagte ich: »Sehr schöne Bilder, von berühmten Meistern gemalt.« Aber während ich das sagte, sah ich mir doch alles, was es in dem Raum zu sehen gab, sehr sorgfältig an. Ich betrachtete mir die Fenster genau, dadurch, daß ich die Augen senkte, während ich den Kopf hochhielt, als betrachte ich die Bilder. Aber die Fenster waren gut verrammelt, kein Lichtstrahl drang hinaus in die Nacht, und es war wenig Hoffnung, aus einem der Fenster zu entspringen, wenn es hätte nötig werden sollen. Es führten zwei Türen aus dem Raume, aber beide führten nur in zwei andere Räume.

Die beiden Männer mit den Gewehren setzten sich auf Stühle so an

die Tür, daß an jedem Pfosten einer saß. Sie stellten ihre Gewehre zwischen die Knie und drehten sich Zigaretten.
»Setzen Sie sich doch, Señor«, sagte jetzt einer der Männer, während er mit dem Fuße auf einen leeren Stuhl deutete und dabei das Maisblatt, in das er den Tabak eindrehte, mit der Zunge beleckte.
Ich setzte mich und sah mich nun weiter in dem Raume um, aber in einer Weise, als ob ich mich eben nur umsehe, weil sonst nichts weiter zu tun oder zu sehen war.
Der Fußboden war mit dicken Petates reich belegt. Die Matten waren gelb und frisch. An den Stellen, wo die Matten nicht ganz zusammentrafen, konnte ich sehen, daß der Fußboden knochenbleich gescheuert war und rein wie frisch gewaschenes Linnen. In einer Ecke war ein kleiner Altar, auf dem ein Muttergottesbild stand, mit einem brennenden dünnen Lichtchen, in einem Wasserglase mit Öl schwimmend. Über den Ecken des Muttergottesbildes hingen drei billige Rosenkränze. Zu beiden Seiten des Muttergottesbildes standen ein halbes Dutzend von Heiligenbildchen in sehr billigen und geschmacklosen Rähmchen.
Auf dem Tische, auf dem eine reine buntfarbige Baumwolldecke gebreitet lag, stand eine richtige Petroleumlampe. Eine richtige Petroleumlampe hatte ich wohl seit vierzehn Monaten nicht zu Gesicht bekommen; denn im ganzen Dorfe hatte niemand eine und ich am wenigsten. Und es war wohl diese Petroleumlampe, die mir, gleich bei meinem Eintritt in das Zimmer, am stärksten den Eindruck übermittelt hatte, daß ich mich im Hause von wohlhabenden Leuten befinde. Auf dem Tische stand noch eine Fruchtschale aus rötlichem Glase, deren Rand blumenartig verbogen war, mit einem verschnörkelten Fuße aus einem blechernen Metall. Eine Schale, wie man sie gelegentlich in einem Zelt gewinnen kann, in dem man für zehn Cents mit fünf Bällen auf einen Knopf werfen kann, bis ein lebendiger Neger hinten in ein mit Wasser gefülltes Faß fällt, oder in einem anderen Zelt, wo man für zehn Cents zwei rohe Eier einem lebendigen Neger ins Gesicht werfen darf.

Der Mann mit der Machete war gleich bei unserem Eintritt in eines der Nachbarzimmer gegangen, und er hatte die Tür hinter sich fest zugemacht. Zuweilen hörte ich – das ganze Haus war ja nur, wie alle Häuser hier, aus dünnen Brettern gebaut –, daß im Nebenraum halblaut gesprochen wurde.
Endlich kam jener Mann wieder zurück in das große Zimmer, wo wir saßen. Er hatte eine Flasche und ein Gläschen.
»Wollen wir erst einmal einen nehmen«, sagte er und goß das Gläschen voll. Er bot es mir an; ich sagte »Salud!« und schwenkte den Tequila hinunter. Er rann mir warm und mollig durch die Kehle, und ich dachte, wo man so guten Tequila hat und anbietet, da kann nicht pure Mörderei und Feindschaft auf dich warten, denn einen so guten Añejo verschwendet man nicht auf jemand, den man aus der Welt zaubern will.
Das Gläschen wurde nachgefüllt und machte seine Runde.
»Noch einen ganz, ganz Kleinen, damit die Ohren nicht wakkeln?« fragte der Mann gutmütig.
»Como no«, sagte ich, und er schenkte mir noch einen gesunden Tropfen ein. Aber ich war der einzige, der zweimal nippen durfte. Weder bekamen die beiden Türwächter noch einen nachgeschlürft, noch zog der gute Mann selbst sich einen kleinen Ohrenberuhiger hinterher.
»He, ja«, sagte der Mann nun, während er die Flasche zukorkte, den Korken mit Andacht fest eindrehte und Flasche und Gläschen auf den Tisch stellte, »ja, nun wollen wir doch einmal an das Geschäft gehen.« Er stand auf, öffnete leise die Tür, durch die er gekommen war, und winkte mir, zu folgen.
Die beiden Männer, mit den Gewehren zwischen ihren Knien, blieben bei der Tür sitzen. Merkwürdig war, daß ich jetzt wie plötzlich das Gefühl bekam, daß die beiden Männer nicht mich bewachten oder mich verhindern wollten zu entspringen, sondern daß sie dort dicht an der Tür bewaffnet saßen, um diejenigen, die im Hause waren, zu schützen gegen jemand, der von draußen kommen könnte. Davon wurde ich um so mehr überzeugt, als sich

die beiden etwas zuflüsterten und der eine aufstand, hinausging und sich draußen auf eine Stufe setzte, während der andere, der im Raume blieb, sich so setzte, daß er von jemand, der hereinkam, nicht sofort gesehen werden konnte, während er selbst den Hereinkommenden völlig unter der Gewalt seines Gewehres hatte.
Ich folgte nun jenem Manne, der die Tür zu dem zweiten Raum geöffnet hatte.
In dem Raume brannte ein kleineres Lämpchen, das wenig Licht verbreitete. Der Mann ging zurück in den ersten Raum, nahm die Lampe vom Tisch und leuchtete mir nun in jenes Zimmer hinein. Zwei Frauen saßen auf Schaukelstühlen. Beide hatten den Rebozo um Kopf und Hals gelegt, weil es nun kühl in der Nacht wurde. Beide Frauen waren Indianerinnen, sauber gekleidet und in Sprache und Benehmen – wie ich bald lernte – durchaus gleich den Frauen eines mexikanischen Ranchobesitzers von mittlerem Wohlstand.
Die eine der Frauen war verhältnismäßig jung. Sie war, wie ich gleich hörte, die Frau des Mannes mit der Machete. Die andere Frau war älter; sie konnte wohl gut die Mutter der Frau oder des Mannes sein. Das Zimmer war das Schlafzimmer des Ehepaares. Da in dem ersten Raum gleichfalls zwei Betten waren, schien es, daß hier mehrere Personen wohnten, vorausgesetzt, daß jene Betten in Gebrauch waren, was ich ja nicht erraten konnte.
Beide Frauen standen auf aus ihren Stühlen und sagten freundlich und höflich: »Guten Abend, Señor!« Sie gaben mir die Hand und setzten sich wieder.
Ich sah mich im Raume um, und ich bemerkte zur Seite auf einer Schilfmatte einen jungen Mann liegen, der bis zum Kinn mit einer halbwollenen Decke zugedeckt war. Sein Gesicht war bleich; bleich, wie das Gesicht eines Indianers eben werden kann. Aber das Gesicht war voll, und daraus schloß ich, daß der Mann nicht lange krank sein konnte, daß er wohl nur schwer verwundet sei. Er rührte sich nicht und lag da wie tot.
»Das ist der Junge, von dem ich Ihnen gesagt habe«, sagte der

Mann und stellte die Lampe auf einen Stuhl, den er dicht an das Lager des Kranken rückte.

»Sie können dem Jungen gewiß helfen, Señor«, sagte nun die jüngere Frau. »Er ist mein Neffe, und wir würden recht traurig sein, wenn er uns fortstürbe. Seit unser eigener und einziger Sohn in einer dummen Schießerei sein Leben verlor, haben wir diesen hier wie unseren Sohn angesehen. Wir würden Ihnen wirklich von ganzem Herzen danken, wenn Sie etwas tun könnten, daß er uns erhalten bleibt. Er ist der letzte, der uns bleibt von allen Jungen aus unserer Familie. Alle übrigen sind erschossen oder erstochen worden bei den Wahlen, und keiner hat doch je ein Amt für sich haben wollen. Es war nur immer der anderen wegen, daß sie sich in die politischen Händeleien hineinmischten.«

Die Frau weinte nicht, aber sie hatte eine echte Rührung in ihren Worten. Die ältere Frau seufzte einige Male auf.

In den letzten Monaten hatte hier im Distrikt keine einzige Wahl stattgefunden. Die Wahlhändel wurden auch nicht hier im Dorfe ausgefochten, sondern in der Distriktsstadt, wo alle die Burschen und Männer der umliegenden Dörfer natürlich hinritten, um ihre Schießerei, ihr Vivaschreien in den Straßen und das Händeschütteln der Kandidaten, die sie auf ihren Schultern durch die Straßen schleppten, genießen zu können. Es kamen niemals alle, die zu den Wahlreden ritten, lebend wieder heim. Jedesmal blieben zwei, drei oder ein Dutzend auf dem Felde der Wahlkämpfe.

Da aber lange keine Wahl gewesen war – denn die gegenwärtigen Behörden des Distrikts waren von der Federalregierung provisionell eingesetzt worden, um die ewigen Wahlmördereien zu verhindern –, so konnte der Bursche hier nicht gut bei einer Wahl etwas abbekommen haben.

Ich kniete nieder und begann, ihn zu untersuchen. Die Augen waren geschlossen. Als ich die Augendeckel hob, sah ich, daß die Augen wohl schläfrig waren, aber nicht trüb, und die Pupillen reagierten auf das Licht. Das Herz schlug regelmäßig, aber sehr leicht, nur wie ein Tippen.

Der Atem war sehr leise; aber auch er ging ziemlich gleichmäßig. »Was fehlt ihm denn?« fragte ich aufblickend.
Die Frau antwortete mir und sagte: »Das wissen wir eben nicht. Sie haben uns den Jungen so ins Haus gebracht, und er ist noch nicht einmal aufgewacht. Denken Sie, daß er uns wegsterben kann, Señor?«
»Das kann ich nicht sagen. Vorläufig stirbt er nicht. Hat er nicht etwas gesagt zu den anderen, was ihm fehlt oder wo es ihm weh tut?« fragte ich.
Niemand antwortete mir, und ich sah auf, um zu sehen, warum ich keine Antwort bekam. Ich bemerkte, daß der Mann die Frau rasch ansah, den Finger auf den Mund drückte und mit dem Kopf schüttelte. Sofort sah ich wieder weg und wandte mich dem Kranken zu. Dann dehnte ich ein langes »Ja« von mir, schluckte vernehmlich und richtete mich halb auf. Die Leute hatten genügend Zeit gehabt, ihre Geheimsprache zu vollenden, und sie sahen mich an und zuckten die Schultern. »Hat er denn etwas gegessen, was ihm nicht bekam?« fragte ich nun.
»Ich glaube nicht«, antwortete der Mann.
Ich setzte mich auf den Stuhl, machte tiefe Gedanken und tat alles genau so, wie es auch andere große Doktoren und berühmte Ärzte tun. Das will sagen, ich wußte nichts, solange mir nicht der Kranke selbst sagen konnte, was ihm weh tat und wo es ihm fehlte. Ich war ja kein Viehdoktor.
Dann sagte ich das, was alle Ärzte sagen: »Es ist sehr ernst. Aber ich werde mein Bestes tun, vielleicht bringen wir ihn durch.«
In dem Augenblick kamen die beiden Männer mit den Gewehren herein. Sie waren neugierig geworden und wollten sehen, wie tüchtig ich war. »Wo ist mein Medizinkasten?« fragte ich.
Sofort sprang einer der Männer in den Nebenraum und brachte meine Pappschachtel. Was ich damit tun wollte, wußte ich im Augenblick natürlich nicht. Aber ich war gewiß, daß mir schon etwas einfallen würde. Tun mußte ich auf alle Fälle etwas, ganz gleich, was es war; denn ich war hierhergeschafft worden als Dok-

tor, man erwartete von mir, mich als Doktor zu benehmen und zu betragen, und so blieb mir nichts anderes übrig, als den Leuten gefällig zu sein.

Welche Folgen es haben würde, wenn ich als Doktor versagte, darüber bestanden keine Zweifel. Die Tatsache, daß beide Männer mit den Gewehren jetzt im Raume waren, bewies mir, daß meine Vermutung, sie möchten jemand von draußen verhindern, in das Haus einzubrechen, unrichtig war. Sie waren jetzt hier hereingekommen, um zu sehen, was ich leisten könnte. Und daß sie die Gewehre selbst hier in diesem Raume, wo ein Sterbender lag, nicht aus der Hand stellten, das gab mir die Gewißheit, daß sie sehr bald die Gewehre auf mich richten und sagen würden: ›Du rettest jetzt den Burschen da, und zwar sofort; und wenn er nicht in wenigen Minuten auf und gesund ist wie ein junger Hahn, dann knallen diese Gewehre, und du kannst dich danebenlegen in dieselbe Grube.‹

So etwas geschieht Ärzten in der Tat, und wenn ich schon hier als Arzt tätig bin, warum soll man mit mir eine Ausnahme machen? Aber als geschickter Arzt, der seine Medizin gut studiert hat, kann man das Sterben eines Sterbenden recht gut in die Länge ziehen. Dann kann man sich noch immer damit entschuldigen, daß Gott das eben anders bestimmt habe. Und das wird einem geglaubt. Vielleicht wird man es auch mir glauben. Die Leute sind ja Christen, gute Christen, mit Rosenkränzen und allen notwendigen Heiligenbildern gut versorgt.

So beginne ich meine verantwortungsvolle Tätigkeit.

»Haben Sie Cafion im Hause?« fragte ich die Frau.

»Ja, wir haben eine ganze Glastube voll.«

»Geben Sie mir drei Pastillen und ein Glas mit Wasser.«

Ich löse die Pastillen in dem Wasser auf, und mit Hilfe des Onkels und des einen Mannes öffne ich dem Kranken den Mund, hebe den Kopf hoch und lasse ihn die Lösung schlucken. Er schluckt auch, und es kommt nichts in die Luftröhre.

Ich wartete zehn Minuten, rauchte eine Zigarette, erbat mir einen neuen guten Schluck von dem alten Tequila, und als ich nun den Kranken wieder untersuchte, fand ich, daß die Medizin, die ich ihm gegeben hatte, vorzüglich wirkte. Das Herz hatte begonnen, kräftiger zu arbeiten. Die Medizin konnte zwar das Herz so heftig anregen, daß es übersetzte und aufhörte zu schlagen. Aber ich hatte wieder einmal Glück, was jeder Doktor haben muß, wenn er Erfolg sucht. Ich weiß recht gut, daß ein richtig abgestempelter Doktor das alles ganz anders machen würde. Aus diesem Grunde ist er ja abgestempelt und stiller Teilhaber der Beerdigungsinstitute. Aber ich muß mich mit den Kenntnissen und Medizinen behelfen, die ich zur Verfügung habe. Ich kann keine Kampferinjektion in das Herz machen, weil mir die Maschinerie dazu fehlt. Das Herz schlug nun kräftig und zufrieden, aber der Bursche wollte nicht aufwachen. Am Kopfe konnte ich nichts finden. Ich schlug ihm die Backen, die Handflächen und die Handgelenke. Ohne irgendwelchen sichtbaren Erfolg.

Ich schnürte nun meine Medizinschachtel auf. Die Leute sahen natürlich den Inhalt. Ob sie über die merkwürdigen Medizinen, die ich in der Pappschachtel hatte, erstaunt waren oder nicht, konnte ich nicht feststellen, denn sie ließen kein Wort verlauten. Sie mochten wohl überzeugt sein, daß die Angelhaken dazu dienten, irgend jemand etwas aus dem Magen zu fischen, was er unvorsichtigerweise verschluckt hatte, und das abgebrochene halbverrostete Taschenmesser diente nach ihrer Meinung gewiß als chirurgisches Instrument zur Amputation von Füßen und Armen oder zum Herausnehmen des Blinddarms. Auf jeden Fall wurde angesichts des Inhalts meiner Medizinschachtel die Achtung vor mir und das Zutrauen zu meinen Fähigkeiten nicht geringer, sondern, wie ich wohl sehen und fühlen konnte, erheblich verstärkt. Ich nahm eine halbaufgebrauchte Tube Mentholatum heraus und schmierte eine dünne Schicht der Salbe dem Burschen an die inneren Nasenwände, um ihm das Atmen zu erleichtern durch Erweichen des Schleims. Dann fragte ich die Leute, ob sie Ammoniak im Hause hätten.

Sie hatten ein Fläschchen zur Hand, und nach einigen heftigen Dosen nieste sich der Junge munter. Ich fächelte ihm kräftig Luft zu, und er begann bald tüchtig und tief zu atmen. Aber als er nun zum Bewußtsein kam, begann er aus vollem Herzen zu stöhnen. Jetzt wußte ich, was los war und was mir nicht verraten werden sollte. Ich überlegte eine gute Weile, was ich tun sollte. Denn mir war nun alles völlig klargeworden. Sagte ich offen heraus, was ich jetzt wußte, so konnte das eintreten, was ich erwartet hatte, seit ich das erste Anklopfen an meinen Bungalow hörte. Die Kenntnis, die ich jetzt auf einem Umwege erlangt hatte, machte mich zu einem sehr unbequemen Zeugen. Und das konnte die Männer leicht verpflichten, mich aus der Welt zu schaffen.

Aber dann sah ich die jüngere Frau, die Tante des Burschen, an. Die Tränen standen ihr dick in den Augen, und ich wußte, daß sie im tiefen Ernst sei, dem Jungen gegenüber wie eine leibliche Mutter zu fühlen. Der Junge konnte sich vielleicht auch ohne meine Hilfe wieder hochbringen, aber nicht vor zwei Tagen. Und inzwischen kamen die Soldaten; und er, der sich in Sicherheit bringen konnte, wurde draußen am Gartenzaun, nach einer Vernehmung von fünf Minuten, erschossen. Daß er erschossen wurde, war sicher; daß ich hier von den Männern meiner unbequemen Mitwisserschaft wegen erschossen wurde, mochte zweifelhaft sein.

Wieder sah ich die Frau an, und wieder sah ich ihren wehen Blick auf mich gerichtet. Ich will nicht sagen, daß ich nun aus übergroßer Menschenliebe mich entschied. Das wäre ungenau. Ich möchte auch nicht besser und edler erscheinen, als ich wirklich bin. Denn um die volle Wahrheit einzugestehen, es sind wie bei jedem anderen gewöhnlichen Menschen Bosheiten, Niederträchtigkeiten, Hilfsbereitschaft, Menschenfreundlichkeit und Liebe zu meinen Mitmenschen in so gleichem Maße in mir verteilt, daß nicht immer mein Wille, sondern oft, wenn nicht meist, eine reine Nebensächlichkeit entscheidet, ob ich in einem bestimmten Falle eine wenig lobenswerte Handlung begehe oder eine Tat ausübe, die alle Menschen glauben macht, ich sei der edelmütigste und

selbstloseste Mensch. Daß man so wird, das macht der Busch, und das macht das Herumschlagen mit allen Sorten von Menschen, und das macht die Aufgabe, fertig werden zu müssen mit Umständen, die einem selten Zeit lassen, darüber nachdenken zu können, ob das, was man tun muß, edelmütig oder nichtswürdig ist.
Hier, in diesem Falle, entschied, wie so häufig vorher, die Neugierde, zu erfahren, was wohl mit mir geschehen würde, falls ich das tue, was nach meinem Urteil als das Dümmste und Unvorsichtigste angesehen werden muß. Wissentlich tat ich das, was man mir nicht als große Klugheit anrechnen mag. Wenn ich mich aber dennoch durch den bittenden und wehen Blick in den Augen jener Frau vielleicht endgültig entschied, so will ich es nicht auf meine Rechnung gesetzt haben als einen Posten, der zugunsten eines edelmütigen Charakters verbucht werden kann. Denn das wäre eine Unwahrheit.
Ich blickte den Onkel des Burschen, also jenen Mann, der mit der Machete gekommen war, an, hielt meinen Blick eine Weile auf ihn gerichtet und sagte dann kurz und laut: »Wo hat er denn das Loch? Wie kann ich ihn denn hochbringen, wenn Sie mir nicht sagen, was er abgekriegt hat.«
Alle Anwesenden, selbst die ältere Frau, fuhren erschreckt zusammen, stießen kurze Ausrufe aus, wurden bleich, und ihre Blicke flogen von einem zum anderen, bis sie alle auf meinem Gesicht haftenblieben.
Der Onkel bekam seine Ruhe am ersten zurück. Er sagte in einem Ton, als ob er bereit sei, alles aufzugeben, dabei die beiden Männer mit den Gewehren ansehend: »Ich habe es euch ja vorher gesagt, ihr wolltet es ja nicht glauben, dem Gringo können wir nichts vormachen, der ist Doktor durch und durch.«
Ich wartete nun auf nichts mehr. Ich zog die Decke herunter, sah rasch hin über die Brust und den Leib, und dann sah ich bereits den weiten Blutfleck auf dem Petate. Ich schob die Decke bis zu den Füßen und fand zwei kräftige Schußwunden, eine am Oberschenkel, die andere an der Wade. Die Wunde an der Wade war

nicht schwer. Hier hatte eine Kugel nur tüchtig gestreift. Dagegen war die Wunde am Oberschenkel eine sehr heftige Fleischwunde. Die Kugel war heraus, denn ich fand Einschuß und Auslauf. Das Kaliber war heftig, sicher .45; außerdem war die Kugel offenbar oben abgefeilt und eingekerbt gewesen, wie das hier mit Vorliebe getan wird. Wäre sie auf den Knochen gestoßen, dann wäre das Bein zu kleinen Splittern zersprengt worden. Aber der Knochen war nicht verletzt, wie ich aus dem Verlauf des Schußkanals sehen konnte. Dagegen hatte die Kugel wohl eine oder gar mehrere Adern aufgerissen, was einen großen Blutverlust zur Folge gehabt haben mußte und zweifellos die alleinige Ursache war, daß der Bursche so weit herunterkommen konnte.

Die Adern schienen sich aber bereits ausgeblutet zu haben, oder sie waren von dem trocknenden Blute schon gut verklebt; denn um die Wundränder hatten sich schwache Krusten gebildet. Es waren auf die Wunden sehr schmutzige Hemdenlappen gewickelt. Die einzige Gefahr, die für den Burschen bestand, war die einer Infektion und damit die Möglichkeit, daß er den Brand bekam. Nun ist ja das Blut der Indianer im allgemeinen so gesund, daß nur dann eine wirklich schwere Infektion ihrer Wunden eintritt, wenn alle Vorsichtsmaßregeln außer acht gelassen werden.

Ich ließ rasch alte Leinenfetzen auskochen. Die Leute hatten eine reichliche Packung reiner Baumwolle im Hause, und ich hatte einige sterilisierte unberührte Gazebinden.

Ich wusch die Wunden mit heißem Wasser und Seife gut aus. Aus meinem Medizinkasten brachte ich eine Flasche Zonite hervor, ein sehr starkes Desinfektionsmittel, das während des Krieges mit viel Erfolg verwendet wurde. Die Flasche war mir übriggeblieben von einem Ölkamp, wo ich gearbeitet hatte. Ich goß das Zeug gleich so rein in die Wunden. Der arme Junge sauste halb in die Höhe; denn er mußte sicher ein Gefühl haben, als bohre man ihm einen weißglühenden Eisenstab durch die Schußkanäle. Aber er durfte sicher sein, daß es ihn rettete. Ich ließ ein wenig nachtrocknen, streute eine dicke Schicht von Bismut-Jodoform auf die Wunden, legte Gaze darauf und verband. Der Junge seufzte tief auf, aber jetzt mit einem gewissen Wohlgefühl. Gleich darauf fiel er in einen tiefen, ruhigen Schlaf, nachdem ich ihm einen heftigen Tequila eingeschenkt hatte. Der Tequila wird ja vielleicht seinen Narben nicht sehr dienlich sein; aber Schönheitsfehler an den Oberschenkeln spielen ja nur eine Rolle, wenn er beim Mädchen liegt, und bei solcher Gelegenheit helfen sie ihm beim Prahlen und vertiefen die Liebe seines Mädchens, das ja, wie jedes Mädchen, lieber mit einem Helden schläft als mit einem Nußknacker.

Die Frage, die jetzt kommen mußte, kannte ich. Darum sagte ich gleich, ohne zu warten: »Wenn Sie ihn morgen aufs Pferd heben, um weiterzureiten, werden Sie gut tun, ihm einen kräftigen Verband aus einem alten Gummischlauch oder Gummigürtel oder elastischen Hosenträgern über der Wunde am Oberschenkel anzulegen, damit er nicht aufs neue ausblutet und vielleicht gar fortblutet.«

Ich zeigte den Männern, wie sie das machen sollten, sagte ihnen, daß sie jeden neuen Verband, den sie auf die Wunde brächten, erst auskochen müßten, gab ihnen den Rest meines Zonite und meines Bismutpulvers, erbat mir einen weiteren kräftigen Tequila, sagte »Gute Nacht!« zu allen, gab allen die Hand – die Tante des Jungen beugte sich nieder und küßte meine Hand –, und dann ging ich auf die Tür los.

Scheinbar tat ich das alles so, als ob das, was ich hier gesehen und getan hatte, etwas gewesen wäre, was ich jeden Tag zwölfmal in genau derselben geschäftsmäßigen Weise sähe und täte. In Wahrheit aber tat ich das alles sehr bedacht, jeden Augenblick darauf wartend, daß einer der Männer sagen würde: ›Sie können nicht so ohne weiteres fortgehen, Señor, wir wollen erst noch ein Wort miteinander sprechen; wir wollen das draußen hinter dem Hause bei den Gemüsebeeten erledigen.‹

Aber daß ich kein Wort darüber verlor, wie der Junge zu den Wunden gekommen war, und nicht einmal andeutete, ich wüßte um die Schußwunden, daß ich mich benahm, als gehöre ich zu der

Bande und als wäre ich ein uralter Freund des Hauses, der nichts sagt aus Freundschaft und noch weniger etwas sagt aus Geschäftsklugheit, daß ich klar sehen ließ, es sei mir vollkommen gleichgültig, was meine Mitmenschen tun, solange sie mich ungeschoren und mich friedlich meiner Wege gehen lassen, brachte sie aus allen Plänen hinaus. Und um das alles noch zu verstärken, sagte ich, als ich bei der Tür war: »Wenn es schlimmer werden sollte, rufen Sie mich ruhig; ich komme ganz gern, auch in der Nacht. Überhaupt immer können Sie mich rufen, wenn ich Ihnen helfen kann, ich tue es gern und mit Freude.«
Die letzten Worte gaben wohl den entscheidenden Ausschlag. Man wird doch nicht den einzigen Doktor erschlagen, den man hat, und den einzigen, der, wenn herumgefragt wird, keine berufliche Verpflichtung hat, Behörden Auskunft zu geben über Schußwunden, die er behandelt hat und die ihm verdächtig erschienen sind.
Aber so leicht kam ich nicht davon. Als ich an der Tür stand, kam der Onkel auf mich zu und sagte: »Entschuldigen Sie, Señor, wir können Sie nicht allein zu Ihrem Hause gehen lassen; es könnte Ihnen etwas zustoßen auf dem Wege. Ich glaube auch nicht, daß Sie den Weg allein heimfinden. Sie verlaufen sich sicher im Busch. Und zur Nachtzeit allein im Busch sein und ohne den Weg zu kennen, möchte ich Ihnen nicht raten. Der Weg hierher ist nicht gut bekannt. Wir haben Sie hierhergebracht, und es wäre unhöflich, wenn wir Sie nicht wieder zu Ihrem Hause brächten.«
Ja, da war ich wieder. Eine Stunde Weg durch Busch und Dschungelgestrüpp mit den drei Männern, zwei mit Gewehren, der eine außerdem mit einem Revolver, und der dritte mit einer Machete, scharf gefeilt wie ein Schlachtmesser. Mit drei Männern, die trotz aller guten Meinung, die sie von dem Doktor und seiner Hilfsbereitschaft haben mögen, sich doch bei weitem sicherer fühlen, wenn einer, der etwas wissen könnte, weniger auf der Welt ist. Und von den dreien braucht ja nur einer auf dem Wege einen dummen Gedanken zu bekommen. Ehe die beiden andern es verhindern

können, ist es schon geschehen. Ob sie sich nachher darum streiten, ob es richtig und ob es dankbar war, ändert nichts an der alleinigen Sache, die mich betrifft.
Ich sehe wieder auf die Tante. Sie steht noch da im Zimmer. Aus Höflichkeit mir gegenüber hat sie sich nicht wieder in ihren Schaukelstuhl gesetzt. Sie wartet, bis ich das Haus verlassen habe. Sie sieht mich an, mit aufrichtiger Dankbarkeit in den Augen. Sie kommt, von einem inneren Gefühl plötzlich getrieben, auf mich zu, ergreift meine Hand und küßt sie nochmals. Dann lächelt sie und nickt, dreht sich um, geht zu einem Schränkchen, nimmt eine Flasche mit Honig heraus und gibt mir den Honig. »Ist sehr gut für die Mehlkuchen, die Sie sich backen, sind dann nicht gar so sehr trocken. Morgen schicke ich Ihnen zwei Dutzend Eier hinunter und ein paar Kilo Ochsenfleisch. Und nochmals vielen Dank, daß Sie gekommen sind.«
»Nicht der Rede wert«, sage ich. »Geben Sie dem Jungen, wenn er aufwacht, mehrere Tassen gute Fleischbrühe mit tüchtig Eier darinnen eingerührt. Wird ihm rasch hochhelfen. Gute Nacht, Señora.«
Die Frau wußte recht gut, was mir auf dem Wege geschehen könnte und sicher geschehen würde, wenn die Männer zur Überzeugung kamen, es sei für ihre eigene Sicherheit besser, ein Maul, das wacklig werden kann, rechtzeitig und gut zu stopfen. Aber ich hatte die Sympathie und die Dankbarkeit der Frau gewonnen. Die Frau war nicht so nebensächlich in dem Geschäft der Männer, wie es vielleicht erschien. Sie war durch die Verwundung ihres Neffen heftig aus der Fassung gebracht worden. Das ist wohl richtig. Und oberflächlich gesehen, mochte es den Eindruck erwecken, daß sie eben nur eine Frau war wie andere. Aber wenn ich ein Haus sehe, wie dieses war, dann weiß ich, wer der Kommandant ist. Und weil die Frau mehr Intelligenz besaß als einer der drei Männer, ihr eigener Mann eingeschlossen, so wußte ich auch, wer das Hirn des Unternehmens war. Nur die mickrigen Spitzbuben und die Centavos-Wegelagerer sind verdreckt, verlaust und mit Lumpen be-

hangen. Zwischen einer intelligent geführten Räuberbande und einer gewissen Sorte von Bankgeschäften, wo der Präsident im eleganten Automobil fährt, ist der Unterschied nicht so groß, wie man meint. Innerhalb der modernen Zivilisation ist das beste Schutzmittel für alle Handlungen und Dinge ein wohlanständiges Äußeres und ein gutbürgerliches Gesicht. Ehrlichkeit und Ehrbarkeit müssen nach allen Seiten ausstrahlen, dann kann man im Schatten tun, was man will, ohne je Verdacht auf sich zu laden. Und wenn die Frau mir in Gegenwart der Männer sagte: ›Morgen schicke ich Ihnen Eier und Fleisch hinunter!‹, so sagte sie damit: ›Wehe den Knechten hier, wenn du morgen nicht in voller Gesundheit in deinem Hause bist, um dich an dem zu laben, was ich dir schicken werde.‹
Die Männer hatten das Kommando verstanden. Der Doktor mußte dem Geschäft erhalten bleiben. Wir kamen friedlich zu meinem Bungalow. Als wir uns »Buenas noches!« sagten, fühlte ich, daß mir der Onkel drei Pesos in die Hand drückte. »Nehmen Sie«, sagte er, »eine kleine Vergütung.«
»Entschuldigen Sie«, erwiderte ich, »von meinen Freunden nehme ich kein Geld für eine Hilfeleistung, die ich aus rein menschlichen Gründen getan habe und immer zu tun bereit bin, wenn ich dazu Gelegenheit habe.«
Er hielt das Geld noch eine Weile hin, als ob er glaubte, es sei nur eine Höflichkeit von mir, so zu sprechen, und ich würde das Geld dann doch schon nehmen. Denn er, wie jeder im Dorfe, wußte recht gut, wie nötig ich drei Pesos hätte brauchen können. Aber ich lehnte noch einmal ganz entschieden ab und sagte: »Sie werden mich doch nicht etwa beleidigen wollen, Señor!«
»Ganz gewiß nicht«, sagte er und schob das Geld wieder in seine Tasche zurück. Dann fügte er hinzu: »Ich werden sehen, ich kann Ihnen gewiß morgen zwei Burschen schicken, die Englisch lernen wollen.«
»Das ist schon besser«, meinte ich darauf. »Ich werden morgen früh zu Ihnen kommen, um zu sehen, wie es dem Jungen geht.«

Er druckste, als ob er sagen wollte, das sei nicht nötig, und auch die beiden anderen Männer taten, als ob sie etwas dagegen einwenden wollten. Aber es mochte ihm wohl gleichzeitig einfallen, daß es vielleicht nötig sein könnte, noch mal nach dem Jungen zu sehen. »Gut, gut«, sagte er dann nach einer Sekunde. »Und nochmals ›Gute Nacht!‹ und vielen, vielen Dank.«

Am nächsten Morgen um neun Uhr machte ich mich auf, den Jungen noch einmal zu besuchen. Das ist ja so etwa die richtige Besuchszeit für tüchtige Doktoren.

Ich hatte kaum das letzte Haus des Dorfes hinter mir gelassen, da traf ich auf den Onkel. Gleich hatte ich das bestimmte Gefühl, daß der Mann auf mich am Wege gewartet hatte, weil er vermeiden wollte, daß ich zu ihm ins Haus käme bei Tage. Ich war nicht einmal sicher, ob ich das Haus überhaupt wiedergefunden hätte. In der Tat, um es gleich jetzt zu sagen, als ich eine Woche später versuchte, das Haus zu finden, aus purer Neugierde, erlebte ich, daß ich mich völlig im Busch verlief, daß ich erst nach Stunden und erst nach Einbruch der Dunkelheit meinen Weg ins Dorf zurückfand und auch nur dadurch, daß ich zu meinem Glück einen Kohlenbrenner antraf, der auf dem Heimwege war. Die Männer hatten mich in jener Nacht sehr geschickt so im Gestrüpp und im Busch herumgeführt, daß ich geglaubt hatte, die Richtung genau zu wissen, während sie durchaus falsch war.

Der Onkel sagte mir: »Der Junge ist auf. Er ist heute mit den übrigen schon sehr früh fortgeritten. Es ging recht gut. Wir haben ihm den Verband so angelegt, wie Sie uns gesagt haben. Die Wunde war schon gut am Heilen. Und hier sind auch die Eier und das Ochsenfleisch, das Ihnen die Señora gestern nacht versprochen hat. Es ist auch nicht gerade nötig, daß Sie im Dorf viel darüber reden. Die Leute denken dann gleich, daß da eine Schlägerei gewesen sein könnte, und das bringt den Jungen nur in einen schlechten Ruf. Verstehen Sie, Señor?«

»Ich verstehe, und ich habe auch gar keinen Grund, darüber zu sprechen. Jeder kann in eine solche Lage kommen.« Dann brachte ich einen Zettel hervor: »Ich möchte Sie aber bitten, wenn Sie zur Stadt kommen sollten, mir die Medizinen zu kaufen, die ich hier aufgeschrieben habe und die ich in der Nacht alle aufbrauchen mußte.«

»Natürlich, Señor«, sagte der Mann und nahm den Zettel. Dann gingen wir unserer Wege.

Als ich zu meinem Bungalow kam, saßen auf den Stufen die beiden neuen Burschen, die Englisch lernen wollten und es auch gleich versuchten. Sie bezahlten mir jeder zehn Stunden im voraus.

Zwei Tage später, sehr früh am Morgen, fand ich, daß das Dorf von Soldaten umzingelt war. Keiner konnte hinaus aus dem Dorfe, aber wer draußen war, durfte hinein. Ein paar Häuser wurden oberflächlich durchsucht. Und eine große Anzahl von Einwohnern, Männer, Frauen und Kinder, wurden zusammengetrieben und auf dem Dorfplatze von Offizieren und einigen Beamten der Distriktpolizei vernommen.

Ich hörte bald, was los sei. Einige Nächte vorher waren drei Haciendas von Banditen überfallen worden. Die Besitzer waren gebunden worden, und es war alles Geld, das gefunden oder erpreßt werden konnte, gestohlen worden. Dreißigtausend Pesos waren geraubt worden. Jedes Kind wußte, daß dies eine Lüge sei, denn kein Haciendabesitzer hält so viel Geld im Hause, und wenn er es vergraben hat, so sagt er es nicht und gesteht es auch nicht. Aber zweitausend Pesos alles in allem mochte richtig sein.

Die Soldaten waren den Banditen auf der Spur. Die Spur führte hier in das Dorf. Und weil das Dorf als Banditennest im ganzen Staate berüchtigt war, so wären die Soldaten auch ohne Spur hierhergekommen.

Ich schlenderte ruhig meiner Wege und wollte zum Dorfplatz gehen, um mir das Schauspiel anzusehen. Da kam mir einer der Bewohner entgegen.

»Es ist nicht viel los, die Soldaten werden wohl am Nachmittag wieder abziehen müssen, ohne die Banditen hier gefangen zu haben. Sie suchen auch hier nur nach einem Burschen, der einem verwundeten Banditen fortgeholfen und ihn zur Flucht unterstützt hat. Wenn die Soldaten den Mann kriegen, dann wird er sofort vernommen und gleich auf dem Platze erschossen. Die Offiziere sagen, daß diese Art Leute schlimmer und gefährlicher seien als die Banditen selbst.«

»Was hat denn der Mann getan? Wie kann er denn den Banditen zur Flucht verhelfen?« fragte ich. »Die Banditen sind doch groß genug und schlau genug, sich allein fortzuhelfen. Die brauchen keine Hilfe.«

»Hier liegt der Fall anders«, sagte nun wieder der Mann. Wir waren stehengeblieben. Er schien sehr froh zu sein, mich gefunden zu haben, um mir recht heiß alles das zu erzählen, was von den Offizieren und von den Soldaten erzählt worden war, was die Leute unter sich im Dorfe tuschelten, welche wilden Gerüchte herumschwirrten, und was er sich selbst dachte. Wäre alles das, was die Offiziere errieten, was die Leute im Dorf sich erzählten, was der eine vermutete und was hier mein Berichterstatter sich ausdachte, wäre das alles schön vereint und gut geordnet den Offizieren bekannt gewesen, so hätten sie damit einen Erfolg vielleicht erzielen können. Aber alle diese Zeugenansichten waren verstreut und darum wertlos.

»Ja, hier liegt der Fall anders«, sagte der Nachbar. »Das ist so, sehen Sie, Señor. Auf der letzten Hacienda, wo die Banditen waren, hat einer der Burschen, ein ganz junger noch, einen mächtigen Schuß ins Bein abgekriegt, vielleicht gar zwei Schüsse. Der Bursche hat tüchtig geblutet. Seine Freunde haben ihn aber doch fortgekriegt. Und sie sind bis hierher in dieses Dorf gekommen. Man hat sie hier gesehen, wie sie den Jungen auf dem Pferde weiterschleppten. Wo sie ihn hingetragen haben, weiß man nicht. Aber sie haben einen Doktor geholt. Keinen richtigen Doktor, sehen Sie, Señor, aber einen, der das auch gut kann. Das hat man auch gesehen. Und gestern morgen war der Junge wieder gesund, und darum konnte er fortgeschleppt werden. Die Banditen sind gesehen worden von Männern, die im Busch arbeiten. Ohne den

Mann, der kuriert hat, hätten die Banditen den Jungen nicht weiterschleppen können. Der Junge wäre von den Soldaten gefunden worden; die Soldaten hätten so erfahren können, wer er ist und zu welcher Familie er gehört. Dann hätten sie bald die ganze Bande gehabt.«

»Und nun«, fragte ich, »ist keine Hoffnung mehr, die Banditen zu fangen?«

»Wenig«, sagte der Mann. »Seit die Offiziere wissen, daß der getroffene Bursche entflohen ist, suchen sie jetzt nur noch nach dem Manne, der kuriert und so den Banditen fortgeholfen hat. Die Offiziere sagen, sie wissen genau, daß er hier im Dorfe ist. Sie haben das ganze Dorf umstellt, er kann nicht fort. Sie suchen die Häuser ab, und wenn sie die Medizin finden, wissen sie gleich, wer es ist. Der Mann wird dann sofort hier abgeurteilt und auch gleich darauf erschossen wegen Banditenbegünstigung.«

»Geschieht ihm ganz recht«, sagte ich. »Ein anständiger Mensch hilft keinem Banditen fort.«

»Sie haben doch auch Medizin im Hause, nicht wahr?« fragte mich nun mein Nachbar.

»Ja, etwas, für den Notbehelf.«

»Das ist nicht genug, was Sie haben«, sagte er darauf.

In diesem Augenblick kam aus dem gegenüberliegenden Hause ein Offizier heraus mit einem Sergeanten und drei Soldaten, die in jenem Hause nach Medizin oder nach sonstigen Spuren gesucht hatten.

Ich hatte in jener Minute auch nicht die geringste Neigung, mir Soldaten anzusehen, und ich wollte weiterschlendern. Aber mein Nachbar hielt mich am Arm und sagte: »Bleiben Sie ruhig stehen, Señor, die tun uns nichts.«

Ich hielt es auch für besser, stehenzubleiben, denn jetzt kam der Offizier auf mich zu, gefolgt von seinen Leuten.

Da ich völlig unschuldig war, niemals verwundete Banditen kuriert hatte, niemals fliehende Banditen unterstützt hatte, so hatte ich keinen Grund, verlegen zu werden.

»Welches ist Ihr Haus, Señor?« fragte der Offizier.
»Da hinten, der Bungalow«, antwortete ich.
»Haben Sie Medizin im Hause?« fragte der Offizier sehr gleichgültig.
»Ja, etwas.«
»Was für welche?«
»Eine halb aufgebrauchte Tube Mentholatum, Señor«, sagte ich.
»Können Sie Schußwunden kurieren?« fragte er mich.
»Ist jemand von Ihren Leuten getroffen worden?« Ich fragte sehr erschreckt und mitleidig zugleich.
»Ja«, sagte der Offizier.
»Das tut mir so aufrichtig leid«, sagte ich traurig werdend. »Aber ich, ich kann kein Blut sehen, dann wird mir sofort schlecht, daß ich umfalle.«
»So sehen Sie auch aus, Señor«, sagte der Offizier laut auflachend. »Das ist mit euch Amerikanern allen so. Habt nicht die gesunden Nerven, die wir Mexikaner haben. Wir können Blut sehen – und wie! Natürlich keine Beleidigung gemeint, Señor. Adios, und entschuldigen Sie mich, wenn ich Sie belästigen mußte. Wir sind hier im Dienst. Adios.« Er schüttelte mir die Hand und ging.
Mein Nachbar trottete hinter dem Offizier her, der ein weiteres Haus absuchen ging.
Als ich jetzt allein stand und gerade überlegte, ob ich in mein Haus gehen sollte oder weiter im Dorfe herumstreifen, kam ein Junge auf mich zu, schon rufend, als er noch einige Schritte entfernt war: »Oiga, Señor, ich bringe die Medizinen aus der Stadt; der Señor sagt, es ist alles richtig bezahlt.« Ich nahm ihm das Paket ab und schob es in meine Tasche.

Sobald mein Mais eingebracht und verkauft war, hielt ich es für besser, ohne Weiteres abzuwarten die Gegend zu verlassen.
Es war einige Monate später, und ich saß im Eisenbahnzuge nach Mexico City. Die Fahrt brachte, wie das oft vorkommt, Bekanntschaften zusammen, die eigentlich nicht zueinander gehören. Es

war zwischen den Stationen Silao und Celaya, als zwei Herren, beide Mexikaner, die schon eine beträchtliche Strecke mit mir im selben Wagen fuhren, sich in meine Abteilung setzten und mich höflich fragten, ob ich nicht mit ihnen einige Partien Domino spielen möchte. Ich sagte zu. Wir spielten um Bier, das wir im Zug kauften und das schon immer viel früher ausgetrunken war, ehe das Spiel entschieden hatte, wer das Bier zu bezahlen hatte. Die Bezahlung ging ziemlich gleichwertig herum, und wir regten uns nicht sonderlich auf.

Der Zug bekam Verspätung, und wir wurden des Spiels überdrüssig. Die beiden Herren blieben in meiner Abteilung sitzen, und wir begannen zu schwätzen. Was man so in einem Eisenbahnzuge schwätzt.

Es war ganz natürlich, daß wir auch auf die Amerikaner in Mexiko zu sprechen kamen. Immer, wenn irgendeine Bemerkung fiel, die wie eine Beleidigung gegenüber Amerikanern aufgefaßt werden mochte, setzten die Herren sofort höflich hinzu: »Sie verstehen, Señor, das meine ich nur so im allgemeinen; ich habe keineswegs die Absicht, Sie oder irgend jemand von Ihren Freunden zu verletzen. Es ist ja auch nur der Unterhaltung wegen.« Darauf lachten sie, und wenn ich vorsichtig etwas gegen die Mexikaner sagte, dann fügte ich auch hinzu, daß es nur der Unterhaltung wegen sei und daß mir die Mexikaner ebenso lieb seien wie meine eigenen Landsleute, die auch nicht alle von Engeln ausgebrütet worden seien, und daß wir alle miteinander unsere tiefen Schattenseiten haben, ganz gleich, welcher Nation wir angehören.

»Das ist ganz richtig«, sagte der eine der Herren, »da haben Sie aber durchaus recht. Wir haben hier eine gute Anzahl von Amerikanern im Lande, die nichts als Unheil stiften.«

»Weiß ich, Señor«, fiel ich ein, »da sind die großen Ölmagnaten und die Minenkompanien und die Chiclekompanien und die großen Bankiers, die einen mexikanischen Staat nach dem andern annektieren wollen.«

»Ja, die auch«, sagte der Herr, »aber an die habe ich gerade im

Augenblick nicht gedacht. Ich meine eine andere Sorte von Amerikanern. Es kommt mir sehr oft so vor, als ob alles Gesindel von den Staaten, dem es dort oben zu heiß unter den Füßen wird, hier nach Mexiko kommt, um allen möglichen Unfug zu verrichten.«

»Solche Leute gibt es«, bestätigte ich. »Wir haben wirklich viel Gesindel. Das ist wahr. Und Mexiko ist das nächste fremde Land, wo diese Burschen glauben, sicher zu sein.«

»Aber nicht mit mir, Caballero, nicht mit mir«, ereiferte sich der kleine, etwas fette Herr. »Mit mir können diese Ihre Landsleute – entschuldigen Sie, daß ich sage paisanos, Landsleute, aber ich meine Sie ja nicht –, ja, also mit mir können diese Sträflinge nichts ausrichten. Ich bin ihnen heiß dahinter, si, Señor. In meinem Distrikt können diese Burschen sich nicht halten, oder ich habe sie gleich am Kragen; und wenn sie hier etwas ausgenascht haben, dann sacke ich sie gehörig ein. Aber gehörig und dick. Und dann werden sie ausgeliefert, um daheim den Rest abzumachen, den sie sich dort aufgeknallt haben.«

»Dann sind Sie wohl Staatsanwalt, Señor?« fragte ich.

»Noch nicht, aber vielleicht eines Tages. Wer weiß. Probablemente. Nein, ich bin Polizeichef in dem Distrikt Conitaclapam. Kennen Sie den Distrikt, Señor? Waren Sie da schon einmal oben?«

»Nie in meinem Leben«, sagte ich, der Wahrheit gemäß. Einem Polizeichef gegenüber muß man immer die Wahrheit sagen, wie einem Richter, wie einem Staatsanwalt. Nur dann kommt man ungeschoren und fröhlich durchs Leben. Conitaclapam war jener Distrikt, wo ich meine abgefressene Baumwollfarm gehabt hatte, wo das Dorf, in dem ich wohnte, mit Banditen so vollgepfropft war, daß ich der einzige Bewohner war, auf den ich schwören konnte, daß er bestimmt kein Bandit war. Ich glaube, ich lasse das lieber sein, mit dem Schwören, und begnüge mich damit, zu sagen, daß jenes Dorf eine gute Anzahl von Banditen beherbergte, die alle miteinander so unschuldig aussahen wie frisch gewaschene Englein auf einem Muttergottesbild.

Der Polizeichef wußte sofort, daß ich jene Gegend nicht kannte und nie gesehen hatte. Darum konnte er frischweg und freiheraus reden: »Ich habe da in meinem Distrikt eine gute Anzahl von Amerikanern leben, Farmer, Viehzüchter, Baumwollpflanzer, Ladeninhaber. Durchweg sehr anständige, ordnungsliebende Leute, die das Gesetz achten, pünktlich ihre Steuern und Abgaben entrichten und mir nie auch nur die geringste Sorge oder Schererei machen. Leute mit Bildung, fleißig, arbeitsam, sparsam, fortschrittlich. Ja, wie ich gestehen möchte, Leute, auf die Sie, Señor, stolz sein dürfen. Landsleute von Ihnen, vor denen ich einen tiefen Respekt habe, die mir jeden Tag willkommen sein würden als mexikanische Bürger.«

»Ja, ich treffe hier in Mexiko genug solche tüchtigen Leute von uns. Wackere Pioniere, um die es schade ist, daß sie nicht daheim bleiben«, sagte ich mit aufrichtiger Überzeugung.

Der Polizeichef schien sich nicht viel aus meiner Meinung zu machen. Er war im Fluß und wollte reden. Was konnte ich dagegen tun? Ich ließ ihn weiterreden. Die größte Freude, die man Menschen machen kann, ist die, sie reden zu lassen, solange sie wollen, bis ihnen das Maul ausfranst. Man wird viel mehr geachtet, wenn man andere reden läßt, als wenn man selbst redet; denn kein Mensch hat auch nur das geringste Interesse daran, die Meinung eines andern zu hören.

So redete der Polizeichef immer darauflos: »Aber außer solchen achtbaren Amerikanern, die in meinem Distrikt zu haben ich mich glücklich schätze, habe ich auch einiges Gesindel darunter. Und auch gleich das gefährlichste, das Ihr Land auszuspeien vermag. Entschuldigen Sie, Señor, das ist natürlich nicht persönlich gemeint, in keiner Weise. Ich habe da in meinem Distrikt eine gute Zeitlang einen Burschen gehabt, der Ihrem Lande sicher keine Ehre macht, ein Bursche, von dem ich zehnmal schwören will, daß er in zwanzig Städten Ihres Landes gesucht wird wegen Raubmords, Postdiebstahls, Bankeinbruchs, Geldfälschung, Bigamie, Scheckradierung, Mädchenraubs, Gefängnissprengung, Opiumschmuggels und mehr solcher Dinge. Was er eigentlich in meinem Distrikt gemacht hat oder wie er da hingekommen ist, habe ich nie richtig erfahren können. Er hat da so getan, als ob er Baumwolle farmen wollte oder Öl bohren oder Kupferminen entdecken. Aber die Wahrheit ist, er ist nichts weiter gewesen als ein Landstreicher und Vagabund. Keinen ganzen Fetzen auf dem Leibe, wie mir die Leute sagen. Er hat weder die Pacht für das Land bezahlt noch die Miete für das Haus, in dem er wohnte.«

»Vielleicht hatte der arme Bursche kein Geld«, wandte ich ein, meinen vom Unglück gejagten Landsmann verteidigend.

»Mag sein«, sagte der Polizeichef. »Das will ich ihm ja auch nicht anrechnen. Dios mio, es kann ja jedem Menschen einmal eine Zeitlang das Feuer verregnen. Wenn er sonst anständig ist, habe ich gar nichts dagegen einzuwenden, wie er sich durchklammert durchs Leben. Aber was hat dieser Bursche dort getan, und das in meinem Distrikt –«

»Was denn, Señor?« fragte ich, gespannt seiner Rede folgend.

»Er hat gedoktert. Das würde ich ihm ja auch gar nicht so übelnehmen. Solange er die Leute nicht im Bauche herumoperiert, geht es mich gar nichts an, und ich frage kein Wort nach der Lizenz. Aber er hat alle Banditen, die wir anschossen und die uns sicher in die Hände gefallen wären, wenn er nicht gewesen wäre, gesund kuriert, so daß sie uns alle entwischten und wir nie einen einzigen kriegen konnten. Er hat sie alle beschützt. Er hat jedes Haus gewußt, wo die Banditen sich versteckten, wenn wir hinter ihnen her waren. Er hat sie nicht nur kuriert, das wäre auch nicht das Schlimmste, aber er war so gerissen, so durch und durch getränkt mit allen Kniffen und Schlichen, daß er ihnen Zaubermittel gab, wodurch den Banditen da jeder Überfall glückte. Er hat mit Radioapparaten gearbeitet und mit Lichtsignalen, so daß jede Ankunft von Soldaten den Banditen lange vorher verraten war, ehe wir noch fünf Meilen vom Dorf entfernt waren. Und was hat der Mann verdient! Die Banditen haben ihm die Tausende von Pesos nur immer so hingeschleppt ins Haus, eintausend Pesos nach

dem andern. Der Mann hat mehr verdient als ich in meiner Stellung als Polizeichef. Dann hat dieser Vagabund alle Banditen Englisch sprechen gelehrt, so daß sie bald darauf auch die amerikanischen Farmer überfallen und den Farmern auf englisch das Geld auspressen konnten. Was bin ich hinter diesem Mann her gewesen! Viermal war ich mit einer Kompanie Soldaten da, ihn zu fangen. Hat unserer Regierung sehr schwer Geld gekostet. Können sie sich denken, Señor. Denn wir können das nicht umsonst machen. Es ist alles sehr teuer. Und auch ein Polizeichef muß leben, er kann nicht alles nur aus reiner Liebe zu seinem Berufe tun. Man hat mir von der Regierung schwere Vorwürfe gemacht wegen der Banditen und mir dreimal mit Absetzung gedroht, wenn ich da nicht Ordnung schaffe. Aber ich habe das alles an die Regierung berichtet. Ein Bericht von sechzig Maschinenschriftseiten. Es wird jetzt bei der Regierung auch eingesehen, daß ich alles tat, was nur in der Macht eines sterblichen Menschen liegt, und man hat eingesehen, daß dieser Amerikaner die alleinige Schuld trägt, daß wir die Banditen nicht fangen können.«
»Haben Sie ihn denn nicht einfangen können?« fragte ich.
»Nie«, sagte der Herr empört. »Nie zu fangen gewesen. Ist viel zu schlau. Gut gedrillt in den Strafgefängnissen seines Landes. Und dann hatte er doch auch alle die Banditen da im Bunde. Wie war denn da etwas zu erreichen? Ich kann gegen Menschen alles ausrichten, aber gegen Teufel bin ich machtlos. Das hat man bei der Regierung auch eingesehen. Wir werden ihn ja auch noch kriegen. Wir haben alle seine Personalien. Sind eingetragen in allen Ämtern der Republik.«
»Wieviel kann er denn abbekommen, wenn er gekriegt wird?«
»Entweder erschossen oder zwanzig Jahre nach den Maria-Inseln.«
»Ist er denn nicht mehr in deinem Distrikt?« fragte jetzt der andere der Herren, der halb zugehört, halb geschlafen hatte.
»Nein, er hat sich fortgestaubt. Richtig ist, wir haben ihm den Distrikt so eingeheizt, daß er eines Nachts auf und davon gegan-

gen ist. Und was soll ich Ihnen sagen, Señor«, wandte er sich wieder an mich, »seitdem der Bursche hinaus ist aus meinem Distrikt, herrscht dort tiefe Ruhe, keine Banditenüberfälle. Die Zivilisation ist wieder eingekehrt in den an sich so friedlichen Distrikt. Sie dürfen mir aufs Wort glauben, Señor, unsere Leute in jenem Distrikt sind alle friedliche und anständige Bürger, die in Ordnung ihrer Arbeit nachgehen. Freilich, wenn so ein Erzvagabund diese Leute unter seine unheilvolle Macht bekommt, dann – unsere Bürger sind ja auch nichts weiter als gewöhnliche Menschen –, was dann geschehen kann und geschieht, haben wir ja gesehen.«

Wir waren inzwischen nach Juan del Rio gekommen, wo wir alle ausstiegen, um im Restaurant zu Mittag zu essen. Hier traf der Polizeichef zwei Diputados, zwei Abgeordnete, die er kannte und die den gleichen Zug benutzten, um gleichfalls nach Mexico City zu fahren. Als der Zug weiterfuhr, betrachteten die beiden Herren, die mit mir Domino gespielt hatten, es als angenehmer, sich für den Rest der Reise mit den Diputados zu unterhalten. Dadurch gelang es mir, mich unauffällig in einen andern Wagen zu schieben, so daß der Polizeichef mich nicht mehr sah und mich ebenso leicht und schnell vergaß, wie er mich kennengelernt hatte.

Aber da mir alle Schliche und Kniffe wohl vertraut waren, wie mir amtlich bestätigt worden war, hielt ich es für gesünder, in der ersten Vorstadt von Mexico City, wo der Zug hielt, auszusteigen und von dort mit der Straßenbahn nach der City zu fahren. Denn wenngleich ich unschuldig war wie ein frisch gebadeter Cherubim, ist man erst einmal in den Schlingen des Gesetzes, dann ist es meist immer zu spät, seine Unschuld zu beweisen. Auf alle Fälle hat man einige Monate abzusitzen, und entschädigt wird man weder für das schlechte Essen noch für das harte Bett, noch für die Läuse, die man bekommt.

Hier kann ich ja nun in aller Ruhe erzählen, daß da einmal ein Polizeichef war, der sich so unfähig erwies, daß er selbst dann noch

keinen Banditen erwischt haben würde, wenn er mit ihm Karten am selben Tisch gespielt hätte, und daß da ein Polizeichef war, der wohl wußte, daß er zu Unrecht Gehalt von der Nation bezog, der aber, um jenes Gehalt nicht zu verlieren und um die Aussicht behalten zu können, weiter in den Ämtern hinaufzurücken, seine Unfähigkeit und seine Stupidität dadurch zu verdecken suchte, daß er einen Amerikaner in seinen Berichten anschuldigte, der Anführer von Banditen zu sein. Die Erde an den Stiefelsohlen jenes Amerikaners mag ja nicht ganz so unverdächtig sein, wie das hier dargestellt wird – denn jeder Mensch wünscht von sich nur Gutes zu berichten –, aber ganz so schlimm, wie es in den Berichten an die Regierung geschildert wurde, in sechzig Seiten Maschinenschrift, ist es doch nicht gewesen. Das soll keine Verteidigung sein, sondern nur die bleiche unbemalte Wahrheit.
Außerdem ist es Wahrheit, daß die Banditenüberfälle in jenem Distrikt, von dem hier die Rede war, in letzter Zeit erheblich zugenommen haben. Das berichten die Zeitungen. Und die Regierung berichtet, daß sie drei Kompanien Soldaten in den Distrikt schicken wird, um Ordnung zu schaffen.
Aber was auch alle berichten und sagen mögen, Zeitungen, Regierung und der Polizeichef, kümmert mich wenig. Was ich berichtet und gesagt habe, das ist die Wahrheit. Ich muß es wissen; denn ich war dabei. Alle übrigen, die berichten, waren nicht dabei. Und insbesondere die Tausende von Pesos, die mir in die Tasche berichtet wurden, habe ich nie gesehen und noch viel weniger gehabt. Mein ganzer Verdienst an jenen Geschäften war: sechzehn Eier, es können auch zwanzig gewesen sein, ich will um die Zahl nicht streiten; zwei Kilogramm gutes Ochsenfleisch, ich habe es nicht nachgewogen, weil man einer geschenkten Katze die Flöhe nicht berechnet, aber das Fleisch war gut; und ferner habe ich meine Medizinen ersetzt bekommen, die mir einen heißen Schrecken bereiteten, als sie mir laut entgegengeschrien wurden; und endlich bekam ich zwei Schüler in Englisch. Aber die kann ich als Lohn nicht zählen, denn ich mußte hart mit ihnen arbeiten, sie haben

nichts bei mir gelernt, verließen mich nach zwei Tagen und wurden auf der Farm eines Amerikaners erwischt, als sie sechs Kühe in englisch davon überzeugen wollten, ihnen lieber freiwillig zu folgen als gezwungen und mexikanisch mit ihnen zu ziehen. Aber auch daran war ich völlig unschuldig. Denn wenn jemand Englisch lernen will, ist es unhöflich, ihn zu fragen, ob er vielleicht die Absicht habe, amerikanischen Farmern in Mexiko in englischer Sprache Geld auszupressen. Wenn das Geld den Farmern erst einmal mit Erfolg ausgepreßt wurde, ist es ihnen ganz gleich, ob es ihnen in englisch, in spanisch oder in chinesisch abgepreßt wurde. Es kommt auf keinen Fall wieder, selbst dann nicht, wenn ein geschickter Polizeichef es erfolgreich zurückerobern sollte. Was fort ist, das ist fort. In Mexiko so gut wie in den Staaten.

Auferweckung eines Toten

»Wir müssen zwölf Mules von der Weide haben«, sagte der Farmer, Mr. Hilbert, zu seinem Foreman Toribio. »Wir wollen morgen mit dem Durchpflügen der Tomatenfelder anfangen. Reiten Sie rauf auf die Prärie und fangen Sie die zwölf Mules ein.«

Das war sehr früh am Morgen.

Als Toribio auf dem Wege war, traf er den Indianerburschen Elfego. Elfego war achtzehn Jahre alt und wohnte mit seinen Eltern im Dorfe. Er hatte seine Kühe auf die Prärie getrieben und war jetzt auf dem Heimwege. »Wo reitest du denn hin?« fragte er Toribio.

»Ich soll für den Patron zwölf Mules einfangen und runterbringen, wir brauchen sie zum Pflügen.«

»Das würde mir gerade Freude machen«, sagte Elfego darauf, »dir bei dem Einfangen zu helfen. Ich habe jetzt doch weiter nichts zu tun.«

Er wendete sein Pferd und ritt nun mit Toribio hinauf auf die Weide des Amerikaners. Die Weide lag über dem Tal, auf einer Hochebene, wo ein angelegter Teich genügend Wasser hielt, um die Tiere auf der Weide zu tränken. Mr. Hilbert hatte hier Guinea-Gras angebaut, das vorzügliches Futter für seine Viehherden und für seine Mules und Pferde gab, die hier hinaufgetrieben wurden, wenn unten auf den Feldern keine Arbeit für sie war. Die Weide war ringsum von dichtem Urbusch umgeben. An der Nordseite war die Weide durch einen steilen Abhang begrenzt, der aus sehr grobem felsigem Gestein bestand. Das Einfangen der Mules würde Toribio schwergefallen sein, wenn er nicht Elfego zur Hilfe gehabt hätte; denn die Mules waren lange nicht in Arbeit gewesen und waren darum ziemlich verwildert. Endlich hatten sie zehn Mules beisammen. Toribio hatte sie gekoppelt, und es fehlten nur noch zwei, die er herauszufangen hatte.

Toribio trieb dem Elfego ein Mule entgegen. Elfego schwang den

Lasso weit aus, um es zu fangen. Aber das Mule brach durch eine rasche Wendung unter dem Lasso aus. Nun versuchte Elfego das Mule zu umgehen und es Toribio zuzutreiben, der den anderen Halbkreis hielt, auf den das Mule zujagen mußte.
Als Elfego in rasendem Ritt innerhalb seines Halbkreises das Mule beinahe abgedrängt hatte und den Bogen noch um einige Längen zu erweitern suchte, um das Tier überraschend von hinten zu packen, hielt, mitten im rasendsten Lauf, sein Pferd mit einem Ruck an. Denn vor sich hatte das Pferd plötzlich den felsigen Abhang entdeckt, auf den Elfego sein Pferd zu dicht gejagt hatte, weil er infolge des hohen Grases die Entfernung von dem Abhang unterschätzt hatte. Durch den plötzlichen Ruck des Haltens wurde Elfego, dessen Körper sich im Zeitmaß des rasenden Galopps befand, kopfüber aus dem Sattel geschleudert. Er sauste über dem Kopf seines Pferdes über den Rand des Abhangs. Er fiel nicht tief. Vielleicht nur drei Meter. Aber er traf mit dem Kopf zuerst auf und blieb bewußtlos liegen.
Toribio hatte gesehen, wie Elfego hoch über den Hals des Pferdes ging. Aber er glaubte, es sei nur ein gewöhnlicher Fall, wie er häufig beim Reiten vorkommen kann, und er war überzeugt, daß Elfego nur in das Gras gefallen sei, weil auch Toribio der Meinung war, daß dort der Abhang noch nicht beginne; denn er hielt Elfego, der ja die Weide gut kannte, nicht für so unvorsichtig, daß er so dicht an den Abhang reiten würde. Freilich war Elfego im Eifer des Fangens, und er war auch schon darum nicht zu tadeln, weil hier der Abhang eine Bucht in die Weide hineinbog, die durch das hohe Gras nicht zu erkennen war.
Toribio richtete jetzt auch sein ganzes Augenmerk auf das umkreiste Mule, das auf ihn zugejagt kam, weil es sich noch immer von Elfego verfolgt dachte. Toribio schwang den Lasso, der Lasso fing, und er ritt nun auf das keuchende Tier zu, das jetzt stillstand, um es zu den übrigen zu bringen und dort zu koppeln, bis alle zum Abtreiben bereit waren.
Ob Elfego inzwischen aufgestanden war oder nicht, konnte Tori-

bio infolge des hohen Grases, das an vielen Stellen den Kopf des Reiters überragte, nicht sehen. Als er sich rückwärts wandte, bemerkte er ein weidendes Mule in der Nähe eines großen schattigen Baumes. Er stieg vom Pferde, nahm den Lasso mit und schlich sich vorsichtig durch das hohe Gras an das weidende Tier, dem er sich unauffällig so weit nähern konnte, daß er es vom Boden aus lassote. Jetzt hatte er alle zwölf Mules beisammen.

Er pfiff hinüber zu Elfego. Keine Antwort. Dann rief er, aber auch jetzt hörte er nichts. Endlich stieg er aufs Pferd und ritt hinüber zu der Stelle, wo er Elfego hatte fallen sehen. Das Pferd Elfegos stand ruhig da und weidete.

Toribio kam zu der Bucht und sah dort Elfego unter sich. Er kletterte hinab, hob Elfego auf und setzte ihn aufrecht auf den Stein. Er schüttelte ihn, und nach einer Weile kam Elfego zu sich, verstört und ungewiß, wie aus einem langen Schlafe erwachend. Toribio untersuchte ihn, aber er fand keine Verwundung. Dann fragte er: »Tut dir etwas weh, Elfego?«

»Nein«, sagte Elfego. »Es tut mir nichts weh. Der Kopf tut mir ein wenig weh. Ich glaube, daß ich eine Beule habe.«

Toribio untersuchte den Kopf, aber er fand keine Beule.

»Kannst du heimreiten?« fragte Toribio.

»Ja, natürlich kann ich heimreiten.«

Er stand nun auf und kletterte an dem Abhang hinauf, ohne daß er der Unterstützung Toribios bedurfte. Toribio holte die Pferde heran. Elfego stellte den Fuß in den Bügel, schwang sich hoch und wollte sich gerade in den Sattel setzen, als er sagte: »Mir wird schlecht, auch schwindlig im Kopf. Ich werde mich lieber dort noch eine Weile in den Schatten des Baumes setzen und ein wenig ausruhen.«

»Gut«, sagte Toribio. »Ich setze mich mit dir dorthin. Wir haben Zeit. Wenn ich erst am Nachmittag mit den Mules hinunterkomme, macht es auch nichts.«

Beide gingen hinüber zu dem Baum.

Hier stand Elfego eine Weile, dann tastete er nach dem Baumstamm, weil er fürchtete, nach vorn zu fallen, hierauf schüttelte er mit dem Kopfe, als ob ihm der Kopf lose auf dem Halse sitze, dann erbrach er sich heftig, hierauf sank er in die Knie, endlich fiel er mit dem Kopfe vornüber, kollerte langsam rollend auf die Seite, streckte sich aus und war tot.

Toribio schüttelte ihn heftig, klopfte ihm auf die Handflächen und auf den Puls sowie auf den Nacken, aber er kam nicht mehr zu sich. Er atmete nicht mehr, und sein Herzschlag war nicht mehr zu hören.

Toribio zog ihm sein Taschentuch aus der Tasche und deckte es über sein Gesicht, lüftete den Sattel an dem Pferde des Verunglückten, zog die Säcke hervor, die als Satteldecken dienten, und deckte den Toten damit zu, um die Geier fernzuhalten.

Dann setzte er sich auf sein eigenes Pferd. Als er aufgesessen war, dachte er eine Weile nach, ob er die Mules erst hinuntertreiben oder ob er besser schnell ins Dorf reiten solle, um den Eltern Elfegos zu sagen, was geschehen sei. Er kam nach kurzem Nachdenken zu dem Entschluß, sofort im schnellsten Trab heimzureiten und die Mules später abzutreiben, weil er ja doch mit dem Vater Elfegos wieder heraufreiten würde, um ihm zu zeigen, wo der Junge läge.

Er fand den Vater nicht daheim. Der Vater war in der Departementshauptstadt, wo er mit einem Holzhändler wegen Holzlieferung verhandelte.

Nur die Mutter war daheim. Elfego war ihr einziges Kind. Sie schrie auf in einem schrillen Kreischen.

Die Nachbarn kamen gleich herbei, und einige Männer und Burschen gingen zu Mrs. Hilbert und baten sie um einen leichten Wagen, mit dem man bis dicht an den Berg fahren könne, um den Leichnam heimzuholen. Nachmittags um drei Uhr waren die Leute mit dem Wagen und mit dem Verunglückten im Dorf. Am Eingang des Dorfes hielten sie an. Sie banden rasch ein Gestell zusammen, legten Elfego darauf, breiteten eine Decke über ihn und trugen ihn so, in einem feierlichen Aufzuge, alle Träger und

Begleiter entblößten Hauptes, der Mutter ins Haus. Als die Träger vor dem Stacheldrahtzaun, der das kleine Anwesen der Eltern Elfegos einzäunte, erschienen, schrie die Mutter gellend auf, und alle ihre Nachbarinnen und weiblichen Verwandten, die im Hause auf den Verunglückten warteten, fielen in das gellende Schreien mit ein.

Die Mutter hatte sich einen Tisch ausgeliehen und den Tisch mit ihrem eigenen zusammengestellt, ein weißes Laken darübergebreitet, Blumen daraufgestreut, am Kopfende ein großes grellfarbiges Bild der Jungfrau Maria aufgestellt und sechs Kerzen angezündet, die vor dem Bilde standen.

Der Verunglückte wurde auf den Tisch gelegt, und die Mutter warf sich über ihn hin.

Die schlichte Stube in dem dünnwandigen Holzhause war gedrängt voll Menschen. Mrs. Hilbert war auch anwesend und bemühte sich zu helfen oder die weinende Mutter zu beruhigen.

Es war wohl etwa während dieser Zeit, als ich am Hause des Mr. Hilbert vorritt, vom Pferde stieg, ins Haus kam, um Mr. Hilbert um einige Zeitschriften zu ersuchen und eine halbe Stunde mit ihm zu schwatzen. Wir saßen schon eine gute Weile zusammen, da kam Toribio ins Haus und erzählte die Geschichte. Bisher wußte Mr. Hilbert nichts davon, weil er soeben erst von einem seiner fernen Außenfelder hereingeritten gekommen war und seine Frau sich ja im Hause des Verunglückten befand. Er hatte die Mädchen nicht gefragt, wo sie sei.

»Dann lassen Sie uns nur einmal hingehen und zusehen, was da vor sich geht«, sagte Mr. Hilbert.

Wir kamen in das Haus und fanden das ganze Dorf versammelt. Die Leute, die nicht im Hause Platz fanden, standen draußen herum. Alle betrachteten sich den Toten und gingen dann wieder hinaus, um draußen herumzustehen. Die Frauen beschäftigten sich unausgesetzt, meist mit ganz überflüssigen Dingen, aber sie taten es, um der Mutter zu zeigen, daß sie ihr hilfeleistend zur Seite stünden.

Mr. Hilbert und ich, wir traten ganz dicht an den Leichnam und sahen ihn an.
»Wann ist er gestorben?« fragte ich. »Welche Zeit?«
»Früh um neun ungefähr.«
Ich sah nach der Uhr.
»Und jetzt ist es fünf.«
Ich hob die Augendeckel des Toten auf, fühlte an seine Backen, fühlte die Schädeldecke ab, tastete auf die Brust, nahm die Hände auf und bewegte die Finger.
Mr. Hilbert stand hinter mir. Ich drehte mich zu ihm und sagte: »Der Junge ist nicht tot, der lebt noch. Angeblich soll er seit neun Uhr tot sein. Das sind acht Stunden bereits. Die Finger sind noch genau so gelenkig wie bei mir und wie bei Ihnen, die Augen sind starr, aber nicht gebrochen. Fühlen Sie die Schädeldecke an. Na? Die ist doch ganz heiß. Wenn der Bursche acht Stunden tot wäre, dann dürfte nichts mehr heiß sein, und die Finger würden bereits erstarren. Gestern haben wir schweren Regen gehabt. Heute war ein ungemein heißer Tag. Der Bursche müßte schon stinken. Aber er stinkt nicht. Nicht eine Spur.«
»Es scheint in der Tat, als ob Sie recht hätten«, sagte Mr. Hilbert. »Wir wollen ihn einmal bearbeiten.«
Die Mutter, die interesselos in einer Ecke saß und nur gelegentlich einmal gellend aufschrie, sah auf, als ich den Burschen so eingehend untersuchte und dann mit Mr. Hilbert den Fall besprach.
»Geben Sie mir einen Spiegel«, sagte ich zu einer Frau. Der Spiegel wurde gebracht, und ich hielt ihn gegen den Mund des Verunglückten. Ein ganz leiser Hauch war auf dem Glase sichtbar, als ich den Spiegel betrachtete.
Alle Anwesenden, auch die Mutter, hatten mich während dieses Vorganges fortgesetzt beobachtet. Sie erweckten den Eindruck, als wagten sie nicht zu atmen. Sie erwarteten zweifellos, daß ich jetzt den Burschen bei der Hand nehmen und sagen würde: ›Stehe auf und wandle!‹, und er würde dann wandeln. Aber das ließ ich doch besser bleiben.

Ich sagte nun: »Der Junge lebt noch; ich vermute, er hört jedes Wort, das wir hier sprechen. Er hat eine schwere Gehirnerschütterung.«

Die Mutter sprang auf. Sie wollte einen Freudenschrei ausstoßen, aber sie besann sich noch rechtzeitig und preßte ihre Hand gegen den Mund.

»Freilich«, fügte ich hinzu, »ob der Junge wieder zu sich kommt oder ob er bewußtlos bleibt und doch noch stirbt, das läßt sich nicht sagen. Er hängt genau in der Mitte.«

»Sagen Sie, was wir tun sollen«, wisperte die Mutter, »wir wollen alles tun, was Sie für richtig halten.«

Die Mutter wurde geschäftig und vergaß all ihren Schmerz. Von diesem Augenblick an betrachtete sie den Jungen nur noch wie einen Fieberkranken, den man mit aller Sorgfalt pflegen müsse. Ich ordnete an, daß man Steine heiß mache und gegen die Fußsohlen lege. Dann ließ ich gleichzeitig heiße Umschläge auf den Leib machen. In der Tienda wurde Eis geholt, und ich ließ Eis auf die Schädeldecke legen und gegen den Hinterkopf. Ich sagte mir, der Kopf ist heiß, also muß im Kopf ein starker Blutandrang sein, und den müssen wir zum Leibe und zu den Füßen führen, damit das Blut wieder zirkuliert. Wir klopften den Puls, klopften die Brust an der Stelle des Herzens, und wir klopften die Waden und die Füße. Zuweilen machten wir künstliche Atembewegungen. Es wurde Ammoniak besorgt, und ich hielt es unter die Nase des Burschen, und dann flößte ich ihm einige Löffel voll starken Branntweins in den Mund.

Ich sprach etwa zwei Stunden später mit Mr. Hilbert, der inzwischen fortgegangen, aber jetzt wiedergekommen war, und ich machte den Vorschlag, dem Burschen am Puls eine Ader zu öffnen.

Durch diese Aderöffnung würde vielleicht das Blut zu laufen beginnen, und die Blutstockung im Hirn würde geringer werden. Eine Gefahr der Verblutung lag nicht vor, weil wir ja zur Hand waren und den Oberarm rechtzeitig abbinden konnten.

»Das erscheint mir sehr gut«, sagte Mr. Hilbert. »Aber ich rate Ihnen, tun Sie es nicht. Wenn auch die Mutter gesagt hat, daß sie Ihnen den Körper ihres Jungen bedingungslos überantwortet – geht es schief, können die Leute Sie anzeigen, daß Sie hier operiert haben, und die Sache kann so gedreht werden, daß behauptet wird, Sie haben den Jungen durch die Aderöffnung getötet. Das kann eine unangenehme Sache werden. Solange wir rein äußerlich hier arbeiten, mit heißen Steinen, Umschlägen und Eisauflagen, das schadet nichts; aber wenn Sie schneiden, dann kann man Ihnen etwas anhängen, was Sie nicht mehr loswerden.«
Das war ein guter Rat. Man ist ein Fremder, und man befindet sich unter einer fremden Rasse, die anders denkt und anders urteilt. So unterließ ich die Aderöffnung.
Nun war es elf Uhr nachts. Ein Teil der Leute war gegangen, dafür aber waren andere erschienen, die aus entfernter liegenden Dörfern gekommen waren, sei es auf der Durchreise, oder sei es aus Neugierde.
An dem Verunglückten hatte sich nichts geändert. Die Finger und Zehen, wie alle Gelenke, waren weich und beweglich, die Augen waren nicht gebrochen, die Schädeldecke war noch immer heiß, wenn auch nicht mehr so heiß wie am Nachmittag, die Lippen waren bläulich mit einem rötlichen Schimmer; und die Fingernägel waren kalkweiß, aber wenn man sie ganz heftig preßte und dann losließ, nahmen sie einen ganz dünnen, rosigen Hauch an. Ich hielt ein brennendes Zündholz auf den Unterarm. Die Haut rötete sich leicht, zog aber keine Blase. Ich kühlte den Spiegel mit Eis und hielt ihn gegen den leicht geöffneten Mund. Ein kaum sichtbarer Schleier zeigte sich auf dem Spiegel. Die Augenlider waren dicht geschlossen, und wenn man sie hob, schlossen sie sich nach einer Weile langsam wieder. Der Bursche lebte noch immer. Da war kein Zweifel.
Das braune Gesicht hatte einen Ausdruck angenommen, der sich von dem Ausdruck, den das Gesicht am frühen Nachmittag gezeigt hatte, völlig unterschied. Am Nachmittag trug das Gesicht

den starren Ausdruck eines Toten. Jetzt dagegen hatte das Gesicht den Ausdruck eines Menschen, der tief schläft wie in einem narkotischen Rausch. Man gewann den Eindruck, daß der Bursche jeden Augenblick die Augen aufschlagen müsse, einen Eindruck, den man am Nachmittag nicht hatte.
Mit den Neuangekommenen war ein Spanier ins Haus getreten. Ich kannte ihn. Er war ein Aufkäufer von Holzkohle.
Sobald er in den Raum getreten war, tat er sich sofort wichtig. Er warf seinen Hut in die Ecke, drängte sich durch die Leute, kam auf den Verunglückten zu, packte ihn brutal an, als ob er damit zeigen wolle, daß er allein wisse, wie man einen solchen Fall zu behandeln habe. Er tat sehr geräuschvoll. Weil bisher alles sehr ruhig hier zugegangen war, alle Handlungen, das Auswechseln der Steine und Umschläge sowie die immer wieder aufgenommenen Atembewegungen und Massierungen, wohl energisch und sicher, aber doch schweigend oder nur flüsternd gehandhabt wurden, wirkte das Gebaren des Spaniers ungemein lästig und aufdringlich.
Er fühlte die Backen des Verunglückten an, hob die Augenlider auf und sagte dann sehr laut und kommandierend: »Der ist nicht tot, wir werden ihn gleich hoch haben. Das ist ja alles verkehrt, was hier gemacht wird. Umgekehrt. Das Eis mal sofort auf die Füße und Eisumschläge auf den Leib. Auf den Kopf und auf den Nacken müssen die heißen Steine.«
Die Mutter des Verunglückten, die bisher alles, wie ich es anordnete, willig getan hatte und meinen Ratschlägen auf das Wort vertraute, blieb mitten im Zimmer stehen. Sie trug gerade einen heißen Stein in einem Stück Sackleinwand in der Hand, um ihn gegen den kalt gewordenen Stein an den Füßen auszuwechseln. Sie wurde völlig verwirrt und sah mich mit aufgerissenen Augen an, was ich dazu sage.
Ich zuckte mit den Schultern, trat zurück von dem Verunglückten und ging in den Hintergrund, das Feld dem Spanier überlassend. Hier hatte allein die Mutter zu entscheiden, welchen Anordnungen gefolgt werden sollte.

Ich sah, daß sie sprechen wollte, und ich fühlte, daß sie sagen würde, der Spanier möge seiner Wege gehen. Aber der Spanier ließ ihr keine Zeit, irgend etwas zu denken oder zu sagen. Er riß ihr den Stein beinahe aus der Hand, packte mit harten Griffen das Eis unter dem Nacken und auf dem Kopfe fort, legte es zu den Füßen und stopfte alle heißen Steine, die er bekommen konnte, unter den Nacken und unter den Hinterkopf. Die Mutter stand regungslos im Zimmer. Sie kümmerte sich um nichts mehr. Sie tat nichts mehr. Sie erschlaffte völlig. Alle Aufregung, die sie seit zwölf Stunden oder länger gehabt hatte, zeigte sich nun ganz plötzlich in einer Ermüdung, der sie nicht mehr widerstehen konnte. Das rasche brutale Gebaren des Spaniers wirkte auf sie wie ein harter Schlag, der ihren Willen, ihr Hoffen und alle ihre Widerstandskraft lähmte. Sie schleppte sich zu einem Stuhl in der Ecke des Zimmers, wo sie niedersank und in sich zusammenfiel.
Der Spanier arbeitete laut und lärmend, kommandierend und unausgesetzt schwätzend um den Verunglückten herum. Alles war verkehrt, die Beine müßten viel höher liegen als der Kopf, und wenn er nicht glücklicherweise vorbeigekommen wäre, hätte man den armen Burschen gar lebendig eingegraben. Mr. Hilbert und ich, wir hatten während dieser Zeit im Hintergrunde gestanden. Als jetzt einige Leute das Zimmer verließen, kamen wir wieder näher zu dem Tische, auf dem der Verunglückte lag.
In der halben Stunde, in der wir den Körper nicht gesehen hatten, hatte sich nun etwas Merkwürdiges ereignet. Der Ausdruck des Gesichts hatte sich völlig verändert.
Der Mund hatte sich zu einem sonderbaren ironischen Grinsen verzogen, das die ungeschminkte Antwort auf die Frage enthielt: ›Wißt ihr, was ihr alle mir mal könnt?‹
Ich betrachtete den Burschen so eine Weile, dann stieß ich Mr. Hilbert leicht an. Auch er sah es. Der Unterkiefer sank langsam herab, und die kräftigen gesunden Zähne des Burschen traten scharf hervor.
Das war um halb eins in der Nacht. Und ich ging heim.

Am nächsten Morgen gegen acht Uhr ging ich wieder zu dem Hause. Das Haus war leer, alle Türen standen offen. Ich ging in das Nachbarhaus. Ich traf eine alte Indianerin, die da hockte und rauchte.

»Elfego?« sagte die Frau. »Ja, wissen Sie das nicht? Die sind doch mit ihm auf den Friedhof gegangen. Heute morgen um sechs stank er, und die Finger waren hart, und da sind sie um sieben mit ihm losgegangen. Das wissen Sie doch aber, Señor, der Spanier hat den armen Jungen ermordet.«

Das ist die Ursache, warum seitdem in jenem Dorfe behauptet wird, ich könne Tote erwecken, obgleich ich noch nie einen Toten erweckt habe.

Aber der Beweis, daß ich Tote erwecken kann, ist zweifelsfrei erbracht, nach Meinung jener Leute. Denn selbst der einfachste und schlichteste Indianer wird die Tatsache begreifen: Wenn ich in allen Dingen genau das Gegenteil tue von dem, was einen Menschen tötet, so muß das Resultat immer sein: Auferweckung eines Toten.

Tanz im Dschungel

Seit mehreren Monaten bewohnte ich eine primitive Hütte im Dschungel. Bis zur nächsten Siedelung, wo eine weiße Familie wohnte, hatte ich drei Stunden zu reiten. Alle Menschen meiner Nachbarschaft waren Indianer. Aber selbst der nächste von ihnen war eine halbe Stunde von meinem Platze entfernt.

Es war an einem Spätnachmittag im November, gegen Ende des Monats und sehr heiß. Ich saß halbnackt vor meiner Hütte und las. Da plötzlich kommt ein Indianer, mein Nachbar, gemächlich angeritten, setzt sich zu mir, und wir reden eine Weile über die viele Arbeit, die wir haben. Vorgeblich haben, denn wir taten alle eigentlich nichts, weder die Indianer noch ich. Nach dieser Vorrede über die viele Arbeit und das wenige Geld, das es dafür gebe, kam mein Nachbar zum Kernpunkt seines Besuches.

»Señor«, sagte er lachend, »wir werden heute abend tanzen, wir haben musica, muy bonita, auch ich werde schön spielen, Guitarra, ich habe es gelernt fünf Tage.«

Damit meinte er, daß er vor fünf Tagen angefangen habe, es zu lernen.

»Wir machen viel Spaß«, redete er weiter, »Sie sind hier so allein und so sehr traurig, Señor.«

Ich war keineswegs traurig, ganz im Gegenteil, ich war überaus glücklich, weder Straßenbahnen noch Autos, noch Telephongeklingel zu hören. Aber wenn man keine indianische Köchin in die Hütte nimmt, so ist man, nach Ansicht der Indianer, unbedingt traurig. Ist man auch. Aber ich konnte die acht Pesos Lohn nicht aufbringen, die eine Köchin monatlich haben möchte.

»Darum möchte ich Sie einladen, Señor, kommen Sie rüber zu unserm Tanz; Sie können bei mir zu Nacht essen.«

»Kommen hübsche Mädchen hin?« fragte ich.

»Señor, verflucht noch mal, die allerhübschesten, die hier herum wohnen.«

Gleich nach Sonnenuntergang machte ich mich auf den Weg. Wenn ich nicht in rabenschwarzer Nacht durch den Busch zockeln wollte, mußte ich mich beeilen; denn sobald die Sonne am Horizont verschwunden ist, hat man gerade Zeit genug, sich mal umzudrehen, und die Nacht ist da, ohne daß man sagen könnte, wo sie so schnell hergekommen ist.
Die Hütte meines Nachbars lag auf demselben Höhenzuge, auf dem meine Höhle lag, aber er wohnte noch abgeschiedener im Dickicht als ich. Warum er sich so tief verkrochen hatte, ist eine andere Geschichte, die zu erzählen wäre.
Der Platz war idyllisch. Etwa ein Dutzend gigantische Ebenholzbäume standen verstreut über der Buschlichtung, die eine Art Plateau bildete, von dem aus man weit über das flache Dschungelland blicken konnte. Diese herrlichen Bäume standen nicht da wie uninteressierte Säulen. Mit den langen grauen Moosbärten, die von den Ästen hingen, erweckten sie den Eindruck, als wären sie alte, jedoch sehr lustige Herren, die mit großem Behagen darauf warteten, daß der Tanz beginne.
Zwei Indianer mit ihren Frauen waren bereits anwesend. Nachdem die sehr höfliche Begrüßung vorüber war, wurde ich aufgefordert, in die Hütte zu kommen und zu Abend zu essen. Es gab schwarze Bohnen, Tortillas und Kaffee.
Inzwischen kamen weitere Gäste, nur Indianer; ich war der einzige Weiße und war nur darum wohl eingeladen worden, weil ich ein Mitbewohner in diesem wilden Dschungel war. Die Indianer kamen geritten, auf Pferden, Maultieren oder Eseln. Viele hatten keine Sättel. Alle brachten ihre Frauen und Kinder mit. Manchmal saßen Mann, Frau und zwei Kinder auf demselben Pferd, während die Frau noch einen Säugling im Arm hielt. In einem Basttäschchen hatten sie Tortillas, falls sie Hunger bekommen sollten, denn getanzt wird bis Sonnenaufgang.
In einem Sack hatten die Frauen ihre flimsigen Musselinkleider und lacklederne Halbschuhe.
Bei der Ankunft waren sie entweder barfuß oder trugen selbstge-

machte schlichte Sandalen, und gekleidet waren sie in ihre billigen Kattunkleider.
Sobald sie von den Reittieren abgesessen hatten, wobei ihnen ihre Männer mit höflichem Anstand halfen, verkrochen sie sich in einen Winkel der Schilfhütte oder hinter die Hütte und zogen sich um. Sie wuschen sich noch einmal, wobei sie stark nach Patschuli und Moschus riechende Seife benutzten. Dann lösten sie ihr langes rabenschwarzes Haar und kämmten es sorgfältig.
Der Mond war aufgegangen, ein runder, glänzender, satter Vollmond. Und er glitt in majestätischer Ruhe über den klingend klaren Nachthimmel.
Nach und nach kamen die Frauen schüchtern hervor, an ihren hauchdünnen Gewändern die Falten herunterstreichend. Die Kleider waren kurz, nach der Mode, hatten kurze Ärmel und ließen Hals und Nacken frei. In das offen hängende Haar hatten die Frauen Blumen gesteckt. Manche der Frauen waren kaum fünfzehn oder sechzehn Jahre alt, hatten aber schon ihre Säuglinge mit; alle übrigen Frauen, die keine Säuglinge hatten, standen in der Erwartung, bald welche zu bekommen.
Der Gastgeber hatte einige Bretter über ein paar morsche Kisten gelegt, damit die Damen sitzen konnten. Die Männer standen schwatzend herum. Sie hatten sich nicht umgekleidet, weil sie nichts zum Umkleiden hatten. Sie trugen ihre üblichen gelben oder blauen Zwirnhosen, ein weißes oder farbiges Baumwollhemd, Sandalen oder Schuhe und ihren großen spitzen Strohhut. Jacke oder Weste hatten sie keine. An Stelle dessen hatten manche braune, rote oder bunte Wolldecken mitgebracht, für den Fall, daß es in der Nacht kühl werden sollte. Die Frauen hatten große schwarze Baumwolltücher, die sie um die Schultern legten. Diese Tücher, gewöhnlich Rebozo genannt, dienen als Hut, als Schleier, als wärmendes Umschlagetuch, als Schal, häufig auch als Taschentuch und zuweilen als Windel für die Säuglinge und, wenn zusammengefaltet, als Kissen für den Scheitel, wenn die schweren Wasserkrüge vom Flusse heraufgeschleppt werden müssen.

Die Musiker hatten gleichfalls ihre schwarzen Bohnen und ihren Kaffee bekommen. Darauf drehten sie sich eine Zigarette, und als sie aufgeraucht war, begann die Musik. Eine Geige und eine Gitarre. Mein Nachbar spielte noch nicht, er wollte erst tanzen.
Er hatte eine hübsche Frau, indianisches Vollblut. Von allen Frauen war sie am hübschesten angezogen, hatte die Blumen auf sehr geschmackvolle Weise ins Haar gesteckt. Außerdem hatte sie sich parfümiert. Sie war noch nicht ganz zwanzig Jahre alt; ihr ältester Sohn, ungefähr fünf Jahre alt, zeigte sich im Laufe der Nacht als ausgezeichneter Solotänzer.
Als die Musik zu spielen begann, wurde sofort getanzt. Dieses Zögern, das die erste Stunde einer Tanzfestlichkeit oft wie eine Begräbnisfeierlichkeit erscheinen läßt, kennen die Leute nicht. Ihnen ist Tanzen keine Verführung Beelzebubs, noch viel weniger etwas, was sich mit der Würde des Menschen nicht verträgt. Es waren Frauen da mit ihren Kindern und mit Enkelkindern, die auch bereits in Hoffnung waren, während die werdende Urgroßmutter selbst noch einen Säugling an der Brust liegen hatte. Und diese lebenstrotzende Urgroßmutter tanzte nicht weniger oft und nicht weniger graziös als die fünfzehnjährigen Mädchen.
Die Frauen säugten ihre Kleinen, ohne irgendwelche Prüderie dabei zu zeigen. Das geschah so natürlich, so unverhüllt, als ob dem Kindchen eine Milchflasche gereicht würde. Hatten sich die Kleinen satt getrunken, dann wurden sie in das schwarze Baumwolltuch gehüllt und glatt auf die Erde gelegt, direkt unter die Bank, ein wenig nach hinten geschoben, damit man sie nicht mit den Absätzen der Schuhe treffen konnte. Die Kleinen schliefen dann lustig drauflos bis gegen Mitternacht, wo sie sich meldeten und abermals ihre beiden Flaschen gefüllt vorfanden, trotzdem die Mütter keinen Tanz versäumten.
Wenn man aus Erfahrung weiß, was auf dem Erdboden im tropischen Busch, auch wenn er in der Größe eines Hofes gelichtet ist, herumkriecht, besonders zur Nachtzeit, so überläuft es einen eiskalt, wenn man die kleinen Würmchen auf die Erde gebettet sieht.

Die größeren Kinder tummelten eine Weile herum, dann wurden sie müde, legten sich auf die blanke Erde neben die Säuglinge, zogen die Knie, so hoch sie konnten, und schliefen wie kleine Ratten. Wenn der Vater eine Decke hatte, wurde sie dem Kinde untergeschoben, und es wurde wie ein Baumstamm eingewickelt, bis das nächstältere auch müde ankam und hinzugewickelt wurde.
Bis gegen neun Uhr kamen immer noch weitere Gäste angeritten. Auf mich machte es einen unheimlichen Eindruck, wenn plötzlich eine Frau, seltener ein Mann, mitten in der Musik oder im Tanzen anhielt, einige Sekunden in die Nacht hinauslauschte und dann sagte: ›Es kommt wieder ein Paar. Wer mag es sein?‹
Der Weg zog sich in langen, verwachsenen Windungen durch den Busch. Selbst bei Tage konnte man niemand in größerer Entfernung sehen als hundert Meter an den günstigsten Stellen. Infolge der Musik und des Geplauders der Leute konnte man nichts hören, was in einiger Entfernung vor sich gehen mochte. Wenn jemand gesagt hatte: ›Es kommt ein Paar auf einem Maultier‹, so dauerte es gut zehn Minuten, wenn nicht oftmals mehr, ehe die Angemeldeten sichtbar wurden. Diese Gabe der Fernmeldung ist bei Stämmen, die weiter im Süden wohnen, viel höher ausgebildet und wirkt wahrhaft gespenstisch.
Die Musik spielte alles nach Gehör. Ab und zu spielte der Geiger die Gitarre und der Gitarrespieler die Geige. Wenn die Musiker selbst tanzen wollten, ergriff einer der Indianer das Instrument und spielte, vielleicht nicht ganz so gut wie die Musiker, die natürlich keine Berufsmusiker waren, sondern wie alle übrigen Indianer Holzhauer und Köhler. Auch mein Nachbar beeilte sich, zu zeigen, was er in den fünf Tagen gelernt hatte. Ich wußte, daß er die Gitarre nicht länger im Haus gehabt hatte, denn ich hatte ihn damit ankommen sehen, als er sie sich ausgeliehen hatte. Jemand hatte ihm gezeigt, wie man das Instrument anzupacken hat, ihm einige Griffe klargemacht, und das war alles.
Was er jetzt leistete, war in der Tat erstaunlich. Er hatte zwar nur die Geige zu begleiten, aber auch das muß gekonnt sein. Ein paar-

mal vergriff er sich wohl, fand aber immer von selbst die richtige Tonart wieder.

Der Geiger, ein kleines schmächtiges Bürschchen, tanzte seltener mit den Mädchen. Er zog es vor, Solo-Grotesktänze zu veranstalten. Diese Solotänze waren so urkomisch, daß nicht nur die Indianer zum Bersten lachten, sondern daß auch ich so lachen mußte, daß mir der Leib weh tat. Die Kunst des Tanzes läßt sich nicht schildern, noch viel weniger die des Grotesktanzes.

Gespielt wurden amerikanische Onesteps und Foxtrotts, ferner Walzer, die im altväterlichen Polkaschritt, nur viel langsamer, getanzt wurden, ähnlich wie der sogenannte ›Boston‹. Der Rundwalzer oder Wiener Walzer ist unbekannt. Dann tanzte man eine Art Rheinländer. Diese Tänze interessierten mich wenig.

Jedoch jeder vierte Tanz etwa war das, was ich sehen wollte: ein Originaltanz.

Ich habe denselben Tanz hier bei Vögeln gesehen in der Balzzeit. Dann tanzen sie in der gleichen Weise voreinander, was ungemein drollig ist.

Während des Tanzes nähern sich die Paare und entfernen sich, berühren sich aber nie, nicht einmal bei den Händen. In bestimmten Intervallen setzt die Musik aus, und die Musiker sowie diejenigen Männer, die keine Tänzerinnen haben, ersetzen die Musik durch Singen. Dieses Singen geschieht auf der höchsten Spitze der menschlichen Stimme und ist ein sehr taktmäßiges, jedoch schrilles und kreischendes Modulieren von Tönen, die kaum etwas Menschliches an sich haben. (Der Kriegsschrei der Azteken war ein ganz hoher schriller Schrei, der die Spanier, als sie ihn zum ersten Male hörten, mit Grauen erfüllte.) Ein Hauch von diesem Grauen überkommt einen sogar dann, wenn dieser Gesang rein freudigen Zwecken dient. Nur bei diesem Tanz, sonst nicht, fühlte ich, daß ich in einer anderen Welt lebte, daß Jahrhunderte mich von meiner Zeit, Tausende von Meilen mich von meiner Rasse trennten, daß ich auf einem andern Erdball lebte als dem, auf dem ich geboren worden war.

Der Mond stand jetzt steil über mir. Der tropische Nachthimmel war von glänzender Klarheit wie eine große schwarze Perle. Eine weiße schimmernde Helle lag wie flutender dünner Seidenschleier auf dem Plateau, und sie lag wie flimmernder Lichtnebel auf dem weiten Dschungel. Es war die blendende Helle des Tages, gehüllt in eine dicke weiße Wolke. Myriaden und Myriaden von Graspferdchen, Grillen, Käferchen sangen den urewigen gleichförmigen Gesang der tropischen Nacht, während in dem nahen Dschungel ein mitleidloses Kämpfen um Leben und Liebe war. Ein leichter Wind wehte um die grauen Bärte der Ebenholzbäume, und das war, als ob die alten Herren, die Hunderte von Jahren zählten, einander zunickten und sich lustige Dinge erzählten. Die angebundenen Pferde scharrten und schnüffelten, während die Esel arme dürre Strünke abknabberten, kauten und hin und wieder kläglich trompeteten, um die Tigerkatzen, die durch den Busch schlichen, zu erschrecken. Ab und zu lief ein Schwein den Tanzenden zwischen die Beine, während ein anderes sich an einem Holzsattel, der auf der Erde lag, den Rücken schabte und ein drittes sich behaglich grunzend in dem Schlamme wälzte, der sich von den ausgeschütteten Kaffeeresten gebildet hatte.
Ein Kindchen begann leise zu weinen, und die Mutter ließ ihren Tänzer los, lief zu dem winzigen Bündelchen, das auf der Erde kollerte, hob es auf, wickelte es aus, knöpfte sich das Kleid weit auf, setzte sich auf die Bank, gab dem Kinde zu trinken und sah dabei belustigt den Tanzenden zu.
Jeder Tanz wurde so lange gespielt, bis die Tänzer derart ermattet waren, daß sie ihre Damen zur Bank führen mußten. Getrunken wurde nur Wasser, und das in großen Mengen. Zwei Burschen hatten alle Augenblicke mit einem Eimer zu einem Regenpfuhl zu laufen, der im Busch lag und zur Nachtzeit allerlei gefährliche Gäste einlud, die vom Durst hingetrieben wurden.
Und ich tanzte und tanzte. Die jüngeren Frauen und Mädchen waren anfangs ein wenig scheu mir gegenüber; aber als sie sahen, daß ich nicht bissig war und beim Tanzen die Beine genauso

bewegte wie ihre Stammesgenossen, auch nur Hose, Hemd und Hut hatte und meine Zigaretten verschenkte, bekamen sie Zutrauen. Bald konnte ich den Indianertanz tanzen, worüber die Leute sich nicht wenig wunderten. Singen freilich konnte ich ihn nicht und werde es auch nicht lernen, dazu ist eine Vorübung notwendig, die bei den Meistern zehntausend Jahre gedauert hat. Bald hatte ich die beste Tänzerin entdeckt, die ich für die zweite Hälfte der Nacht mit nur wenigen Ausnahmen Tanz für Tanz heranholte, was mir niemand übelzunehmen schien. Es war die Urgroßmutter. Ihr Gesicht war zerknülltes und zerknittertes schwarzbraunes Leder, ihre Augen waren schwarz, ihr geöltes langes strähniges Haar noch schwärzer, und ihre Haut strömte einen nicht angenehmen scharfen Geruch aus. Möglich, daß man sie, wenn man sie in Mitteleuropa anträfe, für des Teufels Großmutter ansehen würde. Aber sie tanzte wie eine Göttin, und ihre Grazie und ihre Anmut beim Tanzen waren von großer Schönheit. Mit Sonnenaufgang verblaßte der Mond, verblaßte die Musik. Unauffällig zog sich eine Frau nach der andern hinter die Hütte zurück, kam nach einer Weile wieder vor in ihren Lümpchen und mit einem Bündelchen. Ebenso unauffällig, ohne Abschiedsszenen, setzten sie sich auf ihre Pferde und Esel und verschwanden lautlos. Die aufgegangene Sonne fand einen kahlen Platz, auf dem niemals getanzt, vielleicht von Tanzen geträumt worden war.

Ein Hundegeschäft

Eines Tages kam der Indianer Ascension zu mir und fragte mich, ob er denn nicht einen von meinen kleinen jungen Hunden haben könne. Ich hatte fünf und wäre froh gewesen, wenn ich drei hätte loswerden können.

»Sie können ganz gewiß einen haben«, sagte ich. »Welchen möchten Sie denn?«

Die kleinen Hunde spielten mit ihrer Mutter gerade vor uns im Sande.

»No le hace, das ist mir ganz gleich«, sagte Ascension. »Geben Sie mir einen, welchen Sie wollen, Señor.«

Ich nahm so einen kleinen Wicht beim Wickel und reichte ihn Ascension. Er hätschelte ihn gleich und freundete sich mit ihm an. Ich hatte ja nicht die Absicht, viel für den Hund zu verlangen. Aber mit dem Wegschenken muß man sehr vorsichtig sein. Das wird falsch verstanden. Hätte ich ihm den Hund geschenkt, dann wären eine halbe Stunde darauf alle Männer und Jungen des Dorfes gekommen, um einen Hund von mir geschenkt zu erhalten. Diejenigen nun, denen ich keinen hätte geben können, weil ich ja nur drei hergeben wollte, würden mich gefragt haben, warum ich denn den Hund gerade Juan gegeben habe und nicht Pedro, warum Elicio und nicht Anastasio, was mir denn Elicio je Gutes getan hätte, daß ich ihm den Hund gegeben hätte, während mir doch Nazario gestern erst einen halben gekochten Kürbis gebracht habe. Und wenn ich schon damit begann, einen kleinen Hund wegzuschenken, so kam morgen vielleicht ein Mann und sagte mir, ich könnte ihm doch gut eine von den kleinen Ziegen geben oder eins der kleinen Schweinchen. Es sind solche Erfahrungen, die einen lehren, alle Handlungen und Geschäfte, die man vorhat, klug zu überlegen.

»Das Hündchen kostet einen Peso«, sagte ich nun zu Ascension.

»Das ist viel zu teuer für so einen kleinen Hund«, sagte er darauf.

»Er kann ja noch gar nicht richtig bellen.«
»Wenn Ihnen der Perrito zu teuer ist, dann mögen Sie den dort haben«, ich packte einen andern von den kleinen Burschen, »der kostet nur achtzig Centavos, vier mal zwanzig Centavos.«
Der Hund war genau so gut wie der für einen Peso.
»Oder«, ich ergriff wieder einen andern, »Sie können auch den hier haben, der kostet nur acht Reales.« Acht Reales sind ein Peso.
»Nur acht Reales?« fragte Ascension erstaunt. »Das ist aber einmal billig. Wie können Sie nur so billig einen so schönen Hund hergeben?«
»Ich tue das auch nur für Sie, Ascension, ein anderer Mann müßte mir wenigstens zwölf Reales dafür bezahlen.«
Nachdem er eine Weile nachgedacht hatte, sagte er: »Ich nehme aber doch lieber den Hund für einen Peso. Das ist ja sehr teuer, mucho dinero, aber er ist der beste Hund, der tapferste. Er macht einen guten Beller, das sehe ich jetzt schon.«
Er nahm den Hund auf, nestelte ihn in seinen Arm, sagte »Adios, Señor!« und wollte gehen.
»Oiga, Ascension, hören Sie einmal, was ist denn mit dem Peso? Ich habe Ihnen doch gesagt, der Hund kostet einen Peso.«
Ascension blieb ganz unschuldig stehen: »Einen Peso? Ja, das ist ganz richtig, seguro, einen Peso. Sie haben das gesagt, einen Peso.«
»Und den Peso müssen Sie mir jetzt geben, Ascension, oder Sie können den Hund nicht mitnehmen.«
»Was sind Sie denn nun eigentlich?« fragte Ascension, ohne den Hund niederzusetzen. »Sind Sie denn nun eigentlich ein Christ, oder sind Sie ein böser Heide? Das glaube ich doch nicht von Ihnen. Sie sehen doch, wie sehr der Hund mich liebt.«
Das war nicht ganz richtig. Das Hündchen strampelte und wehrte sich und wollte wieder zurück zu seiner Mutter.
»Sehen Sie denn nicht, Señor, daß der tapfere Hund immer an mein Gesicht heran will, weil er mich liebt und nicht mehr von mir fort will?« Ich mußte das Gespräch wieder auf den Kernpunkt

zurückführen, denn ich erkannte seine Absicht, die Rechtslage zu verwirren und sie zu jenem Punkt zu führen, wo er von mir einen Peso verlangen wird, daß er den Hund überhaupt zu sich nach Hause trägt.

»Haben Sie einen Peso bei sich?« fragte ich ihn nun.

»Nein, ich habe natürlich keinen Peso bei mir.«

»Dann müssen Sie den Hund wieder hergeben und erst einen Peso bringen«, sagte ich und nahm ihm das Hündchen wieder ab.

Er war keineswegs gekränkt.

Er blieb noch eine Weile stehen, sah den spielenden Hunden zu, redete noch einige nebensächliche Dinge und trottete dann seiner Wege.

Am nächsten Morgen, sehr frühzeitig, war Ascension wieder bei mir.

»Wer kocht Ihnen denn Ihre Frijoles?« fragte er.

»Die koche ich mir selbst.«

»Wer macht Ihnen denn die Tortillas?«

»Die mache ich mir auch selbst.«

Er schüttelte den Kopf. Er stand einer ihm völlig fremden Welt gegenüber. Für ihn war es unbegreiflich, daß ein Mann allein leben konnte, daß ein Mann sich sein Essen selbst kochte, seine Wäsche selbst wusch. Selbst die indianischen Soldaten der Armee haben ihre Frauen in der Nähe, und bei Truppentransporten müssen die Frauen alle mitgenommen werden.

Nun sah er mich eine Weile an und sagte dann: »Sie sehen gar nicht gut aus, Señor. Sie haben gar kein Fett an sich. Wie ein ganz mageres Hähnchen. Ich glaube nicht, daß Ihnen das guttut. Wissen Sie, Sie können sehr leicht krank werden, wissen Sie das auch?«

»Krank? Ich? Warum?«

Er wartete und schien zu überlegen, was oder wie er das Was sagen sollte.

Endlich war er mit der Form, in der er seinen Gedanken ausdrükken wollte, einig: »Ja, krank, das meine ich. Man kann sehr leicht krank werden, wenn man ganz allein wohnt wie Sie. Das geht nicht. Ich will Ihnen auch sagen, was Ihnen fehlt. Es fehlt Ihnen jemand, der Ihnen die Frijoles kocht und die Tortillas klatscht. Das fehlt Ihnen, Amigo.«

»Ich werde ganz gut allein fertig«, sagte ich.

»Das werden Sie nicht, Señor. Mir können Sie so etwas nicht erzählen. Ich bin ein ausgewachsener Mann. Kennen Sie meine Tochter Felicia?«

»Nein.«

»Meine Felicia ist siebzehn Jahre, ein starkes und gesundes Mädchen, meine Felicia. Das ist sie. Und sie ist ein sehr hübsches Mädchen. Sie badet sich zweimal in der Woche in der großen Tonne. Das tut sie. Sie hat sehr schönes langes und dickes Haar. Das kämmt sie jeden Tag zweimal, und sie nimmt sich sehr viel Zeit dazu.«

»Das ist Ihre Felicia? Bueno, aber warum erzählen Sie –?«

Er ließ mich meine Frage nicht beenden. »Meine Felicia kocht die Frijoles und überhaupt alles viel besser als meine Frau. Sie kann viel mehr kochen. Sie kann auch viel besser zählen als ich. Und Sie werden es gewiß nicht glauben, aber es ist die reine Wahrheit, sie kann sogar ihren Namen schreiben. Ja, das kann die Felicia.«

Die Hunde spielten dicht vor unsern Füßen herum. Ascension bückte sich nun und hob einen der kleinen auf, den er gestern schon in der Hand gehabt hatte.

»Das ist der kleine Beller, den Sie mir für einen Peso verkaufen wollen?« fragte er nun.

»Ja, das ist er. Der kostet einen Peso und nicht einen einzigen Centavito weniger. Der ist sehr tapfer und kann gut bellen.«

»Das glaube ich auch jetzt beinahe, er hat einen guten starken Mund, und die Zähne sind schon tüchtig spitz und scharf. Ich glaube, daß er schon bald einen Banditen beißen kann. Einen Peso, sagen Sie, Señor, einen Peso und nicht einen Centavito weniger? Das ist teuer, sehr teuer.«

»Sie dürfen den Hund ruhig hierlassen, ich will ihn gar nicht verkaufen«, sagte ich.

»Was die Felicia ist, meine Tochter«, begann er nun wieder, »die macht eine sehr gute Köchin. Ich kann Ihnen das schwören. Sie verlangt nicht viel Lohn. Sechs Pesos den Monat. Und sie kocht gut, und sie tut alle Arbeit. Sie läuft auch nicht fort. Freilich, drei Pesos Lohn muß ich voraushaben, sonst kommt sie nicht. Ich habe eine Menge Ausgaben für sie. Wenn Sie mir jetzt diese drei Pesos hier bezahlen, dann schicke ich sie rauf. Sie kann tüchtig arbeiten.«
»Nein«, sagte ich, »die drei Pesos gebe ich Ihnen nicht. Ich kenne die Felicia gar nicht, weiß auch nicht, ob sie arbeiten will. Aber wenn Sie denken, daß sie eine gute Köchin ist, dann will ich sie für einen Monat zur Probe nehmen. Aber ich zahle nicht voraus. Nach zehn Tagen bekommt sie ihre zwei Pesos, und nach weiteren zehn Tagen wieder zwei Pesos. Viel Arbeit hat sie ja gar nicht zu tun, ich bin ja auch den ganzen Tag draußen auf meinem Acker.«
»Das weiß ich alles sehr gut«, sagte Ascension, »sonst könnte sie auch nicht für sechs Pesos arbeiten, und sie müßte wenigstens sieben Pesos haben. Also Sie wollen mir nicht die zwei Pesos vorausgeben. Señor?«
»Nein.«
»Aber vielleicht einen Peso, Señor. Ahora! Mire! Nun sehen Sie doch einmal hier, ein Peso ist doch ganz wenig, gerade nur ein kleines Stückchen Geld. Das können Sie mir doch leicht vorausgeben. Felicia kann auch tüchtig waschen. Sie versteht das gut, sie spart auch sehr mit dem Fett, wenn sie kocht. Für ein paar Centavos kann sie ein gutes Essen kochen. Die kann für einen Peso, nun warten Sie einmal, also sie kann für einen Peso zwanzig Comidas, denken Sie nur, zwanzig Mittagessen kochen. Wissen sie, was Señora Porragas in ihrer Fonda für ein einziges Mittagessen verlangt? Das wissen Sie nicht. Aber ich weiß es ganz genau, Jacinto hat es mir erzählt; sie verlangt für ein einziges Mittagessen fünfunddreißig Centavos. Von solchem Gelde kann Felicia mehr als zwölf Mittagessen kochen.«
Während ich vorher nie an eine Köchin gedacht hatte, so war es

mir während der langen Unterredung doch so nach und nach in den Sinn gekommen, daß ich unbedingt eine Köchin brauchte. Sie würde mir eine ganze Menge Arbeit abnehmen, und ich könnte meine Gedanken auf andere Dinge lenken als auf Hausarbeit, die mir viel Zeit wegnahm. So sagte ich denn schließlich: »Gut, ich werde Felicia als Köchin annehmen.«
»Das habe ich doch gewußt, daß Sie eine Köchin brauchen, Señor«, sagte nun Ascension mit großer und überlegener Sicherheit. »Denken Sie denn nicht, daß es nun anständig wäre, mir wenigstens einen Peso zu geben als Vorausbezahlung für den Lohn?«
Ascension hatte im Grunde recht, dachte ich. Es ist nur billig, daß man bei Anstellung einer Arbeitskraft ein Handgeld gibt. Man tut es ja sogar, wenn man einen Esel kauft oder eine Ziege, warum soll man es denn nicht mit gleicher Berechtigung tun, wenn man einen Menschen zur Arbeit annimmt? Durch den Platzwechsel hat ja der Mensch gewisse Ausgaben nötig.
»Oiga, Ascension«, sagte ich nun, »gut, ich will Ihnen einen Peso vorausgeben auf den Lohn der Felicia. Aber Sie müssen die Felicia nun auch gleich sofort heraufschicken, damit sie schon das Mittagessen für heute kochen kann.«
»Auf der Stelle schicke ich sie rauf, die Felicia«, sagte Ascension mit einer Gebärde, als ob ich etwa an seiner Ehrlichkeit gezweifelt hätte; »aber gleich sofort sage ich ihr, daß sie zu Ihnen hinaufgehen soll. Ich werde ihr helfen, ihre Kleider und Schuhe in den Sack zu packen, damit sie auch ganz schnell kommen kann.«
Ich ging ins Haus und brachte einen Peso heraus. Ich gab Ascension den Peso und sagte noch einmal: »Also schicken Sie die Felicia rauf und sagen Sie ihr, daß ich auf sie warte im Hause und nicht auf das Feld vorher hinausgehe.«
Ascension nahm den Peso, sagte: »Muchas gracias, Señor!«, schob den Peso in seine Hosentasche, drehte sich um und ging einige Schritte weit.
Als er etwa zehn Schritte gegangen war, blieb er stehen, drehte sich wieder um und kam zurück.

Er ging auf die spielenden Hunde zu, hob den kleinen Hund, den er sich ausgesucht hatte, auf und sagte: »Das ist doch der kleine tapfere Beller, nicht wahr, Señor?«
»Ja«, sagte ich zustimmend, »das ist ein kleiner tapferer Bursche, der sicher einmal den Banditen das Fell tüchtig zerfetzen wird.«
»So sieht er aus«, sagte Ascension und nestelte das Hündchen in seinen Arm. »Was sagten Sie, Señor, wieviel das kleine winzige Hündchen kosten soll? Er wiegt doch noch nicht einmal ein Kilo.«
»Der kostet einen Peso; ich kann nichts herunterhandeln lassen.«
»Das ist viel Geld für einen so kleinen Hund. Ich weiß nicht, wie ich das machen soll. So viel Geld für einen kleinen Hund. Gut denn, Señor, ich will Ihnen einen Peso für den Hund bezahlen. Ich glaube nicht, daß er einen Peso wert ist.«
Er suchte jetzt umständlich in seiner Hosentasche herum und brachte endlich meinen Peso hervor.
»Hier ist der Peso, Señor, für das kleine Hündchen«, sagte er. »Den Hund habe ich nun von Ihnen gekauft. Adios, Señor!«
Und fort ging er, mit dem Hund im Arm.
Ich wartete auf Felicia. Aber sie kam nicht. Es waren nur etwa zwanzig Minuten bis zu ihrem Hause, und jetzt wartete ich bereits drei Stunden. Ich mochte nun auch nicht aufs Feld hinaustrotten, weil sie ja inzwischen vielleicht kommen konnte und mich dann nicht im Hause antreffen würde. Endlich ging ich hinunter ins Dorf.
Als ich zu der Hütte des Ascension kam, spielte er mit dem Hunde.
»Pase, Señor!« sagte er sorglos, als er mich in der Tür stehen sah.
Ich trat näher, aber er schien nicht zu wissen, was ich von ihm wollte.
»Hören Sie, Ascension«, sagte ich ohne weitere Einleitung, »Sie haben mir doch versprochen, Felicia sofort hinaufzuschicken.«
»Freilich habe ich das versprochen«, gab er unbekümmert zu, »und was ich verspreche, das halte ich stets. Ich habe Felicia sofort hinaufgeschickt zu Ihnen.«
»Sie ist aber nicht gekommen.«

»Dafür kann ich nicht, Señor«, sagte er achselzuckend, »ich habe die Felicia sofort hinaufgeschickt. Aber sie ist nicht gegangen. Sie sagt mir dreist: ›Du hast mir gar nichts zu sagen!‹ Was will ich denn da machen! Ich habe sie sofort hinaufgeschickt.«
»Also dann scheint mir, daß Ihre Felicia nicht als Köchin zu mir kommen will«, sagte ich.
»Ich habe sie sofort hinaufgeschickt, wie ich versprochen habe, ich bin ein grundehrlicher Mensch.«
Ascension blieb bei seiner Rede und brachte keinen Wechsel hinein.
»Das nützt mir nichts«, behauptete ich, »sie ist nicht gekommen.«
»Aber, Señor, ich kann sie doch nicht zu Ihnen ins Haus schleppen wie eine kleine Ziege. Sie ist doch eine erwachsene Frau. Ich habe sie sofort hinaufgeschickt.«
»Gut, dann müssen Sie mir sofort den Hund wieder zurückgeben, Ascension.«
»Den Hund, Señor?« Ascension machte ein erstauntes Gesicht. »Aber haben Sie denn ganz vergessen, daß ich Ihnen den Hund für einen Peso abgekauft habe? Das ist jetzt mein Hund, den habe ich für einen Peso von Ihnen gekauft.«
»Dann müssen Sie mir den Peso zurückgeben, den ich Ihnen vorausbezahlte auf den Lohn der Felicia«, sagte ich.
»Den Peso, den Sie mir für die Felicia bezahlt haben?«
»Ja, den Peso meine ich.«
»Aber, Señor«, lachte nun Ascension, »den habe ich Ihnen doch zurückgegeben, als ich den Hund von Ihnen kaufte. Wissen Sie denn das nicht mehr?«
Der Mann hatte recht. Er hatte mir den Hund abgekauft, und er hatte mir auch den Peso, den ich vorausbezahlt hatte auf den Lohn der Felicia, zurückgegeben.
Ich konnte das nicht gut bestreiten, denn ich hatte ja den Peso in meiner Hosentasche.

Kauf eines Esels

In dem Indianerdorfe, in dem ich lebte, lief alles Getier, Rinder, Ziegen, Schweine, Hühner und unzählige Hunde, frei herum. Irgendeinem Tier einen Stall zu bauen, hielt man für überflüssige Arbeit. Die Tiere fühlen sich hier viel wohler ohne Stall. Jeder Indianer kennt zudem sein Vieh ganz genau, auch wenn es keine Brandmarke trägt.
Unter diesem Getier befanden sich viele Esel; denn jede Indianerfamilie hatte wenigstens zwei Esel. Der Esel ist in Zentralamerika wichtiger als eine gute Kuh. Das sah ich bald selbst ein, und ich beschloß, mir einen Esel anzuschaffen, auf dem ich zu meinem Felde reiten konnte und der mir half, Holz und Feldfrüchte heimzuschaffen.
Ich bemerkte unter den herumlaufenden Eseln einen, der sicher keinen Besitzer hatte.
Er wurde nie geritten, nie beladen, und wenn er sich in der Nähe einer Hütte sehen ließ, trieben ihn die Jungen fort oder hetzten die Hunde auf ihn.
Man konnte es leicht verstehen, warum niemand von den Indianern sein Besitzer sein wollte. Denn er war sehr häßlich. Das rechte Ohr stand waagerecht heraus, und das linke Ohr hing schlaff herunter, weil es, offenbar in des Esels weit zurückliegender Jugend, bei irgendeiner Gelegenheit gebrochen war. An dem einen Hinterbein hatte er eine dicke verhärtete Geschwulst, die von dem Biß einer Giftschlange oder einer sehr bösen Infektion herrühren mochte. Infolge der merkwürdigen Stellung der Ohren sah der Kopf sehr ähnlich dem eines Pariser Kunststudierenden.
Seine Unabhängigkeit und sein Vagabundenleben machten den Esel, der männlichen Geschlechts war, zum Herrscher über alle andern Esel im Dorfe, und er verfügte über die weiblichen Esel wie ein Despot. Natürlich immer zu seinen Gunsten und mit Erfolg. Rücksichtslos kämpfte er jeden Nebenbuhler nieder, und bei die-

sen Kämpfen machte er nicht nur von seinen Hufen, sondern auch von seinen Zähnen brutalen Gebrauch.
Einmal wurde er von zwei Indianerburschen mit Holz beladen, das der Esel der beiden Burschen abgeworfen hatte, weil er glaubte, die Last sei zu schwer für ihn, und er sich deshalb nicht verpflichtet fühlte, sie zu schleppen. Der häßliche Esel jedoch nahm die Last auf, als sei sie nur gerade Spielerei für ihn. Als er bei der Hütte der Burschen abgeladen war, wollte er nicht mehr fort von der Hütte. Seine Sehnsucht war, einen Herrn zu haben und eine Hütte, wo er das Recht hatte, während der Mittagsglut im Schatten zu stehen, ohne daß ihn jemand mit Steinen forttrieb. Die Jungen aber trieben ihn hinweg, nachdem er seine Gelegenheitsarbeit getan hatte, weil sie nicht Besitzer eines so grundhäßlichen Esels sein wollten.
Ich hatte den ganzen Vorgang mit angesehen, und ich wußte auch, daß niemand im Dorfe den Esel haben wollte und niemand sich als seinen Besitzer erklärte. Nun ging ich in die Hütte und fand den Vater der beiden Burschen auf dem Boden hocken, einen Mango mit den Zähnen abschälend.
»He, Liborio«, fragte ich, »wem gehört denn eigentlich der Hängeohresel?«
»Der gehört niemand, Señor. Niemand im ganzen Dorfe, auch mir nicht. Der ist hier einmal zugelaufen oder vielleicht auch von einer durchziehenden Karawane zurückgelassen worden. Quién saba! Was weiß ich! Der gehört niemand. Auch mir nicht.«
»Dann könnte ich doch eigentlich den Esel haben. Ich brauche notwendig einen, und niemand hat einen volljährigen Esel zu verkaufen«, sagte ich nun.
»Natürlich können Sie ihn haben, como no«, antwortete Liborio, »wir sind alle recht froh, wenn der Esel jemanden kriegt. Dann bricht er uns wenigstens nicht mehr in die Felder. Aber er ist sehr häßlich, muy feo. Ich möchte ihn nicht anfassen, so häßlich ist er.«
»Da mache ich mir nichts daraus. Er ist stark und läßt sich gut reiten«, erwiderte ich.

Dann ging ich heim, holte einen Lasso, fing mir den Esel ein und brachte ihn zu meiner Behausung. Darauf lief ich zur Tienda, kaufte fünf Kilo Mais und gab meinem neuen Arbeitsgefährten ein paar Hände voll Mais zu essen. Er nahm den Mais – wohl den ersten seit langer Zeit – freudig und dankbar entgegen und fühlte sich von jenem Augenblick an bei mir zu Hause.
Am nächsten Tage ritt ich stolz auf meinem Esel auf mein Feld hinaus, und auf dem Heimwege belud ich ihn mit einer schönen Last Kürbisse für meine Ziegen. Der gute Esel wurde mir durch seine willigen Dienste nach wenigen Tagen schon unentbehrlich. Dadurch, daß ich auf das Feld hinausreiten konnte, war ich in der Lage, mehr zu arbeiten, und weil mir das starke Tier solche Lasten von Feldfrüchten heimschleppen konnte, bekamen die Ziegen besseres Futter und gaben mehr Milch.
So ging eine Woche vorüber.
Es war an einem Sonntagnachmittag, als ein Indianer zu meiner Hütte kam, mich begrüßte und um Feuer für seine Zigarette bat. Dann sagte er mir, daß es sehr heiß sei, daß er schwer zu arbeiten habe, daß sein jüngstes Kind an Husten litte und daß seine beiden Kühe recht wenig Milch gäben. Um mir das alles zu erzählen, war er nicht gekommen. Nach einer Weile deutete er zu meinem Esel hinüber, der an Maiskolben kaute, und sagte: »Das wissen Sie doch wohl, Señor, daß dies da mein Esel ist?«
»Ihr Esel?« fragte ich erstaunt. »Das ist nicht Ihr Esel. Der Esel gehört niemand.«
»Da sind Sie aber doch im Irrtum, Señor. Das ist wirklich und wahrhaftig mein Esel, beim heiligen San Sebastian. Aber wenn Sie ihn gern haben wollen, will ich Ihnen den Burro verkaufen. Billig, muy barato, fünf Pesos nur, hier in die Hand.«
Das war allerdings billig. Unter zwölf Pesos bekommt man schwerlich einen Esel; häufig kosten sie sogar fünfundzwanzig bis dreißig Pesos. Ich dachte, das beste ist, ich bezahle die fünf Pesos, dann bin ich rechtmäßiger Besitzer des Esels und habe mit niemand etwas zu tun. Ich handelte noch einen Peso herunter, und

dann zog der Mann ab mit dem Gelde und mit den Versicherungen, daß ich sein Haus und alles, was er habe, als mein betrachten dürfe.

Es vergingen anderthalb Wochen, und als ich eines Spätnachmittags mit meinem schwerbeladenen Esel müde vom Felde heimwanderte, begegnete ich dem Indiander Rocio auf dem Wege.

Er sagte: »Buenas tardes, Señor, viel Arbeit, mucho trabajo, verdad?«

»Gewiß«, antwortete ich und wollte weitergehen. Aber Rocio hielt mich an und sagte: »Morgen brauche ich den Esel. Ich habe Holzkohle draußen im Busch und muß sie hereinschaffen.«

»Welchen Esel meinen Sie denn, Rocio?«

»Den da.« Dabei deutete er auf meinen Esel.

»Den können Sie morgen nicht haben«, gab ich zur Antwort. »Den brauche ich morgen selbst.«

Rocio sah mich ruhig und unverwirrt an und sagte: »Das ist mein Esel. Und ich denke doch nicht von Ihnen, Señor, daß Sie, ein so vornehmer und kluger Mann, einem armen Indianer, der nicht lesen und schreiben kann, den Esel stehlen wollen.«

»Das ist aber mein Esel, Rocio. Den habe ich von Felipe für vier Pesos gekauft.«

»Von Felipe, Señor? Da will ich Ihnen nur sagen, der Felipe ist ein gemeiner Schurke, ein Hurensohn, ein Lügner, ein Schwindler, ein Bandit, ein Mörder und ein großer Hausanzünder. Der hat Sie betrogen und belogen. Der hat keinen Funken Scham und gar keine Ehre. Der hat Ihnen den Esel verkauft, und er hat doch ganz genau gewußt, daß dies mein Esel ist, den ich selbst aufgezogen habe. Aber ich will Ihnen etwas sagen, Señor, ich bin ein ehrlicher und ein anständiger Mann, die Heilige Jungfrau soll mich auf der Stelle mit den Pocken schlagen, wenn es nicht wahr ist. Und ich will Ihnen gern den Esel für sechs Pesos verkaufen. Er ist ja mehr als zwanzig wert; aber weil ich nicht ein solcher niederträchtiger Schurke bin wie der Felipe, so will ich Ihnen den Esel billig verkaufen, für zehn Pesos.«

»Sie haben doch soeben gesagt, für sechs Pesos.«
»Habe ich gesagt sechs? Wenn ich sechs gesagt habe, dann sollen Sie den Esel auch für sechs Pesos haben. Ich bin kein Betrüger.«
Nun dachte ich aber doch, daß es vielleicht besser sei, erst einmal genau festzustellen, ob Rocio nun auch wirklich der Besitzer sei, damit nicht vielleicht morgen ein anderer Besitzer auftauche. Dazu ließ mir aber Rocio keine Zeit. Er wollte sofort wissen, ob ich den Esel kaufe oder nicht. Wenn nicht, dann würde er ihn hier auf der Stelle sofort abladen und mich auch noch bei der Ortsbehörde wegen Viehdiebstahls anzeigen, und dann käme ich ganz bestimmt in die Carcel, in das Gefängnis.
Während wir uns noch herumstritten, kam ein anderer Indianer vorbei, den ich ebenfalls kannte.
Rocio fiel ihn sofort an und fragte: »Hombre, Mensch, das ist doch mein Burro hier? Ist das nicht mein rechtmäßiger Esel?«
»Freilich ist das dein Esel«, sagte der Mann, »claro, seguro, das kann ich gut beschwören.«
Also da waren Zeugen. Rocio war im Recht. Ich handelte. Und als es anfing, dunkel zu werden, waren wir auf drei Pesos und fünfzig Centavos herunter. Er begleitete mich zu meinem Wohnbereich, wo er das Geld in Empfang nahm und dann mit seinem Zeugen abwanderte, immerwährend beteuernd und lamentierend, daß ich ihn bei dem Kauf schmählich übers Ohr gehauen hätte, der Esel sei zehnmal mehr wert, aber gegen die schlauen Gringos könne sich so ein armer unwissender Indianer ja nicht verteidigen.
Es vergingen wieder mehrere Tage.
Als ich an einem Sonntagnachmittag an der Hütte des Bürgermeisters vorüberkam, saß der Alkalde, der Bürgermeister, ebenfalls ein Indianer, vor der Tür. Er rief mich an und bat mich, einen Augenblick näher zu treten.
Er bot mir einen wackligen Korbstuhl an und erzählte mir einige Sachen aus seiner Familie. Dann, als ich endlich gehen wollte, sagte er: »Wie ist das eigentlich mit dem Esel?«
»Mit welchem Esel?« fragte ich.

»Mit dem Gemeindeesel, den Sie da in Ihrem Hofe haben und den Sie reiten und arbeiten lassen.«
»Das ist mein Esel. Den habe ich gekauft«, sagte ich protestierend.
Der Alkalde lachte und antwortete: »Den Esel kann Ihnen niemand verkaufen. Das ist der Gemeindeesel. Wenn Ihnen jemand den Esel verkaufen kann, so bin das nur ich allein und niemand sonst.«
Ich begann zu erstarren.
Aber der Bürgermeister machte sich nichts daraus. Er sagte: »Der Felipe und der Rocio, das sind die größten und die gemeinsten Spitzbuben und Banditen. Das sind doch Mörder und Cabrones. Ich warte jetzt nur, bis die Soldaten von der Municipalidad demnächst wieder hier vorbeikommen. Dann lasse ich die beiden aber gleich verhaften, und da werde ich schon schnell dafür sorgen, daß sie sofort erschossen werden. Solch ein Gesindel habe ich hier im Dorfe.«
»Aber Rocio brachte einen Zeugen, der beschwören konnte, daß der Esel dem Rocio gehörte«, verteidigte ich meinen Besitz.
»Das war der Capillo«, sagte der Bürgermeister. »Der ist der allergefährlichste Bandit. Der hat Stacheldraht gestohlen. Den lasse ich auch erschießen. Gleich zuerst. Ich warte nur auf die Soldaten. Wie können denn diese Mörder und Hausanzünder und Frauenräuber den Gemeindeesel an Sie verkaufen! Ich habe doch gedacht, daß Sie als ein weißer Mann etwas klüger sein könnten. Gemeindeesel dürfen gar nicht verkauft werden. Das ist gegen die Konstitution. Aber ich will Ihnen etwas sagen, Señor. Sie haben den Esel gern, das weiß ich. Und wir haben keinen einzigen Centavito in der Gemeindekasse. Und da darf ich Ihnen schon den Esel verkaufen, damit wir etwas Geld in die Gemeindekasse bekommen. Ich will Ihnen den Esel, der ganz gut und ganz sicher zweimal zwanzig Pesos wert ist, für zehn Pesos verkaufen, weil Sie ja schon diesen Halunken soviel Geld gegeben haben.«
Schließlich einigten wir uns auf vier Pesos. Ich bezahlte das Geld, und nun war ich endlich rechtmäßiger Besitzer des Esels. Für das

Geld, das ich bereits ausgegeben hatte, würde ich auch einen guten und schönen Esel irgendwo bekommen haben. Von den beiden Halunken war natürlich nichts wiederzukriegen.
Dann kam Señora Sanchez, eine ältere Frau, Halbblut, wieder heim ins Dorf. Sie war mehrere Wochen in Saltillo zum Besuch ihrer verheirateten Tochter gewesen. Im Dorfe besaß sie eine kleine Fonda, in der vorbeiziehende Karawanentreiber und Reisende zu übernachten und zu essen pflegten. Sie war keine zwei Stunden anwesend, da kam sie vor meine Hütte gerast wie eine Wahnsinnige. Am Stacheldrahtzaun stand sie und schrie: »Kommen Sie sofort einmal heraus, ich habe ernsthaft mit Ihnen zu sprechen.«
Nach kurzer Überlegung hielt ich es für gut, sofort zu erscheinen. Ohne ›Guten Tag‹ zu sagen, schrie sie: »Wo ist mein Esel? Sofort meinen Esel her, oder ich schicke gleich zur Municipalidad, damit die Soldaten kommen und Sie erschossen werden. Sie haben mir meinen Esel gestohlen!«
»Das ist der Gemeindeesel, den hat mir der Alkalde verkauft.«
»Der Spitzbube, der infame, wie kann Ihnen denn der Kindermörder und Holzräuber meinen Esel verkaufen! Sofort will ich meinen Esel.«
Was soll man gegen eine halb wahnsinnige Frau machen? Ich gab ihr den Esel. Sie nahm ihn in Empfang, schrie noch einmal: »Eine solche Unverschämtheit!«, und dann gab sie dem Esel einen Tritt und ließ ihn seiner Wege ins Freie ziehen. Sie hatte keine Verwendung für den Esel, und sie gebrauchte ihn nie.
Ich wollte wenigstens das retten, was ich schon gezahlt hatte, und ich fragte zaghaft, ob sie mir den Esel verkaufen wolle. Denn sie war der rechtmäßige Besitzer. So konnte nur der auftreten, der zweifelsohne im vollen Recht war.
»Einem solchen Viehräuber, wie Sie einer sind, verkaufe ich meinen Esel nicht einmal für tausend Pesos. Spitzbubengesindel, ihr!« Und fort war sie.
Ich trabte zum Bürgermeister.

Er wußte schon, was los war. Das geht schneller als mit Telephon.
»Das ist, glaube ich, richtig«, sagte der Mann. »Der Esel gehört der Señora Sanchez. Aber sie war ja nicht hier. Sie war verreist. Und so war das doch der Gemeindeesel, weil sie ja nicht hier war.«
»So genau kenne ich Ihre Spezialgesetze nicht«, erwiderte ich. »Aber ich möchte doch meine vier Pesos wiederhaben, die in der Gemeindekasse sind.«
»Die stehen Ihnen nun auch rechtmäßig zu«, sagte darauf der Bürgermeister. »Aber die vier Pesos sind nicht mehr drin in der Gemeindekasse. Ich habe sie ausgegeben. Für Gemeindezwecke.«
Gemeindezwecke? Ich hatte nichts davon gesehen, daß eine Straße geebnet oder eine Brücke gebaut oder sonst etwas getan worden war, seit ich das Geld in die Gemeindekasse gezahlt hatte. Der Bürgermeister aber ersparte mir das Raten und sagte unschuldig: »Ich brauchte ein neues Hemd, sehen Sie, Señor, und ein Stück Leder für meine Sandalen.«
Dagegen ließ sich nichts sagen. Da er der Bürgermeister war, so waren das in der Tat Gemeindezwecke, für die er das Geld verausgabt hatte. Denn ein Bürgermeister muß doch schließlich ein Hemd und ein Paar Sandalen haben.
Ich hoffe zuversichtlich, daß diese Geschichte mich endlich reinwäscht von der Beschuldigung, ich hätte igendwo südlich des Rio Grande Esel gestohlen. Jenes Gerücht geht von der Señora Sanchez aus, die mir nicht wohlgesinnt ist, weil ich nicht in ihrer Fonda verkehre.

Medizin

Es war in einem Dorfe, das ausschließlich von Indianern bewohnt wird. In seinem Bezirk hatte ich eine kleine Farm gepachtet, auf der ich Baumwolle pflanzte. Das Haus auf jener Farm war bei der letzten Revolution eingeäschert worden. Aus diesem Grunde wohnte ich in einer schlichten Palmhütte im Dorf. Da ich in der ganzen weiten Gegend der einzige Weiße war, kannten mich alle Indianer auf dreißig Meilen im Umkreise.

Die Leute konnten weder lesen noch schreiben, und alles, was über zwanzig zählte, alle Finger und alle Zehen, das war ›Mil‹ oder tausend. Aber was tausend ist, wieviel es ist und wie es sich in die Welt der Begriffe einordnet, dafür fehlte ihnen jegliches Verständnis. Ich jedoch konnte eine Zeitung lesen, war im Besitze einiger aus dem Leim gehender Bücher und einiger amerikanischer Zeitschriften mit Bildern und Ansichten aus einer fernen Welt. Ich vermochte Briefe zu schreiben, und eines Tages bekam ich sogar einen Brief aus einem Lande, das gewiß auf der andern Seite des Mondes lag, denn niemand hatte je von diesem Lande gehört.

Kein Wunder, daß ich als gelehrter und weiser Mann galt, dem kein Geheimnis der Welt und der Unterwelt verborgen war. Manchmal hat das seine Vorteile. Ebenso häufig, um nicht gerade zu sagen meistens, hat es aber auch seine Schattenseiten, die zuweilen unangenehm sein können.

Eines Nachmittags kam ich auf meinem Esel vom Felde heimgeritten, als ich vor dem Stacheldrahtzaun, der den Platz um meine Hütte einfriedigte, einen Indianer hocken sah.

Ich kannte ihn nicht, weil er aus einem andern Dorfe war.

Er war ungewaschen, ungekämmt und ziemlich in Fetzen, was freilich in einem Dorfe in den Tropen und an einem Wochentage kaum besonders auffällt.

Sobald er mich sah, begrüßte er mich sehr höflich und wartete geduldig, bis ich von meinem eleganten Reittier abgestiegen war.

Dann begann er sofort zu erzählen. In einem wirren Durcheinander redete er auf mich ein. Je weiter er in seiner Geschichte kam, je mehr ging sie ihm selbst zu Herzen, bis er endlich zu weinen anfing und seinen Bericht vor lauter Schluchzen abbrechen mußte.
Im Verlauf seiner Rede hatte er das, was er mir sagen wollte, etwa zwanzigmal wiederholt. Stets mit den gleichen Worten, die ihm zur Verfügung standen, und immer in den gleichen einfachen Sätzen. Lediglich seine innere Bewegung änderte sich. Er begann gleichgültig, als ob es die Geschichte eines andern wäre, und er endete mit einem schreienden Weinkrampf.
»Das ist so, Señor, verdad, wahrhaftig. Ich komme in mein Haus. Ich habe Holz gefällt. Im Busch. Ich komme in mein Haus. In meinen Jacalito. Ich habe Hunger. Keine Tortillas stehen da und keine Frijoles. Ich rufe mein Weib. Meine Mujer. Keine Antwort. Sie ist nicht in meinem Hause. Der Sack mit ihrem Kleide und den Strümpfen und den Schuhen hängt nicht am Sprossen. Die Decke ist auch fort. Meine Mujer ist mir fortgelaufen. Kommt nicht wieder. Ich habe keine Tortillas, und ich habe keine Frijoles. Und ich habe Hunger. Sie ist fort. Mit dem Sohn einer Hure. Mit einem stinkenden Kojoten, dessen verfluchte Mutter eine Hure ist. Die Rattenpest und die Blattern auf den verfluchten Hurensohn der Hölle!«
Nachdem ich dieselbe Geschichte nun wohl zwanzigmal mit angehört hatte, sagte ich: »Oiga, Hombre, hören Sie, lieber Mann, bei mir ist Ihre Mujer nicht.«
»Das weiß ich«, sagte er, »so ein kluger Mann wie Sie, Señor, würde diese dreckige alte Hexe nicht ins Bett nehmen.«
Nun begann er genau dieselbe Geschichte von neuem zu erzählen. Aber da es anfing, langweilig zu werden, immer dasselbe zu hören, und tiefere Ausbrüche seiner inneren Erregung nicht zu erwarten waren, sagte ich: »Warum erzählen Sie mir das alles? Gehen Sie zum Alkalden, dem Ortsschulzen, und lassen Sie Ihre Frau einfangen.«
»Der Alkalde ist ein Idiota. Aber Sie wissen alles, Señor. Sie wissen

auch, wo meine Mujer ist. Das sollen Sie mir jetzt sagen. Sie muß mir Tortillas machen und Frijoles kochen. Ich habe Hunger.«
»Hören Sie zu, lieber Nachbar. Ich habe Ihre Frau nicht fortgehen sehen. Und wenn ich nicht sehen konnte, in welche Richtung sie ging, so kann ich auch nicht wissen, wo sie jetzt ist.«
Er sah mich erstaunt an. Sein Glaube an die Unfehlbarkeit und an die Vollkommenheit der weißen Rasse erlitt die erste Erschütterung. Zugleich aber kam die Erinnerung an etwas anderes, das nach seiner Meinung mit der weißen Rasse innig verknüpft war.
»Ich bin nicht reich, Señor«, sagte er. »Ich kann Ihnen nicht viel bezahlen. Ich habe nur zwei Pesos und fünfzig Centavos. Das ist mein ganzes Vermögen. Und das gebe ich Ihnen für Ihre Arbeit.«
»Ihr Geld will ich nicht haben. Aber wenn Sie mir auch ›Mil‹ Goldpesos geben würden, ich kann Ihnen nicht helfen. Ich weiß nicht, wo Ihre Esposa ist.«
Wieder sah er mich mißtrauisch an, ob es die geringe Summe sei, die er besitze, oder ob es wirklich wahr sei, daß ich, der weiße Medizinmann, nicht wisse, wo seine entlaufene Frau sich in diesem Augenblick aufhalte. Voller Zweifel ging er fort, nachdem ich ihm gesagt hatte, daß ich mir Kaffee kochen wolle, und zu diesem Zweck dann in meine Hütte ging.
Er lief nun in die Hütten der Dorfbewohner, wo er offenbar seine Geschichte auftischte und gleichzeitig berichtete, daß der weiße Medizinmann ein armer Tropf sei, der weniger wisse als ein Indianer. Die Dorfbewohner fühlten sich dadurch persönlich beleidigt; denn ich war der Stolz und der Ruhm des Dorfes. Was in den Hütten alles über mich geprahlt wurde und was dem Manne alles angeraten wurde, was er tun solle, um meine geheimen Kräfte zu seinen Gunsten wirken zu machen, weiß ich nicht. Aber ich könnte es wortgetreu berichten, und es würde aufs Wort stimmen.
Jedenfalls kam der Mann vor Sonnenuntergang wieder, bleib am Zaun geduldig stehen, bis ich gelegentlich aus der Hütte trat, um dem Esel Mais zu geben.
Sofort rief er mich an: »Un momento, Señor, por favor!«

Ich kam zum Zaun. Ich sah, daß der Mann jetzt eine Machete, ein langes, schwertartiges, scharfes Buschmesser, in der Hand trug.
»Sie wissen nicht, wo meine Mujer ist?« fragte er.
»Nein.«
»Aber Sie können sie finden. Ich kann Ihnen keine ›Mil‹ Goldpesos geben. Die habe ich nicht. Aber wenn Sie mir nicht sagen, wo meine Mujer ist, schlage ich Ihnen den Kopf ab.«
Er hob die furchtbare Waffe hoch.
Nun saß ich fest. Die Drohung mit dem Kopfabschlagen ist ernst. Was schiert sich der Indianer darum, wenn er mich umbringt! Er verkriecht sich in den Dschungel. Wird er gefangen und ohne Gerichtsverhandlung von den Soldaten erschossen, so nimmt er das mit Gleichmut hin. Dann hat er eben Pech gehabt. Augenblicklich ist er verzweifelt und macht sich keine Gedanken über die Folgen.
Ich versuche dieselbe Ausrede wie vorher: »Ich habe nicht gesehen, in welche Richtung Ihre Frau gegangen ist.«
Auf diese meine Entschuldigung hat er inzwischen von den andern Eingeborenen eine gute Antwort gelernt: »Wenn ich die Richtung gesehen hätte, finde ich meine Mujer allein. Da brauche ich keinen Medizinmann. Die Männer haben mir alle gesagt, daß Sie ein Weitseher sind. Sie haben zwei zusammengenähte Rohre. Wenn Sie da hindurchsehen, dann können Sie da weit hinten auf dem Berge einen Mann gehen sehen. Sie haben gesagt, daß auf den Sternen am Himmel Leute leben. Sie können das sehen mit Ihren Rohren. Sie sehen oft in der Nacht mit den Rohren zu den Sternen und sehen sich die Leute an. Sie haben auch gesagt, daß die weißen Männer mit Rohren alles sehen können, was inwendig von einem Menschen ist, ohne ihn aufzuschneiden. Sie haben auch gesagt, daß die weißen Männer mit Leuten sprechen können, die ›Mil‹ Kilometros weit fort sind. Ich will jetzt, daß Sie mit meiner Mujer sprechen und ihr sagen, daß ich keine Tortillas habe und keine Frijoles, und daß sie sofort in mein Haus kommen soll mit dem Luftwagen, den die weißen Männer haben.«

Er schwang seine Machete deutlich genug, um zu zeigen, daß er wisse, wie er seinen Willen durchzusetzen habe.
Ich kann hier nicht ausführlich klarlegen, warum ich gegen eine solche ernsthafte Drohung machtlos war. Erschießen konnte ich ihn nicht. Dann wären mir alle Indianer und auch die Soldaten auf den Hals gekommen. Was soll man vor Gericht sagen? Wie soll man es beweisen, daß man in Notwehr war? Fliehen? Wohin? Der Indianer kennt die Wege besser als ich. Ich konnte mich also nur durch Medizin retten.
Ich holte mein bescheidenes Feldglas und guckte lange nach allen Richtungen. Endlich tat ich einen Aufschrei: »Ich sehe sie. Ich sehe sie. Der Hurensohn hat einen schwarzen Bart und schlägt sie. Sie schreit: Mein Mann, mein lieber Mann, hilf mir, hole mich!«
In höchster Aufregung hatte der Indianer meine Handlungen verfolgt. Nun rief er: »Caramba, das haben ich mir doch gleich gedacht, daß es der Hundesohn Gonzales sein muß. Der hat einen schwarzen Bart. Nun will ich aber laufen und sie holen. Dem werde ich aber tüchtig eins über den Kopf geben. Wo ist sie? Fragen Sie gleich, Señor.«
»Sie ist ›Mil‹ Kilometros weit. Der Mann mit dem schwarzen Bart hat sie mit einem Luftwagen fortgeschleppt. Sie ist jetzt in dem Dorfe Chicolco. Das liegt bei Pochhutta. ›Mil‹ Kilometros weit nach Süden. Da sehen Sie, da in jene Richtung, nach Süden, nach Süden, immer nach Süden.«
»Da will ich aber gleich gehen und sie holen«, sagte er nun aufgeregt.
»Gehen Sie sofort. Es sind ›Mil‹ Tage zu laufen. Halten Sie sich auf dem Wege nicht auf, sonst schleppt der Indio mit dem schwarzen Barte sie noch viel weiter.«
»Ich gehe noch jetzt«, sagte er, im heftigsten Reisefieber zitternd. »Und vielen, vielen Dank, mil gracias, Señor. Sie sind ein Weiser, verdad, wahrhaftig. Sie haben sie so schnell gefunden. Aber die zwei Pesos und fünfzig Centavos kann ich Ihnen jetzt nicht geben. Die brauche ich für die Reise. Adios, Señor, leben Sie wohl!«

Und fort ging er, ohne mir die Medizin zu bezahlen. Ich brauche nicht sehr besorgt zu sein, daß er mir so rasch wieder auf den Hals rückt. Es sind sechshundert Meilen, die er zu machen hat. Und da ihm das Reisegeld fehlt, muß er zu Fuß gehen.
Aber die Medizin, die ich ihm gab, ist wirklich gut. Er ist ein starker und gesunder Bursche. Er wird keine fünfzig Meilen gehen und dann irgendeine Arbeit finden. Oder er stiehlt einem Farmer eine Kuh. Inzwischen hat er Tortillas gegessen und Frijoles. Und wenn er Arbeit hat, hängt ihm am nächsten Tage eine neue Mujer ihren Sack mit dem Sonntagskleide, den Strümpfen und den Schuhen in seine Hütte.

Eine fürwahr blutige Geschichte

Es gab eine Zeit, in der ich ernstlich und ehrlich glaubte, daß ich ein ganz vorzüglicher Auslandskorrespondent sein könnte, sobald mir nur die Gelegenheit geboten würde, es zu beweisen. Von diesem gesunden Ehrgeiz getrieben, schrieb ich auf ungewöhnlich schönem und teurem Papier einen sehr eleganten Brief an eine bedeutende Tageszeitung in Ohio, der Redaktion berichtend, daß ich ganz ungewöhnliche Fähigkeiten besäße und eine geradezu unglaublich reiche Erfahrung hätte und aus diesem Grunde mir anzufragen erlaube, ob ich nicht den gewünschten Posten als Auslandskorrespondent haben könnte.
Der Chefredakteur, offensichtlich ein sehr beschäftigter Herr, aber freundlich genug, mir zu antworten, schrieb: ›Geben Sie mir eine gute, lebenswarme Geschichte, mit einer beachtenswerten Menge guten, roten, männlichen Blutes darin und besonders, wenn irgend möglich, in Verbindung mit einigen Abenteuern, in denen der gottverdammte Räuber und Banditenführer Pancho Villa eine Rolle spielt. Aber ich wiederhole, die Geschichte muß erstklassig sein, echten roten Blutes, lebhaft, interessant und rasch aufs Ziel gehend.‹ Der Redakteur konnte von großem Glück reden, daß er mit mir in Verbindung getreten war, denn ich war der Mann, der ihm das geben konnte, was er verlangte. Bei drei verschiedenen Gelegenheiten war ich Kriegsgefangener des Pancho Villa gewesen, und verschiedene Male war der Befehl erteilt worden, daß ich am nächsten Morgen erschossen werden sollte, da ich ein unwillkommener, nicht gern gesehener Herumschnüffler sei und einen ekelhaften, Ärgernis erregenden Charakter aufweise, wenn ich gegen eine Gefangennahme meiner Person protestiere. Aber, um die Wahrheit zu gestehen, persönlich war ich niemals Zeuge gewesen von Episoden, bei denen viel rotes Blut zu sehen war, auf keinen Fall genug rotes Blut, das die besonderen Wünsche des freundlichen Redakteurs befriedigt haben würde.

Es war Mitte 1915, etwa um die Zeit, als der General Obregon die Stadt Celaya eroberte und seinen rechten Arm verlor – es mag wohl einige Monate vor oder nach jener Schlacht gewesen sein –, als ich mich in Terreon befand. Irgendwo muß man ja wohl sein, solang man am Leben ist.
An einem schönen Morgen stand ich nahe dem Eingang zu dem Hotel, in dem ich den Abend vorher ein Zimmer genommen hatte. Es war meine Absicht, zu sehen, wie das Wetter war, und gleichzeitig eine Nase voll frischer, reiner Morgenluft zu genießen, bis das Frühstück bereitet war.
So stand ich da, meine Hände vor mir ausgestreckt und sie studierend, wie man es gewöhnlich tut, wenn im Augenblick nichts von größerer Wichtigkeit zu tun oder zu studieren ist und man darüber nachdenkt, ob die Fingernägel nicht vielleicht etwas mehr zivilisierte Behandlung vertragen könnten. Und während ich meine Hände so hielt, die Handflächen nach unten, geschah es, daß ein dicker, fetter Tropfen roter Farbe auf meine linke Hand klatschte. Gleich darauf schlug auf meine rechte Hand ein ähnlicher dicker roter Tropfen.
Ich blickte aufwärts, um zu sehen, wo denn diese dicke rote Farbe herkommen mochte. Aber ehe ich die Augen vollends hinaufgerichtet hatte, wurden sie infolge mehrerer besonders schwerer Tropfen dieser roten Farbe, die auf meine Nase platzten, verkleistert. Ich wischte Augen und Nase mit meinem Taschentuch rein, und als ich auf den Boden blickte, bemerkte ich, daß sich da bereits sechs kleine Lachen befanden, gebildet von dieser häßlichen, dikken, roten Farbe.
Wieder blickte ich aufwärts, und ich bemerkte, daß gerade über mir eine Art von Balkon war. Das überzeugte mich, daß wohl ein Maler die Balustrade des Balkons neu anstrich und daß dieser Maler ein sehr sorgloser Bursche sein mußte.
Meine bürgerliche Pflicht, Menschen vor Unachtsamkeit zu warnen, trieb mich dazu, in die Mitte der Straße zu treten und dem Maler zuzurufen, daß er doch etwas vorsichtiger mit seiner Pinse-

lei sein möge, da er leicht das schöne Kleid einer Dame verderben konnte, die vielleicht in diesem Augenblick aus dem Hotel herauskam.

Es war kein Maler, der dort auf dem Balkon beschäftigt war. Es war auch keine Farbe, die unausgesetzt auf die Gäste des Hotels tropfte, wenn sie das Hotel verließen oder dort eintraten. Es war etwas, was ich nie und nimmer zu sehen erwartet hatte, so früh und an einem so wunderschönen und ungemein friedlichen Morgen wie jenem.

Die Balustrade bestand aus einer Art von Gitter, verfertigt von einem Kunstschmied, und sie zeigte eine schöne ornamentale Arbeit im Stil der Kolonialperiode. Auf jeder Spitze der senkrechten Eisenstäbe befand sich aufgesteckt ein menschlicher Kopf, frisch abgehackt. Das Hotel hatte im oberen Stockwerk vier solcher Balkone, von denen je ein sogenanntes französisches Fenster, das ist eine Art von Glastür, in den dazugehörigen Hotelraum führte. Jeder Balkon hatte sechs gleiche senkrechte und zugespitzte Eisenstäbe, und jeder Stab war in der gleichen Form geschmückt.

Von grausigem Schrecken gejagt, sauste ich in das Hotel, um mit dem Besitzer zu sprechen. Ich erwartete, ihn in Ohnmacht, vielleicht gar in sterbendem Zustande zu finden.

Alles, was er tat, war, leicht mit den Schultern zu zucken und, ohne eine Miene zu verziehen, leichthin zu sagen: »Das ist keine Neuigkeit, amigo mio. Wenn da heute morgen keine solche Dekoration zu sehen wäre, dann würde ich es als große Neuigkeit betrachten. Schießen Sie einmal einen raschen Blick über die Straße hinweg auf die andere Seite. Was sehen Sie da? Richtig gesehen, ein Restaurant. Und bei dem großen Fenster frühstückt in diesem Augenblick Pancho Villa mit seinen Lieblingsgeneralen. Panchito, müssen Sie verstehen, hat keinen Appetit zum Frühstück, wenn er diese Art von Dekoration nicht vor Augen haben kann. Und glauben Sie mir, Joven, er ist ein starker Esser, verschlingt zwei Kilo Fleisch und zehn Eier und drei Hähne auf einen Sitz, als wäre das nur die Vorspeise. Und dort, wenn Sie genauer hinsehen, bemerken Sie einen Oberst. Ja, der mit dem schwarzen Schnurrbart, dessen beide Enden wie Stacheln aussehen. Sein Name ist Rodolfo Fierros. Er betrachtet es als eine seiner vielen Aufgaben, daß diese Dekoration stets vollständig ist in dem Augenblick, wenn sich Pancho an den Frühstückstisch setzt.«

»Wer sind denn diese armen Teufel, die da auf die Eisenstäbe als Verzierung gesteckt sind?« fragte ich neugierig.

»Generale und einer Vielzahl andere Offiziere der Gegenpartei, die das Unglück hatten, ein Scharmützel zu verlieren und in Gefangenschaft zu geraten. Da sind stets ein paar hundert auf der Warteliste, so daß Pancho jeden Morgen eines guten Appetits sicher sein kann.«

»Herrlich, herrlich, das ist etwas gut Gepfeffertes, das ich meinen Leuten daheim zu ihrer Unterhaltung erzählen kann«, bemerkte ich, die gleiche nonchalante Leichtigkeit im Ton annehmend, die der Hotelbesitzer zeigte. »Aber«, setzte ich fort, »wenn ich recht sah, da war ein Kopf darunter, der auf mich nicht den Eindruck machte, als ob er einem Eingeborenen dieser Republik gehörte. Er schien mir eher der eines Ausländers, offenbar der eines Engländers zu sein.«

»Das war nicht der Kopf eines Engländers, den Sie da aufgesteckt sahen«, antwortete der Hotelbesitzer, mir dabei ungemein häßlich ins Gesicht grinsend, beinahe möchte ich sagen: mit seinen Zähnen fletschend. »Nein, amiguito, no, no, kein Engländer. Es war ein ganz verfluchter und gottverdammter Hund von einem amerikanischen Zeitungsreporter, dessen Kopf Sie da aufgespießt sahen. Warum, im Namen aller Höllen und Teufel, muß diese stinkende, ekelerregende, verhurte und versoffene Pest von amerikanischen Zeitungsreportern ihre Nasen in unseren selbstgebakkenen Kuchen stecken? Das möchte ich doch gern wissen. Wie ich gesehen und gehört habe, haben diese Korrespondenten genug Stank im eigenen Haus zuzudecken. Und wenn Sie mich fragen, wie ich persönlich darüber denke, so kann ich Ihnen nur gestehen, daß es diesen Stänkern und Stinkern nur recht geschieht, wenn sie

sich hier in unserem Lande als Appetitanreger für Pancho nützlich machen.«
Da hatte ich nun endlich die Geschichte, die ich so lange gesucht hatte. Ich polierte sie fein auf, vermied jeden orthographischen, grammatischen und selbst jeden phonetischen Fehler, schrieb sie mit der Maschine auf das teuerste Papier, das ich für Geld kaufen konnte, und sandte sie noch am selben Nachmittag an den freundlichen Redakteur.
Mit umgehender Post hatte ich seine Antwort, aber auch meine so schön und sorgfältig geschriebene Geschichte zurück.
Anstatt, wie es üblich war, einfach eine gedruckte Ablehnung mit Dank beizufügen, hatte er sich die Mühe gemacht, mir einige persönliche Zeilen zu schreiben, wie es zuweilen ein Redakteur tut, um den Autor die grausame Ablehnung weniger hart fühlen zu lassen.
Hier sind die freundlichen Zeilen:
›My Dear Sir! Ihre Geschichte ist weder sehr warm und gepfeffert, noch ist sie besonders blutig. Viel böser ist dies: Pancho Villa spielt keine aktive Rolle in der Geschichte. Und Sie tun wohl besser daran, Ihren Plan, Auslandskorrespondent für eine amerikanische Zeitung zu werden, völlig zu vergessen. Yours truly, The Editor.‹
Ich nahm mir den Rat des freundlichen Editors zu Herzen und machte keinen ferneren Versuch, Auslandskorrespondent für irgendeine amerikanische Zeitung zu werden. Und ich denke, daß dies wohl der Grund ist, warum ich heute, wo ich das schreibe, Juni 1951, sechsunddreißig Jahre später, immer noch meinen ersten Kopf auf meinen Schultern sitzen habe, während Pancho in seinem Grabe ruht ohne den seinen.

Der Grossindustrielle

In einem kleinen indianischen Dorfe im Staate Oaxaca erschien eines schönen Tages ein Amerikaner, der Land und Leute zu studieren gedachte. Bei seinem Hin- und Herwandern gelangte er zur Hütte eines indianischen Kleinlandwirtes, der sich seinen bescheidenen Lebensunterhalt dadurch verbesserte, daß er in der freien Zeit, die ihm von seiner Tätigkeit auf seinem Maisfeld blieb, kleine Körbchen flocht.

Diese Körbchen wurden aus Bast geflochten, der in verschiedenen Farben, die der Indianer aus Pflanzen und Hölzern zog, gefärbt war. Der Mann verstand diese vielfarbigen Baststrähnen so künstlerisch zu verflechten, daß, wenn das Körbchen fertig war, es aussah, als wäre es mit Figuren, Ornamenten, Blumen und Tieren bedeckt. Daß diese Ornamente nicht auf das Körbchen etwa aufgemalt waren, sondern als Ganzes sehr geschickt hineingeflochten waren, konnte auch einer, der nichts davon verstand, sofort erkennen, wenn er das Körbchen innen betrachtete. Denn innen kamen alle die Ornamente an der gleichen Stelle wie außen zur Ansicht. Die Körbchen mochten verwandt werden als Nähkörbchen oder als Schmuckkörbchen.

Wenn der Indianer etwa zwanzig Stück dieser kleinen Kunstwerke geschaffen hatte, und er war in der Lage, sein Feld für einen Tag allein zu lassen, dann machte er sich frühmorgens um zwei Uhr auf den Weg zur Stadt, wo er die Körbchen auf dem Markte feilbot. Die Marktgebühr kostete ihn zehn Centavos.

Obgleich er an jedem einzelnen Körbchen mehrere Tage arbeitete, so verlangte er für ein Körbchen nie mehr als fünfzig Centavos. Wenn der Käufer jedoch erklärte, das sei viel zu teuer, und er begann zu handeln, dann ging der Indianer auf fünfunddreißig, auf dreißig und selbst auf fünfundzwanzig Centavos herunter, ohne je zu wissen, daß dies das Los vieler, wohl der meisten Künstler ist.

Es kam oft genug vor, daß der Indianer nicht alle seine Körbchen, die er auf den Markt gebracht hatte, verkaufen konnte; denn viele Mexikaner, die glauben, betonen zu müssen, daß sie gebildet sind, kaufen bei weitem lieber einen Gegenstand, der in einer Massenindustrie von zwanzigtausend Stück täglich hergestellt wird, aber den Stempel Paris oder Wien oder Dresdner Kunstwerkstatt trägt, als daß sie die Arbeit eines Indianers ihres eigenen Landes, der nicht zwei Stück ganz genau gleich anfertigt, in ihrem Einzigkeitswert zu schätzen verstünden.

So, wenn der Indianer seine Körbchen nicht alle verkaufen konnte, dann ging er mit dem Rest von Ladentür zu Ladentür hausieren, wo er, je nachdem, mit barscher, mit gleichgültiger, mit wegwerfender, mit gelangweilter Geste behandelt wurde, wie Hausierer, Buch- und Einrahmungsagenten behandelt zu werden pflegen.

Der Indianer nahm diese Behandlung hin, wie alle Künstler, die allein den wirklichen Wert ihrer Arbeit zu schätzen wissen, derartige Behandlungen hinnehmen. Er war nicht traurig, nicht verärgert und nicht mißgestimmt darüber.

Bei diesem Forthausieren des Restes wurden ihm oft nur zwanzig, ja sogar fünfzehn und zehn Centavos für das Körbchen geboten. Und wenn er es selbst für diese Nichtigkeit verkaufte, so sah er häufig genug, daß die Frau das Körbchen nahm, kaum richtig ansah, und dann, noch in seiner Gegenwart, das Körbchen auf den nächsten Tisch warf, als wollte sie damit sagen: ›Das Geld ist ja völlig unnütz ausgegeben, aber ich will doch den armen Indianer etwas verdienen lassen, er hat ja einen so weiten Weg gehabt. Wo bist du denn her? – So, von Tlacotepec. Weißt du, kannst du mir nicht ein paar Truthühner bringen? Müssen aber schwer und sehr billig sein, sonst nehme ich sie nicht.‹

Die Amerikaner sind ja nun mit solchen kleinen Wunderwerken nicht so verwöhnt wie die Mexikaner, die, von einigen Ausnahmen abgesehen, nicht wissen und nicht schätzen, was sie in ihrem Lande an Gütern haben. Und wenn nun auch der allgemeine

Amerikaner den wirklichen Wert an unvergleichlicher Schönheit dieser Arbeiten nicht abzuschätzen versteht, so sieht er doch in den meisten Fällen sofort, daß hier eine Volkskunst vorliegt, die er würdigt und um so rascher erkennt und schätzt, als sie in seinem Lande fehlt.

Der Indianer hockte vor seiner Hütte auf dem Erdboden und flocht die Körbchen.

Sagte der Amerikaner: »Was kostet so ein Körbchen, Freund?«

»Fünfzig Centavos, Señor«, antwortete der Indianer.

»Gut, ich kaufe eines, ich weiß schon, wem ich damit eine Freude machen kann.« Er hatte erwartet, daß das Körbchen zwei Pesos kosten würde.

Als ihm das klar zum Bewußtsein kam, dachte er sofort an Geschäfte.

Er fragte: »Wenn ich Ihnen nun zehn dieser Körbchen abkaufe, was kostet dann das Stück?«

Der Indianer dachte eine Weile und sagte: »Dann kostet das Stück fünfundvierzig Centavos.«

»All right, muy bien, und wenn ich hundert kaufe, wieviel kostet dann das Stück?«

Der Indianer rechnete wieder eine Weile: »Dann kostet das Stück vierzig Centavos.«

Der Amerikaner kaufte vierzehn Körbchen. Das war alles, was der Indianer auf Vorrat hatte.

Als der Amerikaner nun glaubte, Mexiko gesehen zu haben und alles und jedes zu wissen, was über Mexiko und die Mexikaner wissenswert ist, reiste er zurück nach New York. Und als er wieder mittendrin war in seinen Geschäften, dachte er an die Körbchen.

Er ging zu einem Großschokoladenhändler und sagte zu ihm: »Ich kann Ihnen hier ein Körbchen anbieten, das sich als sehr originelle Geschenkpackung für feine Schokoladen verwenden läßt.«

Der Schokoladenhändler besah sich das Körbchen mit großer Sachkenntnis. Er rief seinen Teilhaber herbei und endlich auch

noch seinen Manager. Sie besprachen sich, und dann sagte der Händler: »Ich werden Ihnen morgen den Preis sagen, den ich zu zahlen gewillt bin. Oder wieviel verlangen Sie?«
»Ich habe Ihnen bereits gesagt, daß ich mich nur nach Ihrem Angebot richten kann, ob Sie die Körbchen erhalten. Ich verkaufe diese Körbchen nur an das Haus, das am meisten dafür bietet.«
Nächsten Tag kam der Mexikokenner wieder zu jenem Händler. Sagte der Händler: »Ich kann für das Körbchen, mit den feinsten Pralinés gefüllt, vier, vielleicht gar fünf Dollar bekommen. Es ist die originellste und schönste Packung, die wir dem Markte anbieten können. Ich zahle zwei und einen halben Dollar das Stück, Hafen New York, Zoll und Fracht auf meine Lasten, Verpackung zu Ihren Lasten.«
Der Mexikoreisende rechnete nach.
Der Indianer hatte ihm bei einer Abnahme von hundert das Stück für vierzig Centavos angeboten, das waren zwanzig Cents. Er verkaufte das Stück für zwei und einen halben Dollar. Dadurch verdiente er am Stück zwei Dollar dreißig Cent oder ungefähr zwölfhundert Prozent.
»Ich denke, ich kann es für diesen Preis tun«, sagte er.
Worauf der Händler antwortete: »Aber unter einer wichtigen Bedingung. Sie müssen mir wenigstens zehntausend Stück dieser Körbchen liefern können. Weniger hat für mich gar keinen Wert, weil sich sonst die Reklame nicht bezahlt, die ich für diese Neuheit machen muß. Und ohne Reklame kann ich den Preis nicht herausholen.«
»Abgeschlossen«, sagte der Mexikokenner. Er hatte rund etwa vierundzwanzigtausend Dollar verdient, von welchem Betrage nur die Reise abging und der Transport bis zur nächsten Bahnstation.
Er reiste sofort zurück nach Mexiko und suchte den Indianer auf. »Ich habe ein großes Geschäft für Sie«, sagte er. »Können Sie zehntausend dieser Körbchen anfertigen?«
»Ja, das kann ich gut. Soviel wie Sie haben wollen. Es dauert eine

Zeit. Der Bast muß vorsichtig behandelt werden, das kostet Zeit. Aber ich kann so viele Körbchen machen, wie Sie wollen.«
Der Amerikaner hatte erwartet, daß der Indianer, als er von dem großen Geschäft hörte, halb toll werden würde, etwa wie ein amerikanischer Automobilhändler, der auf einen Schlag fünfzig Dodge Brothers verkauft. Aber der Indianer regte sich nicht auf. Er stand nicht einmal hoch von seiner Arbeit. Er flocht ruhig weiter an seinem Körbchen, das er gerade in den Händen hatte. Es waren vielleicht noch fünfhundert Dollar extra zu verdienen, womit die Reisekosten hätten gedeckt werden können, dachte der Amerikaner; denn bei einem so großen Auftrag konnte der Preis für das einzelne Körbchen sicher noch ein wenig herabgedrückt werden.
»Sie haben mir gesagt, daß Sie mir die Körbchen das Stück für vierzig Centavos verkaufen können, wenn ich hundert Stück bestelle«, sagte er nun.
»Ja, das habe ich gesagt«, bestätigte der Indianer. »Was ich gesagt habe, dabei bleibt es.«
»Gut dann«, redete der Amerikaner weiter, »aber Sie haben mir nicht gesagt, wieviel ein Körbchen kostet, wenn ich tausend Stück bestelle.«
»Sie haben mich nicht darum befragt, Señor.«
»Das ist richtig. Aber ich möchte Sie jetzt um den Preis für das Stück fragen, wenn ich tausend Stück bestelle und wenn ich zehntausend Stück bestelle.«
Der Indianer unterbrach jetzt seine Arbeit, um nachrechnen zu können. Nach einer Weile sagte er: »Das ist zuviel, das kann ich so schnell nicht ausrechnen. Das muß ich mir erst gut überlegen. Ich werde darüber schlafen und es Ihnen morgen sagen.«
Der Amerikaner kam am nächsten Morgen zum Indianer, um den neuen Preis zu hören.
»Haben Sie den Preis für tausend und für zehntausend Stück ausgerechnet?«
»Ja, das habe ich, Señor. Und ich habe mir viel Mühe und Sorge

gemacht, das gut und genau auszurechnen, um nicht zu betrügen. Der Preis ist ganz genau ausgerechnet. Wenn ich tausend Stück machen soll, dann kostet das Stück zwei Pesos, und wenn ich zehntausend Stück machen soll, dann kostet das Stück vier Pesos.« Der Amerikaner war sicher, nicht richtig verstanden zu haben. Vielleicht war sein schlechtes Spanisch daran schuld.
Um den Irrtum richtigzustellen, fragte er: »Zwei Pesos für das Stück bei tausend und vier Pesos das Stück bei zehntausend? Aber Sie haben mir doch gesagt, daß bei hundert das Stück vierzig Centavos kostet.«
»Das ist auch die Wahrheit. Ich verkaufe Ihnen hundert das Stück für vierzig Centavos.« Der Indianer blieb sehr ruhig, denn er hatte sich alles ausgerechnet, und es lag kein Grund vor, zu streiten. »Señor, Sie müssen das doch selbst einsehen, daß ich bei tausend Stück viel mehr Arbeit habe als mit hundert, und mit zehntausend habe ich noch viel mehr Arbeit als mit tausend. Das ist gewiß jedem vernünftigen Menschen klar. Ich brauche für tausend viel mehr Bast, habe viel länger nach den Farben zu suchen und sie auszukochen. Der Bast liegt nicht gleich so fertig da. Der muß gut und sorgfältig getrocknet werden. Und wenn ich so viele tausend Körbchen machen soll, was wird denn dann aus meinem Maisfeld und aus meinem Vieh? Und dann müssen mir meine Söhne, meine Brüder und meine Neffen und Onkel helfen beim Flechten. Was wird denn da aus deren Maisfeldern und aus deren Vieh? Das wird dann alles sehr teuer. Ich habe gewiß gedacht, Ihnen sehr gefällig zu sein und so billig wie möglich. Aber das ist mein letztes Wort, Señor, verdad, ultima palabra, zwei Pesos das Stück bei tausend und vier Pesos das Stück bei zehntausend.«
Der Amerikaner redete und handelte mit dem Indianer den halben Tag, um ihm klarzumachen, daß hier Rechenfehler vorliegen. Er gebrauchte ein neues Notizbuch voll von Blättern, um an Ziffern zu beweisen, wie der Indianer für sich ein Vermögen verdienen könne, bei einem Preis von vierzig Centavos für das Stück, und wie man Unkosten und Materialkosten und Löhne verrechnet.

Der Indianer sah sich die Ziffern verständnisvoll an, und er bewunderte die Schnelligkeit, mit der der Amerikaner die Ziffern niederschreiben und aufsummieren, zerdividieren und durchmultiplizieren konnte. Aber im Grunde machte es wenig Eindruck auf ihn, weil er Ziffern und Buchstaben nicht zu lesen vermochte und aus der klugen, volkswirtschaftlich sehr bedeutenden Vorlesung des Amerikaners keinen anderen Nutzen zog als den, daß er lernte, daß ein Mann stundenlang reden kann, ohne etwas zu sagen.

Als der Amerikaner dann endlich erkannte, daß er den Indianer von seinen Rechenfehlern überzeugt hatte, klopfte er ihm auf die Schulter und fragte: »Also, mein guter Freund, wie steht nun der Preis?«

»Zwei Pesos das Stück für tausend, und vier Pesos das Stück für zehntausend.« Der Indianer hockte sich nieder und fügte hinzu: »Ich muß jetzt aber doch wieder an meine Arbeit gehen, entschuldigen Sie mich, Señor.«

Der Amerikaner reiste in Wut zurück nach New York, und alles, was er zu dem Schokoladenhändler sagen konnte, um seinen Vertrag lösen zu können, war: »Mit Mexikanern kann man kein Geschäft machen, für diese Leute ist keine Hoffnung.«

So wurde New York davor bewahrt, von Tausenden dieser köstlichen kleinen Kunstwerke überschwemmt zu werden. Und so wurde es möglich, zu verhüten, daß diese wunderschönen Körbchen, in die ein indianischer Landmann den Gesang der Vögel, die um ihn waren, die Farbenpracht der Blumen und Blüten, die er täglich im Busch sah, und die ungesungenen Lieder, die in seiner Seele klangen, hineinzuweben gewußt hatte, zermanscht und zerstampft in den Kehrichttonnen in der Park Avenue gefunden wurden, weil sie keinen Wert mehr hatten, nachdem die Pralinés herausgeknabbert waren.

Die Geschichte einer Bombe

Der Indianer Llaca hatte drei hübsche Töchter. Alle drei heiratsfähig, die jüngste dreizehn, die älteste sechzehn Jahre alt. Eines Tages kam zu ihm der Indianer Salvatorres, der hier am Orte mehrere Wochen im Busch gearbeitet und für etwa fünfzig Pesos Holzkohle gebrannt hatte. Nachdem er sich ein neues Hemd, eine neue Hose und einen neuen Hut gekauft sowie der alten Negerin, wo er in Kost gewesen war, die Rechnung bezahlt hatte, blieb ihm nicht viel übrig.

Am Samstag war Tanz gewesen, der bis zum Morgen dauerte und bei dem Salvatorres die drei hübschen Mädel kennengelernt hatte, aber sehr wenig Gelegenheit bekam, mit ihnen zu tanzen, weil die anderen Burschen immer viel flinker waren als er.

Den Sonntag hatte er gebraucht, um einen Gedanken zu bekommen. Und dieser Gedanke arbeitete an ihm Montag, Dienstag und Mittwoch. Am Donnerstag war der Gedanke so reif geworden, daß er am Freitag klare Gestalt annehmen konnte und seinen Erzeuger am Samstag zu jenem Vater führte. – »Welche willst du denn haben?« fragte Llaca.

»Diese da!« sagte Salvatorres, wobei er auf Bianca zeigte, die gerade vierzehn Jahre alt war und die das hübscheste Gesicht hatte.

»Das glaube ich dir, die würde dir wohl schmecken. Wie heißt du denn übrigens?«

Nachdem Salvatorres seinen vollen Namen, den er wohl nennen, aber nicht buchstabieren konnte, hergesagt hatte, fragte ihn der Vater, wieviel Geld er habe.

»Achtzehn Pesos«, sagte er. Das war doppelt soviel, als er wirklich besaß.

»Da kannst du Bianca nicht haben, ich brauche eine neue Hose, und die Alte hat keine Schuhe. Wenn du so hoch hinaus willst und es auf Bianca abgesehen hast, können wir nicht in Lumpen herumlaufen. Eine Hose für mich und ein Paar neue Schuhe für die Alte, oder wir können dich in der Familie nicht gebrauchen. Gib mir mal Tabak.«

Nachdem die Zigaretten gerollt und angezündet waren, sagte Salvatorres: »Ich kann auch die da nehmen!« Diesmal zeigte er auf Elvira, die Älteste unter den dreien.

»Du bist nicht dumm, Salvatorres. Hast du denn Arbeit?«

»Ich habe einen Esel.«

»Kein Pferd?«

Diese Fragen nach seinem Vermögen setzten Salvatorres ein wenig in Verlegenheit. Er spuckte ein paarmal aus und sagte dann: »Ich habe einen Onkel, der arbeitet in einer Mine da bei Zacatecas herum. Da gehe ich rauf, wenn ich eine Frau habe, und warte, bis auch ich in der Mine arbeiten kann. Man kann dort leicht drei Pesos den Tag verdienen.«

»Drei Pesos ist hübsches Geld«, sagte der Alte. »Aber die achtzehn Pesos, die du hast – damit können wir nicht einmal die Hochzeit machen.«

»Soviel kann doch die gewiß nicht kosten. Einen Pfarrer können wir nicht nehmen, und die Lizenz für das Standesamt können wir auch nicht bezahlen.«

»Freilich nicht«, sagte der Alte, »soviel Geld gibt es gar nicht. Aber wir müssen doch wenigstens zwei Musikanten haben für den Tanz und zwei Flaschen Tequila, sonst sagen die Leute uns nach, Elvira sei überhaupt gar nicht verheiratet, sondern sei nur mit dir davongelaufen. Und so etwas machen meine Töchter nicht. Warte nur ja darauf nicht, da kannst du tausend Jahre alt werden.«

Es wurde dann hin und her gerechnet, daß Salvatorres noch drei Wochen oder vier im Busch Kohle brennen solle, um das Geld zusammenzuhaben für die Musikanten, den Tequila, ein Kilo Kaffee, drei Kilo Zucker, ein Paar Schuhe für die Mutter und eine Hose für den Vater. Als er damit einverstanden war, wurde ihm erlaubt, daß er hier in Kost gehen könne bei den zukünftigen Schwiegereltern, wofür er ein Drittel weniger zu bezahlen habe als bei der Negerin; man wolle ihn inzwischen schon als Sohn anerkennen, er möge sich dort in der freien Ecke ein Schlafgestell einrammen, und wenn er eine zweite Decke kaufen wolle für Elvira, so könne sie schon bei ihm schlafen, damit nicht so viele Umstände gemacht zu werden brauchten, denn verhindern ließe es sich ja doch nicht. Nachdem Salvatorres auch diese Decke für Elvira zugestanden hatte, wurde Elvira selbst, die wie alle Familienmitglieder der ganzen Verhandlung beigewohnt hatte, gefragt, ob sie etwas einzuwenden habe. »Ich würde ganz gern rauf nach Zacatecas gehen«, war ihre Antwort, und damit war diese wichtige Familienangelegenheit erledigt.

Auf alle Fälle fehlten Salvatorres jene neun Pesos, die er sich in die Tasche gelogen hatte. In den vier Wochen, die er zu arbeiten hatte, ging auch das Hemd in die Brüche, und für die Hochzeit mußte er unbedingt ein neues haben. Diese beiden Tatsachen waren die Ursache, daß einem in der Nähe wohnenden amerikanischen Farmer eines Tages zwei Kühe fehlten, die nie wiederkamen.

Nachdem der Tanz gewesen war, der alte Llaca sich betrunken hatte, er eine neue gelbe Zwirnhose und seine Señora ein Paar neue Schuhe besaßen, war Elvira die rechtmäßige Gattin des Salvatorres, die ihm niemand entführen oder verführen durfte, ohne seine Ehre zu verletzen und seinen Zorn hervorzurufen. Salvatorres packte seine beiden Decken, einen Kaffeekessel, seine Machete, seine Axt und seine Elvira auf den Esel und wanderte in die Minengebiete.

Nur eine Woche lungerte er herum, dann bekam er Arbeit in einer Kupfergrube. Die Arbeit war schwer, aber er fürchtete sich nicht davor. In der freien Zeit, die er hatte, baute er sich eine Hütte, in der er mit seiner Elvira ein glückliches Leben führte. Sie kochte ihm das Essen, wusch seine Wäsche, flickte ihm seine Hosen und wärmte ihm in den kalten Nächten, die in jener Berggegend so häufig sind, das Bett. Er fühlte sich wohl, betrank sich nie, und sie hatte keinen Grund zu irgendwelcher Klage.

Vielleicht wäre das ein ganzes Menschenleben so geblieben, wenn nicht eines Tages ein Bursche mehr in Elvira entdeckt hätte, als Salvatorres je fähig war, in ihr auch nur zu ahnen. Als Salvatorres jenes Abends heimkam, war Elvira ausgeflogen. Und da sie die schöne Decke, ihr zweites Hemd, ihre beiden Kleider und den Kamm mitgenommen hatte, wußte Salvatorres, daß es für immer war, daß sie nicht daran dachte, die eheliche Gemeinschaft mit ihm fortzusetzen.

Die Hütten der eingeborenen Bevölkerung sind nicht imstande, irgendwelche Geheimnisse zu verbergen. Nachdem Salvatorres etwa zwei Dutzend Hütten abgesucht hatte, fand er die richtige. Er hörte seine Elvira darin lachen und schwatzen. Er spähte durch die Wände und erblickte Elvira schmeichelnd an der Seite ihres Neuvermählten sitzen. Sie war in vortrefflicher Laune. Außer diesem Paar waren noch zwei andere junge Paare in derselben Hütte. Alle waren lustig und guter Dinge, und sie hatten sich zu einem gemütlichen Abendschwätzchen zusammengefunden. Der Name Salvatorres wurde gar nicht erwähnt, sein Träger war ausgelöscht aus dem Gedächtnis dieser lustigen Leutchen.

Die wahren Motive einer Handlung zu ergründen, die der Angehörige einer Rasse begeht, die nicht die unsrige ist, ist ein törichtes Beginnen. Vielleicht finden wir das Motiv, oder wir mögen glauben, daß wir es gefunden haben, aber wenn wir versuchen, es zu begreifen, es unserer Welt- und Seeleneinstellung nahezubringen, stehen wir ebenso hoffnungslos da – vorausgesetzt, wir sind ehrlich genug, es einzugestehen –, genauso, als wenn wir in Stein eingegrabene Schriftzeichen eines verschollenen Volkes entziffern sollen.

Was Salvatorres jetzt tat, kann lediglich in der Handlung und in der Wirkung mitgeteilt werden. Eine Erklärung für seine Handlung zu geben, würde eine Untersuchung nötig machen, die ein dickes Buch füllen würde.

Als er sich davon überzeugt hatte, daß seine Elvira sehr glücklich war, offenbar viel glücklicher und viel verliebter, als er sie jemals gesehen hatte, solange sie seine Frau war, daß also keine Hoffnung

blieb, sie je wieder als Ehegespons zu haben, beschloß er, einen dicken Strich unter diesen Abschnitt seines Lebens zu ziehen. Mit der ganzen Geschicklichkeit und Intelligenz, die den mexikanischen Indianern eigen ist, fabrizierte er in überraschend kurzer Zeit eine ausgezeichnete Bombe aus den denkbar primitivsten Mitteln. Um ihre Wirkung ganz sicherzumachen, arbeitete er sich mit großer Mühe in die Werkzeugbude, verschaffte sich das Dynamit, das Hütchen und die Zündschnur. Als alles fertig war, schlich er sich wieder zu jener Hütte, wo die lustige Gesellschaft noch immer beisammen war und wahrscheinlich im Sinne hatte, dort zu übernachten. Türen haben diese Hütten ja nicht, und so war es eine einfache Sache, die Bombe, nachdem die Zündschnur Feuer gepackt hatte, in die Hütte zu schleudern.
Nachdem das geschehen war, verließ Salvatorres die Nähe der Hütte und ging ruhig nach Hause, um sich zu Bett zu legen. Was ein Mensch nur tun konnte, um eine Bombe wirkungsvoll zu machen, das hatte er getan. Das Resultat kümmerte ihn nicht. Ging die Bombe auf, war es recht, ging sie nicht auf, war es auch recht. Nachdem die Bombe verfertigt und sachgemäß an die richtige Stelle gebracht worden war, hatte die ganze Ehegeschichte jegliches Interesse für ihn verloren. Morgen und für den Rest ihres ganzen Lebens waren Elvira und ihr neuer Gatte und alle, die bei diesem Drama bewußt oder unbewußt helfend mitgewirkt hatten, vor dem Zorn Salvatorres' so sicher, als ob er nicht existierte. Für ihn war der Fall Elvira gänzlich abgetan.
Nicht aber so für die lachende Gesellschaft in der Hütte.
In den Bergwerksgesellschaften Mexikos weiß jeder, Mann oder Frau, was es zu bedeuten hat, wenn sie plötzlich eine Konservenbüchse sehen, an der eine schmökende Zündschnur hängt. Die Bombe sehen und raus aus der Hütte, ohne ein Wort zu sagen, ohne auch nur einen Warnungsschrei auszustoßen, dauerte nur den Bruchteil einer Sekunde. Dann erfolgte eine fürchterliche Explosion, die die Hütte splitterweise einige hundert Meter weiter fortschleuderte.

Elvira und ihre neue Liebe waren mit dem Schrecken, der keine ernsten Folgen bei ihnen zurückließ, davongekommen. Auch die übrigen Leutchen waren heil, bis auf eine der anderen beiden jungen Frauen, die in dem Augenblick, als die Bombe auf der Bildfläche erschien, sich in einer Ecke gerade mit den Kaffeetassen beschäftigte und deshalb weder die Bombe noch den wortlosen Abschied ihrer Gäste bemerken konnte. Diese bedauernswerte Tochter des Landes machte die Reise der Hütte mit, und da sie sich in der kurzen Zeit nicht so rasch entscheiden konnte, mit welchem Teil der Hütte sie die Fahrt machen möchte, landete sie stückweise an zwanzig verschiedenen Stellen der Umgegend.
Zwei Tage später erschien auf dem Arbeitsplatze des Salvatorres ein Polizeibeamter. Das Verhör ging vor sich, ohne daß sich Salvatorres in seiner Arbeit viel stören ließ. Nur dann gerade, wenn er sich sowieso die Zeit nahm, um sich eine Zigarette zu rollen, gab er genügend Auskunft.
»Sie haben da in die Hütte des Juan Guennel eine Bombe geworfen?«
»Das ist richtig. Das geht aber Sie gar nichts an. Das ist eine reine Familienangelegenheit.« Salvatorres ist in seinem guten Recht.
»Bei dieser Bombengeschichte ist aber eine Frau getötet worden.«
»Das weiß ich, das brauchen Sie mir nicht zu sagen. Das ist meine Frau, und ich denke doch, daß ich mit meiner Frau machen kann, was ich will, denn sie kriegt von mir das Essen und die Kleider, und die Musik für die Hochzeit habe ich auch bezahlt.« Salvatorres ist abermals in seinem guten Recht.
»Es ist aber nicht Ihre Frau Elvira, die getötet wurde, sondern die Frau des Juan Guennel.«
»Dann geht mich die ganze Geschichte überhaupt gar nichts an. Die Frau des Juan kenne ich gar nicht, die hat mir gar nichts getan, und wenn die dabei draufgegangen ist, dann war das nicht meine Absicht, das ist dann ein Unglücksfall. Und für Unglücksfälle bin ich nicht verantwortlich. Die Guennel-Frau konnte ja besser achtgeben.«

Damit ist für Salvatorres die Angelegenheit erledigt. Seine Zigarette ist aufgeraucht, er wirft den Stummel fort, nimmt eine Pickhacke und wütet gegen den Berg.
Vier Wochen darauf ist die Gerichtsverhandlung. Salvatorres hat sich wegen Mordes zu verantworten. Die Geschworenen sind Leute desselben Minenortes. Zwei sind Minenarbeiter, einer ist Aufseher in einer Mine, ein anderer ist der Bäcker des Ortes, ein anderer der Kantinenwirt, einer Zimmermann in einer Mine, ein anderer besitzt eine Schuhhandlung und so fort. Ein jeder von diesen Geschworenen hat nur Interesse an Leuten, die arbeiten und Geld verdienen; keiner von ihnen ist interessiert an einem Mann, der im Gefängnis sitzt und so kein Geld ausgeben kann. Trotz alledem, ein jeder hat Interesse daran, daß Gerechtigkeit geübt wird, soweit menschliches Gewissen das möglich macht. Irgend jemand hat Salvatorres gesagt: »Im Gerichtssaal hältst du einfach die ganze Zeit das Maul. Entweder du sagst kein einziges Wort, oder wenn du schon was sagst, antwortest du immer nur ›Das weiß ich nicht‹.« Daran hält sich Salvatorres. Im großen und ganzen ist ihm das alles ganz egal. Wird er verurteilt und erschossen, ist es ihm recht, wird er freigesprochen, ist es ihm auch recht. Er rollt sich seine Zigaretten und macht sich in dem Gerichtssaal einen faulen Tag. Auch die Geschworenen rauchen; wenn man es ihnen verböte, würden sie nach Hause gehen, und man hätte keine Geschworenen.
»Der Angeschuldigte hat den Mord eingestanden. Der hier als Zeuge anwesende Beamte hat den Angeschuldigten an seinem Arbeitsplatze vernommen, und die Tat ist ohne weiteres zugegeben worden.«
Der öffentliche Ankläger vertritt eine klare, sichere Sache; er hat so gut wie gar keine Arbeit.
Ein Geschworener läßt Salvatorres durch den Vorsitzenden fragen, ob er den Mord eingestanden habe.
»Das weiß ich nicht«, sagt Salvatorres. Darauf setzt er sich wieder und raucht weiter.

Ein anderer Geschworener wünscht das Protokoll zu sehen, in dem Salvatorres unterschrieben hat, daß er dem Beamten gegenüber die Tat nicht geleugnet habe.
»Das Protokoll ist nur von dem Beamten unterzeichnet, da Salvatorres weder lesen noch schreiben kann. Er hat aber gestanden, und dafür haben wir das Wort und das Protokoll des Beamten, eines ehrenhaften Mannes.«
Der öffentliche Ankläger wird ein wenig nervös.
Ein dritter Geschworener will wissen, warum sie, die Geschworenen, dem Beamten, der im Dienste und Lohn des Staates stehe, mehr Glauben und Vertrauen schenken sollen als Salvatorres, der sich seinen Lebensunterhalt verdiene, ohne von den Steuern der Leute zu leben.
Ein vierter Geschworener verlangt, daß Salvatorres hier in Gegenwart der Geschworenen erklären soll, ob er den Mord begangen habe, da er nicht sehe, auf Grund welcher Beweise er Salvatorres schuldig sprechen könne.
»Bekennen Sie sich schuldig?«
»Das weiß ich nicht.« Salvatorres setzt sich wieder und beginnt an einer neuen Zigarette zu rollen.
Der Vertreter der Anklage spielt seine letzte Karte aus. Er läßt die Zeugen aufmarschieren: Elvira, ihren Geliebten und die anderen drei Leutchen, die an jenem Abend in der Hütte waren. Sie alle wissen, was der ganze Ort weiß und worüber gar kein Zweifel herrscht, da Salvatorres viel zuviel auf seine Ehre hält, als daß er irgend jemand darüber im unklaren ließe, wie er eine ungetreue Frau behandelt.
Die Zeugen erklären einmütig, daß sie nicht gesehen haben, wer die Bombe geworfen habe. Und auf die Frage, ob sie glauben, daß Salvatorres es gewesen sein könne, erklären sie wieder einmütig, es könne auch ebensogut der frühere Liebhaber der Frau Guennel gewesen sein; er wohne zwar seit einem halben Jahr in Parral mit einer Frau, aber er sei sehr eifersüchtig. Elvira fügt hinzu, sie kenne Salvatorres sehr gut, da sie seine Frau gewesen sei, und eine

Bombe würde er nie werfen, sicher nicht gegen eine Frau, die er gar nicht kenne.
Dem öffentlichen Vertreter der Anklage ist sein wunderschöner Kuchen zerkrümelt. Die Geschworenen ziehen sich zurück, und nach einer Viertelstunde Anstandsberatung geben sie ihr Urteil ab: »Salvatorres ist unschuldig mit allen Stimmen.«
Salvatorres wird sofort auf freien Fuß gesetzt. Er geht mit den Zeugen, Elvira und ihren Neuerwählten eingeschlossen, in den nächsten Saloon, wo sie eine Flasche Tequila leeren, wobei sie der Reihe nach die Flasche an den Mund führen. Am Nachmittag desselben Tages ist Salvatorres bereits wieder in der Grube.
Am Abend des nächsten Tages ist Tanz. Salvatorres ist auch da. Er findet eine neue Frau, die sehr hübsch ist und noch in der Nacht in sein Haus einzieht.
Am Nachmittag des nächsten Tages geht sie aus, um ihre Habseligkeiten, die sie in einem Schilfkorbe aufbewahrt, von ihrer bisherigen Unterkunftsstelle zu holen und in das neue Heim zu bringen. Am Abend – Salvatorres ist längst von der Arbeit heimgekehrt – sieht sie plötzlich, während sie die Frijoles auf den Tisch stellen will, eine Konservenbüchse mit einer schmökenden Zündschnur daran mitten auf dem Fußboden liegen.
Sie konnte noch rechtzeitig entweichen. Aber von Salvatorres ist nicht einmal mehr ein Hosenknopf übriggeblieben, den sie als trauernde Witwe hätte beweinen können.

Dynamit

Eine Anzahl indianischer Arbeiter, die in den Bergwerken von Chihuahua gearbeitet hatten und sich jetzt in dem Vorort der Stadt herumtrieben, stritten sich eines Tages über die Wirksamkeit der Dynamitpatronen, die beim Sprengen der Gesteinsmassen verwendet werden. Die Mehrzahl stimmte darin überein, daß die Wirkung auf den menschlichen Körper unbeschreiblich vernichtend sei; einige wenige dagegen behaupteten, die Wirkung komme nur Gesteinsmassen gegenüber zum vollen Ausdruck, während sie gegenüber dem menschlichen Körper beinahe harmlos zu nennen sei.

Als eine Einigung hierüber nicht erzielt werden konnte, erbot sich der Vertreter der ›harmlosen Wirkung‹, an seiner eigenen Person die Richtigkeit seiner Meinung zu beweisen.

Es dauerte nicht lange, da war eine Patrone besorgt, das Hütchen wurde aufgesteckt und die Zündschnur angehängt. Der mutige Kämpfer für seine Überzeugung ließ sich aber doch von der Gegenpartei überreden, daß er Vorsicht üben möge, denn es wäre ja immerhin möglich, daß die Majorität recht habe, und es wäre doch jammerschade, wenn er sich nicht davon überzeugen könne, daß er unrecht habe, um für sein ferneres Leben daraus eine Lehre zu ziehen. Er sah das schließlich auch ein, und er begab sich mit der Schar streitsüchtiger Genossen zu einem steinernen Eckhause. Nachdem die ›Wirkungsgläubigen‹ sich in respektvolle Entfernung zurückgezogen hatten, ging der Mann zu der Ecke, entzündete die Zündschnur und hielt die Patrone mit seiner rechten Hand um die Hausecke.

Wenige Augenblicke später erzitterte die Stadt. Die Bevölkerung, ein Erdbeben oder eine Minenexplosion befürchtend, eilte auf die Straße. Als sie sah, daß es sich nur um zwei Eckwände eines Hauses handelte, die auf unerklärliche Weise eingestürzt waren, zog sich jeder wieder in seine ruhige Häuslichkeit zurück.

Die Freunde des Opfers gingen an die Arbeit. Sie räumten den Schutt der beiden Wände fort, um festzustellen, welche Partei recht habe, denn bis jetzt war das noch nicht entschieden. Die Wirkung auf Gesteinsmassen war ja von keiner Seite bestritten worden. Und richtig, nachdem sie eine Weile gebuddelt hatten, kroch der Ungläubige ganz ruhig und mit der Miene eines Mannes, der das Recht auf seiner Seite hat, hervor und schüttelte sich den Schutt aus den Kleidern.

Ganz vollständig war er allerdings nicht mehr. Das hatte er ja auch gar nicht behauptet, daß dies der Fall sein würde. Jedenfalls war ihm die rechte Hand bis zum halben Unterarm fortgerissen. Daraus machte er sich aber nicht viel. Er bestand darauf, daß man nun die Hand auch noch suche, damit man sehen könne, daß sie nicht allzusehr beschädigt sei. Aber von der Hand war nichts zu finden.

»Und ich sage euch ganz bestimmt«, so begann sofort wieder der Streit, »es war nicht die Patrone, die meine Hand abgerissen hat. Die Patronen sind ganz und gar harmlos. Es war das Hütchen; denn was da die nichtswürdigen Fabrikanten hineinstecken, das weiß man nie. Das sind alles Schwindler und Betrüger.«

Der Indianer bedauerte später nie, daß er seine Hand hergegeben hatte. An Stelle der Hand bekam er einen eisernen Haken, einen Arbeitshaken. Er arbeitete aber nie damit, sondern wurde mit diesem Haken einer der gefürchtetsten Raufbolde unter der Arbeiterschaft, die ihm mit an Ehrfurcht grenzender Scheu begegnete und sich geschmeichelt fühlte, seine Wünsche erfüllen zu dürfen.

Der Wachtposten

In einem Bergwerk in Chihuahua meldete eines Morgens der Vorarbeiter, ein Mestize, dem diensthabenden Ingenieur, daß in einem der Hauptstollen ›etwas im Gange sei‹.

An der Decke des Stollens, so berichtete der Vorarbeiter, befände sich ein gewaltiger Stein, dessen Gewicht schätzungsweise zehn Tonnen habe. Rund um diesen Stein beginne, so war die Meinung, seit einigen Stunden Sand und Kleinkiesel herunterzuregnen, ein sicheres Zeichen, daß der Stein am Lösen sei und bald kommen dürfte, was in einer Stunde, vielleicht aber auch erst in sechs Tagen geschehen könnte, so genau ließe sich der Zeitpunkt nicht bestimmen.

Zahlreiche Arbeiter hatten diesen Stollen zu begehen, und weil der Ingenieur deren Leben nicht aufs Spiel setzen wollte, rief er einen indianischen Bergarbeiter herbei und sagte zu ihm: »Sehen Sie den Stein dort, Augustin?«

»Natürlich sehe ich ihn, ich bin doch nicht blind, Señor.«

»Gut, dieser Stein ist los und wird bald herunterkommen.«

»Kein Wunder, wenn er los ist; man sieht ja bereits, wie es bröckelt.«

»Wenn der Stein runterkommt, und es ist gerade zufällig jemand darunter, dann ist er breitgequetscht wie eine Tortilla.«

»Das ist doch mal bombensicher, Señor. So schlau bin ich selbst.«

»Gut. Ich stelle Sie jetzt hier als Wachtposten auf. Sie haben nichts weiter zu tun, als jeden Mann, der hier drunter hergehen will, auf die Gefahr aufmerksam zu machen und ihn durch den Stollen 14 zu schicken, ihm jedenfalls nicht zu erlauben, daß er diesen Stollen benutzt. Sie sehen ein, wie gefährlich dieser Stollen ist.«

»Das sehe ich, man kann es ja schon riechen, Señor.«

Eine Stunde später ging der Ingenieur die Stollen ab, und auf seinem Wege kam er auch zu dem Gefahrstollen.

Der Wachtposten saß mitten unter dem losen Stein, rauchte ge-

mütlich seine Zigarette und war die Seligkeit selbst, daß er einen so angenehmen Posten gefunden hatte, wo er nichts zu tun brauchte. Pflichtgemäß berichtete er dem Ingenieur, daß er jedem untersage, hier unter dem Stein durchzugehen, weil der Stein jeden Augenblick kommen könne, und es sei auch noch keiner darunter hergegangen, seit er hier hergesetzt worden sei, um aufzupassen, der Señor Ingenieur könne sich auf ihn durchaus verlassen.
»Ich würde mich an Ihrer Stelle aber nicht gerade mitten unter den losen Stein setzen«, riet der Ingenieur, »der Platz ist keineswegs zu empfehlen.«
»Warum, Señor?« sagte der Mann. »Lassen Sie das nur meine Sorge sein, wo ich sitze. Dieser Platz ist sehr bequem für mich. Ich brauche mich dann nicht so anzustrengen, brauche nicht so sehr zu schreien, habe es nach jeder Seite hin gleich weit und kann so ohne große Mühe am besten verhindern, daß nicht doch jemand hier drunter herzugehen versucht. Denn es ist sehr gefährlich, Señor, wenn da gerade jemand drunter wäre, wenn der Stein kommt.«
Dabei drehte er sich seelenruhig eine neue Zigarette und zündete sie mit großem Behagen an.
Vier Stunden später war der Mann zermalmt. Alles, was man seiner Frau von seinen sterblichen Überresten bringen konnte, war die Sandale seines linken Fußes, der unter dem Steinkoloß hervorlugte.

Das Hospital

Eine amerikanische Bergwerksgesellschaft in Nordwest-Mexiko hatte für ihre Arbeiter und deren Frauen und Kinder ein kleines Hospital eingerichtet, wo die Arbeiter in Unglücks- und Krankheitsfällen ärztliche Hilfe fanden. Um die Arbeiter für dieses Hospital zu interessieren und sie dadurch zur Beachtung hygienischer Vorsichtsmaßregeln zu erziehen, wurde ihnen ein kleiner, kaum nennenswerter Betrag vom Lohn abgezogen. Die Gesamtsumme dieses Betrages machte aber so wenig aus, daß mit ihr nicht einmal das Gehalt für die beiden Schwestern, die im Hospital tätig waren, bezahlt werden konnte.

Die Arbeiter, die ausnahmslos Indianer waren, hielten jedoch den Betrag, den sie beisteuerten, für so wesentlich, daß sie behaupteten, der Arzt und die beiden Schwestern führten ein faules Leben auf Kosten der Arbeiter, und die Kompanie erziele aus dem Hospitalbeitrag einen erheblichen Nebengewinn.

Jede Gelegenheit nun, die sich bot, den drei Hospitalangestellten das Leben zu erschweren, wurde mit Freuden ergriffen.

Die Erfindungsgabe der Arbeiter war unausgesetzt tätig, neue Pläne auszuhecken, um das Hospital nicht müßig gehen zu lassen. Wenn die Leute krank wurden, so ging keiner von ihnen in das Hospital, sondern sie gingen, wie auch früher, zu ihren ›weisen‹ Männern und Frauen, zu den Medizinmännern, die das Handwerk besser verstanden als die Doktoren, deren Hände immer nach Gift stanken.

Um aber dem Hospital nichts zu schenken, wurden die Frauen und Kinder hingeschickt, um die Beiträge ›abzuarbeiten‹. Und da sie mit wichtigen Krankheiten nicht kamen, so kamen sie mit solchen Fällen, die von den Arbeitern in ihren abendlichen Besprechungen ausgeheckt waren.

Eines Morgens erschien eine hübsche Indianerin im Hospital und wünschte, einen Zahn gezogen zu haben. Der Arzt untersuchte die

Zähne und fand, daß die Frau Zähne hatte, so gesund, so kräftig und so schön wie die eines jungen Pferdes.
»Welcher Zahn tut Ihnen denn weh?«
»Mir tut kein Zahn weh. Mir hat noch nie ein Zahn weh getan.«
»Was wollen Sie denn da eigentlich?«
»Sie sollen mir einen Zahn ziehen.«
»Aber warum denn?«
»Weil ich keine andere Krankheit habe«, antwortete die junge Frau.
»Ich ziehe Ihnen keinen Zahn«, sagte nun der Arzt. »Ich bin doch nicht verrückt. Danken Sie Gott, daß Sie solche Zähne haben; ich würde ein Jahr meines Lebens geben, wenn ich solche Zähne hätte.«
»Wollen Sie mir jetzt den Zahn ziehen oder nicht? Ich kann mit meinen Zähnen machen, was ich will. Das geht Sie gar nichts an. Oder denken Sie vielleicht, mein Mann zahlt seine guten blanken Pesos« (es waren in Wahrheit nur kupferne Centavos) »für das Hospital für überhaupt nichts? Wir müssen auch arbeiten, da brauchen Sie nicht den ganzen Tag zum Fenster hinauszusehen oder auf der Veranda zu sitzen und Bücher zu lesen, und die Frauenzimmer könnten auch was Besseres tun, als sich von unserm Gelde immerfort neue Kleider zu kaufen.«
Inzwischen hat der Arzt begriffen, was los ist; denn er kennt ja seine Leute, und er kennt die schwarzen Pläne, die gegen das Hospital ausgeheckt werden. Er zieht also der Frau einen prachtvollen Molar, wobei er sich die denkbar größte Mühe gibt, die Operation mit ›absolutester Nichtschmerzlosigkeit‹ auszuführen. Aber die Frau verzieht keine Miene und läßt nicht das leiseste Wimmern hören.
Als die Schwester ihr ein Glas Wasser gereicht und sie es ausgetrunken hat, wirft sie sich in den Rücken, sieht den Arzt triumphierend an und geht. Ihr Blick, dank der natürlichen Ausdrucksweise in den Gesten jener Rasse, sagt schärfer als Worte: »Wenn ich komme, Herr Doktor, dann haben Sie zu springen, verstehen Sie

mich! Mein Mann bezahlt Sie.« Drei Tage darauf kommt die Frau wieder. Und wieder will sie einen ihrer prachtvollen Zähne gezogen haben. Und wieder bleibt dem Arzt aus politischen Gründen nichts anderes übrig, als der Frau abermals einen Zahn zu ziehen. Wie beim ersten Male, so läßt sich auch diesmal die Frau den gezogenen Zahn geben, um ihn mit nach Hause zu nehmen und ihn ihrem Manne zu zeigen.

Nachdem die Zeit erfüllet war, waren der Frau sämtliche Zähne des Oberkiefers ausgezogen. Während den Arzt bald das Weinen ankam, als er nun den leeren Oberkiefer noch einmal untersuchte, um irgendwelche Infektionen zu finden, war die Frau durchaus zufrieden mit dem Ergebnis.

Eine Woche, nachdem der letzte Zahn des Oberkiefers gezogen worden war, erschien die Frau wieder im Hospital. Der Arzt, ohne zu fragen und ohne mit ihr zu handeln, nahm die Zange zur Hand und begann, den ersten Backzahn des Unterkiefers anzusetzen, als die Frau ihn heftig am Arm packte und schrie: »Was wollen Sie denn da eigentlich mit mir machen? Ich glaube gar, Sie wollen die andere Hälfte meines Mundes auch noch schänden.«

Verblüfft fragte der Arzt: »Ja, sind Sie denn nicht hergekommen, um wieder einen Zahn gezogen zu haben?«

»Aber ich denke ja nicht an so etwas. Habe ich Ihnen vielleicht den Auftrag gegeben, mir einen Zahn zu ziehen? Ich bin hier, daß Sie mir den Zahn, den Sie mir zuerst gezogen haben, wieder einsetzen. Denn ich kann doch nicht mein ganzes Leben lang ohne Zähne herumlaufen.«

Und sie überreichte dem Arzt jenen Zahn, der ihr zuerst gezogen worden war. Der Doktor machte ihr nun klar, daß Zähne wohl gezogen, aber nicht wieder eingesetzt werden könnten, so weit habe es die medizinische Wissenschaft noch nicht gebracht.

»Was?« schrie die Frau nun in heller Empörung. »Sie können mir die Zähne nicht wieder einsetzen? Also nicht einmal das können Sie? Und Sie nennen sich Doktor? Und Sie sitzen hier den ganzen Tag faul auf der Veranda? Und mein Mann muß das ganze Hospi-

tal bezahlen? Aber so seid ihr verdammten Gringos (Spottname der Amerikaner in Lateinamerika)! Pfui Teufel noch mal, schämen Sie sich denn gar nicht, Sie Hurensohn, mir meine wunderschönen Zähne auszuziehen und dann zu sagen, Sie könnten sie nicht wieder einsetzen! Cabrón! Grrrrringooooo!« Nachdem durch eine saftstrotzende – und wie! – Schlußwendung des Gesprächs der beabsichtigte Zweck dieses Besuches erreicht war, verließ die Frau das Hospital stolz wie die frisch geadelte Frau von Flohknicker, die soeben einen Kaiser gebackpfeift hat.
Obgleich das Hospital allen Anforderungen entspricht, die man an ein modernes Krankenhaus stellt, so stand es dennoch bei den indianischen Arbeitern jener Bergwerksgesellschaft nie in hoher Achtung. Durch die Zahngeschichte verlor es auch noch den Rest von Würde, der ihm verblieben war.
In den umliegenden Dörfern wurde die Frau als lebendes Beispiel der Unfähigkeit des Arztes und der Schädlichkeit des Hospitals herumgezeigt. Wohin sie kam, mußte sie ihre traurige Geschichte erzählen. Die Gringos wurden verflucht nach allen Regeln, die im Gebrauch sind, seit der liebe Gott Adam, Eva und die Schlange verfluchte. Und die Leute hatten ganz recht. Denn es ist eine Ausräuberei sondergleichen, daß die Arbeiter von ihrem kleinen Lohn ein Hospital unterhalten müssen, das sich nicht scheut, arme und unwissende Indianerfrauen zu schänden und sie für den Rest ihres Lebens zu schimpfieren, so daß der eigene Mann sie nicht mehr ansehen mag. Der Doktor ist ein Irrsinniger; denn hätte sich die unglückliche Frau nicht mutig zur Wehr gesetzt, so würde dieser Unhold der Frau auch alle Zähne des Unterkiefers ausgezogen haben.
Das alles konnte nicht bestritten werden; denn in ein Stück alten Hemdes eingewickelt, trug die Frau ja ihre Zähne, und ein Kind konnte sehen, daß die Zähne alle kerngesund waren.
Eine Weile ging das so fort, und eines Tages war der Tumult da. Die Arbeiter kamen in Haufen zu dem Bürogebäude und schrien und gestikulierten und regten sich furchtbar auf. Was sie wollten,

verstand niemand, denn in Einzelunterhaltungen ließen sie sich nicht ein.
Man hörte nur immer Schreie aus dem Gewoge der Haufen: »Kein Hospital! Kein Doktor! Alle Zähne! Arme Frauen geschändet! Bezahlen! Doktor bezahlen! Schwestern schöne Kleider! Zeitung lesen! Alles bezahlen!«
Um Spanisch zu verstehen, genügt es nicht, es gelernt zu haben. Und um das Spanisch zu verstehen, das die indianischen Arbeiter in den Bergdistrikten sprechen, muß man schon eine Indianerin zur Mutter gehabt haben.
Die Manager der Kompanie, die nicht eingestehen dürfen, daß sie die Sprache ihrer Arbeiter nicht verstehen, verstanden aber doch das Wesentliche des Geschreies. Sie redeten sich wenigstens ein, daß sie alles gut und richtig verstünden, und weil sie die Arbeitgeber waren oder deren legitime Vertreter, so reimten sie sich die Schreie entsprechend ihrer eigenen sozialen und wirtschaftlichen Stellung zusammen. In ihrem Rapport an die Zentralverwaltung der Kompanie kam es später heraus, was sie sich zusammengereimt hatten. Nach jenem Rapport hatten die Arbeiter geschrien: ›Wir verdienen nicht einmal so viel, daß wir in ein Hospital gehen können. Nicht einmal so viel, daß wir zu einem Doktor gehen können. Wir verdienen so wenig, daß wir nichts zwischen die Zähne zu beißen kriegen. Wir haben so wenig Lohn, daß unsere Frauen zur Schande herumlaufen, weil sie nichts zum Anziehen haben. Und unsere Schwestern wollen Kleider haben!‹
Als der Tumult vor dem Bürogebäude nicht nachließ und die Schreie und Rufe der Leute immer heftiger wurden, ohne daß ein Wechsel des Inhalts der Worte sich zeigte, trat endlich der Manager auf die Veranda und hielt mit seinen paar Brocken Spanisch eine Ansprache, die darin gipfelte: ›Jawohl, jawohl, wir bewilligen. Jeder Mann erhält fünfundzwanzig Centavos den Tag mehr von Montag dieser Woche an. Geht an die Arbeit. Es ist alles gut. Muy bueno, amigos!‹
Von der Frau und ihren Zähnen wurde nicht mehr gesprochen.

Familienstolz

Konsul Revelsen war der glänzend bezahlte Generalvertreter einer europäischen Firma, die Weltruf hatte. Jedes Kind kannte ihn. Aus hundert verschiedenen Gründen stand er bei der eingeborenen Bevölkerung in derselben hohen Achtung wie der Gouverneur. Er war ein stattlicher Mann und außerordentlich wohlbeleibt, was zu seinem Ansehen unter den Indianern, die alle sehr mager sind, nicht wenig beitrug. Seine Gattin hielt auf eine gute – ach, was sage ich da! –, hielt auf eine unvergleichliche Küche, die Konsul Revelsen, um seine Frau nicht zu kränken, so sehr schätzte, daß seine Leibesfülle beängstigend wurde.
Die gute Küche verlangte gute Köchinnen, und Señora Revelsen besaß die seltene Gabe, unter ihren indianischen Mädchen die Talentierteste herauszufinden, die dann, wenn sie zur Oberpriesterin im Allerheiligsten geweiht worden war, wie eine kostbare Kristallvase behandelt wurde. Diese beneidete und von ihren Stammesangehörigen mit Ehrfurcht betrachtete Stellung hatte jetzt Teofilia inne.
Teofilia hatte sich als Kind eines Tages elternlos gefunden. Ob die Eltern gestorben oder abgewandert oder zwei neue Familien gegründet hatten, ist nie bekannt geworden. Teofilia wurde in die Hütte ihres kinderlosen Onkels aufgenommen. Trotzdem weder Onkel noch Tante in die Arbeit sehr verliebt waren und sie infolgedessen in Verhältnissen lebten, die selbst unter diesen Leuten als sehr bescheiden angesehen werden, fand Teofilia hier eine wahre Heimat. Sie liebte Onkel und Tante und deren Freundeskreis mehr, als sie je ihre Eltern geliebt hatte. Mit dreizehn Jahren kam Teofilia zur Stadt und fand in einem europäischen Hause Stellung. Sie arbeitete sich immer höher hinauf, bis sie es zur höchsten Würde gebracht hatte, die einem Mädchen ihrer Herkunft nur unter den allerglücklichsten Voraussetzungen offenstand: Köchin bei Señora Revelsen.

Onkel und Tante zogen in ein Dorf ganz nahe der Stadt, um sich am Glanze ihrer Nichte zu sonnen, noch weniger zu arbeiten als bisher und die Krümelchen, die von den zahlreichen Seitentischen des großen Mannes fielen, als unzerstörbare Basis ihres Lebensunterhaltes zu betrachten.
Eines Vormittags kam Señora Revelsen in die Küche, und sie fand Teofilia auf einem Stuhl zusammengebrochen, in Tränen zerfließend.
Mit einem Aufschrei, in den die weiblichen Angehörigen dieses Volkes eine Welt voll Seelenstimmung legen können, fiel Teofilia ihrer Herrin zu Füßen.
»Oh, geliebte Señora, oh, angebetete Herrin, warum stürzt nicht der Himmel herunter! Oh, warum birst nicht die Erde, mich in meinem Unglück zu verschlucken! Warum haben die Heiligen, die ich anspeie – oh, heilige Maria, Mutter Gottes, vergib mir diese Todsünde –, oh, warum haben diese mir das angetan!«
Dabei wand sich Teofilia auf dem blanken Küchenboden herum, als ob sie in der Tat sich zum Mittelpunkt der Erde hindurcharbeiten wolle, um von ihrer Qual erlöst zu werden.
Um einen Fehltritt mit Folgen handelte es sich nicht. Señora Revelsen wußte aus reicher Erfahrung, das wird nicht tragisch genommen, sondern wird abgemacht mit derselben Geste, mit der man eine unvorsichtig beigebrachte Schnittwunde am Finger behandelt.
»Was ist es denn?« fragte sie mütterlich. »Ist Mariano – hat er sich eine andere genommen?«
»Zur Hölle mit dem eiterbeuligen Hund! Er war gestern wieder besoffen. Ich hasse ihn und spucke ihn an, diesen aussätzigen Kojoten.«
Also eine Liebesgeschichte war es auch nicht.
»Wollen Sie es mir nicht sagen, Teofilia, was ist es denn? Vielleicht kann ich helfen.«
In dem Schluchzen und Stöhnen Teofilias entstand plötzlich eine effektvolle Kunstpause, die wie eine beängstigende Stille etwas

Grausiges vorbereitet, das mit einem gewaltigen Donnerschlag beginnt.
Und in der Tat, es erfolgte ein Donnerschlag, wie ihn in solcher Ursprünglichkeit Himmel und Erde nicht hervorbringen können. Teofilia richtete sich halb vom Boden auf, als ob sie erst die Lungen ganz vollpumpen müsse. Dann warf sie die Arme hoch in die Luft und den Kopf in den Nacken und schrie: »Mein Onkel ist mu-errrrrr-tooooooooo!« Instinktiv ging Señora Revelsen einen Schritt zurück, lehnte sich fest gegen den Türrahmen und hielt sich mit nach hinten geworfenen Händen an den Türpfosten fest. Sie hatte das Empfinden, als ob das Haus in seinen Grundfesten erschüttere, und mit einem verstörten Blick sah sie rasch nach den Fensterscheiben. Es überkam sie ein so träumendes dumpfes Gefühl, als müßten wenigstens die Fensterscheiben gesprungen sein. Man falle nicht in den Irrtum, anzunehmen, daß diese Gefühlserregung Teofilias Komödie oder Verstellung war, um vielleicht das Mitleid ihrer Herrin wachzurufen. Dieses Stadium der Zivilisation, wo man mit vorgetäuschten Gefühlen Geschäfte macht, Geldgeschäfte oder Gefühlsgeschäfte, haben die Indianer noch nicht erklommen. Ihre Äußerungen des Schmerzes oder der Freude sind noch echt, wenn sie uns auch manchmal gekünstelt oder übertrieben erscheinen, weil sie in andern Instinkten wurzeln.

Teofilia erhielt sofort zwei Tage Urlaub, um ihren Onkel angemessen unter die Erde zu bringen; denn die Verstorbenen werden des Klimas wegen meist sofort am selben Tage oder am nächsten Morgen beerdigt.
Teofilia erhielt ferner zehn Pesos Vorschuß. Trotz ihres hohen Lohnes war sie immer in Geldnöten, weil sie all ihr Geld in seidenen Strümpfen, modernen Halbschuhen, Ohrringen, Halskettchen, Stierkämpfen, Lotterielosen und einer Unmasse kostspieliger Parfüme und Seifen anlegte.
Wenn einem Familien- oder Stammesangehörigen von einem der

vielen Dienstboten des Konsuls Revelsen irgend etwas zustieß, was immer es auch sein mochte, so wandte er sich, um das Unheil abzuwenden oder wenigstens abzuschwächen, naturgemäß zuerst an die Heiligen, dann an die Heilige Jungfrau und, wenn die nicht helfen konnten oder nicht mochten, dann an Gottvater selbst. Wenn auch der in der Sache nichts tun konnte, dann wendeten sie sich vertrauensvoll an den, der allmächtiger war als alles, was im Himmel, auf Erden und unter der Erde ist. Und das war – kein Zweifel darüber – Señor Konsul Revelsen. Es gab nur einen Fall im Erdendasein jener Indianer, die in naher oder ferner, oft in nebelhaft ferner Beziehung zu seinem Hause standen, wo auch Señor Revelsen nicht mehr helfen konnte, und das war, wenn ein Indianer tot war, so tot war, daß man es bereits zwei Straßen weit roch. Solange er noch nicht roch, konnte Señor Konsul immer noch erfolgreich eingreifen.

Teofilias Onkel roch noch nicht, denn er war erst vier Stunden tot. Aber kein Gott und kein Señor Revelsen konnte ihn mehr erwekken; denn er hatte das Schilfdach seiner Hütte ausbessern wollen, war durch das Dach gestürzt, mit dem Fuß in einer Sparre hängengeblieben, dann runtergefallen und hatte sich dabei das Genick gebrochen.

Am nächsten Morgen, noch lange vor Frühstück, erschien Teofilia schon wieder in der Küche. Als Señora Revelsen sie fand, weinte das Mädchen herzzerbrechend und war nicht zu beruhigen.

»Wie war das Begräbnis, Teofilia?« erkundigte sie sich teilnehmend.

Und von Schluchzen und Tränenströmen unausgesetzt unterbrochen, erzählte Teofilia: »Oh, geliebte Señora, wir haben ihn nicht begraben können, meinen armen guten Onkel. Seine Hose ist so alt und hat so viele verschiedenfarbige Flicken, und er hat kein ganzes Hemd. Wir können ja niemand von den Bekannten hereinlassen und ihn sehen lassen, wir müßten uns ja zu Tode schämen. Wie könnte ich meinem lieben guten Onkel, der immer so gut zu mir war, eine solche Schande antun? Das würde er mir in der

Ewigkeit nicht vergessen, daß ich ihm gegenüber eine solche Undankbarkeit gezeigt habe. Und wenn wir ihn heimlich begraben, ohne daß alle Bekannten ihn gesehen haben, würde er keine Ruhe finden in seinem Grabe.«

Wie sich Teofilia den Ausgang der Angelegenheit dachte, war nicht festzustellen. Irgendeinen Gedanken oder Plan hatte sie nicht. Aber in ihrer Hilflosigkeit hatte sie, wie in einem Dämmerzustande, den Weg zu jenem Hause gefunden, wo Hilfe und Rat aufgespeichert lagen, von deren Art sie keine Vorstellung hatte. Es war wie ein rührendes Gottvertrauen, das sie zu der Küche trieb. Señora Revelsen wußte sofort, was zu tun sei. Sie ließ die verzweifelte Teofilia für einen Augenblick allein und eilte zu ihrem Gemahl, mit dessen Hilfe der Rat zur Tat wurde. Es dauerte keine zehn Minuten, da war Señora Revelsen wieder in der Küche; und nach weiteren zehn Minuten verließ Teofilia so strahlend und so leicht beschwingt das Haus, als hätte sie das sichere Mittel in der Hand, ihren Onkel in das rauhe Leben zurückzurufen. Ob sie es in diesem Überschwang ihrer Seligkeit getan hätte, ist freilich sehr in Frage zu stellen, denn die Wiedererweckung des Onkels hätte eine grandiose Begebenheit unmöglich gemacht. Unter ihrem Arm trug sie, sauber verschnürt, einen fast noch neuen Frackanzug des Konsuls Revelsen, dem seine Anzüge immer sehr rasch zu eng wurden. Teofilia hatte nicht nur den vollständigen Frackanzug, sondern alles, was dazu gehörte: Lackschuhe, seidene Socken, ein seidenes Frackhemd, einen blendendweißen Kragen, einen weißen seidenen Schlips und weiße Handschuhe. Auf dem ganzen Wege hatte Teofilia nur einen Gedanken: Wenn doch das nur der Onkel sehen könnte, wenn er nur für zwei Minuten die Augen aufmachen könnte, um die unvergleichlich schöne Leiche zu sehen, die er darstellt, und alles, was seine Teofilia für ihn getan hat! Aber das Leben geht andere Wege, als wir armen Menschen denken.

Gegen Mittag war Teofilia wieder in der Küche, verweinter und verzweifelter als je. Señora Revelsen setzte das auf Kosten der

Nachwehen des soeben stattgefundenen Begräbnisses, und sie sagte mitleidig zu Teofilia: »Nun hat der gute arme Onkel seine verdiente Ruhe, Gott wird ihm seinen Frieden geben!«
Jedoch ein aus tiefster Tiefe kommender Schrei des Schmerzes einer zur Verzweiflung kommenden Menschenseele leitete eine Erzählung ein, die man nur denen der antiken Tragödien als ebenbürtig an die Seite stellen kann: »Oh, angebetete Señora, wie reich haben Sie mich beschenkt! Wie hoch haben Sie, holde Señora, meinen guten Onkel geehrt mit jenem wundervollen Anzug! Aber der Anzug paßt ihm nicht! Der Onkel ist ja so sehr mager, und Ihr Señor ist so sehr fett. Wir haben ihm den schönen Anzug angezogen, haben dann aber den Onkel nicht mehr wiedergefunden. Wir hätten die Tante und meinen andern Onkel noch dazupacken können und immer noch Platz übrigbehalten. Ich habe für einen Peso Sicherheitsnadeln gekauft, und wir haben den Anzug überall gesteckt, aber als es fertig war, konnte niemand sehen, was für einen schönen Anzug der Onkel hatte. Nun haben wir die Bekannten nicht hereinlassen können, und wir wissen nicht, was wir mit dem Onkel machen sollen, weil wir ihn nicht begraben können, ohne daß ihn die Leute gesehen haben.«
Señora Revelsen fragte sofort bei bekannten Familien an. Es war jedoch kein anderer Anzug aufzutreiben, der die Wünsche Teofilias befriedigt hätte.
Vollständig gebrochen, den Todesstachel scheinbar tief im Herzen sitzend, schleppte sich Teofilia in die heimatliche Hütte zurück. Da auch der Allmächtigste der Allmächtigen hier keine Hilfe spenden konnte, bestand für Teofilia kein Zweifel, daß das Ende der Welt noch vor morgen früh erfolgen würde.
Die nächsten drei Tage hörte Señora Revelsen nichts mehr von ihrer Köchin. Sie setzte infolgedessen Teofilia auf die Verlustliste. Jedoch als Señora Revelsen am folgenden Morgen sehr frühzeitig in der Küche erschien, fand sie Teofilia bereits anwesend und arbeitend, als wolle sie in einer Stunde alles einholen, was sie in den verflossenen Tagen versäumt hatte. Das Frühstück war bei-

nahe fertig, und es hatte alle jene kleinen Raffiniertheiten, die Señor Revelsen so sehr liebte.

Teofilia strahlte und blühte. Die Seligkeit, die in ihr brannte, schien sie zersprengen zu wollen: »Oh, angebetete, oh, allergnädigste und huldreichste Señora, das war ein Begräbnis! Das – war – ein – Begräbnis! Alles spricht davon. Ich habe doch hier so geweint, weil der herrliche Anzug nicht paßte. Da habe ich Ihnen doch recht große Undankbarkeit gezeigt. Ich bin wert, daß Sie mich gleich auf der Stelle verfluchen. Am nächsten Morgen, als wir so recht traurig waren und nicht wußten, was wir machen sollten, sahen wir auf einmal, daß der Onkel angefangen hatte, aufzuschwellen. Wir warteten, und am darauffolgenden Tage war er noch viel mehr geschwollen, und endlich war er so dick, daß ihm der Anzug paßte, als ob er für ihn gemacht worden sei. Da haben wir alle Verwandten und Bekannten hereingerufen, und die haben nur immer gestaunt und gestaunt über die wunderschöne Leiche, und sie haben gesagt, so eine schöne Leiche habe noch nie jemand gesehen. Und alle, die meinen guten Onkel sahen, sagten, er sehe genauso aus wie Ihr Mann, Señora, und wenn man ihn so ruhig, so fett und so schön daliegen sehe, könne man wahrhaftig meinen, es sei der Konsul Revelsen persönlich, der da aufgebahrt liege.«

Der Dankesbrief

In Jalisco, wo er mehrere Male mit der Polizei in Berührung gekommen war, konnte sich Vicente Pliego nicht mehr halten, weil ein neuer Polizeidirektor eingesetzt worden war, der schnell und gründlich mit den kleinen Spitzbuben aufzuräumen begann. Mit den großen Spitzbuben war das nicht so leicht, weil sie teils Mitglieder der eigenen Familie des Polizeidirektors waren, und teils waren sie Diputados, die genügend Einfluß hatten, dem Polizeidirektor zur Absetzung zu verhelfen. Und weil Vicente Pliego mit den Großen nicht konkurrieren konnte, schob er sich für eine Zeit aus dem Licht und ging nach Mexico City, wo er noch unbekannt war.

Vicente Pliego war Mestize. Sein ordentlicher Beruf war Spitzbube. Er hatte nie einen anderen Beruf gehabt und hoffte, nie genötigt zu werden, einen anderen Beruf ergreifen zu müssen.

In Mexico City hielt er sich eine Zeitlang mit Taschendiebstählen über Wasser. Er war ein guter Katholik, und darum machte er seine besten Geschäfte innerhalb der Kirchen. Er kniete sich andächtig, mit vielen geschlagenen Kreuzen blendend, neben kniende und inbrünstig betende Frauen und stahl ihnen die Handtaschen leer. Den knienden Männern zog er die Börsen aus den hinteren Hosentaschen und erleichterte sie um ihre Uhren. Die Opferstöcke zu berauben, hielt er für unkatholisch und schamlos, weil es andere erfolgreich besorgten, die geschickter waren als er und ihm mit Dolchstößen gedroht hatten, falls er versuchen sollte, ihnen in das Geschäft, das sie als ihr Privileg betrachteten, hineinzumanschen. Vicente hatte ein Mädchen kennengelernt, und ihretwegen brauchte er eine größere Summe; denn sie machte Ansprüche auf elegante Kleider, goldene Ohrringe, Armbänder und was ein Mädchen sonst gern haben will.

Durch einen Chauffeur hörte er von einer sehr wohlhabenden Familie, die in einer der eleganten Avenidas wohnte; und er beschloß, sich bei dieser Familie die Summe, die er benötigte, zu verschaffen. Er besuchte seinen Freund, den Chauffeur, und hierbei sah er sich im Hause mit der klugen Vorsicht um, das Betriebsfeld zu studieren.

Überall in Mexiko gibt es Kirchen, in denen sich bestimmte Heilige befinden, die in langer Erfahrung sich den Ruf erworben haben, Spitzbuben, Einbrechern, Straßenräubern und Raubmördern freundlich gesinnt zu sein und ihnen ihren göttlichen Schutz nicht zu versagen, vorausgesetzt, daß man sie genügend anbetet und ihnen Kerzen und andere besonders gut klingende Opfergaben zu Füßen legt. Außerdem erwarten jene Heiligen, daß ihr Ruhm der Welt verkündet wird. Da der ungeweihte und der uneingeweihte Mensch keine Befugnis hat, solche Lobreden auf Heilige öffentlich oder gar in der Kirche zu halten, so ist der schlichte Gläubige genötigt, einen Brief zu schreiben und in dem Briefe dem Heiligen seinen Dank für die gewährte Hilfe auszusprechen, dabei zu erwähnen, welcher Art die Hilfe war, und dann diesen Brief offen, für jeden anderen Gläubigen sichtbar, dem Heiligen mit einer Stecknadel an die Kutte oder den Samtmantel anzupicken.
Vicente hatte in der Nähe des Marktes Merced eine Wahrsagerin angetroffen, der er fünfzig Centavos bezahlte, um von ihr zu erfahren, welcher Heilige ihm wohl für seine besonderen Geschäfte am günstigsten gesinnt sei. Die Wahrsagerin kannte ihren Mann sofort – warum wäre sie sonst Wahrsagerin? –, und sie gab ihm den Namen der Kirche und den Namen des Heiligen, der für seine speziellen Bedürfnisse in Frage käme, sagte ihm, in welcher Nische der Heilige zu finden sei, wie er aussehe und wieviel er für seine Mitwirkung erwarte.
Die Kirche befand sich nahe dem Barrio de la Bolsa, jenem Stadtviertel in Mexiko, das als das gefährlichste Räuber-, Mörder- und Spitzbubenstadtviertel berüchtigt und verrufen ist. Es gilt als verwegener denn irgendein ähnliches Stadtviertel in New York, Chikago, San Franzisko, London oder Paris.

Fremde und Touristen, die nach Mexiko kommen, werden stets dringend gewarnt, jenes Stadtviertel weder bei Tage noch bei Nacht aufzusuchen, weil für ihr Geld und ihre Kleidung, einschließlich Hemd, gar nicht und für ihr Leben so gut wie nicht gebürgt werden kann. Hier pflegen die Mörder für politische und private Angelegenheiten gemietet zu werden. Hier werden, laut Polizeibericht, kleine Mädchen von sechs Jahren in den Pulquerias an den Meistbietenden versteigert, und meist von ihren eigenen Eltern oder ihren nächsten Anverwandten. Alle die Menschen, die hier leben, haben ihren Rosenkranz in der Tasche und ein von den Pfaffen geweihtes Amulett um den Hals hängen; und jeden Tag, ohne einen auszulassen, gehen sie wenigstens einmal für zehn Minuten in eine der Kirchen des Distrikts, um sich mit Weihwasser zu besprengen und ihre Kniebeugen vor der Gottesmutter und ihre Pflichtbekreuzigungen zu machen.

Vicente machte sich sofort auf, um sich mit seinem neugewonnenen Heiligen anzufreunden. Er fand ihn offenbar willig und bereit, ihm seinen himmlischen Beistand nicht zu versagen. Vicente kniete nieder, sagte andächtig alle die Gebete herunter, die jenem Heiligen laut Gebetbuch zustehen, und erklärte ihm, was er vorhabe und in welcher Form er die Mithilfe erwarte. ›Wenn alles gut geht, wenn ich mit allem gut herauskomme und ich nicht erwischt werde, will ich dir zwanzig Kerzen opfern und fünfundzwanzig Prozent des Geschäfts‹, versprach Vicente, im Gebete flüsternd, dem Heiligen. Dann fügte er noch eine Reihe Gebete hinzu, stellte dem Heiligen vier neue Kerzen auf den Altar, bekreuzigte sich und ging. Ging mit der Überzeugung, daß er jetzt den geplanten Einbruch erfolgreich begehen könne, auch wenn zwei Polizisten vor dem Hause stehen sollten.
Zwei Tage darauf erhielt er von seinem Freunde, dem Chauffeur, die Mitteilung, daß er, der Chauffeur, seine Herrschaften zu einer Geburtstagsfeier nach San Angel zu fahren habe und daß die Herrschaften ganz bestimmt nicht vor zwei Uhr morgens zurück

sein würden; das Hauspersonal habe Urlaub für die Lichtspiele und komme nicht zurück vor zwölf Uhr.
Vicente machte alles allein, ohne jegliche Mithilfe.
Am Morgen darauf sah er sich im Besitze von etwa zweitausendvierhundert Pesos, zwei Uhren, einigen Ringen, einem goldenen Zigarettenbehälter und noch einigen Kleinigkeiten, wie sie bei einem solchen Besuch gewöhnlich als Dreingabe mit abzufallen pflegen.
Es war alles gutgegangen. Ein Polizist hatte ihn herauskommen sehen, aber nichts gesagt und gewiß auch nichts vermutet. Und weil alles so vortrefflich und ruhig und ohne Revolverschießerei abgegangen war, erinnerte sich Vicente des Versprechens, das er dem Heiligen gegeben hatte.
Er ging zu einem Evangelisten in den Kolonnaden der Plaza Santo Domingo und ließ sich den Danksagebrief an den Heiligen mit der Schreibmaschine schreiben, und er bestand darauf, daß die wichtigen Stellen des Briefes mit rotem Band getippt werden sollten. Der Evangelist berechnete dafür, obgleich er keine besondere Arbeit hatte, weil das Band zweiteilig war, einen Peso extra.
Aber Vicente konnte nicht sofort zu dem Heiligen gehen, weil er eine Verabredung mit seinem Mädchen hatte, und diese Verabredung verzögerte sich immer mehr und mehr, bis es endlich zu spät war, zu jener Kirche hinauszugehen. Dagegen bezahlte er am selben Abend noch seinem Freunde, dem Chauffeur, die ausgemachte Belohnung.
Als endlich, am nächsten Nachmittag, Vicente sich aufs neue seiner Pflicht gegenüber dem Heiligen erinnerte, fand er, daß die Verabredungen mit seinem Mädchen und die damit verknüpften Einkäufe so viel gekostet hatten, daß er dem Heiligen auf keinen Fall die fünfundzwanzig Prozent vom Reingewinn bezahlen konnte, also etwa sechshundert Pesos, die in den Opferstock gelegt werden sollten. Er hatte zwar noch etwa siebenhundert Pesos, aber wenn er davon dem Heiligen sechshundert abgab, dann war es morgen schon aus mit weiteren Verabredungen mit seinem

Mädchen. Er kam zu der Überzeugung, daß der Heilige ja von großer Güte sei und von einem tiefen Verständnis für die Schwächen der Menschen und daß er sich gewiß mit zweihundert Pesos, vielleicht mit hundertfünfzig Pesos durchaus begnügen werde.

Vicente schob also am folgenden Vormittag hinaus zu der Kirche, kniete nieder, verrichtete seine Gebete, hängte dem Heiligen den schön rot und blau geschriebenen Danksagebrief an und begann nun die Pesos, je ein silbernes Ein-Peso-Stück nach dem andern, in den Schlitz des Opferkastens zu stecken. Das dauerte eine gute Weile.

Er war nicht der einzige Mensch, der vor dem Heiligen kniete; denn es gab ja mehr Spitzbuben in Mexiko als nur einen. Die Nicht-Spitzbuben hatten wieder andere Heilige, je nach ihren Bedürfnissen. Oft wußten freilich auch die Nicht-Spitzbuben nicht ganz genau, ob die Sache, für die sie ihren Heiligen um Beistand anflehten, nicht eigentlich mehr in das Spezialgebiet jenes anderen Heiligen, den sich Vicente erwählt hatte, gehört hätte.

Weil nun Vicente nicht der einzige Betende war, so achtete er wenig darauf, wer die andern waren, die vor demselben Heiligen knieten und beteten. Er sah da einen Mann knien, der gleichfalls zum selben Handwerk zu gehören schien. Der Mann stand auf und sah sich oberflächlich die Briefe an, die dem Heiligen angeheftet waren. Er schien die Briefe gut zu kennen, denn er sah sofort, daß ein neuer Brief angehängt war, und er hatte auch gesehen, wer ihn angehängt hatte. Und er sah ferner, daß Vicente dort einen Peso nach dem andern in den Kastenschlitz steckte. Er war wieder niedergekniet und betete mit tiefer Inbrunst und mit unzähligen Bekreuzigungen.

Vicente war inzwischen mit dem Bezahlen zu Ende gekommen. Er hatte noch einige zwanzig Pesos von der Belohnung heruntergehandelt, weil es ihm zuletzt dumm vorkam, die schönen Pesos dort nur immer so hineinzuschieben.

Nun kniete er wieder nieder, um die Abschiedsgebete herunterzuflöten. Er zischte sie mit großer Schnelligkeit von dannen, weil er sich erinnerte, daß er mit seinem Mädchen eine frühere Verabredung getroffen hatte, was ihm gerade in diesem Augenblick einfiel. Jener Mann, der zum selben Handwerk gehörte und ebenso dringend seine Angelegenheiten dem Heiligen ans Herz legte, wie Vicente es getan hatte, kniete noch immer. Aber jetzt endlich schien er fertig zu sein. Er machte noch eine Anzahl Kreuze über sich her, dann stand er auf und ging hinaus. Draußen vor der Kirche winkte er einen Mann heran, der dort gelangweilt herumstand, eine Zigarre rauchte und einen Spazierstock trug, von dem er anscheinend nicht wußte, was er damit machen sollte, denn er warf ihn von einem Arm in den andern, schleuderte ihn in der Luft herum, hielt ihn wie ein Gewehr, dann wie einen Besen, dann kratzte er damit auf den Steinen herum, dann schabte er sich mit ihm hinter den Ohren, und was man sonst noch so alles mit einem Spazierstock machen kann, wenn man nicht als Kind schon gelernt hat, daß ein Spazierstock nur einen Zweck hat: ihn irgendwo stehenzulassen und schnell auszurücken, daß er einem nicht etwa nachgebracht werden kann. Also so war der Mann da draußen. Er hatte einen Spazierstock. Und er rauchte eine Zigarre. Diese Art Leute sind auf der ganzen Welt völlig gleich. Man erkennt sie auf zweihundert Schritt, und man erkennt sie leichter als die uniformierten Polizisten, von denen man oft nicht weiß, ob sie von einem Maskenball übriggeblieben sind oder ob sie als die neue Schutz- und Ordnungstruppe nach dem oberen Kongo geschickt werden sollen.

Aber, und das ist der Punkt, der Mann, der auch zum Handwerk gehörte, auch vor dem Heiligen andächtig kniete und Kreuze machte, versteht alle Danksagebriefe, die dem Heiligen an seinen Plüschmantel gepickt werden, viel besser zu lesen, als der geschickteste Spitzbube mit Hilfe des besten Evangelisten sie je wird schreiben können. Der Spitzbube muß doch wenigstens, wenn auch noch so umschrieben und geheimnisvoll, andeuten, was der Heilige für ihn getan hat, denn andernfalls weiß der Heilige ja gar nicht, was los ist, und er verwechselt die Briefe, die Gelder und die Namen und hilft aus reinem Versehen nicht dem, der am besten zahlt und die schönsten Ruhmbriefe schreibt, sondern dem, der am schäbigsten mit den Kerzen, mit den Lobesbriefen und mit den Geldern ist. Die Polizei betet auch zu dem Heiligen so gut wie die Spitzbuben. Und wenn der Polizei gemeldet wird, vorgestern nacht wurde in einem bestimmten Hause eingebrochen und das und jenes gestohlen, und der Spitzbube wurde nicht erwischt, dann geht ein Polizist in Zivil auf den Diebsmarkt, wo die gestohlenen Sachen gehandelt werden. Ein zweiter Polizist geht in bestimmte Kirchen, wo er seine Heiligen alle kennt. Wurde der Spitzbube nicht erwischt, dann kommt er sich beim Heiligen bedanken, wenn nicht heute, dann morgen oder übermorgen. Aber er kommt, denn er ist ein guter Katholik, der an die Hilfsbereitschaft seiner Heiligen glaubt und ihnen zu Dank verpflichtet ist. Der Chauffeur war gestern schon in Haft genommen worden, weil die Polizei ja sehr dumm sein mag, aber doch nicht so dumm, daß sie nicht nach wenigen Stunden weiß, daß jemand, der zum Hause gehört, jemandem, der nicht zum Hause gehört, etwas erzählt haben muß, wann das Haus verlassen ist und wo das laufende Geld aufbewahrt wird.

Und Vicente, der treue Gläubige, schreibt in seinem Danksagebrief in roter Schrift und vertrauensvoll und kameradschaftlich: ›– – und ich küsse Dich, Santito mio, auf Dein Herz aus Dankbarkeit, daß Du mir einen so guten Freund in den Weg sandtest wie meinen Freund, der Ch . . . . . . r Pancho L., und ich bitte Dich aus tiefstem Herzen, auch ihn zu schützen und mit Deinen Gnaden zu überhäufen, und ich preise – –‹. Selbst wenn die Polizei gar kein Interesse daran hat, ob die Spitzbuben gefangen werden oder nicht, denn das Geld ist ja auf alle Fälle fort, so kann sie doch nicht, wenn sie auch nur einen Funken von Berufsstolz hat, sich einen derartigen Brief direkt vor die Nase kleben lassen und dann sagen: Wir bedauern, mit der Verhaftung des Chauffeurs einen groben Irrtum begangen zu haben. Polizei und Richter begehen keine

Irrtümer. Wenn jemand hingerichtet wurde, und es stellt sich später heraus, daß er unschuldig hingerichtet wurde, so war es seine eigene Schuld; warum hatte er sich so nahe hingestellt, daß man glauben mußte, er sei schuldig? Wo ein Verbrechen geschieht, geht man rechtzeitig fort, dann kann man nie unschuldig verhaftet werden.
Alle diese so wunderbaren Untersuchungen und Erwägungen und tiefen Gedanken aus dem Gebiete der Justizpflege waren weder Vicente bekannt noch seinem treuen Freunde, dem Chauffeur. Sie beide werden beim nächsten Male alles ganz genau wieder so machen, wieder Briefe an den Heiligen schreiben und wieder vor dem Heiligen knien.
Es war ihnen bald klar, warum der Heilige versagt hatte.
In La Penitenciaria trafen sich Vicente und der Chauffeur. Keiner hatte den andern verraten. Sie waren bessere Freunde als vorher.
»Ich verstehe nicht«, sagte der Chauffeur, »warum dich dein Santo so ganz und gar im Stich gelassen hat.«
»Ich weiß es, warum«, sagte Vicente gedrückt. »Ich bin glänzend aus dem Haus gekommen. Aber verflucht, dann habe ich eben die große Dummheit gemacht. Ich hatte dem Santo fünfundzwanzig Prozent versprochen. Weißt du, wieviel ich ihm gegeben habe, Chato? Achtzig Pesos, und davon habe ich ihm auch noch zwanzig Pesos abgezogen, und die zwanzig Kerzen habe ich ihm auch nicht gebracht.«
»Da freilich«, sagte der Chauffeur, »wundert's mich nicht mehr, warum wir hier sitzen. Für das Geld konnte er das mit dem allerbesten Willen nicht machen. Das hättest du doch wirklich wissen können. Wenn ich es dafür nicht gemacht habe, wie kannst du es denn dann von deinem Santo erwarten? Einen solchen Dummkopf, wie du bist, habe ich lange nicht gesehen.«

Göttin des Donners und des Blitzes

Der Pfarrer eines indianischen Dorfes hatte eine Reise nach der Hauptstadt des Staates zu machen, wohin der Bischof eine Konvention angeordnet hatte. Eine Eisenbahn war nicht vorhanden, darum war der Pfarrer genötigt, die Reise auf einem Mule zu machen. Da er sich nicht sehr anstrengen wollte, ritt er jeden Tag gerade nur so weit, bis er zur nächsten Hacienda kam. Er wurde überall gut bewirtet, und so betrachtete er – wie es auch alle seine Brüder im Amt des Herrn taten – jene Dienstreise gleichzeitig als Erholungsreise, die er infolge seiner schweren Tätigkeit als Dorfpfarrer indianischer Bauern auch gewiß redlich verdient hatte. Er wußte, daß die Reise vier bis sechs Wochen dauern würde. Und nachdem er alle Schäfchen gut eingesegnet hatte, damit während seiner Abwesenheit nicht etwa Satanas hier eine gute Ernte halten könnte oder gar die alten indianischen Götter – mehr gefürchtet als Satanas, dessen Schliche und Wege man ja kennt und wissenschaftlich erforscht hat – sich hier wieder einnisten könnten, rief er seinen Kirchendiener herbei, um dessen Wachsamkeit und Treue die Kirche mit allem, was drin und drum war, feierlichst zu übergeben.

Cipriano, der Kirchendiener, war, wie alle Mitglieder der Gemeinde, Indianer. Er war Holzfäller und Kohlenbrenner von Beruf, und als Mensch war er weder besser noch schlechter als irgendein anderer Mann des Dorfes. Aber er war sehr stolz auf sein Amt als Kirchendiener, und mehrfach hatte er im Dorfe zu verstehen gegeben, daß es auf Erden nur zwei wirklich wichtige Personen gebe: Pfarrer und Kirchendiener; der Pfarrer könne ohne Kirchendiener kein Amt halten, und der Kirchendiener sei so wichtig wie der Pfarrer. Vertraulich hatte Cipriano sogar seinen Freunden gegenüber durchblicken lassen, daß er, Cipriano, vielleicht gar noch wichtiger sei als – aber das wolle er nicht aussprechen, weil das sicher eine Sünde sei, so etwas zu sagen.

Es muß nun freilich berichtet werden, daß der Pfarrer in seiner Gemeinde wohl geachtet war in geziemender Weise; aber respektiert und gefürchtet war nicht der Pfarrer, sondern Cipriano. Der Pfarrer war Mestize, mit wenig indianischem Blut. Cipriano jedoch war Vollblutindianer. Er nahm darum unter seinen Leuten den Rang eines Medizinmannes ein. Das war auch zu verstehen. Er war den Göttern ebenso nahe wie der Pfarrer, er kannte alle Geheimnisse der Religion so gut wie der Pfarrer, hatte ungehindert Zutritt zu dem Allerheiligsten, und er konnte die gesamte Zeremonie der Messe heruntersingen und herunterbeten, viel besser als der Pfarrer, der zuweilen steckenblieb und von dem aufgeschlagenen Messebuch die Litaneien ablesen mußte. Denn Cipriano war beinahe dreißig Jahre Kirchendiener, hatte unter den drei Pfarrern gedient, die vor dem jetzigen hier amtiert hatten. Von dem langen andächtigen Zuhören konnte er alles auswendig, kannte jedes einzelne Glasperlchen an den zahlreichen Heiligenfiguren der Kirche, kannte jedes Stückchen Stuck und jede noch so kleine Holzschnitzerei der Kirche, wußte jeden Feiertag und jeden Tag der Heiligen auswendig. Die indianischen Gemeindemitglieder, insbesondere aber die Kinder und die Halberwachsenen, hielten in der Tat Cipriano für viel wichtiger für die Religion und deren zahlreiche und verzwickte Zeremonien als den Pfarrer.
So wie die Indianer sich immer erst an die Heiligen wenden, wenn sie etwas von dem lieben Gott haben wollen, so wendeten sich hier die Gemeindemitglieder immer erst an Cipriano, wenn sie etwas vom Pfarrer wollten. Ob es eine Heirat war oder eine Kindtaufe, oder ein Begräbnis, zuerst wurde Cipriano um Rat gefragt. Sogar wenn die Burschen oder Mädchen zur Beichte zu gehen hatten, wendeten sie sich erst an Cipriano, um von ihm zu hören, ob dies oder das eine Todsünde sei, wenn man es nicht beichte oder wenn man es vergäße, und in welcher Form man das oder jenes ausdrükken könnte, ohne direkt zu sagen, was es sei.
Cipriano wußte für alle Rat und hatte für alle Hilfe. Er war der Vertraute aller Gemeindemitglieder in einem viel höheren Maße,

als es der beste Pfarrer je werden könnte. Aus diesem Grunde ging es Cipriano verhältnismäßig gut. Er bekam hier ein Hühnchen, dort ein Hähnchen, hier einen Tequila, dort einen Habanero; und wenn er Namenstag hatte, bekam er so viel aufgehäuft, daß er davon einen vollen Monat in Freuden leben konnte.

Als der Pfarrer nun reisefertig war, sagte er zu Cipriano: »Mit dem Läuten weißt du ja gut Bescheid, da brauche ich dir nichts zu sagen. Tags ist die Kirche offen, und nachts schließt du sie gut zu wie immer. Des Sonntags früh und Samstag abend und Mittwoch abend, wenn die Gemeinde in der Kirche ist, dann singst du vor. Hier sage ich dir die Lieder und die Aves, die gesungen werden. Die kennst du ja alle. Und vergiß nicht, die Weihwasserbecken zu füllen, wenn sie leer sind. Das weißt du ja auch. Und dann ist da etwas Wichtiges. Du gehst in die Stadt und kaufst Farben und Goldbronzen. Dann reinigst du einmal alle die Santitos, die Heiligen, von dem Staub und von dem vielen Dreck, den die Vögel draufgemacht haben. Es ist eine Sünde, wie die Santitos, Heiligen, aussehen, es ist fürwahr eine Gotteslästerung. Wo die Farbe abgeblättert ist, da malst du neue Farbe auf. Die Gnadenmutter über dem Altar aber bemalst du nicht. Du wäschst sie nur gut, und dann lackierst du sie schön mit farblosem Lack, den man dir in der Botica in der Stadt verkaufen wird. Nein, kaufe das nicht. Ich werde das alles in der Stadt kaufen und bezahlen, und du holst es ab. Kannst gleich mit mir kommen, und dann sage ich dir alle Farben und wie du sie gebrauchst. Wenn ich dann zurückkomme, haben wir eine schöne reine Kirche.«

Mit dieser Anordnung war Cipriano außerordentlich zufrieden. Es machte ihm Freude, die Kirche schön herzurichten und die Heiligen zu bemalen. Und diese Freude wurde erhöht, als ihm der Pfarrer versprach, daß er ihm, wenn alles gut und schön getan sei, acht Pesos geben wolle, so daß er nicht im Busch zu arbeiten brauche, sondern hier die ganze Zeit hindurch sich in der Kirche beschäftigen könne.

Cipriano begleitete den Pfarrer am nächsten Tage in das Städt-

chen, wo er die Farben in Empfang nahm und die Gebrauchsanweisungen für die Anwendung der Farben erhielt.
Nachdem er sich einen Kleinen eingehoben hatte, um den Tag festlich zu beschließen, ritt er, zufrieden mit sich und zufrieden mit der Religion und aller Welt, gemächlich auf seinem Esel heim.
Er kam gerade recht zum Abendläuten, das die Jungen schon begonnen hatten, noch ehe er das erste Haus des Dorfes erreichte.
Am nächsten Morgen begann er seine Arbeit der Kirchenverschönerung.
Wenngleich Cipriano keineswegs Maler war, so hatte er doch genügend Klugheit – angeboren oder durch Erfahrung erworben, das weiß man nicht –, mit dem Abwaschen von bemalten Heiligenfiguren vorsichtig zu sein. Er war nicht allzu reich mit Farben versorgt worden, und darum mußte er mit dem Abwaschen sorgsam umgehen, um nicht zuviel Farbe zu verlieren. Er wollte auch erst wissen, wie die Farben annehmen; denn die Anweisungen des Drogisten waren sehr allgemein gehalten gewesen. So nahm er sich zuerst einmal den Judas Ischariot vor. Judas Ischariot war ja eigentlich nur ein Halbheiliger, dessen wahres Verhältnis zu dem Herrn bis heute nicht völlig aufgeklärt ist. Die einen sagen, er hat den Herrn verraten und verkauft, und darum ist er ein Schurke, der in der Hölle seit beinahe zweitausend Jahren schmort. Andere dagegen aber, die wissenschaftlich in die Heilslehre eingedrungen sind, behaupten, Judas Ischariot war von Gott dem Herrn bestimmt, den Heiland zu verraten; denn hätte Judas Ischariot den Herrn nicht verraten, so wäre der Herr nicht gefangengenommen worden, und hätte man ihn nicht gefangen, so hätte er nicht gekreuzigt werden können, und der Heiland hätte nicht, mit den Sünden der Welt beladen, sterben können, um die armen Menschen zu erlösen. Da also Judas Ischariot als das Werkzeug Gottes nötig war, um das Heilswunder zu vollbringen, darum betrachtet ihn der Indianer als einen Halbheiligen, wie er auch den bösen Schächer am Kreuz als Halbheiligen betrachtet, der unter Umständen im Himmel ein gutes Wort für den geplagten Indianer

einlegen kann. Es ist überhaupt und immer gut, sich mit niemand ernstlich zu verfeinden, dessen Name in den biblischen Geschichten oder in den Legenden erwähnt wird. Denn man kann nicht wissen, ob sie nicht Werkzeuge Gottes sind, auch wenn sie sich scheinbar recht unchristlich hier auf Erden benommen haben sollten.

Der Judas Ischariot steht gewöhnlich wie ein Schuljunge, der was verbrochen hat, in einer dunklen Ecke in der Kirche, wo er von niemand sonderlich beachtet wird. Da steht der Arme das ganze Jahr hindurch. In der Semana Santa, in der Heiligen Woche, wird er dann aus seiner Ecke herausgenommen, abgestaubt und aufgefrischt, und er wird dann an die Abendmahlstafel gesetzt, die in der Kirche aufgebaut wird. An dieser Tafel darf Judas Ischariot nicht fehlen, wenn auch vielleicht die Hälfte der übrigen Jünger fehlen sollte oder einige doppelt oder dreifach vorhanden sein sollten. Es kommt auch vor, daß, um die Zahl zwölf oder dreizehn vollzumachen, irgendeine Figur mit an die Tafel gesetzt wird, die ursprünglich nicht die Ehre hatte, bei der Abendmahlsfeier zugegen zu sein, also vielleicht der heilige Antonio oder der heilige Jeronimo. Man muß sich zu helfen wissen.

Für seine ersten Versuche als Kunstmaler und Heiligenverschönerer war kein einziger Heiliger besser zu gebrauchen als Judas Ischariot. An ihm erprobt nun Cipriano, wie weit er mit dem Waschen gehen darf, ohne zuviel Farbe einzubüßen, an ihm kann er herummalen und herumlackieren nach Herzensfreude, um zu sehen, wie die Farben annehmen und wie sie herauskommen auf diesem alten wurmzerfressenen Holz. Denn wird am Judas Ischariot etwas verdorben, so ist das nicht wichtig und wird wohl kaum auch als Sünde im Himmel gebucht werden. Judas Ischariot wird nach der Wasch- und Anstrichprobe wieder in seine dunkle Ecke gestellt, und bis zur Semana Santa ist mehr als ein halbes Jahr Zeit. Dann liegt genügend frischer Staub drauf, so daß man die Künstlerversuche des Cipriano nicht mehr so genau erforschen kann. Die Hauptsache ist, daß der Bart und der Geldbeutel des

Judas Ischariot erhalten bleiben, damit man ihn erkennt und damit man weiß, mit wem man es zu tun hat; denn sonst könnte es geschehen – und es muß gesagt werden, es ist geschehen –, daß er verwechselt wird mit dem heiligen Joseph, auf dem Joseph-Altar aufgebaut und dort angebetet, angebettelt und mit Kerzen und Gaben beschenkt wird.
Judas Ischariot, nachdem er von Cipriano mit Andacht und Sorgfalt behandelt worden ist, nachdem er hier einen Tupfen Goldbronze, dort einen Flapp Silberbronze, hier wieder einen Klecks grelles Rot, dort wieder ein paar Striche Grün mit Braun aufgepinselt erhalten hat, sieht bald so schön und königlich aus, daß sich Cipriano kaum noch von ihm trennen kann. Er bedauert und lamentiert, daß der Judas Ischariot nur ein Halbheiliger ist und daß er ihn darum wieder ins Eckchen stellen muß, wo niemand die Kunst des Cipriano bewundern kann. Es ist fürwahr traurig, so redet Cipriano im stillen in sich hinein, daß Judas Ischariot sich bestechen ließ und den Heiland so schmählich verriet; hätte er es doch besser nicht getan, dann könnte ihn Cipriano jetzt in den Vordergrund stellen und dort leuchten lassen. Aber es läßt sich nun nicht mehr ändern. Es steht schon alles in den biblischen Geschichten, und Cipriano kann nicht die Sünde auf sich nehmen, jene Geschichten zu fälschen, nur um Judas Ischariot dicht am Eingang der Kirche, gleich nahe beim Weihwasserbecken aufzustellen, wo ihn alle Leute sehen müßten und alle Leute natürlich die Kunst Ciprianos bewundern könnten. Dann überlegt Cipriano eine Weile, ob er nicht den Bart des Judas Ischariot beschneiden und ihm den Geldbeutel aus den Fingern winden könnte, dann den Geldbeutel dem heiligen Joseph in die Hand drücken und dessen Bart so zurechtstutzen könnte, daß er das Aussehen des Judas Ischariot bekommen würde. Dann wäre Cipriano vielleicht in der Lage, aus dem ursprünglichen Judas Ischariot einen Joseph zu machen, der im Vordergrunde stehen darf, wo er von allen Leuten bewundert werden kann. Aber er fürchtet doch, das könnte herauskommen; denn die grimmigen

Gesichtszüge des Judas Ischariot sind jedem einzelnen Mitgliede der Gemeinde zu gut bekannt, und die Indianer haben ein zu gutes Auge für solche Dinge, um nicht sofort den Tausch zu erkennen. Warum Cipriano überhaupt auf solche Gedanken kommt, einen Vertausch vorzunehmen, ist leicht zu begründen. Er weiß, wie das jeder echte Künstler weiß, daß er ein zweites Kunstwerk gleicher Art nicht schaffen kann. Hier, bei dem Judas Ischariot, hat Cipriano alle Farben angewendet, um deren Brauchbarkeit zu erforschen. Das kann er nun bei keiner anderen Figur mehr tun, weil er sonst mit den Farben nicht auskommen würde. Die eine Figur braucht mehr Braun, die andere mehr Gelb, wieder eine andere mehr Grün und die nächste mehr Rot, von der Goldbronze und der Silberbronze gar nicht zu sprechen, denn etwas Gold und Silber müssen alle bekommen. Bei den übrigen Figuren muß er sich genau an die ursprünglichen Grundfarben halten, damit die Figuren auch von den Gemeindemitgliedern wiedererkannt werden. Es könnte geschehen, daß sich selbst der Pfarrer nicht mehr auskennen würde. Allein beim Judas Ischariot, bei dem es nicht so genau darauf ankommt, ob er sich sehr verändert oder nicht, konnte und durfte Cipriano alle seine Talente spielen lassen. Bei den übrigen, nun ganz besonders beim Christus und bei der Heiligen Jungfrau, darf er nicht das geringste an den Grundtönen ändern.
Cipriano stellt endlich schweren Herzens den so herrlich geglückten Judas Ischariot in dessen dunkles Brummeckchen. Aber während er sich nun in den folgenden Tagen mit den übrigen Figuren redlich abgibt, kann er seine Gedanken von jenem vortrefflichen Kunstwerk, das er schuf, nicht mehr abwenden. Ob er nun die heilige Anna bemalt oder den heiligen Pablo, oder den heiligen Francisco, seine Gedanken sind bei Judas Ischariot.
Daß Cipriano derart hart in die Klauen und Fänge des Erzverräters aller Erzverräter, die je auf Erden gelebt haben, fallen konnte, war, kein Zweifel darüber, das Werk des Teufels, der es darauf abgesehen hatte, die Abwesenheit des Pfarrers zu benützen, um

die reine und treue Seele des Kirchendieners Cipriano zu erhaschen. Denn alles, was nun geschah, konnte in seinen Urgründen darauf zurückgeführt werden, daß Cipriano seine höchsten Talente, die nur den wahren Heiligen dienen sollten, in einem so verschwenderischen Maße auf den Erzschurken Judas Ischariot ausgegeben hatte. Judas Ischariot ließ die Gedanken des armen Cipriano nicht mehr los. Und darum beging Cipriano Fahrlässigkeiten, die böse Folgen hatten.

Was nun geschah, beweist erneut, in welch geschickter Weise Satanas zu arbeiten weiß, um das Reich des Antichrist auf Erden aufzubauen.

Cipriano war endlich zu der großen Aufgabe gelangt, die Heilige Jungfrau, die über dem Altar thronte, zu reinigen und aufzufrischen. Er wußte, daß diese Arbeit die heiligste war, die ihm auf Erden beschieden werden konnte.

Mit den verschiedenen Christusfiguren, am Kreuz hängend oder mit dem Kreuz auf der blutigen Schulter, oder hingelagert in der Felsenhöhle (aus gestärkter und zerknitterter Sackleinwand), war er genauso leicht umgegangen wie mit den Heiligenfiguren. Da war ja sowieso kein großer Unterschied.

Aber die Heilige Jungfrau war das Allerheiligste, war der Sinn und Inhalt der ganzen Religion. Wichtiger als Gottvater selbst.

Ehe Cipriano die Heilige Jungfrau berührte, um sie von ihrem hohen Stand herunterzuheben, kniete er nieder und betete ein halbes Hundert Aves. Er machte alle Kreuze, die er kannte. Und endlich hatte er die hölzerne Figur auf dem Kirchenboden. Er stellte sie aber nicht auf den nackten Boden, sondern breitete seine Tilma unter den Füßen der Gottesmutter aus.

Er begann die Figur sorgfältig zu waschen, zart, als wäre sie ein neugeborenes Kind. Dann rieb und polierte er sie mit weichgezupften Läppchen. Er nahm ihre Kleider ab, um sie auszustauben und auszuwaschen. Sie hatte keinen eigentlichen nackten Körper unter ihren Gewändern. Sondern der Körper war so geschnitzt, daß die inneren Gewänder ebenfalls Holzschnitzwerk waren, so daß selbst die respektloseste Person nichts hätte finden können, daß darüber die Heilige Gottesmutter hätte schamrot werden müssen.

Auf dem Steinboden der Kirche hatte Cipriano ein kleines Feuer brennen. Das Feuer diente dazu, das Wasser zum Abwaschen der Figuren ein wenig anzuwärmen, es diente ferner dazu, Leim zu kochen und flüssig zu halten, um Bruchstellen der Figuren auszuheilen.

An diesem Feuer hockte jetzt Cipriano und wärmte sich seinen Kaffee und seine Tortillas, weil er keine Zeit damit verlieren wollte, zu seiner Hütte zu gehen. Die Kleider der Gottesmutter hatte er draußen, im Garten der Kirche, auf Sträucher gehängt, damit sie trocknen sollten.

Als er seinen Kaffee getrunken und seine Tortillas mit Chili gegessen hatte, ging er hinaus in den Kirchengarten, um der Sonne zuzusehen, wie sie die Kleider der Heiligen Jungfrau trockne.

Dieser Arbeit zusehend, drehte er sich eine Zigarette und rauchte. Die Sonne trocknete nicht nur die Kleider der Heiligen Jungfrau, sondern sie spielte gleichzeitig wechselnde Farben über den Kirchengarten hin. Und das lenkte abermals die Gedanken Ciprianos auf sein großes Kunstwerk, auf die so herrlich geglückte Verschönerung des Judas Ischariot. Er begann darüber nachzudenken, daß vielleicht, wenn alles übrige in der Kirche getan sei und er noch Farben übrigbehalten haben sollte, was ja sehr wahrscheinlich war, weil er sehr sparsam mit den Farben umgegangen war, er noch mehr für Judas Ischariot tun könnte. Er dachte darüber nach, daß es vielleicht gar möglich werden könnte, daß selbst der Pfarrer Gefallen und Freude an jenem Kunstwerk finden könnte, und daß vielleicht die Möglichkeit bestünde, Judas Ischariot zu erlösen und ihm, wenn auch keinen Ehrenplatz, so doch einen besseren Platz anzubieten, wo er schon leichter gesehen werden könnte. Immer mehr in seinem Nachdenken kam Cipriano zu der Ansicht, daß eigentlich und überhaupt dem Judas Ischariot ein großes Unrecht zugefügt worden sei, ihn zweitausend lange Jahre

dafür büßen zu lassen, daß er einmal dreißig Silberlinge verdienen wollte, die er ganz sicher für irgend etwas sehr Notwendiges gebraucht haben muß, vielleicht gar für die Medizin eines kranken Kindes, jedenfalls für etwas, worüber uns nichts berichtet worden ist, um seine Tat nur um so ruchloser erscheinen zu lassen. Überhaupt sei dem Judas Ischariot auch darum ein großes Unrecht zugefügt worden, daß man ihn dauernd und für ewig von der Erlösung ausgeschlossen habe, während doch sogar Pedro, der den Herrn ebenfalls verleugnete, vergeben wurde, ihm auch noch die Schlüssel des Himmelstores anvertraut wurden, und man ihn zum Heiligen machte.
In diesem angestrengten Nachdenken über das zweierlei Maß, mit dem selbst im Himmel gemessen wird, und über die verwickelten Ansichten und Fragen der Religion überhaupt und im allgemeinen, und im Nachdenken darüber, daß die Beziehungen des Pfarrers mit Señora Elodia und mit Señora Roberta recht gut, ohne fahrlässig zu sein, nach zwei verschiedenen Seiten hin ausgelegt werden könnten, dröselte Cipriano so nach und nach und so langsam ein. Zu tun hatte er augenblicklich nichts, weil er der Sonne beim Trocknen ja doch nicht helfen konnte.
Er wachte darüber auf, daß ihm im Traume die Beziehungen zwischen Mann und Frau deutlich wurden, ohne daß sie sich diesmal auf den Pfarrer und auf Señora Elodia ausdehnten, an die Cipriano in den letzten Phasen seines Träumens gerade nicht gedacht hatte. Eigentlich aber wachte er wohl darüber auf, daß sich drei Hunde rauften, die sich innerhalb der Kirche um einige Tortillas zankten, die Cipriano von seinem Mahle übriggelassen hatte.
Cipriano hatte, weil er ja nur für einen kurzen Augenblick in den Kirchgarten gehen wollte, um dort eine Zigarette zu rauchen, die hintere Kirchentür offengelassen. Und durch jene Tür waren die Hunde in die Kirche eingedrungen.
Als Cipriano in die Kirche trat, noch ein wenig im Schlaf, wischten die Hunde hinaus.

Nach einigen Sekunden hatte sich Cipriano von dem hellen Sonnenlicht an die Dämmerung in der Kirche gewöhnt, und als er nun zu der Figur der Gottesmutter kam, faßte ihn ein kalter Schrecken. Er mußte mehrere Male genau hinsehen, ehe er wußte, daß er richtig gesehen hatte.
Die Hunde hatten bei ihrem Herumbalgen die Gottesmutter in das Feuer gestoßen, wo die Figur genau so hilflos und unbeschützt war, wie auch jedes andere, gewöhnliche Stück Holz zu sein pflegt, das ins Feuer geworfen wird.
Hunde wissen das ja nicht besser, und man soll sie dafür nicht anklagen. Cipriano jedoch wußte sofort, daß die Hunde von Satanas geschickt worden waren, um jenes Unheil anzustiften.
Er hob mit einem raschen Griff, diesmal ohne auch nur ein einziges Ave zu beten, die Gottesmutter aus dem Fegefeuer.
Die Gottesmutter hatte die linke Hand auf das Herz gepreßt, von dem goldbronzierte Strahlen nach allen Seiten ausgingen. Ihre rechte Hand hatte sie segnend erhoben, etwa in der Höhe ihres Mundes. Die Handfläche dieser Hand war flach nach unten gerichtet und nicht, wie das häufig bei segnenden Händen geschieht, dem Betenden zugekehrt.
Diese Hand war völlig verkohlt, die Form jedoch war erhalten geblieben. Auch die rechte Seite der Figur war angekohlt.
Cipriano löschte die noch kohlenden Stellen rasch mit dem Rest von Kaffee, den er noch in seinem Tonkrügchen fand; und als das allein nicht ganz half, vergaß er sich soweit, die übrigen kohlenden Stellen mit seiner Spucke zu löschen. Daß hierin eine Respektlosigkeit gefunden werden möchte, darüber dachte Cipriano auch nicht einen Augenblick lang nach. Gegenüber harter Wirklichkeit wurde er trotz aller christlichen Erziehung stets sofort wieder heidnischer Indianer. Nicht nur in einem solchen Ding wie das, was hier geschehen war.
Und er wurde erst recht heidnischer Indianer, als er damit begann, zu überlegen, was nun zu tun sei.
Er vergaß völlig, daß er eine Gottesmutter in der Hand hatte, die

verehrt und angebetet wurde, als wäre sie die wirklich lebende Gottesmutter in Person.
Zuerst einmal schloß er sofort die Kirchentür, so daß niemand hereinkommen konnte, um Zeuge des Unheils zu sein, das hier geschehen war. Er wußte, daß es für diese Fahrlässigkeit keine Entschuldigung gab. Wenngleich er sich darauf berufen konnte, daß die Hunde Werkzeuge des Bösen gewesen seien, so hatte er dennoch durch eine lange Reihe von Unbedachtsamkeiten dem Bösen das Handwerk erleichtert.
Dieses Unheil würde die Ursache sein, daß er seinen Posten verlöre. Das wäre zu verschmerzen gewesen, denn das Amt an sich brachte nicht viel ein. Fünf oder zehn Centavos bei einer Taufe, fünfundzwanzig Centavos bei einer guten Hochzeit, bei einer kleinen Hochzeit entweder nichts oder fünf oder gar nur zwei Centavos. Auch das kam vor. Und von Begräbnissen war besser nicht zu reden. Das Dorf hatte nicht einen einzigen Wohlhabenden. Und daß der Pfarrer eine fette Pfründe hier gehabt hätte, konnte man auch nicht sagen. Es war eine ziemliche Last für diese arme Gemeinde, den Pfarrer überhaupt durchzubringen; und hätten die Leute nicht die sichere Überzeugung gehabt, daß sie dereinst im Himmel reich belohnt werden würden und daß der Pfarrer nötig sei, Regen und Sonnenschein herbeizubeten, die Fruchtbarkeit der Ziegen und Schafe zu besegnen, so hätten sie ihn überhaupt nicht mit durchfüttern können. Für gute Medizinangelegenheiten war er sowieso nicht zu gebrauchen. In solchen Dingen hielt man sich sicherer an die eigenen Medizinmänner und Medizinfrauen.
Es war also nicht das Amt, das Geld hätte einbringen können, um das Cipriano besorgt war. Er war vielmehr und beinahe einzig darum besorgt, daß er seine respektgebietende Stellung in der Gemeinde verlieren könnte. Er konnte, wenn dieser Vorfall hier bekannt wurde, nicht länger mehr der Mann sein, der dem Pfarrer am nächsten stand, er konnte nicht länger mehr als einziger neben dem Pfarrer das Allerheiligste versorgen, er konnte nicht länger mehr während der Abwesenheit des Pfarrers die Aves und Lita-

neien in den Andachten vorsingen, er konnte nicht länger mehr vor den Augen der ganzen Gemeinde die Kerzen anzünden, dem Pfarrer Waschbecken und Handtuch reichen, das Messebuch vorhalten, ihm die Meßgewänder anlegen oder abnehmen. Niemand würde mehr seinen Rat verlangen, und an seinem Namenstage würden die Hühnchen und Hähnchen ausfallen, und das ganze Jahr hindurch würden alle die kleinen Aufmerksamkeiten fortfallen, hier ein Gläschen Tequila und dort ein in wildem Honig gekochter Kürbis. Das Leben wäre nicht länger mehr wert gewesen, gelebt zu werden. Er war in den dreißig Jahren so eins geworden mit der Kirche und dem Dienst in der Kirche, daß kein Mitglied der Gemeinde sich die Kirche ohne ihn denken konnte, denn die gegenwärtige Generation war geboren worden und aufgewachsen in dem Glauben an die Unersetzlichkeit seiner Person. Er hätte nun vielleicht wacker beten können, und es wäre vielleicht das große Wunder geschehen, daß der Gottesmutter die Hand wieder nachgewachsen wäre. Aber so weit ging der Glaube des Cipriano denn doch nicht. Er war viel zu sehr Indianer, um nicht zu wissen, daß totes Holz unter keinen Umständen nachwächst, auch wenn man noch so viele Aves betet.
So kam er schließlich auf die einzige Idee, auf die ein Indianer in einem so verzweifelten Falle kommen kann. Er nahm sich vor, den verkohlten Handstumpf der Gottesmutter einfach abzusägen, eine neue Hand zu schnitzen und sie an den Armstumpf anzuleimen. Er würde das dann alles schön dick bemalen, und wenn die Jungfrau endlich wieder hoch über dem Altar aufgestellt ist, wird niemand den Schaden bemerken.
Nun würde freilich das Schnitzen der Hand einen Tag in Anspruch nehmen. Während dieser Zeit mußte freilich die Gottesmutter an ihrem alten Platze stehen, weil die Gemeindemitglieder, die zum Beten in die Kirche kamen, die Gottesmutter sofort vermißt haben würden und weil das Beten ohne die Gottesmutter über dem Altar zwecklos und resultatlos gewesen wäre. Die Indianer müssen das leibhaftig vor sich sehen können, was sie anbeten sollen, andern-

falls können sie sich auf ihre Gebete nicht konzentrieren und denken statt dessen an ihren Mais und an ihre Ziegen und Schafe. Dadurch wird nur das Heidentum gefördert.
Cipriano kleidete also die Gottesmutter wieder an. Als das vollendet war, stellte er sie auf ihrem Platze über dem Altar wieder auf. Er ordnete die Kerzen so an, daß man in der Dämmerung der Kirche die verbrannte Hand nicht leicht sehen konnte, es wäre denn, daß man ziemlich dicht vor dem Altar stünde. Außerdem drapierte er eine Falte des Gewandes so, daß die Hand zum Teil bedeckt wurde; und weil das Gewand dunkelblau war, so war in der Tat der Schaden nicht leicht zu bemerken. Ehe der Pfarrer zurückkam, war die neue Hand angeleimt. Obgleich Cipriano wohl wußte, daß er damit eine Sünde begehe, so nahm er sich vor, seine sündhafte Fahrlässigkeit dem Pfarrer nicht zu beichten. Er würde die Sache einfach vergessen, und das, woran man sich nicht erinnert, braucht man ja nicht zu beichten. Weder hier noch anderswo. Würde ein Indianer überhaupt alles beichten, was er getan hat, so könnte ihm kein noch so gütiger Pfarrer die Absolution erteilen, und selbst Gott der Herr würde es sich noch sehr überlegen, ob er einem solchen Sünder derartige Untaten vergeben kann, und er, der Herr, wahrscheinlich zu der Überzeugung kommen, daß hier jede Hoffnung aufgegeben werden muß und es besser ist, die Indianer zu lassen, wie sie sind, und sich mit dem zu begnügen, was man bekommen kann.
Die Gottesmutter stand auf ihrem Platze. Inzwischen war es Abend geworden. Cipriano öffnete die Kirche, und es kamen einige Frauen, um in Andacht zu schwelgen.
Als dann die Stunde gekommen war, schloß Cipriano die Kirche und ging heim in seine Hütte, beruhigt in dem Bewußtsein, daß während der Nacht bestimmt nichts herauskommen würde.
Er suchte sich ein passendes Stück Holz aus, und bei dem trüben Licht eines rußenden Blechlämpchens begann er, das Holz in die rohe Form einer Hand zurechtzuschnitzen. Die Feinheiten würde er bei hellem Tageslicht machen. Er war sicher, daß er die Hand

vielleicht gar schon vor Mittag des nächsten Tages fertig haben würde. Die Figur brauchte ja nur während der Frühandacht an ihrem Platze zu stehen. Und am Abend war alles vielleicht schon angeleimt und sorgfältig bepinselt und bemalt. Es ging viel schneller, als er das in seiner ersten Bestürzung ausgerechnet hatte.
Als er nun beim Schnitzen hockte und es weiter in die Nacht ging, erhob sich ein gewaltiges Unwetter. Der Donner rasselte von allen Seiten, und es dröhnte, als ob alle Himmel einstürzen wollten. Die Blitze fegten über das Firmament dahin und rissen die schwarze Nacht in gellende Fetzen auseinander.
Ein frommerer Mann, als es Cipriano war, würde jenes Unwetter sofort in Verbindung mit der geschändeten Gottesmutter gebracht haben. Und der Pfarrer würde ganz sicher gesagt haben: ›Na, da siehst du es ja, Cipriano, was du angerichtet hast. Die Strafe des Himmels ist über dir. Tue Buße und beuge dich unter der Allmacht des Höchsten.‹
Cipriano war gewiß recht fromm. Aber so fromm war er doch nicht, daß er auch nur einen Augenblick lang geglaubt haben würde, daß jenes Unwetter die Folge seiner Fahrlässigkeit sein könnte. Er war ein viel zu guter Beobachter der Natur, als daß er sich zu einer so kindlichen Frömmigkeit hätte emporschwingen können. Denn er hatte bereits am frühen Nachmittag gesehen, daß sich schwere Gewitterwolken weit hinten am Horizont bildeten, und er hatte zu Mateo und zu Panfilo, als sie eine Weile mit ihm im Kirchgarten schwatzten, gesagt: »Gebt gut acht, Muchachos, heute nacht bekommen wir ein verdammt schweres Gewitter, wie wir lange nicht gehabt haben; wer weiß, ob nicht ein paar Hütten brennen werden.«
Und das hatte sich eine Stunde vorher zugetragen, ehe der Gottesmutter die Hand verbrannt wurde.
Der Pfarrer freilich – Cipriano war lange genug im Dienst, um das zu wissen – würde gesagt haben: ›Das hat die Gottesmutter alles vorausgewußt, was geschehen würde, darum bereitete sie das Gewitter rechtzeitig vor.‹

Darauf würde Cipriano, wie er das immer tat, geantwortet haben: ›Si, Padre, das ist so, das ist wahr.‹ Denn mit dem Pfarrer darf man nicht herumstreiten, das ist gegen die Religion; was der Pfarrer sagt, ist die Wahrheit. Bei sich würde Cipriano aber gesagt haben – und was man bei sich sagt, hört der Pfarrer ja nicht –, ja, bei sich würde er gesagt haben: ›Gut, wenn die Gottesmutter das alles vorher gewußt hat, und sie hat es vorher gewußt, denn der Pfarrer sagt es ja, dann hat sie doch auch gewußt, daß sie von einigen schmutzigen Dorfhunden in das Feuer gestoßen werden wird. Sie wird doch das nicht etwa getan haben mit der Absicht, mir Unannehmlichkeiten zu bereiten. Man kann sich eben auf nichts mehr verlassen, und man findet gar nicht mehr heraus. Am besten, man läßt alles, wie es ist.‹ Cipriano drehte sich eine Zigarette und rauchte. Er unterließ es, einige Dutzend Aves zu beten, damit das Unwetter vorübergehe, ohne hier Schaden anzustiften. Er wußte aus Erfahrung, daß das nicht viel hilft und daß man am besten tut, das Unwetter sich austoben zu lassen, dann hört es von selbst auf. Er kennt einen Fall, es handelt sich um Lucina, die Frau des Pancho Lazcano, die vom Blitz erschlagen wurde, während sie den Rosenkranz betete. Also ist es besser, eine Zigarette zu rauchen und sich, in der offenen Tür der Hütte stehend, die Herrlichkeit des Unwetters anzusehen.
Und während er eine Stelle am Himmel beobachtet, wo es sich aufzuklären beginnt und die Sterne bereits funkeln, kracht ein gewaltiger Donnerschlag über ihm, der ihn so erschüttert, daß er sich fest gegen einen Pfosten des Einganges halten muß, um nicht umzufallen. Gleichzeitig sieht er einen dicken Blitzstrahl herunterfegen, und, wie er genau sehen kann, direkt in das Kirchdach hinein. Er hört die Dachziegel prasseln, und er wartet, daß im nächsten Augenblick die Kirche in hellem Feuer auflodern wird. Aber nichts geschieht. Die Kirche steht wieder vergraben in der tiefen Nacht. Der Donner ebbt ab. Die Blitze verzucken sich. Ein heftiger Regen setzt ein.
Nach einer halben Stunde läßt der Regen nach, das Unwetter hat

sich verzogen, und nur fern am Himmel schwebt hin und wieder ein Leuchten durch die Nacht.

Cipriano steht im Eingang seiner Hütte. Da kommen einige Männer auf sein Haus zu, und sie fangen gleich an zu reden: »Hast du das gesehen, Cipriano, der Blitz hat in die Kirche eingeschlagen. Komm mit den Schlüsseln und öffne die Kirche. Wir wollen sehen, ob es nicht etwa drinnen irgendwo brennt. Jetzt ist noch Zeit, zu löschen.«

Als die Männer zur Kirche kommen, sind dort schon viele Leute versammelt, und immer mehr kommen herbei, Männer, Frauen und Kinder. Sie kommen mit brennenden Tannenspänen und mit verräucherten Laternen. Alle haben gesehen, wie der Blitz in die Kirche einschlug, und alle möchten sehen, ob er Unheil angerichtet hat.

Cipriano schließt die Kirche auf, und die Männer suchen herum, ob sie irgendwo Feuer entdecken können. Aber nichts wird gefunden. Der Blitz ist offenbar kalt gewesen.

Bis gegen Mitternacht bleiben die Leute vor der Kirche. Und ehe Cipriano die Kirche endgültig abschließt, suchen noch einmal alle Männer sorgfältig in der Kirche herum, ob nicht doch vielleicht irgendwo ein Feuer glimmt. Sie sind endlich überzeugt, daß keine Gefahr vorliegt. Und alle gehen heim, um sich niederzulegen.

Am Morgen schließt Cipriano zu gewohnter Stunde die Kirche auf. Die Jungen bemühen sich um das Frühläuten. Cipriano zündet die Kerzen an. Frühe Beter kommen. Beinahe ohne Ausnahme Frauen und einige Kinder mit ihnen.

Schnell wird es heller Tag.

Zwei Frauen kommen nahe zum Altar, um dort ein besonderes Gebet zur Gottesmutter hinaufzusenden.

Cipriano steht nahe der Tür, um Wasser in die Weihwasserbecken nachzufüllen.

Plötzlich schreien die beiden Frauen vor dem Altar gellend auf, während sie sich gleichzeitig, wie rasend geworden, bekreuzigen. Cipriano wendet sich um und bekommt einen ungeheuerlichen

Schreck. Auch er bekreuzigt sich jetzt und murmelt einige Ave-Marias schnell herunter. Er weiß, daß nunmehr alles entdeckt ist und daß er nur noch auf die Rückkehr des Pfarrers warten kann, um in allen Unehren seinen Abschied zu erhalten.
Die Frauen vor dem Altar werden immer lauter, und alle übrigen Frauen, die in der Kirche sind, laufen hinzu, um zu sehen, was geschehen ist.
Auch sie fallen sofort nieder und bekreuzigen sich.
Die Kirche ist ja nicht so sehr groß. Und so kann Cipriano am andern Ende gut verstehen, was hier aufgeregt geredet wird. Um so leichter kann er es verstehen, weil die Frauen beinahe schreien. Er will nicht hinhören, weil er ja weiß, daß er nur seine Schande hören wird. Aber er fängt doch die Worte auf, ohne sich die Mühe zu nehmen, sie zusammenzureimen.
»Un milagro! Un gra-a-a-n mi-laaagro le paso! Por Santa Purísima! Virgencita Nuestra! O Heilige, Allerreinste! O Heiliges Jungferchen! Ein Wunder ist geschehen! Ein großes Wunder!«
Die Frauen wenden sich um zu Cipriano, der noch immer an der Tür steht bei den Weihwasserbecken. Er weiß immer weniger, was er tun soll. Am besten ist es, er geht nach Hause, legt sich auf seinen Petate und sagt, er ist todkrank.
Aber die Frauen lassen ihm keine Zeit, irgend etwas zu beschließen. Sie kommen auf ihn zugeeilt und zerren ihn zum Altar.
Ihm ist nun alles gleichgültig geworden.
Die Frauen packen ihn bei den Armen und schreien alle gleichzeitig auf ihn ein: »Siehst du das nicht, Cipriano? Hast du keine Augen für das große Wunder, das hier geschehen ist? Der Blitz hat in der vergangenen Nacht eingeschlagen, hier in die Kirche. Siehst du dort oben die durchgeschlagenen Dachziegel?«
Cipriano blickt nach oben und nickt und nickt.
»Ein Wunder! Ein großes Wunder ist uns aus Gnaden gegeben worden. Der Blitz wurde aufgefangen von der Hand des Jüngferleins. Ihre Hand hat die Heilige Jungfrau geopfert, um das Geheiligte Fleisch des Herrn in der Monstranz zu schützen und die

Kirche vor dem Feuer zu bewahren. Ein Wunder! Un gran milagro!«
Es vergingen keine drei Tage, da war die Kirche von Tausenden umlagert, von Indianern, von Mestizen, von Weißen.
Cipriano konnte nun nichts mehr an der Sache ändern. Er kam zu der Überzeugung, daß vielleicht doch ein höherer Wille obwaltet, der die Geschicke auf Erden bestimmt.
Die Kirche wurde eine fette Pfründe. Und eine fette Pfründe ist sie heute noch.
Es ist menschlich durchaus zu verstehen, daß Cipriano niemals etwas sagte. Denn wie durfte er, der einfache Indianer, der weder lesen noch schreiben konnte, den Bischöfen und anderen großen Herren der Kirche, die hierherkamen, um Messe zu lesen und zu firmen, in das Gesicht hinein sagen, daß hier ein kleiner Irrtum unterlaufen sei? Die Bischöfe würden ihn ausgelacht haben, und sie würden gesagt haben, er sei zu alt geworden und darum schwach im Geist. Und als echter Indianer wußte er wohl zu schweigen, wo es nicht notwendig schien zu reden und wo gar kein Vorteil für irgend jemand darin lag, Dinge zu verwirren, die große geistliche Herren, tausendmal klüger als er, als zu göttlichem Recht bestehend betrachteten. Es war nicht seine Aufgabe, Religionen zu reformieren. Nach guter Indianerlebensauffassung dachte er, daß man die Dinge am besten läßt, wie sie sind, solange sie einem selbst keine Unbequemlichkeiten bereiten. Und daß er Unbequemlichkeiten durch seine Schweigsamkeit zu erdulden gehabt hätte, konnte nicht behauptet werden. Denn der Kirchendiener einer fetten Pfründe kann ein beschaulicheres Dasein führen als der einer armen indianischen Dorfgemeinde. Cipriano brauchte kein Holz mehr zu fällen und keine Holzkohle mehr zu brennen; und er brauchte sich nicht länger mehr mit den Aufkäufern der Holzkohle herumzuzanken, die für ewig das Gewicht der Waage fälschen und für ewig an den Preisen heruntergeizen. Und daß Hartholzfällen im Busch und Kohlebrennen in tropischer Glut eine große Freude sei und ein angenehmes Schicksal für einen

Indianer, von dieser Lebensauffassung war Cipriano frühzeitig in seinem Dasein geheilt worden, viele, viele Jahre vorher, ehe er ein leises Mitleid für Judas Ischariot zu fühlen begann.
Daß nicht alle Wundergottesbilder in dieser oder ähnlicher Weise ihren Ruhm erhielten, beweist nichts gegen die Wahrheit dieser Geschichte; denn es ist ganz und gar zwecklos, sich mit einem Islamiten der prophetischen Fähigkeiten Mohammeds wegen herumzustreiten.

Des heiligen Antonius Kümmernisse

Der Minenarbeiter Silvestre hatte es mit vielen Mühen endlich erreicht, daß er sich eine Taschenuhr kaufen konnte. Die Uhr war aus Nickel und kostete acht Pesos fünfzig Centavos. Es muß hinzugefügt werden, daß sie eine gute und brauchbare Uhr war, denn sie zeigte vierundzwanzig Stunden, was als sehr wertvoll galt in einem Lande, wo im ganzen öffentlichen Leben die Zeitangabe sich auf die Vierundzwanzigstundenuhr bezieht.
Silvestre war natürlich sehr stolz auf seine Uhr, und weil er in seiner Arbeitskolonne wie auch in seinen Nachbarkolonnen der einzige war, der eine Uhr besaß, die er mit in die Mine brachte, so wurde er nicht nur von seinen Arbeitskameraden, sondern zuweilen sogar von seinem Kolonnenforeman wie von denen der Nachbarkolonnen nach der Zeit gefragt. Das machte ihn zu einer wichtigen Persönlichkeit. Und weil es die Uhr war, durch die er in diese etwas erhöhte soziale Schicht der Arbeiterschaft gelangt war, so hielt er die Uhr in großen Ehren, und sie war ihm bei weitem mehr wert als das schönste Ritterkreuz irgendeiner Ehrenlegion. Er trug sie, wenn er in der Mine arbeitete, stets in Papier eingewickelt, damit sie nicht durch den Staub der Erze leiden sollte.
Eines Tages entdeckte er zu seinem großen Schrecken, daß die Uhr verschwunden war. Offenbar hatte er sie verloren, entweder bei der Einfahrt oder während der Arbeit. Daß sie gestohlen sein könnte, hielt er für sehr unwahrscheinlich. Sie hätte auch wohl kaum von dem, der sie vielleicht gestohlen haben könnte, getragen oder verkauft werden können, weil Silvestre, von Natur aus sehr vorsichtig und mißtrauisch, gleich nachdem er die Uhr in der nächsten Stadt gekauft hatte, sich vom Uhrmacher seinen Namen dick hatte eingravieren lassen. Dafür bezahlte er einen Peso extra. Der Uhrmacher – wie die Mehrzahl der Uhrmacher in Mexiko und in den Staaten – war von Beruf Grobschmied, und der hatte Silvestre die Gravierung dringend angeraten und ihm den großen

Schutz- und Erhaltungswert einer kräftigen Gravierung so überzeugungsvoll geschildert, daß Silvestre einsah, seine Uhr würde ohne Gravierung am selben Tage schon spurlos aus seiner Tasche gestohlen. Die Gravierung war, wie man ja von einem Grob- oder Wagenschmied zu erwarten berechtigt sein durfte, so tief und kräftig eingeschnitten, daß, hätte der Dieb versucht, die Gravierung auszufeilen, von dem Gehäuse nichts übriggeblieben wäre.
Nachdem er den Uhrmacher verlassen hatte, brachte Silvestre die Uhr in die Kirche, um sie vom Pfarrer einsegnen zu lassen, was auch nicht umsonst getan wurde, und endlich hatte er sie noch persönlich mit Weihwasser besprengt. Aber obgleich durch alle diese Schutzmittel die Uhr beinahe auf den doppelten Preis gekommen war, so hatten jene Mittel nicht genügt, daß die Uhr bis an sein Lebensende in seiner Tasche blieb. Vielleicht hatte er etwas übersehen bei dem Einsegnenlassen, oder er hatte sie neben die Uhrtasche seiner Hose gesteckt, oder sie war von selbst herausgerutscht. Wie dem auch sei, die Uhr war jetzt fort.
Er suchte eine volle Schicht in der Mine herum, aber die Uhr kam nicht wieder, und sie war nirgends zu sehen.
Es blieb Silvestre also nichts anderes übrig, als bis zum Sonntag zu warten, um die Angelegenheit mit Hilfe der Kirche und ihrer Heiligen in Ordnung zu bringen. Als guter Katholik wußte er, wie alle Indianer, recht geschickt sich zu bekreuzigen und kannte auswendig alle die Heiligen, die für irgendeine Sache mit Erfolg zu gebrauchen sind. Für verlorengegangene Dinge, jedoch nicht für gestohlene, ist San Antonio derjenige Heilige, der immer weiß, wo sich der verlorene Gegenstand befindet.
So ging Silvestre am Sonntag in die Stadt zur Kirche, suchte hier die hölzerne Figur des San Antonio auf, opferte ihm eine Kerze, bekreuzigte sich unzählige Male und flehte San Antonio an, ihm die Uhr wiederzubringen. Silvestre wußte aus reicher und kostspieliger Erfahrung, daß in der Kirche nichts umsonst getan wird, und darum versprach er dem San Antonio drei Fünf-Centavos-Kerzen und ein silbernes Zehn-Centavos-Händchen, wenn er ihm

die Uhr wieder verschaffen würde, spätestens jedoch bis zum nächsten Sonntag, wenn er, Silvestre, wieder zur Kirche kommen würde, um zu sehen, was San Antonio inzwischen für ihn erwirkt habe.

Die Uhr fand sich im Laufe der Woche nicht ein. Und Silvestre, als er am nächsten Sonntag zur Kirche kam, sah auch nicht, so sorgsam er auch alles untersuchte, ob die Uhr zu Füßen des San Antonio liege oder in einer Falte der braunen Mönchskutte der Figur hing oder irgendwo unter dem Gewande der Figur, das Silvestre respektlos aufhob, verborgen sei. Aber die Uhr war nicht da, und Silvestre erkannte, daß er seine Kerze, seine Gebete und Bekreuzigungen umsonst verschwendet habe.

Er ging nun wieder eine Kerze kaufen. Er brauchte nicht weit zu laufen; denn die Kerzen, Heiligenbildchen und silbernen Ärmchen und Beinchen wurden auf zahlreichen Tischen innerhalb der Kirche verhandelt und verschachert, wo es lebhaft zuging wie auf einem Jahrmarkt, mit Feilschen, Verschwören der hohen Preise wegen, Herunterhandeln vom Preise und Umtauschen der gekauften Gegenstände. Am Altar wurde zu gleicher Zeit, unbekümmert um die feilschende Welt entlang der inneren Wände der Kirche, die Messe gelesen. Silvestre hatte diese Art christlicher Religion nicht erfunden und war darum nicht verantwortlich dafür; aber er glaubte, daß er ein unzerbrechliches Recht darauf habe, von San Antonio seine Uhr zurückzuerhalten, wenn er ihm Kerzen, Bekreuzigungen und Gebete opfere. Denn wozu brauchte man sich alle die Mühen und Ausgaben zu machen, wenn es doch nichts nützte!

Silvestre, der in einer Welt lebte, wo jede Kreatur für das Essen oder für den Lohn, den sie empfängt, arbeiten muß, auch wenn es ihr noch so schwer fällt und sie vielleicht gar am Zusammenbrechen ist, hatte weder Verständnis noch Mitleid mit einem Heiligen, der sich mit Kerzen und Gebeten bezahlen läßt, ohne dafür zu arbeiten.

Als Silvestre seine Kerze auf dem Altar des San Antonio aufgestellt

hatte, kniete er nieder, bekreuzigte sich mehrere Male und begann zu beten. Er besaß kein Gebetbuch, und wenn er eines gehabt hätte, so würde es ihm nichts genützt haben, weil er nicht lesen konnte. So war er genötigt, aus dem Stegreif zu beten und so, wie es ihm sein Gott ins Herz legte. Das Wort Gotteslästerung kannte er nicht, weil ihm der Begriff hierfür fehlte, und in Mexiko gibt es keine Gotteslästerung, weil das Gesetz ein solches Vergehen nicht kennt. In Mexiko hat das jeder mit seinem Gewissen und mit seinem Gotte abzumachen; denn der mexikanische Gesetzgeber und der mexikanische Richter fühlen sich nicht berufen, in die unerforschlichen Wege und Gesetze Gottes mit ihrem menschlichen Urteilsvermögen und ihren menschlichen Rechtsirrtümern hineinzupfuschen. Wenn Gott im Himmel nicht mächtig genug ist oder nicht willens ist, Beleidigungen und Lästerungen gegen seine Majestät zu bestrafen, warum soll der kleine irdische Staatsanwalt dem lieben Gott vorschreiben, wieviel Monate diese Gotteslästerung und wieviel Wochen jene wert ist?
Darum muß man Silvestre verstehen und ihm vergeben. Er weiß es nicht besser. Was er aber gut wußte, war, daß er seine Uhr so rasch wie möglich wiederhaben wollte und daß er nicht zu warten gedachte, bis sie ihm nach seinem Tode im Paradiese ausgehändigt werden würde. Er brauchte die Uhr hier auf Erden; denn zu welcher Stunde man im Paradiese in die Erzminen einzufahren habe, wird ihm der Foreman dann schon sagen, wenn es soweit ist.
Silvestre betete darum schlichtweg darauflos: »Oye, querido, San Antonio, cuidad, hombre! Jetzt hör einmal gut zu, geliebter Antonio, und gib wohl acht, was ich dir erzählen werde, denn ich bin jetzt ziemlich fertig mit dir. Ich habe eine Uhr verloren. Das habe ich dir bereits vorigen Sonntag gesagt. Du kannst die Uhr gar nicht verwechseln. Es ist ein S und ein G dick eingraviert. Ich kann hier auch nicht jeden Sonntag herkommen. Die Kerzen kosten auch Geld. Und ich habe dir doch wirklich genug versprochen. Du mußt nicht etwa denken, daß ich das Geld auf dem Wege auflese, da liegt keins herum. Ich muß verflucht kräftig dafür arbeiten und

habe es nicht so gut wie du, hier faul herumzustehen und mich an den Kerzen schön zu wärmen. Der Spaß hat auch einmal ein Ende. Wir müssen alle arbeiten, da kannst du auch meine Uhr suchen gehen. Und nun sage ich dir noch etwas, mein lieber San Antonio. Ich warte noch eine Woche, und wenn die Uhr dann nicht da ist, stecke ich dich, bei der Heiligen Jungfrau, in den Brunnen ins Wasser, und ich lasse dich so lange da drin, bis du die Uhr wieder herbeigeschafft hast oder mir im Traum gesagt hast, wo sie ist. Du weißt nun Bescheid, und meine Geduld ist fertig.«

Silvestre bekreuzigte sich wieder, stand auf, verneigte sich vor dem Altar und verließ die Kirche, überzeugt, daß sein inniges Gebet in Erfüllung gehen werde, getreu dem Worte folgend: Bittet, so wird euch gegeben, und vergeßt nicht die Armut des Heiligen Vaters in Rom.

Auch in dieser Woche kam die Uhr nicht zum Vorschein.

Es ist darum nicht zu verwundern, daß Silvestre die Geduld nun endgültig verlor. Er wollte auch keine Zeit mehr mit Beten vergeuden, denn er hatte eingesehen, daß es nutzlos war. Gegen San Antonio, der sich nicht die Mühe zu machen schien, einem armen Indianer zu helfen, auch wenn er noch so sehr angebetet wurde, halfen offenbar nur ganz kräftige Mittel, um ihn an seine Pflichten zu erinnern. Und diese Mittel wandte er jetzt an.

Er besaß keine große Erfindungsgabe, sich neue Zuchtmittel auszudenken. Darum gebrauchte er eines von denen, die gegen ihn und seine Mit-Peones angewandt wurden, als er noch auf der Hacienda arbeitete und noch nicht den Mut aufgebracht hatte, in die Minendistrikte zu fliehen.

Am Samstagnachmittag verschaffte er sich einen alten Zuckersack und trabte damit zur Stadt. Als er zur Kirche kam, war es bereits finster. Seine Bekreuzigungen und Verbeugungen machte er jetzt nur, vom Hintergrunde der Kirche aus, zu dem Altar, wo die Heilige Jungfrau stand, die ihm bis jetzt ja noch nichts Übles zugefügt hatte. Dagegen verweigerte er diesmal dem San Antonio jegliche Bekreuzigung und jegliche Kniebeuge. Er gab gut acht;

und als er bemerkte, daß er von niemand aus den Reihen der andächtig betenden Leute beobachtet wurde, warf er dem San Antonio den Sack über den Kopf, nahm die Figur rasch herunter von ihrem Altar und schlich sich mit seiner Beute gewandt zur nächsten Tür hinaus. Die Stadt war klein, und es dauerte keine zehn Minuten, da war Silvestre im Freien und auf dem Wege zu dem Minenarbeiterdorf, wo er lebte.

Silvestre ging jedoch nicht in das Dorf mit seinem Heiligen, sondern noch ehe er die ersten Hütten erreichte, bog er von der Straße ab und wanderte auf den Busch los. Silvestre konnte seinen Weg nicht verfehlen, denn erstens kannte er ihn gut, und zweitens war heller Mondschein.

Nur etwa einen halben Kilometer in den Busch hinein, da befand sich eine Lichtung, die zwar schon völlig wieder verwachsen war, die aber doch noch als eine ehemalige Lichtung erkannt werden konnte. Hier in dieser Lichtung war ein alter ausgemauerter Brunnen, der noch aus der Kolonialzeit herstammte und wohl von einem Spanier gegraben worden sein mochte, als er hier eine Farm hatte errichten wollen.

Dieser Brunnen wurde von niemand gebraucht, selbst die Kohlenbrenner im Busch tranken kein Wasser daraus. Das Wasser, das in dem Brunnen stand, war verschlammt und grün verfilzt von Pflanzen und Blättern und Wurzeln. Der Brunnen war voll von Fröschen, Kaulquappen, Wasserkäfern, Moskitos, Schlangen, Eidechsen und allem anderen Getier, das in einem verlassenen Brunnen sich nur ansammeln kann. Seiner Lage, seines uralten Aussehens und des phantastischen Getiers, das in ihm lebte, wegen war der Brunnen der Sagenschreck aller Indianerkinder des Dorfes, die zu dem Brunnen kamen, wenn sie sich einen gruseligen Tag machen wollten, und er war der Mittelpunkt zahlreicher Geister- und Spukgeschichten der erwachsenen Indianer der Gegend.

Silvestre ging nicht sehr leichten Herzens mit seinem eingesackten Heiligen auf der Schulter zu jenem Brunnen. Jeden Augenblick glaubte er, daß hinter einem Baume eine Spukgestalt hervorsprin-

gen würde, um ihm etwas Übles und Grausiges anzutun. Und er erwartete auch, daß vielleicht Gott seinen Donner rollen und seinen Blitz zucken lassen würde, um ihn für solche Freveltat, die zu begehen er im Sinne hatte, zu bestrafen. Aber es war Samstagabend, und Silvestre wußte recht gut, daß an einem Samstagabend der liebe Gott keine Zeit hat, sich um einen indianischen Minenarbeiter zu kümmern, der seine Uhr wiederhaben möchte. Samstag ist großes Reinemachen, und am Abend Wochenabschluß und Vorbereitung für den Sonntag. Nicht nur auf Erden. Darum hatte Silvestre ja auch gerade den Samstagabend für seine ruchlose Tat gewählt. Man möge doch nie vergessen, daß auch ein indianischer Arbeiter Intelligenz hat.
Vor den Spukgestalten des Brunnens hatte Silvestre nicht ganz soviel Furcht wie alle übrigen Bewohner des Dorfes; denn da er nicht aus der Gegend stammte, so waren ihm alle die grausigen Geschichten, die über den Brunnen erzählt wurden, nicht so in Fleisch und Einbildung von Jugend auf übergegangen wie den Leuten, die hier in diesem Distrikte geboren und aufgewachsen waren. Wenn man nicht weiß, daß hinter der nächsten hölzernen Wand ein gestorbener oder gar ermordeter Mann liegt, schläft man genauso ruhig, friedlich und ungestört wie in dem Zimmer eines Hotels, das noch zu neu ist, als daß sich in ihm schon ein Selbstmord hätte ereignen können.
Auch wer vor Verliebtheit bebt, vor Eifersucht schäumt, vor Wut sich zerfetzen möchte, vor Ärger grün wird, der sieht und hört nie Spukgestalten. Und Silvestre war wütend und verärgert, wie nur ein Mensch sein kann, der an die Nützlichkeit von Heiligen glaubt und so bitter enttäuscht wird, wie es ihm geschah. Einem Indianer kann man nicht mit der billigen Ausrede kommen, Gott und die Heiligen haben es in ihrem hohen Ratschluß anders beschlossen. Ein Medizinmann, der nicht hilft, wird abgesetzt. Faulenzer werden nicht unterhalten. Wenn von den paar Pesos Lohn, die man sich mit schwerer Arbeit verdienen muß, dem Heiligen Kerzen geopfert werden, damit er sich Hände und Nase daran wärmen

kann, dann muß er dafür auch etwas tun. Man bezahlt den Pfarrer für das Lesen einer Messe, und er hat die Messe zu lesen; man bezahlt den Pfarrer für die Taufe des Kindes, und er hat das Kind zu taufen, ob ihm das Kind gefällt oder nicht. Warum soll man mit San Antonio eine Ausnahme machen? Vielleicht weil er Heiliger ist? Dann braucht er auch keine Kerzen, Bekreuzigungen, Kniebeugen und Gebete anzunehmen, wenn er gar so heilig sein will. Aber wenn er das alles verlangt und annimmt wie ein syrischer Kattunhändler in Puebla, dann hat er dafür auch zu zeigen, was er kann. Silvestre kann sich in der Erzmine auch nicht damit herausreden, daß er es heute einmal in seinem Ratschluß anders beschlossen habe und daß er heute einmal nicht arbeiten werde, aber den Lohn dennoch verlange und annehme. So etwas gibt es nicht. Und bei dem Philosophieren über die Rechtmäßigkeit der Handlung, die er vorzunehmen gewillt ist, denkt Silvestre sehr wenig an Spukgestalten, die in der Nähe des Brunnens auf ihn warten könnten.

Silvestre vollzog die Folterung an seinem Heiligen nun nicht etwa so unvermittelt, ohne dem Heiligen noch genügend Zeit zu geben, seine Pflicht zu tun. Darum hielt er, als er beim Brunnen angelangt war, eine Ansprache an San Antonio. Er zog die Figur aus dem Sack heraus, stellte sie auf den gemauerten Brunnenrand, glättete die braune Mönchskutte, die San Antonio trug, und sagte zu ihm: »Freundchen, ich habe dich jetzt hier, wir sind ganz unter uns, und wir wollen nun einmal ein sehr deutliches Wort miteinander sprechen. Du kannst jeden Gegenstand, der verlorenging, wiederfinden. Das weiß ich. Der Cura, der Pfaffe, hat es gesagt. Ich habe dich angebetet und habe dir Kerzen angezündet und dir genügend versprochen. Aber du hältst es nur mit den reichen Leuten, die dir dicke Pesokerzen opfern können. Das kann ich nicht. Dazu habe ich nicht Geld genug. Du siehst ja den Brunnen hier, Freundchen. Es ist nicht angenehm, darinnen zu liegen, da sind Schlangen drin – Lagarto! Lagarto! –«, unterbrach er sich, »und da ist noch vieles andere drin, schrecklich und grausig. Und wenn du mir nicht die

Uhr wiederschaffst, kommst du in den Brunnen und bleibst drin, bis du die Uhr herbeigeschafft hast. Ich kann nicht jede Woche zur Stadt laufen. Ich habe andere Dinge zu tun. Und Kerzen gibt es auch nicht mehr für dich. Und ich werde dir gleich einmal zeigen, daß ich es ganz ernst mit dir meine.« Silvestre brachte einen starken Bindfaden aus der Tasche und band dem San Antonio eine Schlinge um den Hals. Dann hob er die Figur über den Brunnenrand und ließ sie hier eine Weile hängen und zappeln.

»Wo ist die Uhr, San Antonio?« fragte Silvestre.

San Antonio war entweder zu heilig oder zu eigensinnig, den Mund zu öffnen, vielleicht war er auch an Folterungen des ersten Grades zu sehr gewöhnt, als daß er jetzt schon, aus Furcht, den Ort, wo sich die Uhr befand, verraten haben würde. Aber sowenig wie irgend jemand bisher Mitleid für Silvestre im Leben gezeigt hatte, sowenig Mitleid zeigte er nun für San Antonio. Er ließ, als San Antonio nicht antworten wollte, ihn an dem Bindfaden weiter hinunter in den Brunnen, bis die nackten Füße des Heiligen das Wasser berührten.

»Wo ist meine Uhr?« fragte Silvestre wieder. Und wieder fühlte sich San Antonio zu erhaben, zu antworten.

Da ließ ihn Silvestre nun völlig untertauchen, tauchte ihn einigemal auf und nieder in dem Wasser, zog ihn hinauf und stellte ihn auf den Brunnenrand.

»So«, sagte er, »nun weißt du, wie es unten im Brunnen aussieht. Ich gebe dir jetzt Zeit bis morgen. Dann komme ich hier zurück. Und wenn du dann die Uhr nicht hast und mir auch nicht sagst, wo sie ist, lasse ich dich für eine volle Woche unten im Brunnen. Dann wirst du wohl endlich deine Widerspenstigkeit aufgeben.«

Silvestre hatte es gut erfahren, wie ihm und seinen Mit-Peones auf den Haciendas der Großgrundherren Widerspenstigkeit und angebliche Faulheit ausgetrieben wurden; so durfte sich der Heilige nicht darüber beklagen, daß an ihm nun verübt wurde, was weder er noch alle Pfaffen je verhütet hatten, daß es an indianischen Landarbeitern regelmäßig getan wurde. Und es darf als sicher angenommen werden, würde man an allen Göttern, Heiligen und Pfaffen das gleiche tun, was man an Arbeitern tut, ganz gleich ob es indianische oder europäische sind, so würde die Religion, die derartige Dinge in zweitausend Jahren nicht zu verhüten vermochte, wohl schnell abgeändert werden. In Mexiko hängt man unzufriedene Landarbeiter vierundzwanzig Stunden in den Brunnen, und in Europa hängt man unzufriedene Arbeiter auf die Verhungerungsliste oder hinter Gefängnisgitter.

Silvestre gab seinem Heiligen Zeit, sich zu besinnen. Er nahm ihn herunter vom Brunnenrand, steckte ihn wieder in den Zuckersack und verbarg ihn unter einem dichten Dornenstrauch im Busch. Die Mönchskutte des Heiligen war sehr naß geworden; aber Silvestre hatte jegliches Mitleid mit seinem widerspenstigen San Antonio verloren und ließ ihn in der nassen Kutte frieren.

Am nächsten Tag war Sonntag, und Silvestre hatte Zeit genug, die Folterung seines Heiligen fortzusetzen.

Er machte sich frühzeitig auf den Weg, um zu sehen, ob San Antonio inzwischen die Uhr herbeigeschafft habe. Die Uhr war natürlich nicht zur Stelle. San Antonio hatte sie nicht auf sich und nicht unter sich liegen, und in einer Falte seiner jetzt naß und modrig riechenden Kutte war die Uhr auch nicht verborgen. Silvestre hatte die Uhr auch nicht in seiner Hütte unter der Schilfmatte, auf der er schlief, gefunden, wie er bestimmt gehofft hatte.

Silvestre nahm infolgedessen seinen Heiligen wieder vor.

»Immer noch widerspenstig, querido Santo?« sagte er zu ihm. »Warte nur, ich werde dich schon kriegen.«

Und ohne weitere Ansprachen oder gar Gebete zu vergeuden, ließ er den Heiligen wieder hinunter in den Brunnen, so tief, bis er mit den Füßen auf dem Grunde aufzustehen schien. Er knüpfte den Bindfaden an einen Strauch, der in dem Mauerwerk des Brunnens Wurzel gefaßt hatte, fest, um den Heiligen auch wieder aus dem Brunnen ziehen zu können, wenn er die Uhr unter seiner Matte gefunden haben würde.

Diese Arbeit getan, überließ er es dem Heiligen, sich zu befreien

oder, wenn er sich nicht selbst befreien konnte, seine Befreiung dadurch zu erwirken, daß die Uhr unter die Matte, auf der Silvestre schlief, gelegt würde.
Silvestre hatte während der ganzen Woche keine Zeit, zum Brunnen zu gehen; denn er hatte in der Kupfermine zu arbeiten. Und abends war er zu müde, den weiten Weg in den Busch zu tun, um zu sehen, wie es dem Heiligen ginge.
Am Freitagnachmittag, als sie ausfuhren aus der Mine, sagte sein Arbeitskamerad Lozano zu ihm: »Oye, Silvestre, wieviel gibst du mir Finderlohn für deine Uhr, die ich beim Aufkehren heute im Tunnel gefunden habe?«
»Hombre, das ist gut von dir«, sagte Silvestre; »ich gebe dir ganz gern einen Toston, fünfzig Centavos, als Vergütung.«
»Das ist mir recht, Silvestre, gib den Toston her, und hier hast du deine Uhr. Es ist nichts daran, sie geht wie neu. Nicht einmal das Glas ist zerbrochen; denn als ich es blinken sah im Kehricht, da war ich vorsichtig, und darum ist gar nichts daran beschädigt. Ich wußte gleich, daß es deine Uhr ist. Ist ja doch dein Name drin, und du hast es ja auch allen gesagt, daß du die Uhr verloren hast.«
Silvestre bezahlte die fünfzig Centavos – sein Arbeitskamerad tat es billiger als der Heilige – und empfing seine Uhr.
Am Sonntag ging er zum Brunnen, den Heiligen zu erlösen, weil es nun keinen Zweck mehr hatte, ihn zu foltern.
Aber von dem Hinundherscheuern des Strauches im Winde war der Bindfaden, an dem San Antonio im Brunnen hing, am Mauerwerk abgeschliffen worden und endlich gerissen. Silvestre konnte deshalb den Heiligen nicht mehr heraufziehen, und die Mühe, seinetwegen in den Brunnen zu klettern, war der Heilige nach Meinung des Silvestre nicht wert.
»Geschieht dir ganz recht, Santito«, rief Silvestre hinunter in den Brunnen, »daß du da drin liegst. Wenn Lozano meine Uhr nicht gefunden hätte, du würdest sie in deinem ganzen Leben nicht gefunden haben. Ich brauchte Lozano nicht soviel zu bezahlen, wie ich dir für deine Arbeit versprochen habe. Du bist überhaupt zu

nichts zu gebrauchen. Und es ist gar nichts an dir verloren, wenn du da unten stehenbleibst, wo du bist. Dein gut verdientes Los.«
Gott läßt keinen Sperling verhungern, wenn es nicht in seiner, Gottes, Absicht liegt. Noch viel weniger läßt er einen seiner Heiligen, obgleich er die meisten von ihnen nicht kennt und nie von ihnen gehört hat, in einem grausigen Brunnen vermodern. Denn Gott ist die Liebe und die Gerechtigkeit von Ewigkeit zu Ewigkeit, Amen. Darum sandte er zwei indianische Kohlenbrenner zufällig einen Weg so durch den verwilderten Busch, daß sie an dem Brunnen nahe vorübergehen mußten. Um sich auszuruhen, setzten sie sich eine Weile auf den Brunnenrand und drehten sich eine Zigarette.

Und als sie rauchten und gelegentlich hinunter in den Brunnen blickten, sagte er eine von ihnen: »Hombre, da ist ja ein Mann drin im Brunnen, ich sehe seinen Kopf und das Haar, das er auf dem Kopfe hat.«

Erschreckt sagte der andere: »Wo? Ja, richtig, jetzt sehe ich ihn auch. Mensch, das ist ein Pfaffe, er hat eine Tonsur auf seinen Schädel barbiert.«

Sie liefen ins Dorf und erzählten, daß im Busch ein Pfarrer in den Brunnen gefallen sei.

Die Einwohner machten sich gleich auf mit einer Baumleiter und mit Lassos, um den verunglückten Cura aus dem Brunnen zu fischen.

Als sie ihn nun auf ebener Erde hatten, erkannten einige der Leute ihn als den San Antonio, der seit dem vorigen Samstag auf so ungemein geheimnisvolle Weise von seinem Altar fort auf die Wanderung gegangen war, ohne einen Zettel mit einer Erklärung seines Abschiedes zurückzulassen.

Zu welchem Zweck und mit welchen heiligen und unerforschlichen Absichten San Antonio auf eine so ferne Reise gegangen war, verriet der Señor Cura nicht. Er tat jedoch sehr geheimnisvoll und sprach viel von göttlicher Weisheit und göttlicher Fügung, die zu erforschen zu versuchen der gewöhnliche Mensch kein Recht habe, und es lieber bleiben lasse, um sich nicht unnötig zu versündigen.

Es war dem guten Pfarrer sehr darum zu tun, Zeit zu gewinnen und sich Rat von der oberen Kirchenautorität einzuholen, welche Deutung und welche Auslegung er dieser geheimnisvollen Wanderung des Heiligen geben könne, um den verdammenswerten und gottverfluchten Unglauben, der sich besonders unter den Arbeitern in den nahe gelegenen Kupferminen breitmachte, von Grund auf und mit energischen Mitteln zu zerstören und die armen verführten Schäflein zurückzugeleiten in die Hürde, wo eitel Freude und Lobgesang seien. Das war seine Pflicht hier auf Erden, und diese Pflicht zu erfüllen war er ausgesiebt worden aus der Spreu der Verlorenen und Verdammten, die weder Gott noch Baal anerkennen und denen das reich vergoldete Himmelstor für ewig verschlossen bleibt.

Diplomaten

Während der Regentschaft des Diktators Porfirio Diaz gab es in Mexiko weder Banditen noch Rebellen, noch Eisenbahnüberfälle. Porfirio Diaz hatte das Land von den Banditen auf eine sehr einfache und gut diktatorische Weise befreit. Er hatte allen Zeitungen verboten, über Banditenüberfälle auch nur ein Wort zu berichten, es wäre denn, daß der Bericht von der Regierung selbst eingeschickt sei. Zuweilen hatte Porfirio Diaz ein Interesse daran, daß über Banditen- und Eisenbahnüberfälle berichtet wurde. Er wollte dann einem General, den er für bestimmte politische Zwecke brauchte, um sich in der Herrschaft zu erhalten, guten Verdienst zukommen lassen, daß er ihn mit seinen Truppen in die Banditenregion schickte. Das brachte für den so begünstigten General kleine Nebeneinnahmen von einigen zehntausend Dollar. Wenn der General sein Geschäft abgeschlossen und das Geld in der Tasche hatte – einkassiert bei allen Geschäftsleuten der Region, die den Kampf gegen die Banditen zu bezahlen hatten auf Grund der Rechnungen jenes Generals –, dann erschienen in aller Welt Berichte, daß der große Staatsmann Porfirio Diaz abermals das Land von Banditen mit eiserner Hand gesäubert habe und daß fremdes Kapital in Mexiko so sicher sei, als läge es in den Gewölben der Bank von England. Einige Dutzend Banditen waren erschossen worden, darunter viele, die nicht Banditen waren, sondern Landarbeiter, die sich zu rühren begannen, um das grausame Joch der Latifundienbesitzer abzuschütteln. Ein halbes hundert Namen anderer Banditen, die erschossen worden waren, wurden in den Zeitungen veröffentlicht, um dem General das Einkassieren der Rechnungen zu erleichtern. Jene Namen erschienen glaubhaft. Sie hatten nur den Nachteil, daß sie keine Träger hatten, sondern daß sie der Sekretär des Generals von Grabsteinen abgeschrieben oder sie sich einfach ausgedacht hatte. Es wurden damals, mehr als heute, Zahlmeister, Manager

und Ingenieure der großen amerikanischen Kompanien in Mexiko mit der Androhung in die Berge verschleppt, daß sie stückweise zu Tode gehackt würden, falls nicht das Lösegeld für sie innerhalb von sechs Tagen zur Stelle sei. Porfirio Diaz zahlte das Lösegeld an die Banditen, damit die amerikanischen Zeitungen nichts erfahren sollten und so das fremde Kapital abgeschreckt werden möchte. Dem befreiten Manne wurde noch ein Sümmchen außerdem in die Hand gedrückt als Schmerzensgeld und Schweigegeld. Aber Porfirio Diaz bezahlte das Lösegeld und das Schweigegeld nicht aus eigener Tasche. Hätte er das getan, so hätte er sich nicht den Ruhm verdienen können, daß er den Staatsschatz außerordentlich ökonomisch verwalte. Darum kassierte er das verauslagte Lösegeld und Schweigegeld von denselben amerikanischen Kompanien ein, zu deren Gunsten – richtiger zugunsten des befreiten Angestellten jener Kompanie – er es bezahlt hatte. Er verkaufte jenen Kompanien für teures schweres Geld besondere Konzessionen und Kommuneland, das er den Indianern wegnahm. Dadurch gewann er zwei neue Freunde, die an seiner Diktatorschaft interessiert waren. Der eine neue Freund war die begünstigte amerikanische Kompanie, der andere neue Freund war ein mexikanischer Großgrundbesitzer, der dadurch, daß den Indianern das Kommuneland weggenommen wurde, einen neuen Trupp von Heloten bekam, die für drei Centavos arbeiteten – del sol hasta sol – von Sonnenaufgang bis Sonnenuntergang.
Was Zeitungen nicht berichten, existiert nicht. Besonders nicht für das Ausland. So erhält ein Land immer seinen guten Ruf. Alle Diktatoren arbeiten nach demselben Rezept. Wie damals, so sind auch heute noch die Zeitungen in Mexiko – ohne Ausnahme – in konservativen Händen, in den Händen der Angehörigen jener Klasse, die die Diktatorschaft des Porfirio Diaz als das ›Goldene Zeitalter Mexikos‹ preist. Und weil diese Klasse in Mexiko vor dem Ansturm des indianischen und halbindianischen Proletariats zu wanken beginnt, so sind heute die Zeitungen jener Klasse voll von Geschichten über Banditen, Rebellen und Eisenbahnüberfäl-

le; sie feiert jeden schäbigen Meuchelmörder und jeden ehrlosen General, wenn es sich um Individuen handelt, die der gegenwärtigen Regierung Schwierigkeiten bereiten. Heute ist in Mexiko – nach der Aussage jener Zeitungen – täglich die unbeschränkte Pressefreiheit in Gefahr. Unter der Diktatorschaft des Porfirio Diaz wurde jedoch, trotz der strengen Verbote, über Banditen zu berichten, von bedrohter Pressefreiheit nie gesprochen. Denn damals gab es die wahre und allein richtige Pressefreiheit, jene gepriesene Pressefreiheit, die im Interesse der kapitalistischen Klasse wirkt und nur in deren Interesse Pressefreiheit gestattet. Trotzdem Porfirio Diaz alle Banditen nach seiner einfachen und wirksamen Weise völlig ausgerottet hatte, kamen dennoch zuweilen Dinge vor, die höchst peinlich wirkten und seinen schönen goldbronzierten Aufbau – schöner und geschickter, als ein Potemkin es je vermocht hätte – in Erschütterung zu bringen drohten.

Es sollte ein neuer Handelsvertrag zwischen Mexiko und den Vereinigten Staaten abgeschlossen werden, oder der alte sollte erweitert werden. Bei allen solchen Verträgen glaubte Porfirio Diaz stets, daß er der schlaue Fuchs sei und der große Staatsmann; aber wenn es zum Ende kam und man den Vertrag mit allen seinen Folgerungen genauer betrachtete, fand sich immer, daß Mexiko gründlich geleimt worden war.

Die Regierung der Vereinigten Staaten sandte einen ihrer besten Handelsdiplomaten; denn Mexiko ist von den Vereinigten Staaten immer als eines der wichtigsten Länder in handelspolitischer Beziehung mit den Vereinigten Staaten angesehen worden. Und Mexiko wird für ewig – in Zukunft bei weitem mehr als in der Vergangenheit – das wichtigste Land für die Vereinigten Staaten bleiben. Wichtiger als ganz Europa.

Porfirio Diaz, um den Diplomaten der nordamerikanischen Regierung gut einzuseifen, um – wie er dachte – ihn nachher um so besser barbieren zu können, und um ihm gleichzeitig zu zeigen, wie reich Mexiko sei und wie reich seine Bevölkerung – die obere

Klasse, weniger als ein halb Prozent des Volkes – sei und wie kultiviert und zivilisiert, veranstaltete ein luxuriöses Fest zu Ehren des nordamerikanischen Handelsdiplomaten.
Feste zu geben war etwas, was wohl selten ein Mann so gut verstanden hat wie Porfirio Diaz. Das Fest, das er im Jahre 1910 der Welt gab, die sogenannte Centenariofeier, die Hundertjahrfeier der Unabhängigkeit Mexikos von Spanien, gehört zweifellos zu den größten öffentlichen Festen, die bis heute auf dem amerikanischen Kontinent, um nicht zu sagen auf Erden, gegeben worden sind. Das strotzte und strahlte nur alles so in Gold, mit dem die Besucher aus fremden Ländern geblendet wurden. Die Millionen an Dollars, die jenes Fest das mexikanische Volk gekostet haben, sind nie gezählt worden. Die Besucher sahen nur jene goldstrotzenden Fassaden. Es war in außerordentlich geschickter Weise Vorsorge getroffen worden, daß kein fremder Besucher eine Möglichkeit hatte, zu sehen, was eigentlich hinter den goldenen Fassaden war. Hinter jenen Fassaden kauerten fünfundneunzig Prozent des mexikanischen Volkes in Lumpen und Fetzen, hatten fünfundneunzig Prozent des Volkes keine Schuhe oder Stiefel, lebten fünfundneunzig Prozent des Volkes nur von Tortillas, Frijoles, Chili, Pulque und Tee aus Baumblättern, lebten mehr als fünfundachtzig Prozent des Volkes, die nicht lesen, und mehr als fünfundachtzig Prozent des Volkes, die nicht einmal ihren Namen schreiben konnten. Wo in aller zivilisierten und unzivilisierten Welt ist je ein solches Fest gefeiert worden!
Und was für ein kleiner mickriger Dorfmusikante war ein Fürst Potemkin gegenüber diesem großen Fanfarenbläser Porfirio Diaz, dem anläßlich jenes Festes von allen Königen und Kaisern die Brust so voll mit Orden und Kreuzen gehängt wurde, daß sechzig vollbeladene Eisenbahnfrachtwagen nicht ausreichten, jene Orden und Ehrenzeichen zu transportieren. So sieht ein goldenes Zeitalter aus.
Man wird zugeben müssen, daß Porfirio Diaz Feste zu geben verstand. Und das Fest, das er einige Jahre vorher jenem nord-

amerikanischen Diplomaten gab, war eine angemessene Vorfeier jener gloriosen Fassadenbeleuchtung.
Das Fest zu Ehren des Diplomaten wurde gegeben im Schloß zu Chapultepec in Mexico City. Seit der Revolution ist jenes Schloß ziemlich verödet. Feste werden dort nur sehr selten noch gegeben, weil das mexikanische Volk heute wichtigere Dinge zu tun hat, als glänzende Feste zu feiern. Das Schloß ist in der Hauptsache nur noch ein Museum für fremde Touristen, die das Bett der Kaiserin Charlotte sehen wollen und es abtasten, ob Charlotte auch weich genug darin geschlafen hat. Hier war auch die Sommerresidenz des Kaisers der Azteken, dessen Bad noch zu sehen ist und gut restauriert wurde. Obgleich das Schloß die offizielle Wohnung des Präsidenten der mexikanischen Republik ist, so wohnen doch die revolutionären Präsidenten selten dort. Präsident Calles hat nie im Schloß gewohnt, sondern in einem schlichten Hause in der Nähe.
Aber unter Porfirio Diaz ging es lustig und herrlich im Schloß von Chapultepec zu. Er mußte sich die kleine, aber sehr fette Aristokratie des Landes warm und vergnügt halten, um an der Regierung bleiben zu können, so wie andere Diktatoren sich den Papst warmhalten, wenn die Kapitalisten durch Geschäfte, die immer schlechter gehen, anfangen einzusehen, daß eine Diktatur auch ihre Nachteile hat. Zu dem Feste, das zu Ehren jenes Diplomaten gegeben wurde, war nur die Sahne der oberen Gesellschaft Mexikos geladen worden, um den Eindruck auf diesen Diplomaten zu vertiefen, wie elegant, wie zivilisiert, wie kultiviert und wie reich die Mexikaner seien. Es strotzte von glänzenden Generalsuniformen. Und Porfirio Diaz selbst, über und über mit Goldtressen und Goldverschnürungen beklebt, beleimt und behangen, sah aus wie ein Zirkusaffe, der die Hauptrolle in einer burlesken Operette spielt, deren Geschehnisse sich in irgendeinem fabulösen Balkanlande abwickeln. Die Damen waren mit Juwelen belastet wie das Hauptauslegebrett in dem Schaufenster eines Juwelenhändlers in einer der elgantesten Straßen von Paris zwischen zwei und sechs

Uhr nachmittags. Alles in allem gesagt, es war die erlesenste Gesellschaft, die Porfirio Diaz nur aufbringen konnte.
Der nordamerikanische Diplomat war nicht zum ersten Male in seinem Leben von seiner Regierung damit beauftragt worden, Handelsverträge mit fremden Ländern durchzuberaten und abzuschließen. Nur wenige Zeit vorher hatte er einen Handelsvertrag zwischen seinem Lande und England geschickt zu Ende geführt. Bei diesem Vertrag hatte England, ohne daß er oder die amerikanische Regierung das begriffen, den fetteren Bissen erwischt, wie das England bei allen solchen oder ähnlichen Vorfällen immer gelingt. Um den nordamerikanischen Diplomaten für diese gute Arbeit auszuzeichnen und zu ehren und ihn so lange zu hypnotisieren, bis der Handelsvertrag unterzeichnet und von den Parlamenten beider Länder ratifiziert worden war, empfing ihn der König von England in Privataudienz, und da er ihn nicht zum Ritter erheben konnte – ein guter republikanischer Amerikaner läßt sich so etwas nicht gefallen –, verlieh er ihm eine goldene Taschenuhr, reich mit Brillanten gespickt und versehen mit schellenläutender und ehrenvoller Widmung und mit dem eingravierten Namenszug Edward VII., König von England und Kaiser von Indien.
Auf diese Uhr war der Diplomat natürlich sehr stolz, wie jeder gute republikanische nordamerikanische Mann stolz darauf ist, wenn ihm ein europäischer König oder Großherzog am Rockknopf gedreht hat. Denn es kommt auf die erste Seite aller amerikanischen Zeitungen.
Es war ganz natürlich, daß der Diplomat auf jenem Feste diese Uhr Don Porfirio zeigte. Don Porfirio fühlte sich außerordentlich geschmeichelt, daß die nordamerikanische Regierung ihn für so wichtig hielt, einen so bedeutenden Diplomaten, der vom König von England ausgezeichnet worden war, nach Mexiko zu schikken, um mit ihm, mit Don Porfirio, einen neuen Handelsvertrag zu beraten und zu beschließen. Dadurch fühlte sich Porfirio Diaz hochgeehrt, denn er wurde ebenso wichtig betrachtet wie der Kö-

nig von England. Solches Gleichstellen mit Königen und Kaisern machte Porfirio Diaz für alles gefügig, eine Tatsache, die den Regierungen aller fremden Länder und allen Diplomaten wohlbekannt war und rücksichtslos, zum Unheil des mexikanischen Volkes, von allen Regierungen und Diplomaten ausgenutzt wurde. Denn Porfirio Diaz war ja, wie die Mehrzahl aller Diktatoren, nur ein Emporkömmling, der weder durch seine Herkunft noch durch seine Familie, noch durch seine Erziehung, noch durch sein Geld, noch durch seine Begabungen ein begründetes Recht hatte, von der Aristokratie des Landes zu den Ihrigen gezählt zu werden. Die Eigenschaft, die am höchsten bei ihm entwickelt war, hieß Eitelkeit.

Als er die Uhr betrachtete, überlegte er bereits, wie er das Geschenk des Königs von England überbieten könne und in welcher Form, so daß alle Länder der Erde davon hören und berichten konnten.

Die Uhr wurde natürlich auch von allen anwesenden Generalen betrachtet und gebührend bewundert.

Nachdem die Begrüßungszeremonien und die Vorstellungsformalitäten vorüber waren, begab man sich zu dem großen Bankett, wo viele gute Reden über die vorzüglichen Beziehungen zwischen Mexiko und den Vereinigten Staaten und zwischen Mexiko und allen anderen Ländern gehalten wurden und wo jeder anwesende Diplomat sich seine Pflichtrede dadurch erleichterte, daß er das goldene Zeitalter Mexikos pries und besonders den pries, der für das goldene Zeitalter Mexikos allein verantwortlich war, und das war kein anderer als Don Porfirio.

Als nun auch das vorüber war, rüstete sich alles für den großen Ball, der im Stil der Gesandtenempfänge in Paris heruntergetanzt wurde. Denn Don Porfirio war ein Verächter alles dessen, was mexikanisch oder gar indianisch war, und ein Bewunderer alles dessen, was französisch roch oder dem Hofleben von Wien ähnlich sein konnte. Diese Bewunderung grenzte zuweilen an vollständige Idiotie. Beweis: das Opernhaus in Mexiko.

Während einer Pause des Balles bemerkte der nordamerikanische Diplomat plötzlich, daß seine wertvolle Ehrenuhr nicht mehr da war, wo sie ursprünglich gewesen war. Bei längerem aufgeregtem Suchen fand er sie auch in keiner anderen Tasche seines Frackanzuges. Und als er nachher zusah, entdeckte er, daß die Uhr von der goldenen Kette, an der sie gehangen hatte, sehr elegant abgeknipst worden war, und zwar, wie später die Detektive feststellten, mit Hilfe einer Nagelschere.

Der amerikanische Diplomat hatte Takt genug, zu wissen, daß man so etwas nicht erwähnt, wenn es sich um eine gewöhnliche goldene Uhr handelt, die bei einem derart hochgeschraubten diplomatischen Fest verlorengeht. Man gibt vielleicht dem Zeremonienmeister einen kleinen Wink. Wird die Uhr gefunden, ist es recht; wird sie nicht gefunden, dann kommt sie auf die Rechnung des Auswärtigen Amtes. Solche Vorfälle sind viel häufiger, als der kleine Mann, der nie Zutritt zu Diplomatenbällen hat, glauben würde; denn auch Diplomaten sind, mehr als man glaubt, häufig in Geldschwierigkeiten, die sich oft nur in einer Weise beheben lassen, die sich nicht ganz mit der guten Sitte, die man auf Gesandtschaftsbällen erwartet, decken dürfte. Aber auch Diplomaten sind Menschen. Und wo der ganze Beruf des Menschen darin besteht, einen anderen – meist ein ganzes Volk – geschickt zu übervorteilen, schleicht sich leicht ein Manöver ein, das rein persönlichen Zwecken dient. Es kommen auf diplomatischen Empfängen genügend Perlenhalsbänder, Brillantenarmbänder und goldene Uhren abhanden, daß die hohen Ausgaben für ›besondere diskrete‹ Budgets der Auswärtigen Ämter gerechtfertigt erscheinen. Nicht jede Frau eines Diplomaten hat Takt und besonders Geld und Laune genug, ihr Perlenhalsband zu verschmerzen. Sie pfeift auf die Karriere ihres Gatten, wenn das Halsband zehntausend Dollar gekostet hat, und sie droht ernsthaft, Skandal zu machen und die Zeitungen zu unterrichten.

Was bleibt dem Auswärtigen Amt übrig?

Das Halsband wird ersetzt.

Diese Uhr aber ließ sich nicht ersetzen. Daß ein Diplomat das eigenhändige Geschenk des Königs von England so wenig schätzt, daß er das Geschenk verliert, ist beinahe eine Beleidigung des Königs von England. Es kann den Diplomaten Ruf und diplomatische Stellung kosten. Nun darf man von einem amerikanischen Diplomaten ja auch nicht den Takt erwarten, den ein französischer, englischer oder russischer Diplomat besitzt. Der französische Diplomat würde eine geistreiche Ausrede dafür finden, wie und auf welche Weise ihm die Uhr abhanden gekommen ist, eine Ausrede, so fein und elegant, daß sie ihm in seiner diplomatischen Karriere eher förderlich als hinderlich sein würde. Aber wir sind auf diesem Gebiete noch Bauern und Schüler und machen darum Lärm. Der Diplomat wünschte ja auch, in seinen Klubs mit jener Uhr zu protzen. Und wenn ihm die Uhr fehlte, so blieben ihm nicht viel andere Dinge, mit denen er protzen konnte und mit deren Hilfe er Gold auf Hand beweisen konnte, daß er eine Privataudienz mit dem Könige von England gehabt habe. Denn niemand gibt sich die Mühe, alte Zeitungen aufzuheben oder durchzustöbern, um die Wahrheit jener Behauptung festzustellen. Jedenfalls niemand im Klub. Und ein Zeitungsausschnitt kann von jedem Druckerlehrling für zwei Dollar Entschädigung hergestellt werden.

Der amerikanische Diplomat, mit der unbekümmerten Robustheit in Taktfragen, die seinem Volke eigen ist, ging sofort auf Don Porfirio zu und bat ihn um eine kurze Unterredung mit Hilfe seines Sekretärs, der Spanisch sprach.

»Entschuldigen Sie, Don Porfirio«, sagte der Diplomat, »es tut mir aufrichtig leid, daß ich Sie belästigen muß, aber mir ist soeben meine Uhr, die ich vom König von England geschenkt bekommen habe, hier im Saal gestohlen worden.«

Porfirio Diaz verzog keine Miene. Er sagte nicht: ›Das ist nicht möglich!‹ oder ›Sollte das nicht ein Irrtum sein?‹ Er kannte ja seine Leute, und keiner wußte es besser als er, daß die Banditen nur in den Zeitungsberichten ausgerottet seien, nicht aber im Lande;

denn er hätte ja zuerst einmal alle seine Generale und Gouverneure und Bürgermeister und Steuerverwalter und Staatssekretäre erschießen müssen, wenn er alle Banditen hätte ausrotten wollen. Und hätte er wirklich alle Banditen, die es während seiner Regentschaft gab, erschossen, so wäre wahrscheinlich kein einziger Mexikaner mehr übriggeblieben, den er hätte regieren können. Die regierende Klasse raubte aus unersättlicher Habgier und die nichtregierende Klasse aus bitterem Hunger.
So sagte Porfirio Diaz als Antwort zu jenem Diplomaten nur: »Seien Sie nicht in Sorge, Exzellenz, es liegt hier offenbar nur ein kleiner Scherz vor. Ich gebe Ihnen mein Ehrenwort, daß Sie die Uhr innerhalb von achtundvierzig Stunden wieder in Ihrem Besitz haben werden.«
Das Ehrenwort des Präsidenten. Porfirio Diaz konnte sein Ehrenwort beruhigt geben. Denn wer Meister aller Banditen und Spitzbuben ist, wer alle Banditen und Spitzbuben und deren Schliche und Wege so gut kannte wie Porfirio Diaz, er selbst ein Meisterspitzbube in allen solchen Dingen, wo es sich nicht gerade um gewöhnlichen Taschendiebstahl handelte, der würde die Uhr schon entdecken.
Mit den höflichsten Worten verabschiedete endlich zu gegebener Stunde Porfirio Diaz den nordamerikanischen Diplomaten, ohne daß hierbei auch nur mit einem Wörtchen das kleine Mißgeschick erwähnt wurde.
Aber, wenngleich es nur seine nächsten Vertrauten bemerkten, Don Porfirio raste, wie er nur zu rasen vermochte. Das Rasen eines Diktators, dessen Schwindel vor der Entdeckung steht.
»Der Alte hat wieder einmal die Tollwut«, flüsterten sich die Diener erschreckt zu und zitterten in Furcht vor dem, was geschehen würde, wenn der Ball vorüber sein wird. Die Anfälle von Tollwut des Diktators waren gefürchtet, mehr als Erdbeben. Denn er wurde dann bestialisch wie eine alte verärgerte Wildkatze.
Was er einmal gleich zuerst und durchaus sicher wußte, das war, daß die Uhr ein Mexikaner hatte, nur ein Mexikaner haben

konnte. Und mit mexikanischen Spitzbuben wußte er ja umzugehen.
Hatte die Uhr ein Mitglied der Dienerschaft genommen, so war es jetzt bereits zu spät, den zahlreichen Detektiven den Auftrag zu geben, keinem von der Dienerschaft zu gestatten, das Schloß zu verlassen. Denn war die Uhr wirklich von einem der Bediensteten gestohlen worden, so waren die Detektive augenblicklich nicht zu gebrauchen, weil die Uhr inzwischen schon aus dem Schlosse hinausgeschmuggelt war. Freilich, ein Detektiv konnte die Uhr auch haben. So sicher war das nicht, daß die Detektive nicht nehmen würden, was sie auf leichte Weise kriegen konnten. Porfirio Diaz hatte ja genügend Spitzbuben, Taschendiebe, Einbrecher und Wegelagerer in die Polizei eingereiht, weil Spitzbuben häufig bessere Spitzbubenjäger machen als anständige Menschen.
Daß die Diamanten aus der Uhr herausgebrochen werden könnten, daß das Gehäuse der Uhr vielleicht zerhämmert werden möchte, um die Uhr stückweise leichter und unverdächtiger verkaufen zu können, das würde wohl kaum geschehen. Die Uhr würde zuviel an Wert verlieren. Eher war schon anzunehmen, daß die Gravierung ausgeschliffen sein wird, ehe die Uhr irgendwo zum Verkauf angeboten wieder zum Vorschein kommt. Ohne Gravierung aber war die Uhr natürlich wertlos für den Diplomaten. Eine goldene Uhr an sich, ganz gleich mit wie vielen Diamanten gespickt, hätte Don Pofirio sofort beschafft, wenn damit dem Diplomaten hätte gedient werden können. Aber wie die Dinge sich vorfanden, mußte es ganz genau die gleiche Uhr sein, die herangeschafft werden mußte.
Nicht darum verfiel Porfirio Diaz in Raserei, weil er befürchtete, er könnte vielleicht die Uhr nicht wieder herbeischaffen. Sie zu bekommen, betrachtete er als eine Aufgabe, die zu lösen für ihn möglich wäre. Nein, was ihn in jene schäumende Wut versetzte, war etwas anderes.
Durch das Stehlen der Uhr bei einer solchen Gelegenheit war von einer seiner glänzenden Fassaden die Goldtünche abgeblättert

worden. Der gewöhnliche nackte und wahre Gipsverputz kam zum Vorschein.
Alle Welt war klein geschlagen worden mit der Mär, daß der große mexikanische Staatsmann Porfirio Diaz mit eiserner Hand und mit stählernem Besen das Land von Banditen und Spitzbuben so völlig und so dauernd gesäubert habe, wie das nie vorher ein anderer Mann in irgendeinem anderen Lande mit gleichem Erfolge zuwege gebracht habe. In Mexiko konnte man damals, nach den Berichten, die Porfirio Diaz in der Welt verbreitet hatte, mit einem Sack voll Goldstücke zur Rechten und einem Sack voll Goldstücke zur Linken auf einem Pferde sitzend von einem Ende der Republik zum andern reisen, und wenn man an dem andern Ende ankam, so hatte man zur Rechten sowie zur Linken je einen Sack voll Goldstücke mehr, als man hatte an dem Tage, an dem man auszog. In gewissem Sinne war das richtig. Ein amerikanischer Kapitalist, der mit fünfzigtausend Dollar in Schecks in El Paso nach Mexiko einreiste, konnte sechs Wochen später über Nogales aus Mexiko wieder ausreisen mit hunderttausend Dollar in Schecks, einem Überschuß, den er mit Hilfe des Porfirio Diaz in jener kurzen Zeit aus dem mexikanischen Lande und Volke profitiert hatte. Aber im buchstäblichen Sinne genommen, war es unter Porfirio Diaz bei weitem unsicherer, mit Geld oder anderen Werten beladen ohne militärische Bedeckung durch das Land zu reisen als heute. Die militärische Bedeckung begann nicht selten auf dem Marsche auszurechnen, daß es weiser sei, sich selbst mit dem Gelde zu bedecken, das von ihnen bedeckt werden sollte. Dann erschien ein Bericht – falls die Angelegenheit nicht von der Regierung auf privatem Wege zu aller Zufriedenheit erledigt werden konnte –, daß der Transport in einen Sumpf geraten oder von einem Erdrutsch verschüttet worden sei.
Aber daß einem so wichtigen nordamerikanischen Diplomaten auf einem diplomatischen Fest innerhalb der Wände eines Saales im Schloß von Chapultepec eine goldene Uhr aus der Tasche gestohlen werden konnte, daß also selbst ein diplomatischer

Würdenträger selbst auf einem diplomatischen Fest in Mexiko seines Eigentums nicht sicher war, brachte das ganze schöne Lügengewebe, in das sich die Diktatur eingekuschelt hatte, zum Zerreißen. Wenn die Banditen dem Throne des Diktators so nahe waren, wie mußte es dann im Lande aussehen? Kam dieser Vorfall in die amerikanischen Zeitungen, dann lernte die ganze Welt, daß die eiserne Hand des großen Staatsmannes Porfirio Diaz nur aus Pappe war und daß die fremden Großkapitalisten klug tun, Mexiko gegenüber vorsichtig zu sein mit Kapitalanlagen.
Der Diplomat hatte das Ehrenwort des Diktators mit der Erklärung, daß es sich hier nur um einen kleinen Scherz handle. Und darum sagte der Diplomat kein Wort von dem Vorfall zu den Zeitungsleuten, weil er ja nun erst einmal die Pflicht hatte, abzuwarten, ob und in welcher Weise Porfirio Diaz sein Ehrenwort einlösen werde. Porfirio Diaz wußte, daß nach den Sitten in diplomatischen Kreisen der Amerikaner nichts der Presse seines Landes mitteilen durfte, solange das Ehrenwort des Diktators den Vorfall deckte.
Noch in derselben Nacht befahl Porfirio Diaz den Polizeichef zu sich, um mit ihm zu besprechen, wie man die Uhr wiedererlangen könnte, ohne sich der Zeitungsinserate zu bedienen.
Wie der Fall nun behandelt wurde, zeigt den Unterschied der Männer, die während der Diktatorschaft des Porfirio Diaz wirtschafteten, und der Männer, die nach der Revolution das mexikanische Schiff recht und schlecht durch Stürme und Klippen ruderten.
Der spätere Präsident Calles würde dem Polizeichef sechs Stunden Zeit gegeben haben, die Uhr heranzuschaffen. Oder – und das ist wahrscheinlicher, denn er hat es in vielen Fällen mit Generalen getan – er würde den Polizeichef wie einen Schuljungen heruntergerotzt und vielleicht gar rechts und links gebackpfeift haben, hätte ihn dann aus seinem Amte gefeuert und würde, wenn der Mann noch etwas wert gewesen wäre, ihn in eine ferne Ecke der Republik strafversetzt haben, oder er hätte ihm das Reisegeld für

eine Erholungsreise nach Europa gegeben mit der ernsten Warnung, sich nicht mehr in Mexiko sehen zu lassen.
Auch Porfirio Diaz feuerte zuweilen Generale und andere hohe Würdenträger ohne Zeremonie; aber es tat es nur dann, wenn er genau wußte, daß der Mann keinen Anhang hatte, daß er ihm also nicht schaden konnte. Wie alle Diktatoren, so war auch Porfirio Diaz ein furchtsamer Mann. Er bevorzugte es, weit von hinten aus an den Leinen zu ziehen, mit Intrigen zu wirtschaften und andere vorzuschieben, auf die er abladen konnte.
Calles würde nicht einen Augenblick darum besorgt gewesen sein, wenn der Vorfall am nächsten Tage in den Zeitungen gestanden hätte. Er hätte darüber genauso gelacht wie das ganze mexikanische und amerikanische Volk. Er hätte in seiner trockenen Art gesagt: ›Warum läßt sich denn der Esel von einem Gringo seine Uhr aus der Tasche stehlen? Er ist doch in Mexiko, wo er auf jeder Eisenbahnstation die Zettel angeklebt sieht: ‚Hütet euch vor Taschendieben!‘ Und wenn der Hammel Mexiko nicht besser kennt, soll er raus bleiben, dann kann ich überhaupt keinen Vertrag mit ihm abschließen.‹ Und zu den Zeitungsleuten würde er gesagt haben: ›Da seht ihr, was für ein Spitzbubengesindel wir hier in Mexiko haben. Alles aufgezüchtet von dem Gauner Porfirio. Ich werde nun doch mal wieder mit einem himmelkreuzgottverfluchten Donnerwetter dazwischenfahren!‹ Dann hätte er alle Distriktspolizeigewaltigen, ein Dutzend Staatsanwälte und zwei Dutzend Richter gefeuert, daß die Funken spritzten.
Diese rücksichtslose, unbekümmerte, offensiv-geladene, immer mit einem grimmen Witz gepfefferte amerikanische Faustschlagmethode war dem mickrigen Wesen des Porfirio Diaz ebenso fremd, wie einem Presbyterianpfarrer all die verschiedenen Marken von schottischem Whisky so gut bekannt sind wie die vier Evangelien.
Am nächsten Morgen begann die Umpflügung des mexikanischen Landes nach der gestohlenen Uhr des amerikanischen Diplomaten.

Der Polizeichef erschien in Belen. Belen ist das große Untersuchungsgefängnis in Mexico City, wo alle männlichen und weiblichen Missetäter gehalten werden, bis ihr Urteil gesprochen wird. Der Polizeichef ließ alle männlichen und weiblichen Gefangenen antreten, und er hielt folgende Ansprache: »Gestern abend ist eine goldene Uhr gestohlen worden. Die Uhr ist mit Brillanten besetzt. Auf der Innenseite des Deckels ist eine Widmung in englischer Sprache eingraviert. Die Widmung hat einen geschriebenen Namenszug Edwards VII. Es ist jetzt sieben Uhr morgens. Wenn die Uhr bis heute abend um sieben Uhr bei dem Direktor des Gefängnisses abgeliefert wird, dann werdet ihr alle heute abend auf freien Fuß gesetzt, und niemand wird verfolgt für die Tat, derentwegen er sich heute hier in Belen befindet. Der Überbringer der Uhr wird nicht um seinen Namen gefragt; er darf frei gehen, wie er gekommen ist; er wird nicht gefragt, auf welche Weise er in den Besitz der Uhr gelangt ist; und er wird weder der Uhr wegen noch wegen irgendeiner andern Sache, die er vor heute morgen um sieben Uhr verübt haben sollte, verfolgt werden oder in Haft behalten. Außerdem erhält er vom Direktor eine Belohnung von zweihundert Pesos in Gold. Ihr alle bekommt jetzt einen Briefbogen und einen Briefumschlag und Bleistifte. Ihr dürft in jene Briefe schreiben, was ihr wollt. Die Briefe werden von der Inspektion nicht gelesen. Und niemand von der Direktion darf die Adressen lesen. Eine Stunde später kommen hier Briefträger, denen ihr die Briefe persönlich übergebt. Die Briefträger werden die Briefe an ihre Adressen befördern unter Amtsgeheimnis. Hier habe ich das Zertifikat, unterzeichnet von Don Porfirio, von mir und dem Direktor des Gefängnisses hier. Das Zertifikat hat Gesetzeskraft bis heute abend um sieben Uhr dreißig.«
Die Ansprache des Polizeichefs und das Zertifikat, das die Ansprache wörtlich niedergeschrieben enthielt, bewiesen, wie gut Don Porfirio seine Spitzbuben und Banditen kannte. War die Uhr wirklich in den Händen der gewöhnlichen Taschendiebe und Hehler, so wurde die Uhr um sieben Uhr oder noch früher abgeliefert.

Wie in anderen Ländern, so auch in Mexiko kennen sich alle Spitzbuben und Hehler gegenseitig recht gut. Wenn einer allein auch nicht alle übrigen kennt, so kennt er doch wenigstens etwa zwanzig, kennt deren Schlupfwinkel, kennt die Kantinen und Pulquerias und Quartiere, wo jene zwanzig verkehren, kennt ihre Liebchen und weiß, was jeder von ihnen auf dem Kerbholz hat. Jeder einzelne von diesen zwanzig kennt wieder eine Anzahl andere, die der erste nicht kennt. So ist – und hier verrechneten sich weder Don Porfirio noch der Polizeichef – die Sicherheit gegeben, daß der Inhalt jener Ansprache allen Spitzbuben in Mexico City sowie auch allen Hehlern in wenigen Stunden bekannt wird. Die Briefe, die von den Gefangenen nun an die Spießgesellen draußen geschrieben werden, ohne Aufsicht und ohne Inspektion, enthalten alles, was der Gefangene dem draußen in Freiheit lebenden Spießgesellen schon lange einmal gründlich sagen wollte. Die Briefe enthalten Zeilen etwa von dieser Art: ›Höre einmal, querido Pedro, wenn Du nicht zu dem Schuft von Hehler, dem Gomez, gehst und ihn mit dem Revolver in der Hand fragst, wo die Uhr ist und daß er sie herzubringen hat, dann sage ich hier dem Staatsanwalt, daß Du bei dem Einbruch bei Señor Balsa mit dabeigewesen bist und das meiste davon eingesackt hast. Ich sehe nicht ein, warum ich das alles allein ausfressen soll, wo ich doch nur den einen lausigen Anzug abbekommen habe, mit dem sie mich auf dem Volador – dem sogenannten Diebsmarkt – erwischt haben.‹ Ein anderer Brief heißt so: ›Liebste und allerliebste Josefina. Du weißt, wie sehr ich mich nach Dir sehne. Ich habe doch dem Burschen da in der Bucareli-Straße in der Nacht nur darum eins über den Schädel gehämmert, weil ich sein Geld haben wollte und weil ich doch das Geld haben wollte und weil ich doch das Geld haben mußte und weil ich Dir doch von dem Geld das grüne Seidenkleid und die schönen Lackschuhe gekauft habe, damit Du hübsch aussehen solltest, wenn wir in den Mexiko-Saal bei der Maria Redonda zum Tanzen gehen. Ich hab' eine solche Sehnsucht nach Dir, liebe Josefina, das kannst Du Dir überhaupt gar nicht denken, und wenn die Uhr kommt, dann bin ich heute abend schon raus. Geh nun gleich einmal hin zur Jeronima, sie ist eine ganz gewöhnliche Hure, die in der Peru-Straße auf die Fangleine geht, aber das macht jetzt nichts. Sie lebt mit dem Patrote da, mit dem Emilio, der weiß bestimmt, wo die Uhr ist, und da kannst Du dem Emilio auch nur gleich sagen, wenn er die Uhr nicht um vier Uhr herangeschafft hat, dann sage ich hier, daß ich es gesehen habe, wie er dem Tecolote, dem Polizisten, zwei in den Bauch gebrannt hat in der Moneda, wo der Tecolote noch immer im Hospital liegt und niemand weiß, wer ihm die zwei gebrannt hat, aber ich sage es, wenn er die Uhr nicht bis um vier Uhr hergebracht hat, und er kriegt zweihundert Pesos vom Direktor für die Uhr. Wenn Emilio die Uhr nicht weiß, dann gehe gleich einmal hin zu der Angelica, die auch eine kräftige Hure ist, die wird Dir schon gleich sagen, wer die Uhr hat.‹

Ein anderer Brief: ›Querido Lorenzo, Du weißt recht gut, wer die Uhr hat, die dem glattgeleckten Urschfucker abgeknipst worden ist, denn weil Du ja auch in der Kegelbahn in Chapultepec Schloß die Kegel aufstellst und Dein Vetter Carlos, der im Billardsaal in Chapultepec Schloß bedient, hat ganz bestimmt die Uhr, und wenn Du mir hier nicht raushilfst, ist nichts mit meiner Schwester Anita, und ich schlage dir so deine fetten Knochen ineinander, daß Du liegen bleibst, wo du bist, denn Du weißt recht gut, wo die Uhr ist, weil Du es ja gesehen hast, und ich werde auch meiner Schwester Anita sagen, daß Du ein guter Junge bist und nicht hinter den Mädchen hinterher bist, was ich gut weiß.‹

Alle Gefangenen ohne Ausnahme schrieben ihre Briefe, und alle Briefe wurden, genau dem Versprechen gemäß, ungesehen von der Inspektion, von den Briefträgern noch in derselben Stunde an ihre Adressen befördert. Zum großen Leidwesen der Gefangenen und wohl noch zu einem größeren Leidwesen des Porfirio Diaz war die Uhr zu gegebener Stunde nicht abgeliefert. Das Mittel, dessen sich Porfirio Diaz in hoffnungslos erscheinenden Fällen so oft mit Erfolg bedient hatte, versagte hier.

Es ist später in Mexiko erzählt worden, daß die Uhr wirklich auf diesem Wege, mit Hilfe der Gefangenen, herbeigeschafft wurde und daß alle Gefangenen ihre Freiheit erhalten hätten, wie ihnen versprochen worden war. Aber das ist nicht ganz richtig. Dieses Gerücht wurde nur verbreitet, um die Wahrheit zu verschleiern.
Als die Uhr abends um sieben Uhr nicht abgeliefert worden war, wußte Porfirio Diaz sicher, daß die Uhr nicht von den gewöhnlichen Spitzbuben gestohlen worden war und daß sie auch noch nicht in den Händen der Hehler war. Er schloß daraus, und durchaus richtig, daß die Uhr jemand hatte, der zwar Geld brauchte, aber doch nicht so dringend brauchte, daß er sich mit dem Verkauf der Uhr hätte beeilen müssen. Es war jemand, der den Wert der Uhr richtig einzuschätzen verstand und seine Zeit abwartete, bis er die Uhr so günstig verkaufen konnte, wie das überhaupt nur bei einer Uhr aus zweiter Hand möglich war.
Da die gewöhnlichen Spitzbuben ausgeschaltet waren, kannte nun Porfirio Diaz sofort die nächste Schicht von Spitzbuben, die in Betracht kam. Es war nicht die letzte Reihe, aber diejenige Reihe, die den gewöhnlichen Spitzbuben und Wegelagerern am nächsten stand, in Moral und in ewigen Geldnöten sowie in Unverfrorenheit im Nehmen, wo sich eine Gelegenheit bot.
Don Porfirio ließ also nun alle Generale, die bei dem diplomatischen Feste zugegen gewesen waren, um es durch goldstrotzende Uniformen zu beleben, am Abend zur Audienz laden. Er hatte eine Liste der Generale, die im Schloß gewesen waren, und er sah zu, daß auch alle zur Audienz kamen.
Es fand sich aber, daß einer der Generale fehlte, ein Divisionsgeneral. Die Divisionär hatte sich entschuldigen lassen. Eine Entschuldigung, die Don Porfirio gelten ließ, weil es sich um einen dringenden Dienst handelte, der nicht aufgeschoben werden konnte.
Porfirio Diaz hielt eine Ansprache an die versammelten Generale: »Caballeros, Sie alle haben wohl gestern im Schloß die Uhr gesehen, die der amerikanische Diplomat mir zeigte. Diese Uhr ist im Schloß abhanden gekommen. Ich vermute, daß einer der wachha-

benden Soldaten oder einer der Burschen, die Sie begleiteten, die Uhr gefunden hat. Die Uhr muß bis morgen früh um zehn Uhr in meinem Besitz sein. Ist die Uhr um die angegebene Zeit in meinen Händen, dann erhalten Sie, Caballeros, jeder eine Sondervergütung von eintausend Dollar für Ihre Bemühungen. Ich werde auch sonst noch versuchen, mich Ihnen erkenntlich zu zeigen. Es ist natürlich, daß Sie den Vorfall so unauffällig behandeln, wie das nur in Ihren Kräften steht; denn ich wünsche nicht, daß auch nur ein leises Fleckchen auf unsere ruhmreiche Armee fällt. Mit dem Missetäter wollen Sie nach Ihrem eigenen Ermessen verfahren. Ich danke Ihnen, Caballeros!«
Jeder, der Mexiko kennt, weiß, daß ein mexikanischer Soldat der unteren Grade alle möglichen Untugenden und Laster haben mag, daß er – besonders in seinen Liebesangelegenheiten – unbekümmert seinen Nebenbuhler ermordet. Der mexikanische Soldat stiehlt. Das ist wahr. Er stiehlt aber nur das und nichts mehr, was seine Generale und seine zahlreichen anderen Vorgesetzten ihm zum Stehlen übriglassen. In seiner Moral, in seiner Tapferkeit, in seiner Ehre, in seiner Liebe zu seinem Lande, in seiner Loyalität steht er bei weitem höher als seine Generale. Er wird von den treulosen und ehrlosen Generalen gebraucht, seine Brüder, seine Väter, seine Söhne, seine Mütter, seine Kameraden in andern Regimentern zu bekämpfen und zu ermorden. Er weiß nie, ob er in Wahrheit auf seiten der Rebellengenerale ist oder auf seiten der treu gebliebenen Truppen. Er kämpft, weil er seinem General die Treue hält, weil er eine Treue in sich trägt, die sein General nicht kennt. Seine Generale verüben eine Militärrevolte unter dem Ruf, das geplagte Land von den Tyrannen und von den Bolsches zu befreien, während sie in der Praxis die Revolte nur verüben, um die Banken und die wohlhabenden Geschäftsleute zu plündern, und das geraubte Gut nach den Vereinigten Staaten in Sicherheit gebracht haben, ehe die treu gebliebenen Truppen ihnen in den fernliegenden Distrikten des weiten Landes auf den Fersen sein können. Unter solchen Generalen ist der Mensch ge-

zwungen, zu dienen und zu gehorchen, der als der tapferste, der treueste und der bedürfnisloseste Soldat aller Armeen der Erde angesehen werden darf.
Porfirio Diaz wußte gut, wie auch die versammelten Generale es wußten, daß die beschuldigten gemeinen Soldaten alle möglichen Untugenden und Laster haben mochten, aber daß sie eins ganz bestimmt nicht waren: Taschendiebe.
Und darum wußte Porfirio Diaz ja auch recht gut, daß er den Sack wohl prügelte, aber den Esel meinte. Es wird ja auch in verlorenen Kriegen immer den gemeinen Soldaten die Schuld an dem Verlust des Krieges gegeben, immer den gemeinen Soldaten, den Proletariern, die nicht länger standhalten wollten, deren Moral gebrochen war, die Verführern und Friedensaposteln ein williges Ohr schenkten, die keine Vaterlandsliebe besaßen. Nie wird die Schuld den unfähigen Generalen zur Last gelegt, nie den aderverkalkten Politikern, nie den rückenmarksschwachen und entnervten Diplomaten, nie den habgierigen Profitjägern. Immer hat der Soldat, der Prolet, die Schuld. Und wenn der Krieg gewonnen wird, dann ist es nur den befähigten Generalen zu verdanken, den weisen Staatsmännern, den geschickten Diplomaten. Die Generale, Staatsmänner und Diplomaten bekommen alle Ehren aufgehäuft in Weltgeschichten und in Schullesebüchern. Der gemeine Soldat bekommt als Belohnung einen Parademarsch, den sich der verhungerte, verlauste und verkrüppelte Munitionsarbeiter hinter einer dicht verrammelten Kette von Polizisten, die ihre Knüttel schwingen, schafsgeduldig ansehen darf, damit die Generale auch genügend Hurraschreier und Winker rotweißblauer Sternenfähnchen zur Verfügung haben.
Es wußten auch die Generale hier recht gut, daß Porfirio Diaz nicht einen Augenblick im Ernst meinte, daß einer der wachhabenden Soldaten oder einer der Burschen der Generale die Uhr hätte gestohlen haben können. Freilich wußten alle Generale, was Porfirio Diaz von ihnen in Wahrheit dachte, wie auch Porfirio Diaz recht wohl wußte, was alle seine Generale von ihm dachten. Mei-

ster und Spießgesellen, die ihre Füße, Fäuste und Krallen auf dem armen reichen Lande wuchten ließen.
Am nächsten Morgen um zehn Uhr war die Uhr nicht abgeliefert. Einen Augenblick, aber auch nur einen Augenblick lang, wurde Porfirio Diaz verwirrt, weil es schien, als habe er sich verrechnet. Dann aber dachte er an den Divisionsgeneral, der sich gestern abend hatte entschuldigen lassen, weil er in wichtiger dienstlicher Angelegenheit außerhalb der Stadt, in Tlalpam, zu sein hatte.
Diesen Divisionsgeneral befahl nun Porfirio Diaz eiligst zu sich. Als der General vor ihm stand, sah ihn Porfirio Diaz eine Weile an und sagte dann kurz und hart: »Divisionario, geben Sie mir die Uhr des amerikanischen Diplomaten.«
Ohne eine Miene zu verziehen, ohne irgendwie verlegen zu werden, griff der General unter seinen Uniformrock, nestelte ein wenig in einer Tasche unter dem Uniformrock herum und brachte die Uhr hervor.
Er trat zwei Schritte näher auf den Diktator zu und überreichte ihm die Uhr mit den Worten: »A sus apreciables ordenes, Don Porfirio, zu Ihren hochgeschätzten Diensten.«
Porfirio Diaz nahm die Uhr und legte sie vor sich auf den Tisch. Er fühlte, daß er etwas sagen müßte. Und darum sagte er: »Divisionario, ich verstehe nicht – eh – warum?«
Darauf antwortete der Divisionario nüchtern: »Ich befürchtete, Porfirio, daß du sie nehmen würdest, und da dachte ich, es ist vielleicht besser, ich nehme sie; denn du kannst dir leichter eine kaufen als ich.«
Daß aber doch wieder Porfirio Diaz klüger war als viele derjenigen, die ihn durch und durch verdammen, zugeben wollen, bewies er am besten dadurch, daß er auf die Antwort des Divisionario schwieg. Es ist ja wohl auch schwerlich anzunehmen, daß sich Porfirio Diaz mit gewöhnlichem Taschendiebstahl abgegeben haben würde. Auf keinen Fall wohl in den letzten fünf Jahren seiner Regentschaft, wo er schon ein wenig klapprig wurde.
Aber eines muß doch gesagt werden.

Porfirio Diaz mußte den Diplomaten freundlich stimmen und ihn in freundlicher Laune erhalten, damit der Vorfall nicht bekannt würde. Denn Porfirio Diaz war mehr besorgt um den guten Ruf seines Hofes als mancher europäische Potentat. Und um den Diplomaten zu besänftigen und vergnügt zu stimmen, war er gezwungen, ihm beim Abschluß des Handelsvertrages Zugeständnisse zu machen, die zwar das mexikanische Volk zu bezahlen hatte, die aber dem Diplomaten die Ehre einbrachten, als einer der geschicktesten Diplomaten der Vereinigten Staaten bezeichnet zu werden.

Seele eines Hundes

An einem Nachmittag, als die Uhr auf dem nahen Geschäftsgebäude drei und ein halb Uhr schlug, bemerkte Monsieur LeBlanc, ein Franzose und Besitzer eines Cafés in der Calle de Bolivar in Mexico City, einen mittelgroßen, schwarzen Hund nahe der Tür sitzen, die allezeit offenstand. Er saß aber so, daß Gäste, die herauskamen oder eintraten, in keiner Weise belästigt wurden. Der Hund hatte seine sanften, braunen Augen auf LeBlanc gerichtet, und in diesen ruhigen Augen funkelte etwas wie eine Einladung, Freundschaft zu schließen. Mehr als das, der Hund setzte eine ungemein drollige Miene auf, wie man sie zuweilen bei alten, gutgelaunten Vagabunden findet, die, wie immer sie auch gut oder übel behandelt werden mögen, selbst wenn man sie die Hintertreppe hinunterstößt oder ihnen einen Kübel mit Wasser über den Kopf stülpt, ihren guten Humor nicht verlieren, sondern mit einem Grinsen auf dem Gesicht noch danke sagen.
Für einige kurze Augenblicke, und wohl mehr gelegentlich als absichtlich, hielt der Franzose in seinem Revidieren der Kassenabschnitte inne und warf dem Hund einen zweiten Blick zu. Der Hund, diese erneute Beachtung rasch auffangend, erwiderte sie mit einem lustigen Wedeln des Schwanzes, neigte seinen Kopf in komischer Weise ein wenig auf die Seite und öffnete sein Maul schief auf der einen Ecke, so daß Monsieur LeBlanc den Eindruck gewann, daß der Hund ihn vertraulich angrinse.
LeBlanc konnte es sich nicht versagen, das Grinsen des Hundes zu erwidern, und für einige Sekunden hatte er die Empfindung, daß in dieser geräuschvollsten und gefühllosesten Stunde der täglichen Geschäftsroutine ein kleines Stückchen goldene Sonne leise und verstohlen sich in seinem Herzen verkroch, um es kosend zu berühren und ihm eine neue, ungewohnte Wärme zu geben.
Seinen Schwanz nun eifriger bewegend, richtete sich der Hund leicht auf, setzte sich aber sofort wieder, und in dieser sitzenden

Stellung verbleibend, schob er sich einige Zoll näher zur Tür, ohne jedoch in das eigentliche Café selbst hineinzugehen.
Der Franzose, diese Handlungsweise eines hungrigen Straßenhundes als anständig und lobenswert ansehend, vermochte seinen Gefühlen nicht länger zu widerstehen.
Von einem beinahe halbleeren Teller, den in diesem Augenblick eine Kellnerin von dem Tisch eines Gastes fortnahm, um ihn zur Küche zu tragen, ergriff er ein Rumpsteak, an dem der Gast, offenbar nicht sehr hungrig, nur gerade so herumgeknabbert hatte.
Dieses saftige Steak mit zwei Fingern hochhebend, es so einige Sekunden haltend, heftete er seinen Blick auf den Hund, schwang das Steak einladend einige Male hin und her, und mit einer Geste des Kopfes gab er dem Hunde zu verstehen, er möge hereinkommen und den reichen Happen in Empfang nehmen. Der Hund sah und verstand diese Einladung, wackelte nun nicht mehr nur mit seinem Schwanz, sondern mit seinem ganzen Hinterteil, öffnete und schloß sein Maul in rascher Reihenfolge und leckte seine Lefzen, als ob er das Steak bereits zwischen seinen Zähnen habe.
Dennoch, obgleich der Hund nun gut wußte, daß dieses Steak für ihn bestimmt war, trottete er nicht in das Café, sondern blieb außerhalb bei der Tür sitzen.
Der Franzose, plötzlich mehr interessiert an diesem Hund denn an seinen Gästen, verließ seinen Platz hinter der Bar und trug das Steak bis dicht zur Tür, spielte es eine gute Weile vor der Nase des Hundes und ließ es endlich in das hungrige Maul hineingleiten.
Der Hund ergriff es ohne Hast, gab dem Besitzer einen Blick des Dankes, trat von der Tür weg und legte sich auf dem asphaltierten Seitenweg nieder, jedoch dicht am Fenster des Cafés. Dort fraß er das dicke Steak in solcher unbekümmerten Ruhe, wie sie nur der voll genießen kann, der sich eines reinen Gewissens bewußt ist.
Als der Hund das Mahl beendet hatte, erhob er sich, ging zurück zur Tür und wartete dort geduldig, bis der Franzose ihn aufs neue bemerken würde. Sobald LeBlanc ihm den so sehnlichst erwarte-

ten Blick zuwarf, stand der Hund auf, wackelte lustig mit seinem Schwanz, setzte jenes clownische Grinsen auf, das dem Franzosen vorher so gefallen hatte, schüttelte seinen Kopf so, daß die Ohren um ihn schlugen, drehte sich um und ging seiner Wege.
Monsieur LeBlanc, als er den Hund zur Tür zurückkommen sah, glaubte natürlich, der Hund wäre gekommen, um vielleicht einen zweiten guten Bissen zu erhalten. Aber als er die Tür erreichte, diesmal mit dem Bein eines Huhnes, an dem der größte Teil des Fleisches noch daranhing, war der Hund bereits verschwunden. Nun endlich verstand er, daß der Hund zum zweiten Male zur Tür gekommen war aus keinem anderen Grunde, als um in seiner eigenen Weise seinen Dank zu zeigen.
Im Verlauf des Tages vergaß der Franzose den Vorfall, denn er betrachtete den Hund nur gerade wie irgendeinen anderen der zwanzig oder mehr Straßenhunde, die Restaurants besuchen und häufig genug, meistens sogar, hineingehen, um unter den Tischen der Gäste nach Überbleibseln und heruntergefallenen Brötchen und angenagten Knochen zu suchen, zuweilen sich auch noch vor den Gästen breit hinsetzen und einen Bissen erbetteln, bis sie von den Kellnerinnen hinausgejagt werden.
Am nächsten Tage jedoch und genau zur gleichen Zeit, um drei und ein halb Uhr, saß der Hund wieder bei der offenen Tür desselben Cafés.
Der Franzose sah ihn dort sitzen und lächelte ihn an, als wären sie alte Bekannte. Der Hund erwiderte das Lächeln mit seinem so urkomischen, man möchte sagen, stillen Grinsen auf seinem Gesicht. Er stand halb auf, wie er es gestern auch getan hatte, wakkelte seinen Schwanz als Zeichen seines Grußes und erweiterte sein Vagabundengrinsen, soweit es sein Maul erlaubte, während seine rosafarbige Zunge ihm über eine Seite des Kiefers hing.
Der Besitzer winkte mit seinem Kopfe, um anzudeuten, daß der Hund hereinkommen möge, um sein freies Mittagsmahl nahe der Bar zu empfangen. Der Hund jedoch kam nur einen halben Schritt näher zur Tür, und wie gestern, so auch heute weigerte er sich,

hineinzugehen. Monsieur LeBlanc schien nun endlich zu begreifen, was der Hund anzudeuten gedachte, und das war, daß er sich nicht fürchte, hineinzugehen, sondern daß seine angeborene Anständigkeit und Intelligenz es ihm zu verstehen gebe, daß ein Raum, in dem reinliche Menschen verkehren, kein geeigneter Aufenthaltsort für gewöhnliche Straßenhunde ist, die sich ihr Futter in Mülleimern suchen müssen und nie gebadet werden.

Der Franzose erhob nun seine Hand und trommelte seinen Zeigefinger gegen den Daumen, blickte dabei den Hund scharf an und gab ihm auf diese Weise in der im Lande gebräuchlichen Form zu verstehen, daß er ein wenig warten möge. Zum Erstaunen des Franzosen verstand der Hund wirklich diese Zeichensprache, denn er bewegte sich einen Schritt weg von der Tür und legte sich draußen auf dem Seitenwege hin, seinen Kopf zwischen den Vorderpfoten und mit seinen halbgeschlossenen Augen den Franzosen beobachtend, der in diesem Moment sehr beschäftigt war.

Etwa fünf Minuten später trug eine Kellnerin ein Tablett, gefüllt mit Tellern, die sie soeben von den Tischen genommen hatte, zur Küche. Der Besitzer winkte ihr, zur Bar zu kommen, ergriff ein gutes Überbleibsel eines einst mächtigen Steaks, ging damit hinaus zum Hunde, wo er es vor der Nase des Hundes herumspielte und es dann gehenließ. Der Hund schnappte es so sanft von des Mannes Hand, als ob er es von einem Kinde nehme. Und genauso wie er es gestern getan hatte, so handelte er auch heute. Er legte sich ruhig und unbekümmert draußen auf dem Seitenwege unter dem Fenster des Cafés hin und erfreute sich des guten Mahles.

In diesem Augenblick erinnerte sich LeBlanc der eigentümlichen Art und Weise, wie der Hund gestern seinen Dank ausgesprochen hatte, und er war nun neugierig, zu erfahren, ob diese sonderbare Form der Danksagung nur einer gelegentlichen Eingebung folgte oder einem wohlüberlegten individuellen Betragen.

LeBlanc, der gerade mit einem Gaste zehn Pesos zu wetten gedachte, daß der Hund, nachdem er sein Mahl gegessen hatte, zur Tür kommen und seinen Dank bezeugen würde, fand, daß es für jene Wette zu spät war, denn er sah bereits den Schatten des Hundes dicht bei der Tür. Ohne sein Gesicht dem Hunde zuzuwenden, beobachtete er den Hund und dessen Gebaren von einem Winkel seiner Augen aus. Der Hund saß dicht bei der Türe und wartete darauf, daß der Besitzer ihn bemerken sollte. Jedoch absichtlich beschäftigte sich LeBlanc an den Regalen, wo Gläser, Flaschen, Konserven, Zigaretten und Zigarren aufgeschichtet waren, und hin und wieder revidierte er die Kasse, jedoch stets den Hund so von der Seite beobachtend, daß der Hund dessen nicht gewahr werden konnte. Es interessierte ihn, zu wissen, wie lange der Hund dort sitzen bleiben würde, zu keinem anderen Zweck, als seinen Dank zu sagen.

Vier, vielleicht fünf Minuten waren in dieser Weise vorübergegangen, als der Franzose endlich beschloß, die Anwesenheit des Hundes zu bemerken. Kaum hatte er aufgesehen und seine Augen auf den Hund gerichtet, als der Hund aufstand, fröhlich mit seinem Schwanz hin und her fegte, seinen Kopf auf eine Seite legte, für eine kurze Weile sein komisches Grinsen zeigte, sich umdrehte und verschwand. Von nun an hielt der Franzose stets ein besonders schweres und saftiges Stück Fleisch, das von den Tischen zurückkam, für den Hund bereit. Der Hund kam nun jeden Tag und erschien an der Tür so pünktlich wie der Beginn eines Stierkampfes in Mexiko. Es war stets und immer halb vier, wenn Monsieur LeBlanc, einen gelegentlichen Blick zur Tür hinwerfend, den Hund dort sitzen sah, mit dem Schwanze wedelnd und ihn mit freundlichen, halb zugekniffenen Augen verschmitzt ansehend.

In dieser Weise ging es mehrere Wochen ohne irgendwelche Veränderung in des Hundes regelmäßigen Besuchen, seiner Empfangnahme eines reich mit Fleisch besetzten Knochens und seiner Danksagung, ehe er das gastliche Café verließ. Der Franzose betrachtete den Hund als seinen zuverlässigsten Gast, in mancher Hinsicht als seinen Glücksbesucher. So pünktlich kam der Hund jeden Tag, daß der Franzose seine Uhr nach dem Erscheinen des Hundes hätte stellen können.

Trotzdem dieser schwarze, ungekämmte, ungepflegte Straßenhund zu dieser Zeit von der Gastfreundlichkeit des Besitzers nun völlig überzeugt sein mußte, änderte er in keiner Weise sein anständiges Betragen. Niemals kam er in das Café, wenngleich der Franzose ihm zu wiederholten Malen ganz deutlich zu verstehen gegeben hatte, daß er hereinkommen und sein Mahl ganz dicht bei den Füßen des Besitzers in Ruhe essen könne. In Wirklichkeit würde der Franzose es gern gesehen haben, daß der Hund ständig bei ihm geblieben wäre. Er hätte sich nützlich machen können dadurch, daß er andere, weniger anständige Straßenhunde, die in das Café kamen, hinausjagte und das Restaurant in der Nacht gegen mögliche Einbrecher bewachte. Monsieur LeBlanc hatte den Hund, um die Wahrheit zu gestehen, lieben gelernt.

In letzter Zeit, wenn immer er dem Hunde seinen Bissen gereicht, liebte er es, den Hund für eine Weile zu streicheln, auf den Rücken zu klopfen und ihn leicht an den Ohren zu zupfen. Der Hund blieb, während er so gestreichelt wurde, mit seinem Stück Fleisch im Maul, geduldig sitzen, bis Monsieur LeBlanc die Liebkosung beendet hatte und zu seinem Platz hinter der Bar zurückkehrte. Und erst dann, und nicht früher, entfernte sich der Hund von der Tür, um, seiner Gewohnheit gemäß, sich draußen auf dem Seitenweg niederzulegen und sein Mahl zu verzehren. Und wie stets, sobald er damit zu Ende war, stand er auf, ging zur Tür, wartete dort, bis der Besitzer ihn bemerkte und ansah, wackelte daraufhin lustig mit seinem Schwanz, grinste verschmitzt und öffnete das Maul, als ob er zu sagen wünschte: ›Vielen Dank, amigo mio, bis morgen um die gleiche Zeit.‹ Und dann drehte er sich, wie immer, um und trottete hinweg. Wohin er ging, wußte der Franzose nicht.

Nun kam ein Tag, an dem Monsieur LeBlanc eine ganz fürchterliche Auseinandersetzung mit einem Gaste hatte, dem ein knochenhartes Brötchen serviert worden war. Der Gast, im Glauben, das Brötchen sei weich, wie er ein Recht hatte, es zu erwarten, biß fest darauflos und brach sich einen Zahn. Es war nur natürlich, daß der Gast einen entsetzlichen Skandal anfachte, dem Cafébesitzer androhte, ihn auf einen Schadenersatz von zehntausend Pesos zu verklagen und ihn wegen fahrlässiger Körperverletzung anzuzeigen.

Monsieur LeBlanc wurde wild wie ein Gorilla, feuerte die Kellnerin, die den Gast bedient hatte, mit groben Worten aus ihrer Stellung, und das bedauernswerte Mädchen verkroch sich in einer dunklen Ecke im Hintergrund des Cafés, wo es bitterlich zu heulen anfing. Was unter den Umständen gesehen ja nur natürlich schien. Es war gewißlich nicht ihr Fehler allein. Sie hätte freilich bemerken sollen, daß jenes Brötchen hart wie Holz war. Aber ebensogut hätte es der Gast bemerken sollen, als er das Brötchen in die Hand nahm. Und es ist zu beachten, daß es sicher keinen guten Eindruck auf die Gäste macht, wenn eine Kellnerin, ehe sie dem Gast die Brötchen anbietet, jedes einzelne Brötchen erst zwischen ihren Fingern knetet, um festzustellen, ob es frisch ist. Die Gäste würden sich das als eine unreinliche Handlung verbitten. Und mit Recht. Wie dem auch sein möge, sie hatte jenes Brötchen serviert und war darum für die Folgen verantwortlich.

Der wirklich Schuldige jedoch war der Bäcker, der, absichtlich oder infolge eines Versehens, das knochenharte Brötchen zwischen die frischen Brötchen geworfen hatte.

Und als Monsieur LeBlanc sich dessen bewußt wurde, hob er den Hörer vom Telefon und brüllte den Bäcker an, daß er mit dem Revolver in der Hand auf dem Wege sei, ihm einen Besuch abzustatten, und daß er diesen gottverdammten, gottverlassenen und fahrlässigen Teigkneter ermorden würde, wie es eine pesttragende Ratte, wie er eine sei, nicht besser verdiene, und daß bis an das Ende seiner Tage er stets und immer eine gottverfluchte, stinkende Kanalratte bleiben werde. Worauf der Bäcker mit einem Dutzend jener lieblichen Wahrheiten antwortete, die sich zum Teil mit der unbestimmten sozialen Stellung der Mutter des Monsieurs, die der Bäcker gar nicht kannte, beschäftigten und zum größten Teil von jener saftstrotzenden Art waren, daß, spräche man sie innerhalb einer Episcopalian-Kirche aus, sich die weiß gekalkten

Wände der Kirche tiefrot färben und tiefrot bleiben würden, bis der Bischof die Kirche aufs neue segnen und von jener gräßlichen Entheiligung erlösen würde.
Die lebhafte Unterhaltung endete damit, daß Monsieur den Hörer des Telefons mit solcher Heftigkeit auf den Haken schlug, daß von diesem Telefon nichts übriggeblieben wäre, wenn die Ingenieure, die jene Apparate bauten, solche gelegentlichen Ausbrüche menschlicher Leidenschaften nicht vorgesehen und dementsprechend die Apparate konstruiert hätten.
Das Gesicht rot wie eine reife Tomate, zwei bläuliche, dick anschwellende Adern auf seiner kochenden Stirn, kehrte der Franzose zurück zu seinem Platz hinter der Bar, und als er nun wie zufällig zur Tür blickte, sah er dort seinen guten alten Freund, den schwarzen Hund, sitzen, der auf sein Mittagsmahl wartete.
Und als LeBlanc den Hund dort so sitzen sah, so ruhig, so unschuldig, so in keiner Weise geplagt von den ewigen Sorgen, Kümmernissen und Ärgernissen eines Cafébesitzers in Mexiko, Sorgen, die einen Mann zwanzig Jahre vor seiner Zeit alt werden lassen, und so lustig und vergnügt seinen Schwanz wedelnd und ihn grüßend mit dem clownischen Vagabundenlächeln, das ihm so gut stand und von dem er gut wußte, daß es seinem Freunde, dem Cafébesitzer, so sehr gut gefiel, da packte den Franzosen, beinahe blind in seinem Ärger, plötzlich und völlig ungewollt und unbeabsichtigt eine solche ungeheure Wut, daß er das harte Brötchen, das vor ihm auf der Bar lag, ergriff und – später konnte er sich nicht erklären, warum er es getan hatte – es mit voller Wucht und Kraft dem Hunde an den Kopf warf.
Es besteht kein Zweifel darüber, daß der Hund die Bewegung des Franzosen beobachtet hatte, denn seit er bei der Tür erschienen war, hatte er nicht eine Sekunde lang den Franzosen aus seinen Augen gelassen. Der Hund sah den Franzosen das Brötchen ergreifen, sah ihn dabei scharf an und sah, daß jenes Brötchen auf ihn gezielt wurde. Er, ein Hund, der von dem lebte, was er auf der Straße fand, und aus diesem Grunde an ein hartes Leben, ge-

würzt mit Knüppelhieben und Steinwürfen, gewöhnt war, hatte durch bittere und schmerzliche Erfahrung gelernt, Hieben und Würfen aus dem Wege zu gehen.

Eine leichte Bewegung seines Kopfes hätte vollauf genügt, dem heransausenden Brötchen auszuweichen. Aber er bewegte sich nicht. Er hielt seine warmen braunen Augen auf den Franzosen geheftet. Und ohne irgendein Zeichen von Furcht zu offenbaren, empfing er den Wurf.

Für einige Sekunden blieb er sitzen, wo er war, als ob er gelähmt sei; weniger gelähmt durch jenen Schuß als viel, viel mehr infolge der Verwunderung über das, was soeben geschehen war, etwas, wovon er bis zu diesem Augenblick nie geglaubt haben würde, daß es je geschehen könnte.

Das Brötchen lag nun nahe seinen Vorderpfoten. Er gab ihm einen kurzen studierenden Blick, als ob er erwarte, daß es sich erweisen möge, dieses Brötchen sei ein lebendiges Objekt, das in diesem Augenblick selbst aufspringen würde, um ihm dadurch zu beweisen, daß er sich geirrt habe in dem, was seine Augen soeben gesehen hatten.

Er erhob seine Augen nun von dem Brötchen nahe seinen Vorderpfoten und ließ sie am Boden entlanggleiten, bis sie die Bar erreichten und endlich auf dem Gesicht des Franzosen haftenblieben. Dort standen sie wie durch magnetische Kraft gehalten. Es war keine Anschuldigung in diesen Augen, nur eine tiefe, tiefe Traurigkeit. Die Traurigkeit dessen, der ein unbegrenztes Vertrauen in die Freundschaft eines anderen gesetzt hat und dann ganz unerwartet sich betrogen sieht durch eine Handlung, für die er keine Erklärung finden kann.

Der Franzose, der sich in diesem Augenblick bewußt zu werden schien, was er getan hatte, stand wie versteinert, tief ergriffen von einem Empfinden, als ob er durch einen ungewollten Zufall ein menschliches Wesen getötet hätte. Mit einem plötzlichen Ruck, als habe er soeben einen Schuß bekommen, streckte er seinen Körper der ganzen Länge nach aus und kam zu sich.

Für einige Sekunden stierte er mit verlorenen Augen auf den Hund, als sähe er einen Geist.
Und im selben Moment richtete sich der Hund langsam auf, schüttelte seinen Kopf, so daß seine hängenden Ohren ihm ums Gesicht schlappten, wie er es gewöhnlich tat, kurz bevor er sich anschickte, fortzugehen, wendete sich um und ging seiner Wege.
Als der Franzose den Hund so von der Türe verschwinden sah, benahm er sich wie verwirrt, griff mit seinen Händen ziellos um sich, als suche er etwas wie im Traum, und so geschah es, daß seine Augen herumsuchend sich senkten und auf den Mann fielen, der unmittelbar vor ihm an der Bar saß und in diesem Moment seine Gabel in ein saftiges Steak stach, das soeben vor ihn hingestellt worden war.
Mit einem entschlossenen und entschiedenen Griff schnappte der Franzose das Fleisch vom Teller des aufs höchste erstaunten Gastes, der mit dem heulenden Gebrüll eines Wilden aufsprang und schreiend und energisch gegen die Verletzung der konstitutionellen Rechte eines Bürgers, sein Mittagsmahl in Frieden verzehren zu dürfen, protestierte und damit alle anwesenden Gäste als Zeugen einer solchen Untat anrief.
Das Steak in seiner Hand hin und her schwingend, sauste der Franzose raus aus der Tür, warf einen raschen Blick die Straße entlang, wo er den Hund bereits beim nächsten Block dahintrotten sah.
LeBlanc, das geschnappte Steak zwischen seinen Fingern schwingend, schoß raus zur Türe, als ob die Hölle hinter ihm her wäre, blickte die Straße entlang, und den Hund bereits zwei Blocks weiter voran dahintrottend erspähend, rannte er hinter ihm her wie wild, pfeifend, rufend und sich in keiner Weise um die Leute scherend, die stehenblieben, um sich an einem aus dem Irrenhaus entwichenen Verrückten zu ergötzen, der, mit einem gestohlenen Steak zwischen seinen Fingern, pfeifend hinter einem Straßenköter herrannte. Es war wert, es anzusehen, denn es kam nicht alle Tage vor.

Als er endlich den dritten Block keuchend erreichte, hatte er den Hund aus seinen Augen verloren und vermochte nicht einmal zu sagen, wo und in welche Richtung der Hund abgebogen war, denn die Straße war um diese Zeit sehr belebt. Er ließ das Steak fallen und kehrte zurück zu seinem Restaurant.
»Entschuldigen Sie vielmals, Amigo«, sagte er zu dem Gast an der Bar, der in der Zwischenzeit sich beruhigt hatte und dem von der Kellnerin in aller Eile ein frisches Steak serviert worden war. »Entschuldigen Sie, Señor, das Steak war nicht besonders gut, um die Wahrheit zu sagen, und ich wollte es eben gerade jemand geben, von dem ich glaubte, er benötige es schneller als Sie. Vergessen Sie den Vorfall. Bestellen Sie von der Liste, was Sie wollen. Es geht auf meine Rechnung. Gracias.«
Der Gast lachte gutgelaunt und war vollauf zufriedengestellt. Nicht aber so Monsieur LeBlanc.
Er begann ruhelos im Lokal herumzuwandern, hier einen Stuhl näher zum Tisch schiebend, da einen anderen Stuhl fortziehend und ihn betrachtend, als ob er einer Reparatur bedürfe, dann wieder zu einem Tisch gehend und das Tischtuch mehr nach einer Seite zupfend und wieder ein anderes mit der flachen Hand ausglättend. So kam er auf diesem Rundgang zu der Ecke, in die sich die Kellnerin verkrochen hatte und dort in sich hineinschrumpfte und still vor sich hinweinte.
»Ya está bueno, Bertha, Sie bleiben natürlich hier. Es war ja nicht ganz allein Ihr Fehler. Aber der Bäcker kann sicher sein, daß ich ihn eines schönen Tages in bestialischer Weise ermorde. Bueno, auf alle Fälle werde ich mir einen anderen Bäcker suchen für die Ware, die wir hier verbrauchen. Marschieren Sie zurück zu Ihren Tischen. Verflucht noch mal, ich wurde wild wie ein gemarterter Teufel, als jener Hurensohn seines zerbrochenen Porzellanzahns wegen hier herumtanzte wie ein besoffener Schimpanse.«
»Gracias, Señor«, sagte Bertha, mit der Nase ihre letzten versiegenden Tränen hinunterschnupfend. »Wirklich, ich bin Ihnen dankbar, daß Sie mich nicht rauspfeffern. Ich verspreche Ihnen,

besser und schneller zu bedienen als je zuvor. Wissen Sie, Señor LeBlanc, ich habe eine Mutter am Halse und zwei Bastarde, für die ich zu sorgen habe. Und es ist nicht gerade leicht, die Hölle weiß es, eine Stellung zu finden, wo ich dasselbe an Trinkgeldern bekomme wie hier.«

»Beim allmächtigen Gott im Himmel, reden Sie nicht soviel Unsinn. Ich habe Ihnen doch gesagt, es ist alles gut, vergessen und vergeben. Was wollen Sie denn noch mehr von mir?«

»Ich will ja weiter nichts. Ich bin ja so zufrieden und glücklich, daß ich bleiben darf. Ich wollte Ihnen doch nur danken, Señor . . .«, und, sich umdrehend zu einem ungeduldigen Gast, der schon eine Weile mit einem Messer ein Wasserglas bearbeitete, um sich Aufmerksamkeit zu verschaffen: »Oh, gottverdammt noch mal, ja, ja, um Himmels willen, ich hörte ja, was Sie wollen. Ich bin doch nicht taub. Regen Sie sich nur nicht auf und behalten Sie Ihr Hemde ruhig an. Gewöhnliches Mignon mit Champignons? Bueno, bueno. In einer Sekunde haben Sie es. Halten Sie nur still, bis Mama mit der Milchflasche kommt. Ich renne, vom Feuer gejagt.«

Der Franzose tröstete sich mit dem Gedanken, daß der Hund gewiß am nächsten Tage wieder erscheinen werde. Er würde sicherlich nicht sein Mittagsmahl aufgeben eines so kleinen Mißverständnisses wegen. So ein winziges Zerwürfnis kommt jeden Tag vor. Jeder Hund bekommt hin und wieder eine kleine Abreibung von seinem Herrn, wenn er sie verdient hat, und dennoch bleibt er seinem Herrn treu. Hunde halten zu dem, der sie gut füttert.

Merkwürdig war es, daß, obgleich er sich in seinem Innern unaufhörlich versicherte, daß der Hund wiederkehren werde, er sich nicht beruhigt fühlte. Für den Rest des Tages war es ihm nicht möglich, den Hund zu vergessen. Er versuchte es unzählige Male, indem er sich sagte, daß er nicht einmal wisse, wie der Hund heiße oder wo er die Nächte verbringe, wer sein Herr sei und wo er hingehöre. Und als er nun auf keinen Fall den ständigen Gedan-

ken an den Hund loswerden konnte, wurde er ärgerlich und murmelte zu sich: ›Ist nur ein ganz gewöhnlicher dreckiger Straßenhund, der von dem lebt, was er in den Ascheneimern findet, ohne Charakter im besonderen; reiche ihm einen Knochen, und du bist sein angebeteter Freund für alle Zeiten.‹
Trotz alledem, je mehr er sich bemühte, den Hund zu vergessen, je mehr er sich einredete, daß dieser ungewaschene Köter nicht wert sei, sich um ihn zu kümmern, je weniger vermochte er die Erinnerung an den Hund aus seinen Gedanken auszulöschen.
Am nächsten Tag, bereits um drei Uhr, hatte Monsieur LeBlanc ein dickes, saftiges, absichtlich nur halb gebratenes Steak zur Hand, um mit ihm den Hund zu bewillkommnen im Augenblick, daß er bei der Tür sichtbar werde, und ihn mit dieser Gabe gleichzeitig um Entschuldigung für den unliebsamen Vorfall zu bitten und auf diese Weise die alte Freundschaft zu erneuern.
Nun war es halb vier, und als ob der Glockenschlag der Uhr auf dem nahen Gebäude die Ursache sei, saß der Hund auf seinem gewohnten Platz bei der Tür.
»Ich wußte es, er würde kommen, ich wußte es ja«, sagte der Franzose zu sich selbst mit lauter Stimme, ein zufriedenes Lächeln auf seinem Gesicht. »Er würde ja kein richtiger Hund sein, käme er nicht für sein kostenloses Mittagsmahl.«
Obgleich er dies laut sagte, fühlte er sich dennoch ein wenig enttäuscht, daß dieser Hund sich genau so betragen würde wie irgendein anderer, gewöhnlicher Straßenhund. Da er den Hund lieben gelernt hatte, glaubte er, daß dieser Hund sich von anderen Hunden unterscheiden müßte, daß er mehr Stolz, mehr Würde hätte zeigen sollen. Wie dem auch sei, er war erfreut, daß der Hund zurückgekommen war. Er vergab ihm das augenscheinliche Fehlen von Würde und redete sich ein, daß der Mensch die Hunde annehmen und aufnehmen müsse, wie sie nun gerade seien, da der Mensch ja nun einmal doch nicht die Macht besitzt, die körperliche Gestalt oder die Seele und das Gemüt eines Hundes grundlegend zu verändern.

Da saß nun der Hund und sah den Cafébesitzer mit seinen warmen braunen Augen an.
Der Franzose bot ihm ein breites offenes Lächeln als Gruß an und erwartete, daß der Hund mit seinem komischen Vagabundengrinsen darauf antworten würde.
Aber der Hund hielt sein Maul geschlossen, und er machte auch nicht die kleinste Bewegung, weder mit seinem Kopfe noch mit seinem Schwanz, als er den Franzosen das bereitgehaltene Steak aufnehmen sah. LeBlanc winkte damit dem Hunde zu, hereinzukommen, sich hier zu Hause zu fühlen und das Steak in Ruhe innerhalb des Lokals zu verspeisen.
Der Hund blieb jedoch ruhig auf seinem Platz bei der Tür sitzen, dem Franzosen geradeaus direkt ins Gesicht starrend, als ob er ihn zu hypnotisieren gedenke.
Noch einmal schwang LeBlanc das Steak hin und her, schmatzte laut mit den Lippen und machte ›Hm, Hm, Hm‹, um des Hundes Appetit anzuregen.
Die Gesten des Franzosen bemerkend, begann der Hund leicht mit dem Schwanz zu wackeln, aber auch gleich darauf hielt er damit inne, als er gewahr zu werden schien, was er tat.
Der Franzose begriff nun endlich, daß der Hund nicht hereinkommen würde und offensichtlich wenig Wunsch offenbarte, die Freundschaft fortzusetzen, trug nun das Steak zur Tür, wo der Hund saß, und wie er verschiedene Male vorher bei anderen Gelegenheiten es getan hatte, spielte er das Steak dem Hunde vor der Nase herum, den Appetit des Hundes anreizend und erwartend, daß der Hund das Steak nun endlich aufschnappen würde.
Der Hund richtete seine Augen hoch, bis sie die des Franzosen trafen, als er ihn so dicht vor sich stehend fand. Er tat jedoch keine andere Bewegung irgendwelcher Art. Als er sich entschieden weigerte, das Steak anzunehmen, legte der Franzose, nicht einen Augenblick seine Geduld verlierend, das Stück Fleisch dem Hunde, der wie eine Statue still saß, dicht vor die Vorderpfoten. Er streichelte den Hund kosend für eine Weile. Der Hund erwiderte diese

Freundschaftsbezeugung mit einem Wackeln des Schwanzes, aber er tat es so leicht, daß diese Bewegung kaum bemerkbar war. Aber nicht für eine Sekunde ließ er seine Augen von denen des Franzosen abweichen.
Plötzlich beugte er seinen Kopf, schnüffelte an dem Fleisch herum, ohne sich besonders dafür zu interessieren, richtete abermals seine Augen auf zu denen des Franzosen, stand auf und verließ seinen Platz an der Tür. LeBlanc fegte hinaus auf den Seitenweg und sah den Hund längs der Gebäude dahintrollen, ohne je einen Blick zum Café zurückzuwerfen. Wenige Sekunden darauf war er im Gedränge der Leute, die dort geschäftig hin und her liefen, verschwunden. Am nächsten Tage, pünktlich wie immer, befand sich der Hund bei der Tür des Cafés sitzend, auf das Gesicht seines verlorenen Freundes starrend.
Und wieder, als Monsieur LeBlanc, einen dick mit Fleisch bedeckten Knochen zwischen seinen Fingern, sich dem Hunde näherte, blickte ihn der Hund, wie es am Tage vorher geschehen war, nur starr an, ohne auch nur die geringste Notiz von dem herrlichen Knochen, der bei seinen Vorderpfoten lag, zu nehmen.
Nicht für einen Moment ließ der Hund den Franzosen aus seinen Augen, und nur ganz leicht und behutsam wackelte er mit dem Schwanz, als der Mann ihn streichelte und schmeichelnd an den Ohren zupfte. Wohl eine Minute ging so vorüber. Der Cafébesitzer war unschlüssig, was zu tun sei, um den Hund zu versöhnen.
Nun stand der Hund auf, leckte die streichelnde Hand des Mannes wieder und wieder, mehr als ein dutzendmal, blickte nochmals dem Franzosen lange in die Augen und ließ ein kurzes unterdrücktes, kaum deutliches Bellen hören, das überging in ein leises, trauriges Heulen, sich dann lang hinzog in ein mitleiderregendes Wimmern, und ohne auch nur an dem Knochen zu schnüffeln, drehte er sich um, verließ die Tür und trottete hinweg.
Dies war das letzte Mal, daß Monsieur LeBlanc den Hund je wiedersah. Er kam niemals mehr zurück zum Café, und niemals wurde er in der Nachbarschaft gesehen.

Bändigung eines Tigers

In einer Stadt im Staate Michoacan lebte ein junges Mestizomädchen, von dem man mit gutem Recht sagen durfte, daß eine gütige Natur ihr gegenüber wahrhaft verschwenderisch gewesen sei mit allen den Gaben, die eine jede Frau immer nur glücklich machen können.

Die Eltern jenes jungen Mädchens waren vor einigen Jahren kurz nacheinander gestorben, und das Mädchen lebte in dem Hause ihrer verstorbenen Eltern mit ihrer Großmutter und mit ihrer Tante. Ihr Vater besaß ein gutgehendes Sattelzeuggeschäft, das ihn durch seine Tüchtigkeit zu einem wohlhabenden Manne gemacht hatte.

Luisa Bravo war das einzige Kind ihrer Eltern gewesen. Sie war durch die Erbschaft von ihren Eltern ein reiches Mädchen geworden, und sie hatte alle Aussicht, nach dem Ableben ihrer Großmutter und ihrer Tante, die beide gleichfalls Vermögen besaßen, zu gegebener Zeit noch reicher zu werden. Es war darum kein Wunder, daß Luisa, sowohl ihrer auffallenden Schönheit als erst recht ihrer Wohlhabenheit wegen, unter den jungen Männern der Stadt, die sich zu verheiraten gedachten, eine begehrte Partie war. Die Freier flogen auf sie zu wie Bienen auf Honigbonbons. Aber keiner der Freier, sosehr er auch in Geldnöten sein mochte oder sosehr er auch das schöne, gutgebaute Mädchen als seine Bettgenossin wünschte, hielt lange genug aus, um es mit ihr bis zu einer öffentlichen Verlobung zu bringen.

Es war ganz gewiß nicht die Schuld der Freier; denn wo so viel Geld, verbunden mit so viel Schönheit, zu erwarten ist, nimmt ein jeder eine große Menge von Unbequemlichkeiten sauersüß mit in Kauf; Unbequemlichkeiten, von denen, bei weniger rosig erscheinenden Fällen, zwei vollauf genügen können, um einen jungen Mann davon abzuschrecken, ein Mädchen auch nur zu einem Tanze aufzufordern.

Luisa hatte alle Unarten, die eine Frau nur haben kann. Und zwei Dutzend mehr.
Sie hatte zuerst einmal von Natur aus ein zügelloses Temperament, das, wenn es ausbrach, durch nichts, aber auch durch gar nichts, sich besänftigen ließ. Da sie das einzige Kind ihrer Eltern war und die Eltern in ewiger Sorge und Furcht lebten, das Kind möchte ihnen fortsterben – obgleich sie gesund und munter war wie ein Verpflegungsoffizier fünfzig Meilen hinter der Front –, so war sie von Säuglingszeit an verzogen und verhätschelt worden. Jeder Wille wurde ihr getan, und jeder Wunsch wurde ihr erfüllt. Und weil sie von Kindheit an sehr schön war, so wurde sie nicht allein von ihren Eltern bewundert und verhimmelt, sondern von allen Leuten, die mit ihr in Berührung kamen. Das Wort Gehorchen kannte sie nur von andern, ihre Eltern, ihre Großmutter und ihre Tante eingeschlossen. Sie gehorchte nie, und es drang auch nie jemand darauf, daß sie irgendwem zu gehorchen habe.
Sie war von ihren Eltern in ein mexikanisches und später in ein amerikanisches Colegio zur Erziehung geschickt worden, wo sie sich zwar zu einem beschränkten Gehorsam zwang, ohne jedoch dadurch ihren Grundcharakter auch nur im geringsten beeinflussen zu lassen. Hier, im Colegio, waren es ihr eitler Stolz und ihr berstender Ehrgeiz, allen übrigen Schülern überlegen und voran zu sein, daß sie sich zum Gehorsam herabließ. Kam sie jedoch während der Ferien nach Hause, so machte sie alles doppelt gut, was sie inzwischen versäumt hatte, und sie war widerspenstiger als zuvor.
Hinzu kam, um ihren Charakter noch ungefügiger und starrer zu gestalten, ein unbändiger Jähzorn, der durch lächerlich geringfügige Anlässe zu einem so verheerenden Ausbruch kam, daß die Indianermädchen, die im Hause dienten, und die Indianerburschen, die in der Werkstatt ihres Vaters arbeiteten, davonliefen und sich stundenlang nicht im Hause sehen ließen. Bei solchen Anfällen ungehemmter Wut geschah es nicht selten, daß sich sogar ihr Vater und ihre Mutter vor ihr versteckten und einschlossen.

Daß sie Töpfe, Tassen, Gläser und Pfannen den Bediensteten an den Kopf warf, war noch das geringste; es waren auch Messer und Beile, mit denen sie warf oder mit denen sie auf ein Mädchen losging. Sie würde vielleicht der Möglichkeit sehr nahe gekommen sein, daß man sie für verrückt erklärt und in ein Irrenhaus gesperrt hätte, wenn nicht ihre Eltern eben sehr wohlhabend gewesen wären und zu den angesehensten und einflußreichsten Familien des Städtchens gehört hätten. Die Jähzornsanfälle blieben ja auch meist innerhalb des Hauses und trafen nicht die Öffentlichkeit und deren Sicherheit. Wenn wirklich irgendein Schaden angerichtet wurde, so heilten ihn die Eltern durch Geschenke und durch verdoppelte Freundlichkeit gegenüber den Bediensteten.
Doña Luisa hätte auch schon darum nicht als verrückt erklärt werden können, weil sie sehr intelligent war. Außerdem konnte sie, wenn sie wirklich wollte, von einem Liebreiz sein, der alle Leute bezwang, die in ihrer Nähe waren. Das glich vieles wieder aus und trug dazu bei, daß die Bediensteten sowie andere Leute, die gelegentlich im Hause zu tun hatten, wie Lieferanten, Händler, Maultiertreiber und Handwerker, nie ernstlich daran dachten, sich dem Hause fernzuhalten oder dauernd in einem Zustand der Beschwerde zu bleiben.
Denn neben den unzähligen Fehlern, die Luisa hatte, besaß sie auch wieder einige Vorzüge, die versöhnten. Darunter den Vorzug, daß sie sehr generös, sehr freigebig sein konnte. Und einem freigebigen Menschen, der niemand verhungern läßt, der hier mit einem Peso und dort mit einem abgelegten Paar Schuhe oder einem noch sehr guten Kleid oder einem aufgefärbten Unterrock oder einer Spieluhr, deren Melodien er endlich müde geworden ist, anderen Menschen gelegentlich Freude macht oder ihnen aus bitterer Not hilft, sieht man viele, beinahe alle Untugenden und Laster nach.
Das Studium in den Colegios fügte aber einen Zug dem Charakter der jungen Dame bei, der ihren Gesamtcharakter weiter verschlechterte. Sie bestand alle Examen in den Colegios mit Aus-

zeichnung. Dadurch aber wurde sie noch stolzer und hochmütiger, als sie vorher schon gewesen war. Sie wußte alles besser als andere Leute. Niemand konnte ihr etwas über ein Buch, über eine Philosophie, über ein politisches System, über eine Kunstanschauung, über ein astronomisches Problem sagen, ohne daß sie es nicht besser gewußt hätte. Sie mußte allem und jedem widersprechen. Sie war immer im Recht. Und wenn es jemand gelang, sie zweifelsfrei zu überzeugen, daß sie im Unrecht war oder im Irrtum, so bekam sie einen ihrer gefürchteten Anfälle von Jähzorn. Sie spielte vorzüglich Schach, aber sie durfte nicht verlieren. Dann konnte es nur zu leicht geschehen, daß ihrem Gegenspieler alle Figuren und das Brett hinterher an den Kopf flogen.

Aber es muß wiederholt werden, daß sie Tage hatte, wo sie nicht nur durchaus zu ertragen war, sondern so bezaubernd sein konnte, daß man ihr lachend alles vergab, was sie je getan hatte. Alles in allem erwogen, wird man aber nun doch wohl verstehen, warum jeder Freier früher oder später vom Kuchen abrückte, auch wenn er noch so ernste Absichten ihr gegenüber hatte, wenn er auch noch so willig war, sie zu erdulden und sich – Geld und Schönheit sind ja immer und überall sehr starke Anziehungskräfte – mit den zahlreichen Charakterfehlern des jungen Mädchens abzufinden. Jeder Mann, auch wenn ihn das Wasser dicht an den Nasenlöchern kitzeln sollte, vergißt doch nicht im letzten Augenblick vor der endgültigen Entscheidung, daß er eben mit der geheirateten Frau auf Gnade und Ungnade verbunden bleibt, bis ›der Tod sie von ihm scheidet‹. Und vor der Revolution, wo die katholische Kirche unumschränkte Macht besaß, gab es keine Ehescheidung als die, die vom Richter Sensenmann vorgenommen wurde. Wo es keine Ehescheidung gibt, prüft man viele andere Dinge sorgfältiger als das eine und einfältige Ding, ob sich das Herz zum Herzen findet. Sich gefundene Herzen allein genügen nicht und nirgends auf Erden. So leicht und elegant, wie sich zwei Herzen für die Ewigkeit finden, und so oft, wie zwei Herzen vor Anbeginn der Welt schon füreinander bestimmt waren, so leicht können sich die

schönen Herzen auch wieder verlieren, ob Ewigkeit oder nicht Ewigkeit. Wenn das Salz zur Suppe fehlt und ein heiler Stiefel im Regenwasser, dann bedauern die Herzen merkwürdig rasch, daß sie von Ewigkeit her füreinander bestimmt gewesen sind.
Nun fehlte ja hier kein Salz in der Suppe. Es waren sogar genügend Pfeffer und Öl als Zugabe noch vorhanden. Aber ein Mann, der vorher schon weiß, daß ihm die Pfannen und Töpfe um die Ohren fliegen werden, muß doch nun schon ganz und gar vertrottelt sein, wenn er sich freiwillig dazu hergibt, in die Gefahrenzone kommandiert zu werden.
Manch einer der jungen Männer, dem die Schönheit des Mädchens gefiel und dessen Geld erst recht gefiel, dachte ja bei sich, daß er Mann genug sei und, wenn er es nicht sei, werden würde, um nach der geschlossenen Heirat sich zum Herrn und Meister der jungen Frau aufzuschwingen. Das dachten und hofften aber nur die, die Luisa zum ersten oder zum zweiten Male sahen. Wenn sie aber dreimal im Hause gewesen waren, wenn sie glaubten, dem Mädchen etwas näher gekommen zu sein, und ein wenig mehr vertraut mit ihr geworden waren, dann gaben sie jene kühne Hoffnung auf. Und hatten sie die Hoffnung erst einmal aufgegeben, so war es für immer. Sie lernten sehr schnell, daß eine Zähmung der Widerspenstigen nur versucht werden konnte mit dem sicheren und unausbleiblichen Tode des Bändigers.
Es gab auch genügend Freier anderer Art im Städtchen, Witwer, die Erfahrung hatten, Witwer, die Duldung und Unterwerfung gelernt hatten, alte und alternde Junggesellen, die für einen ehrlichen und normalen Kampf nicht mehr in Frage kamen, die, was immer es auch kosten möchte, dennoch zufrieden gewesen wären, völlig zufrieden gewesen wären mit den wenigen erfolgreichen Viertelstunden, die sie mit einem so schönen und jungen Mädchen in einem gemeinsamen Bett hätten verbringen dürfen. Und es gab genügend junge und alte Männer, die willig und widerstandslos bereit waren, bedingungslos zu gehorchen und untertan zu sein, und sich, ohne zu zucken, hingestellt hätten, um mit ihrem Kopfe

Messer, Beile, Stühle und Revolverkugeln lächelnd und aufopferungsfreudig aufzufangen. Das waren jene, denen das Wasser nicht nur an den Nasenlöchern kitzelte, sondern denen es schon zehn Fuß über dem Scheitel stand, also Männer, die nichts mehr zu verlieren hatten als ihre Schulden und ihre Gläubiger. Und es waren auch Männer bereit, das Mädchen zu heiraten, die nichts anderes waren als Faulenzer oder Spieler, und wieder andere Männer, die ihrem ganzen Wesen nach der Gattung Patrote oder Zuhälter angehören, auch wenn sie sich in Wahrheit nie mit einem Mädchen, das geschickt ihr Handtäschchen zu schwingen versteht, einlassen oder eingelassen haben.

Aber keiner von allen diesen Männern hatte auch nur die geringste Aussicht, Luisa zu heiraten. Denn gegen solche Männer war Luisa geschützt. Hier schützte sie ihre Intelligenz. Und sie war nicht von der Art, daß sie Hals über Kopf sich hätte verlieben können; so sehr und so unerwartet verlieben können, daß sie blind geworden wäre und den Mann und seine Absichten nicht mehr hätte durchschauen können.

Soweit ihre Heirat in Frage kam, wußte sie schon, was sie wollte. Sie wollte einen richtigen und vollwertigen Mann. Er durfte ruhig seine Jahre haben, wenn er sonst noch genügend Antlitz besaß, ihr das zu verschaffen, was sie nötig zu haben glaubte. Sie war auch gar nicht so wild darauf, sich zu verheiraten unter allen Umständen. Obgleich ein älteres, unverheiratetes Mädchen in Mexiko keine sehr glückliche Figur darstellt, so war sie sich doch genügend bewußt, daß sie aus wirtschaftlichen Gründen jedenfalls keinen Mann brauchte. Und aus anderen Gründen war sie auch noch nicht einmal so sehr davon überzeugt, daß sie ohne Mann etwa nicht leben könnte. Wenn es wirklich unbedingt nötig werden sollte, dann konnte sie – wenn auch nicht in Mexiko, so doch in Paris oder in Madrid oder in Los Angeles – genügend Gelegenheit finden, ohne die Verpflichtung zu haben, sich nun auch gleich deshalb zu verheiraten. Sie hatte ja nicht ohne Erfolg im amerikanischen College studiert, wo man außer Geographie und Englisch

auch noch andere Dinge lernt, die im Leben von Wert und Nutzen sind.
Dies alles waren gute Gründe, warum sie sich nicht ernstlich bemühte, Freiern zu Gefallen zu leben und ihnen ein Gesicht zu zeigen, das bis zu den letzten Akkorden des Hochzeitsmarsches ausreichte. Frauen besitzen auf diesem Felde besondere Gaben und Fähigkeiten, die in der Hölle ausgeheckt wurden, lange ehe es einen Apfelbaum und ausgebrochene Rippen gab. Aber Luisa nahm es nicht tragisch, wenn wieder ein Freier, der an sich sehr sympathisch erschien, abgesprungen war. Sie machte sich keinen Schnipper daraus und weinte sicher keinem einen gesalzenen Tropfen nach.
Die jungen Männer der Stadt, die als ernst zu nehmende Freier in Betracht kamen, sowohl ihrer gesellschaftlichen Stellung wegen, als auch ihrer sonstigen persönlichen Vorzüge wegen, strichen Luisa endgültig aus der Liste heiratsmöglicher Damen. Sie wurde zwar zu allen Festlichkeiten, die von den verschiedenen Klubs der Landsmannschaften wie von den zahlreichen anderen gesellschaftlichen Sociedades, Casinos und Centros veranstaltet wurden, stets eingeladen; und sie erschien auch immer und benahm sich hier genau so lustig wie andere junge Mädchen. Aber auf jedem Fest wurde jeder Neuankommer, sobald er einmal mit Luisa getanzt hatte und eine Minute frei war, von den eingeweihten jungen Herren in eine Ecke gezogen und dringend vor den bevorstehenden Gefahren gewarnt. Manche dieser frisch hinzugekommenen Herren glaubten natürlich, daß Eifersucht vorläge oder ein geheimer Boykott. Und wenn sie hörten, daß neben der Schönheit auch reichlich Geld vorhanden sei, so ließen sie sich durch diese Warnung nicht einschüchtern und begaben sich auf das Schlachtfeld, aus dem sie innerhalb von zwei Wochen flügellahm und zerschunden zurückkehrten und unaufgefordert den Verteidigungstrupp der Warner verstärkten.
Wie jedes andere Mädchen, so wurde auch Luisa mit den Jahren immer älter. Sie hatte jetzt vierundzwanzig Jahre zu verbuchen,

ein Alter, das für ein Mädchen in Mexiko als hoffnungslos betrachtet werden muß, soweit eine Heirat in Frage kommt, bei der sie noch ein Wort mitsprechen möchte. Bei diesem Alter nimmt in Mexiko eine Dame, was sie kriegen kann, und sie fragt nicht länger mehr nach Titel, Würden, Geld und Lendenkraft.
Nicht so Señorita Luisa. Ob sie aus der Reihe der Heiratsmöglichkeiten heraus war oder noch mittendrin, das berührte sie nicht. Sie kam immer mehr zu der Überzeugung, daß es vielleicht überhaupt besser sei, sich nicht zu verheiraten, weil sie dann viel weniger Schwierigkeiten haben würde darin, niemand zu gehorchen, niemand zu Gefallen zu sein, niemals Widerspruch zu finden und immer recht zu behalten, ohne sich deswegen herumstreiten und aufregen zu müssen. Sie wurde sich immer mehr bewußt – besonders wenn sie ihre verheirateten Freundinnen und Schulkolleginnen ansah –, daß für eine Frau mit genügend Geld das Leben bequemer und angenehmer ist, wenn sie sich nicht verheiratet.

Und es begab sich, daß da lebte im selben Staate Michoacan ein Mann, nicht mit Namen Abraham, wohl aber mit dem guten, wenn auch schlichteren Namen Juvencio Cosio.
Don Juvencio besaß eine kleine Hacienda nicht weit von der Stadt, in der Señorita Luisa lebte. Die Entfernung war nur eine Stunde Ritt. Don Juvencio war nicht gerade reich, aber er war von genügendem Wohlstand, denn er verstand seine Hacienda gut und vorteilhaft zu bewirtschaften.
Er war fünfunddreißig Jahre alt, gleichmäßig und normal gewachsen, nicht gerade schön und nicht gerade häßlich, na und gut, wie Männer, die nicht besonders auffallen und keinen Weltrekord auf irgendeinem Gebiete des Sports geschlagen haben, eben für gewöhnlich auszusehen pflegen.
Ob er jemals vorher von Señorita Luisa gehört hatte, ist nie klar geworden. Er sagte hierzu weder ja noch nein, und wenn er, das geschah später häufig, direkt gefragt wurde, so sagte er einfach nein. Es sei hier gesagt, daß alle Wahrscheinlichkeit dafür spricht,

daß er Luisa vorher nicht gekannt hat und daß er auf keinen Fall, von niemand, gegen sie verwarnt worden war. Nicht gerade häufig, aber doch zuweilen war auch er auf Festen der Centros erschienen, denn er hatte von seiner Schulzeit her eine gute Anzahl von Freunden in der Stadt. In den letzten Jahren war er freilich dem rasch aufrückenden Nachwuchs junger Männer, die er nicht kannte, etwas fremd geworden; und er wurde gelegentlich schon einmal bei Einladungen, die von den jungen Männern ausgegeben wurden, übersehen. So kann es durchaus möglich sein, daß er wahrscheinlich Luisa nie auf einem jener Feste gesehen oder getroffen hat, und als sicher darf angenommen werden, daß er nie mit ihr getanzt hatte. Da er sich in den letzten Jahren auch immer mehr und mehr mit seiner Hacienda zu schaffen machte, weil er mehr und mehr Freude an ihr bekam, so ritt er immer seltener zur Stadt und nur dann, wenn er den Auftrag nicht durch einen seiner Leute erledigen konnte.

Eines Tages nun dachte er, daß er sich endlich einmal einen neuen schönen Reitsattel kaufen müßte, weil der alte schon recht schäbig geworden war. Don Juvencio ritt zur Stadt. Beim Herumsuchen nach einem Sattel kam er zu Luisas Talabarteria und fand in der Auslage die schönsten und bestgearbeiteten Sättel.

Luisa hatte das Geschäft ihres Vaters nicht verkauft, weil sie nicht den Preis erhalten konnte, den das Geschäft wert war. So hatte sie beschlossen, das Geschäft zu behalten und es mit Hilfe des alten Meisters, der mehr als zwanzig Jahre schon mit ihrem Vater gearbeitet hatte, und mit den beiden verheirateten Gehilfen, die gleichfalls schon seit Jahren hier arbeiteten, weiterzuführen. Es ging viel leichter, als sie gedacht hatte. Sie war im Laden tätig und hielt die Bücher in Ordnung, während Tante und Großmutter das Haus versorgten. Das Geschäft blühte, und weil die Arbeiten gleich gut geblieben waren und die Kundschaft sich noch vermehrt hatte, waren die Einnahmen aus dem Geschäft besser geworden, als sie zu Lebzeiten des Vaters waren.

Luisa war im Laden, als Don Juvencio sich die Sättel besah, die im

Ladeneingang, im Fenster und an den Außenwänden des Hauses zur Schau ausgelegt und aufgehängt waren.
Luisa trat in die Tür und beobachtete für eine Weile Don Juvencio, der mit der Miene des Kenners und Gebrauchers die Sättel sorgfältig auf ihren Wert, ihre Arbeit und ihre Haltbarkeit prüfte. Er sah plötzlich auf, und sein Blick traf unerwartet das auf ihn gerichtete Gesicht Luisas. Und Luisa – sie hat sich später nie erklären können, warum – lachte ihn offen an. Aber sie sagte nichts, sie lud ihn nicht ein, in den Laden zu kommen, um sich die Sättel anzusehen, die drinnen auf Lager seien, sie drängte mit keinem Worte auf ihn ein, und sie pries mit keiner Silbe die Ware an, wie es in Mexiko die Regel ist, sobald man vor einem Schaufenster stehenbleibt.
Das freie offene Lachen fing Don Juvencio ein; und er wurde etwas verlegen. Noch vor der Tür stehend, sagte er: »Buenos dias, Señorita, ich habe die Absicht, mir einen neuen Sattel zu kaufen.«
»Soviel Sie wollen, Señor«, antwortete darauf Luisa. »Pase Usted, Señor, und sehen Sie sich auch die Sättel an, die ich drinnen im Laden habe, vielleicht gefällt Ihnen einer von denen noch besser, denn die sehr guten lege ich nicht da aus, wo sie von der Sonne und dem Staub verdorben werden können.«
»Con su permiso«, sagte Don Juvencio, und er folgte Luisa in den Laden.
Er sah sich alle Sättel an. Aber merkwürdigerweise hatte er nun die Fähigkeit verloren, die Sättel nüchtern und vorurteilsfrei zu prüfen. Er klopfte zwar an den Sattelstöcken herum, kratzte am Leder und zupfte die Riemen knallend auseinander, aber seine Gedanken waren nur oberflächlich bei den Sätteln. Er sagte wenig, und das wenige, was er sagte, bezog sich nur auf die Sättel. Dann aber blickte er einmal rasch auf, als ob er etwas fragen wollte. Obgleich Luisa sofort wegsah, hatte er dennoch so viel noch von ihrem Blick aufgefangen, um zu wissen, daß sie ihn während der ganzen Zeit aufmerksam betrachtet hatte, ebenso prüfend, wie er die Sättel angesehen hatte.
Und als Luisa fühlte, daß sie von ihm überrascht worden war,

während noch ihr Blick für einen kurzen Moment auf seinem Gesicht geruht hatte, wurde diesmal sie verlegen. Ihr Gesicht rötete sich ein wenig. Aber sie gewann sich gleich wieder zurück, lachte ihn an und beantwortete sachlich und geschäftsmäßig den gefragten Preis für den Sattel, den er gerade aufgenommen hatte und hin und her drehte.
Er fragte nach den Preisen einiger anderer Sättel, aber sie fühlte, daß er jetzt nur fragte, um etwas zu sagen.
Dann fragte er nach einigen anderen Dingen, fragte, wo das Leder herkomme, das hier verwendet sei, wie die Geschäfte gingen, und noch so einiges ohne Bedeutung.
Dann fragte sie, wo er herkomme und wie seine Geschäfte gingen. Er sagte ihr seinen Namen, erzählte ihr, wie groß seine Hacienda sei, wieviel Vieh er habe, wieviel Pferde und Maultiere, wieviel Mais er im letzten Jahre verkauft habe und wieviel Schweine, und wie die Preise gewesen seien.
Von einem Sattel wurde vorläufig nicht mehr gesprochen.
Als er dann nach einer halben Stunde, oder es war vielleicht eine ganze Stunde – beide hatten die Zeit nicht beachtet –, fühlte, daß er nun doch wieder auf den Sattel zurückkommen müßte, um nicht aufdringlich zu erscheinen, sagte er endlich: »Ich denke, daß ich diesen Sattel hier nehme.« Dabei wies er auf den schönsten und teuersten Sattel hin. »Aber ich werde es mir doch noch ein wenig bedenken und mir noch andere in der Stadt ansehen gehen. Ich möchte wohl, daß Sie mir diesen Sattel hier bis morgen zurückhalten, Señorita. Morgen werde ich dann kommen und bestimmt sagen, ob ich ihn kaufe oder nicht. Dann, hasta mañana, Señorita.«
»Hasta mañana, bis morgen, Señor«, sagt Luisa, und er verließ den Laden. Nun kauft man ja kein Ding überrasch, ganz gleich, ob es sich um einen Esel, ein Pferd, ein Haus, einen Sattel, eine Hose oder ein Taschenmesser handelt. Darum war die Tatsache, daß er sich nicht sofort zum Kauf entschloß, für sie in keiner Weise auffallend. Aber mit dem guten Instinkt der Frau wußte sie, daß er seine

Entscheidung hinsichtlich des Sattels getroffen hatte und daß er den Kauf nur darum aufschob, um morgen wiederkommen zu können. Sie hatte sich hierin nicht getäuscht. Das war wirklich der Grund gewesen, warum er nicht gekauft hatte.

Er sah sich natürlich keinen anderen Sattel in einem nächsten Geschäft an, sondern er schlenderte zu dem Platze, wo sein Pferd an einen Pfosten gebunden war, setzte sich auf und ritt langsam heim.

Auf dem Heimwege dachte er nur an das Mädchen und an ihr Lachen. Und als er auf seiner Hacienda angelangt war, da war er verliebt bis zu völliger Hilflosigkeit.

Er war drei- oder viermal in seinem Leben verliebt gewesen; aber es war nie etwas daraus geworden. Jetzt war er freilich vollkommen davon überzeugt, daß er noch nie in seinem Leben verliebt gewesen sei und daß alle früheren Liebschaften nichts weiter gewesen waren als zufällige Bekanntschaften.

Das geht ja allen Menschen so, seien sie nun männlichen oder weiblichen Geschlechts, und darum ist in diesem etwas lächerlich erscheinenden Verhalten Juvencios nichts besonders Merkwürdiges zu erblicken oder er gar als ein Narr anzusehen. Den Drang eines normalen Individuums zum andern Geschlecht kann selbst die besterzählte Kreuzigung eines Heilandes nicht mit auch nur dem geringsten Erfolg dauernd narkotisieren.

Am nächsten Morgen war er schon um neun Uhr wieder im Laden.

Diesmal war die Tante im Laden. Das enttäuschte ihn. Er wußte sich aber zu helfen. Er sagte: »Perdoneme, Señora, ich habe mir gestern hier einige Sättel angesehen. Aber die Señorita, die hier im Laden war, wollte mir noch einige andere Sättel zeigen, die sie zurückgelegt habe.« »Ja, das war meine Nichte Luisa. Hören Sie, Señor, ich weiß nun nicht, welche Sättel sie gemeint haben könnte. Luisa ist einkaufen gegangen. Wenn Sie zehn Minuten warten können, dann ist sie zurück, und sie kann Ihnen die Sättel gern zeigen.«

Juvencio brauchte aber keine vollen zehn Minuten zu warten, und da kam Luisa heim.

Sie lachten sich beide an wie alte Bekannte.

Als nun Luisa sofort die Tante mit einem Auftrag ins Haus schickte, wußte Juvencio – ein Mann begreift ja schwer und sehr langsam in gewissen Dingen, aber zuweilen hat ja auch er den richtigen Instinkt –, ja, da wußte Juvencio, daß Luisa ihm nicht ganz abgeneigt war, denn sie wollte mit ihm allein sein.

Um das Gespräch wieder in Gang zu bringen, ohne es durch einen Kauf zu rasch abschließen zu müssen, begann er aufs neue, sich alle übrigen Sättel anzusehen. Das Gespräch schweifte jedoch sehr bald, wohl dem Wunsche beider folgend, von den Sätteln ab und wandte sich anderen Dingen zu.

Er wurde ein wenig dreister und fragte geradenwegs, ob sie sich nicht bald verheiraten werde.

»Ich wüßte nicht, mit wem«, sagte Luisa, ihn anlachend, »ich habe keinen Novio, keinen einzigen Liebhaber.«

»Ha«, sagte er nun, »ein so schönes Mädchen, wie Sie sind, Señorita, und keinen Liebhaber, das glaube ich nicht.«

»Es ist aber doch so, Señor.« Sie brachte ihre Fingerspitzen hoch und klopfte sich damit beteuernd und verschwörend gegen die Lippen und sagte: »Bei der Heiligen Allerreinsten Jungfrau nicht, Señor.«

»Ja, dann muß ich es wohl glauben«, sagte darauf Juvencio lachend.

Es verging wieder eine Stunde des Hinundherredens, und als er endlich abermals einsah, daß er gehen müßte, entschied er sich nun, den Sattel zu kaufen. Er zählte das Geld auf den Tisch einzeln auf, nachdem er es aus seinem Ledergurt ausgeschüttet hatte.

Als sie das Geld genommen hatte und sein Geschäft eigentlich nun abgeschlossen war, hielt er sich die Tür zur Rückkehr offen und sagte: »Ich werde wohl noch verschiedene Dinge brauchen, Señorita, und ich werde in den nächsten Tagen wiederkommen müssen, mit Ihrer Erlaubnis.«

»Das ist Ihr Haus, Caballero, kommen Sie wieder, sooft Sie wollen; Sie sind stets willkommen.«
»Ist das so ernst gemeint, Señorita?« fragte er. »Oder sagen Sie das nur zugunsten des Geschäfts?«
»Nein«, lachte Luisa, »ich meine es im Ernst. Und damit Sie sehen, wie sehr ernst ich es meine – wollen Sie uns nicht das Vergnügen erweisen, ins Haus zu kommen und mit uns zu frühstücken? Wir sind gerade beim Frühstück, und wenn Sie nicht gekommen wären, dann wäre ich nun schon damit fertig.«
Der Mexikaner trinkt frühmorgens, gleich nachdem er aufgestanden ist und sich gewaschen hat, eine oder zwei Tassen heißen, schwarzen Kaffee und ißt dazu nur einen Bissen oder meist gar nichts. Das nennt er Desayuno. Dann zwischen acht und zehn Uhr morgens setzt er sich zu einem Frühstück nieder, das den doppelten Umfang eines Mittagessens in Schweden hat. Darum ist das Frühstück, das Almuerzo heißt, eine Angelegenheit, die ohne besondere Mühe sich über eine Stunde Zeit hinziehen kann, ehe man damit völlig durch ist.
Als Luisa und Juvencio in den Comidor, das Eßzimmer, kamen, schienen die Tante und die Großmutter soeben mit dem Frühstück fertig geworden zu sein, weil sie so lange nicht hatten warten mögen und übrigens daran gewöhnt waren, daß Luisa aß, wann es ihr gefiel, und nicht, wann andere es wünschten oder gar kommandierten. Aus Höflichkeit blieben aber die beiden Frauen noch so lange sitzen, bis der erste Gang vorüber war. Sie sagten ein paar freundliche Worte zu ihrem Gast, standen dann auf vom Tische und verließen das Zimmer.
Das Frühstück der beiden nun allein gelassenen Leutchen dehnte sich bis gegen elf Uhr aus.

Nicht am nächsten Morgen, wohl aber am übernächsten kam Don Juvencio schon wieder, diesmal, um Gurte zu kaufen.
Und von dem Tage an kam er jeden zweiten Tag, um etwas zu kaufen oder etwas umzutauschen, oder um etwas zu bestellen

nach besonderer Anordnung. Daß er sich jedesmal, wenn er kam, zum Frühstück niedersetzen mußte, wurde zur Regel. Dann kam es auch schon vor, daß er noch weitere Dinge in der Stadt zu ordnen hatte, die sich bis über den Mittag hinzogen; und so wurde er auch zum Mittagessen eingeladen. Und dann geschah es einmal, daß er erst am Nachmittag zur Stadt kommen konnte. Es begann zu regnen, als er im Hause Luisas war, und er blieb zum Abendessen. Aber es regnete immer heftiger, die Nacht war undurchsichtig, und der Regen wuchs an, anstatt nachzulassen. Was sollte er in ein Hotel gehen, sagten die Frauen, und dort das Geld unnötig ausgeben, er könne auch hier im Hause schlafen, man habe genügend freie Zimmer, und wenn das Bett, das man ihm anbieten könne, auch nicht gerade sehr gut sei, so sei es doch auf keinen Fall schlechter als die Betten in den Hotels. Und so verbrachte er einen langen Abend mit Luisa im Hause und nahm die Gastfreundschaft für die Nacht bereitwillig an.

Es vergingen zwei Wochen, und er lud die Frauen für Sonntag auf seine Hacienda ein. Luisa und die Tante kamen hinausgeritten mit Pferden, die er sehr frühzeitig zur Stadt geschickt hatte, und mit zweien seiner Leute zur Begleitung. Die Großmutter war daheim geblieben, um das Haus nicht allein zu lassen.

Nun geschah alles Weitere genau so, wie es immer geschieht, wenn eine Frau und ein Mann glauben, daß sie sich mit einer Heirat abfinden könnten, um dem ewigen Hinundherrennen, das nur ermüdet, ein Ende zu machen.

So kamen die beiden endlich überein, sich die Ehe zu versprechen. Er fragte bei der Großmutter und bei der Tante, höflich und den Sitten gehorchend, an; und die beiden hatten nichts gegen die Heirat einzuwenden; denn Don Juvencio war ein anständiger Mensch, von ehrenhafter Familie, besaß einen mäßigen Wohlstand, war nüchtern und arbeitsam und erfreute sich sonstiger Tugenden, um einen guten Ehemann für Luisa zu machen.

Juvencio hatte natürlich vorher Luisa selbst gefragt; und weil sie schon zwei Wochen vorher gewußt hatte, welche Antwort sie ge-

ben würde, falls er fragen sollte, so erfolgte von ihrer Seite aus die Zusage ohne Ziererei und mit Bestimmtheit.
Bis zu dieser Phase einer Heiratsmöglichkeit war Luisa auch mit einigen anderen ihrer Freier gelangt. Mit zweien von denen sogar schon, ehe vier Wochen vergangen waren. Damit soll hier gleich gesagt werden, daß diese Vorverlobung innerhalb der engsten Familie für niemand irgendeine Gewißheit bot, daß diese Heirat, die jetzt in Aussicht stand, auch wirklich vollzogen werden würde. Großmutter und Tante, durch frühere Erfahrungen weise geworden, zweifelten sehr daran, daß es diesmal ernst werden würde, obgleich Juvencio mehr vollwertiger Mann war als einer seiner Vorgänger. Er war sehr ruhig, sehr verträglich, nicht streitsüchtig und nicht rechthaberisch. Darum waren bis jetzt keinerlei Zwistigkeiten zwischen den beiden vorgekommen.
Dennoch hielt es die Großmutter für wohl geraten, gelegentlich zur Tante zu sagen: »Die sind noch lange nicht verheiratet, und ehe sie nicht beide im selben Bett sind, glaube ich es auch nicht, daß etwas daraus wird. Jedenfalls kümmere dich vorläufig weder um Kleider noch um sonst etwas, und am besten ist es, du sagst zu keiner Seele in der ganzen Stadt auch nur eine Silbe von der Sache.«
Die Tante folgte diesem guten Rate, denn sie war genauso voller berechtigter Zweifel wie die Großmutter.
Die Vorfälle, die eine Heiratsaussicht endgültig zerstörten, zeigten sich in allen früheren Fällen stets immer erst in ihrer vernichtenden Wirkung, nachdem die Vorverlobung stattgefunden hatte: also in jener Periode des Verlöbnisses, die nun folgte. Das war ja auch erklärlich. Die beiden Leute verkehrten vertraulicher miteinander, und dadurch geschah es ganz natürlich, daß sie gelegentlich ihre wahre Natur gegeneinander entschleierten und sich nicht immer die unbequeme Mühe machten, einen Ausbruch ihrer wirklichen Meinungen und Gefühle durch Zurückhaltung und Selbstbeherrschung dauernd zu unterdrücken.
Und es geschah deshalb immer während dieser Periode, daß die

Freier zur Besinnung kamen und rechtzeitig absprangen. Es soll aber auch gesagt werden, daß nicht immer nur die Freier absprangen, sondern daß ebenso häufig auch Luisa absprang und den Freier einfach aus dem Hause warf oder ihn so behandelte, daß er wußte, er könne nicht wiederkommen, ohne daß ihm in rücksichtslosester Weise die Tür gewiesen werden würde.
Juvencio stand eine Woche nach dem Gelöbnis eines Morgens im Laden, um mit Luisa eine Weile zu sprechen. Sie kamen auf Sättel zu reden, und Juvencio begann: »Das will ich dir nur sagen, Licha, von Sätteln verstehst du gar nichts. Obgleich du eine Talabarteria hast, weiß ich mehr über Sättel und Leder als du. Kannst du mir glauben.«
Diese Äußerung wurde von Luisa hervorgerufen dadurch, daß sie hinsichtlich Güte und Wert einer bestimmten Ledersorte durchaus recht haben wollte; während Juvencio ihr einfach nicht recht geben konnte, weil es gegen sein besseres Wissen ging. Als Ranchero hatte er genug mit Leder, Sätteln und Geschirren praktisch zu tun, um aus Erfahrung zu lernen, welches Leder sich für bestimmte Zwecke besser eigne und welches sich weniger gut und dauerhaft oder brauchbar erweise. Luisa fuhr wild auf und schrie aufs höchste erbost: »Ich bin seit meiner Windelzeit hier in der Talabarteria zwischen Sätteln, Gurten, Riemen und Geschirren groß geworden, und du willst mir ins Gesicht hinein sagen, daß ich nichts von Sätteln und Leder verstünde!«
»Ja, das will ich, weil das meine Meinung ist«, sagte Juvencio ruhig.
»Glaub nur ja nicht, daß du mich kommandieren kannst, auch wenn wir verheiratet sein sollten, was ich überhaupt noch gar nicht einmal so sicher annehme. Ich lasse mich nicht kommandieren, auch von dir nicht. Und damit du das nur gleich weißt, mach, daß du hier rauskommst, und laß dich hier nicht mehr blicken, oder es fliegt dir etwas an den Kopf, daß du lange genug daran denken und doktern kannst, um zu wissen, daß ich der bin, der kommandiert.«

»Gut, ganz wie du denkst«, sagte er. Dann ging er, und sie warf wütend die Tür hinter ihm zu. Sie lief ins Haus und sagte zu ihrer Tante: »Den habe ich rausgefegt. Der dachte, er könne kommandieren. Ich brauche keinen Mann, und ich will keinen.«
Weder die Tante noch die Großmutter sagten etwas dazu, denn es war ja für sie keine Neuigkeit. Sie seufzten nicht einmal. Im Grunde war es ihnen überhaupt gleichgültig, ob Luisa heiratete oder nicht; denn sie wußten, daß Luisa auf alle Fälle doch tun würde, was ihr beliebte, ob es den beiden Frauen gefiel oder nicht.

Nun war Juvencio wohl wirklich ernstlich verliebt in das Mädchen. Er zog sich nicht zurück, wie es seine Vorgänger nach einigen Unterhaltungen dieser Art gewöhnlich taten. Nach vier Tagen war er eines Morgens wieder im Laden. Darüber war Luisa nicht wenig erstaunt. Aber er war bei weitem mehr erstaunt darüber, als er sich plötzlich ihr gegenüber im Laden wiederfand. Den Hinauswurf hatte er vergessen, und er war in den Laden gekommen aus reiner Gewohnheit.
Es mochte wohl sein, daß Luisa gleichfalls ihm gegenüber etwas tiefer empfand, als sie je gegen einen ihrer früheren Freier empfunden hatte. Sie war nicht gerade freundlich zu ihm, aber doch auch nicht abweisend. So erschien es als nichts anderes als eine Form der Höflichkeit, daß sie ihn zum Frühstück einlud.
Einige Tage ging es gut.
Dann aber kam ein Abend, wo sie behauptete, daß eine Kuh auch Milch geben könne, ohne ein Kalb gehabt zu haben. Sie behauptete, diese Tatsache in dem amerikanischen College gelernt zu haben.
Darauf sagte er: »Wenn du das in dem amerikanischen College gelernt hast, Licha, dann sind die Lehrer und Professoren des College alte Esel, und dann ist es nicht weit her mit der Bildung und dem Wissen, das du dort erworben hast.«
»Du willst doch nicht etwa sagen, daß du klüger bist als die Professoren, Bauer, der du bist!« sagte sie.

»Klüger oder nicht klüger«, gab er zurück, »aber gerade als Bauer weiß ich, daß eine Kuh, die kein Kalb gehabt hat, keine Milch geben kann, ob du sie nun von hinten oder von vorne melkst. Wo keine Milch ist, da kannst du keine rausmelken.«

»So, da willst du also sagen, daß ich nichts gelernt habe, daß ich eine dumme Henne bin, daß ich kein Examen gemacht habe. Und ich will dir auch gleich noch mehr sagen, ob du nun ein Bauer bist oder nicht: Hühner können Eier legen, ohne daß sie einen Hahn dazu brauchen.«

»Richtig«, sagte er, »ganz richtig, und Hähne legen zuweilen auch Eier, wenn die Hennen keine Zeit dazu haben, und Maultiere werfen Maultierfüllen, und es ist auch ganz richtig, daß viele Kinder geboren werden, die keinen Vater haben.«

»So, du willst mir widersprechen, mir, die ich studiert habe, während du die Schweine gefüttert hast!«

»Wenn wir, das sind ich und meinesgleichen, die Schweine nicht füttern, dann verhungern alle deine überklugen amerikanischen Professoren.«

Sie wurde von einer Wut gepackt, wie er bisher nicht geglaubt hatte, daß ein Mensch einer solchen Wut fähig sein könnte.

Sie schrie: »Gibst du zu, daß ich recht habe, oder nicht?«

»Du hast recht. Aber eine Kuh, die kein Kalb gehabt hat, gibt keine Milch. Und wenn es eine solche Kuh gibt, dann ist es ein Wunder. Und Wunder sind Ausnahmen. In der Landwirtschaft aber kann man sich weder auf Wunder noch auf Ausnahmen verlassen.«

»So, du verhöhnst mich und beschimpfst mich noch obendrein?«

»Ich beschimpfe dich nicht, aber Kühe, die kein Kalb gehabt haben, geben keine Milch, und einen brauchbaren Sattelgurt aus Ziegenleder kann man auch nicht machen.«

Die Ruhe, mit der er das sagte, brachte sie in größere Raserei, als das ein aufgeregter Widerspruch von ihm getan haben könnte.

Auf dem Tisch stand ein steinerner Wasserkrug. Mit einem Ruck war sie hoch, ergriff den Krug und pfefferte ihn ihrem Widersacher

an den Kopf. Die Kopfhaut platzte, und das Blut lief ihm in einem dicken Strom über das Gesicht.
In einem Film oder in einem Roman, der es verdient, gelesen zu werden von denen, die viel überflüssige Zeit, aber wenig eigene Gedanken haben, würde jetzt das Mädchen bekümmert sein, ihre rasche Tat aufs tiefste bedauern, mit ihrem Seidentüchelchen die Wunde auswaschen, den armen verwundeten Kopf in ihre Hände nehmen und mit Küssen bedecken, und am nächsten Morgen würden beide zur Kirche marschieren und für den Rest ihres Lebens in eitel Glück und Zufriedenheit leben. Da es sich aber hier weder um einen Film noch um einen Roman handelte, so lachte Luisa nur höhnisch auf, als sie den blutenden Freier sah. »So, nun wirst du wohl endlich genug haben mit deiner Rechthaberei und mit deinem ewigen Besserwissenwollen. Und wenn du wirklich noch im Sinne haben solltest, mich zu heiraten, dann ist das jetzt ausgemacht einmal für allemal: Ich habe recht, und ich kommandiere. Wenn du damit einverstanden bist, gut. Wenn nicht, dann wird nichts daraus, und du kannst meinetwegen zur Hölle fahren mit deinem Rechthaben und mit deinem Herumkommandieren. Such dir ein Indianermädchen, mit der kannst du solche Dinge machen. Nicht mit mir. Du kennst mich nun.« Sie ging in ihr Zimmer, ohne ein weiteres Wort zu sagen. Er ging zum Doktor.

Es war in den letzten Wochen in der Stadt schon ein wenig bekannt geworden, daß Luisa einen neuen Freier habe. Es war auch bekannt geworden, wer der neue Freier war. Denn es kann ja nicht gut irgendwo auf Erden ein unverheirateter Mann mehr als dreimal in ein Haus gehen, wo ein heiratsfähiges Mädchen mit ihrer Familie lebt, ohne daß jeder weiß, warum der Mann so häufig in jenes Haus auf Besuch geht.
Als Juvencio zwei Tage später mit verbundenem Kopf in der Stadt gesehen wurde, wußte man, daß die beiden offenbar sehr nahe vor der Heirat gestanden haben mußten, daß aber jetzt die Sache aus und vorbei sei.

Juvencio hatte auch gleich Freunde um sich herum.

»Aber, Hombre, Vencho, warum hast du denn nichts gesagt? Wir hätten dir doch die Augen aufknöpfen können. Es ist doch weit und breit bekannt, daß sie ein Teufel ist. Schlimmer als ein Teufel. Sie ist die Hölle und das Fegefeuer schon vor der Heirat. Was sie nach der Heirat sein wird, dafür gibt es kein Beispiel. Wie kannst du denn nur auf diese Tigerin reinfallen! Weißt du denn, wie viele Bewerber sie in derselben Weise heimgeblasen hat wie dich? Ein halbes Dutzend langt nicht. Wer sie kennt, läßt die Finger weit davon. Hier kriegt sie keinen. Hier ist sie durch. Sie konnte nur noch einen erwischen wie dich, der von Welt und Hund nichts weiß, der nicht reinkommt von seinem Windfang da draußen. Danke deinem Schöpfer, daß du den Kopf noch zur rechten Zeit bekommen hast, ehe es zu spät war. Dir wird ja jetzt das Hirn da oben wieder zurechtgerückt worden sein. Wenn du heiraten mußt, heirate, was dir in den Weg gelaufen kommt, ganz gleich, woher sie kommt und wie sie kommt; aber laß diese Dynamitpatrone allein. Wir sind uns bis heute noch nicht ganz sicher darüber, ob sie nicht ihren Vater und ihre Mutter erschlagen hat. Die sind beide merkwürdig rasch gestorben, und sie waren gar nicht krank. Und der Doktor, der das Attest ausgeschrieben hat, na, da weiß man ja auch nicht so recht; er war der Familiendoktor, und er muß ja auch leben und will keinen Gestank haben und mit den Gerichten seine Zeit verlieren. Die könnte zehn Millionen mitbringen und eine noch zwanzigmal hübschere Fratze vorgebunden haben, einer, der sie kennt, nimmt sie nicht in einen Sack gebunden und umsonst.«

Zwei Monate später waren Juvencio und Luisa verheiratet. Er hatte offenbar zugestanden, daß er nicht darauf bestehen würde, recht zu haben, sollte sie anderer Meinung sein; und er hatte wohl auch zugestanden, daß sie in der Ehe die Zügel führen dürfe. Das wurde als sicher angenommen, weil ja sonst diese Heirat gewiß nicht möglich gewesen wäre.

Die Meinung der Männer in der Stadt war geteilt. Die einen sagten, Don Juvencio müsse ein ungemein mutiger Mann sein, weil er sich zwischen die Tatzen des Tigers gelegt habe. Andere glaubten, er sei in eine gewisse sexuelle Abhängigkeit geraten, die ihn blind gemacht habe, und er würde wahrscheinlich aufwachen, sobald er nach der Verheiratung seine Wünsche gekühlt habe. Wieder andere meinten, daß er sich in einer unüberlegten Fahrlässigkeit ihr gegenüber habe etwas zuschulden kommen lassen, das ihn zwang, sich wider bessere Einsicht zu verheiraten. Abermals andere sagten, er sei wohl doch im Grunde sehr geldgierig, daß er alles übrige darüber vergessen konnte. Wieder andere meinten, er sei vielleicht ein wenig anomal veranlagt und liebe es, unter dem Joch und der brutalen Gewalt einer Frau zu stehen. Und endlich waren da genug, die sagten, daß er wohl mehr auf eine hübsche Außenwand sehe als auf das, was dahinter sei.
Aber was die Männer auch in ihren einzelnen Parteien gedacht haben mögen, alle, ohne Ausnahme, sahen den kommenden Geschehnissen, die sich aus dieser Ehe entwickeln würden, mit einer erregten Spannung entgegen wie der Fortsetzung in einem guten Kriminalfilm. Und die Wahrheit ist, daß niemand, selbst nicht jene Freier, die gern das Vermögen der Luisa gehabt hätten, Juvencio beneideten oder es nachträglich bedauerten, daß sie nicht doch das Mädchen unter allen Umständen genommen hatten, als Gelegenheit dazu war. Jeder sagte zu sich und zu seinen Bekannten, daß er nicht im Fell des Juvencio stecken möchte.
Es kann nicht angenommen werden, daß Juvencio jemals von einem Mann gehört hatte, dessen Name Shakespeare war; noch viel weniger darf angenommen werden, daß Juvencio je davon gehört hatte, wie man, nach dem Bericht jenes Mr. Shakespeare, rabiate Tigerinnen in England zähmt. Und hätte Juvencio wirklich jenen Bericht gelesen, so war er doch Mexikaner genug, um zu wissen, daß in Mexiko die Zähmung nicht nach englischen Rezepten vorgenommen werden kann, um Wirkung zu haben, sondern nach Erfahrungen, die einen hier der Busch lehrt.

Bei der Hochzeitsfeierlichkeit hatte er ein Gesicht aufgesetzt, aus dem niemand schließen konnte, ob er zufrieden mit sich und der Welt sei oder nicht. Aber allen Gästen fiel es auf, daß er seiner jungen Frau immer recht gab, ihr in allem, was sie sagte, zustimmte; und wenn im Laufe der langen Sitzung wiederholt das Gespräch darauf kam, besonders von den anwesenden Damen, wie die beiden Leute dieses oder jenes in ihrem Hause und in ihrem künftigen Leben halten würden, da sagte er, das wird getan, wie Luisa das anordnet. Als in vorgerückten Stunden nicht nur die Männer, sondern auch die Damen angeregter wurden durch die Getränke, fielen mehr und mehr Anzüglichkeiten über die starke junge Frau und den schwächlichen und nachgiebigen Mann, und daß nun eine neue Zeit auch in Mexiko angebrochen sei, in der endlich die Frau das Kommando übernehme. Zu allen solchen Neckereien, die zuweilen hart so dicht gingen, daß er offen lächerlich gemacht wurde, blieb er gleichgültig wie eine vertrocknete Speckkruste.

Einer seiner alten Freunde, sehr angetrunken, stand auf und rief über den ganzen Tisch hin: »Vencho, wir schicken besser morgen früh die Ambulanz hinaus, um deine Knochenreste abzuholen.« Es folgte ein brüllendes Gelächter.

Das war ein sehr gewagter Scherz. Bei viel schwächeren Scherzen wird in Mexiko, sei es bei einem Begräbnis oder bei einer Kindtaufe oder bei einer Hochzeit, nach solchen oder ähnlichen nackten Bemerkungen sofort gezogen und geschossen. Selbst bei einer Festlichkeit in den vornehmeren Kreisen. Hunderte von Hochzeiten enden mit drei oder vier Toten, darunter häufig der junge Ehemann und nicht selten – wenn auch nur durch fehlgegangene Schüsse – die Braut. Denn bei dem heißen Blute der Mexikaner und bei der Zimperlichkeit, mit der sie das betrachten, was sie ›Su Honor‹, ihre Ehre, nennen, weiß niemand vorher, in welcher Weise eine Neckerei aufgenommen werden wird.

Aber alles lief friedfertig ab.

Die Hochzeit dauerte bis weit in den folgenden Tag hinein. Sie war im Hause der jungen Frau gehalten worden. Und als die Feier als beendet angesehen wurde, waren alle hundemüde und alle genügend alkoholisiert, daß niemand, das junge Ehepaar eingeschlossen, an irgend etwas anderes dachte als daran, nun einmal recht gesund zu schlafen.

Es war ganz natürlich, und niemand sah darin irgend etwas, was gegen hergebrachte Regeln verstieß, daß Luisa in ihr Zimmer ging, um zu schlafen, und Juvencio sich in jenem Zimmer ins Bett legte, wo er einige Male schon geschlafen hatte, wenn er zur Nachtzeit nicht zu seiner Hacienda zurückreiten konnte. Es hatte auch in der Tat keiner von den Gästen irgendein Interesse daran, sich darum zu kümmern, was die beiden jungen Leute nun taten und wo und wie sie die folgenden Stunden verbrachten. Denn der Übermüdung wegen und unter dem Eindruck voller Mägen und betäubter Hirne hatte jeder einzelne so viel mit sich selbst zu tun, daß er keinen Gedanken mehr übrig hatte, den er auf das Tun und Lassen seiner Mitmenschen verschwenden konnte.

Am nächsten Morgen frühstückten Juvencio, Luisa, die Tante und die Großmutter gemeinschaftlich. Es wurde dabei nicht viel geredet. Die beiden älteren Frauen waren in einer gerührten Stimmung, weil Luisa nun das Haus verließ; und das Ehepaar redete gleichgültige Worte über die Art und Weise des Heimritts und was man in der Hacienda wohl zuerst tun müßte, um sie für die neuen Verhältnisse einzurichten.

Dann kamen die Burschen von der Hacienda mit den Reitpferden und mit den Maultieren. Es wurde den Maultieren nur gerade das Allerwichtigste aufgepackt, das Luisa am notwendigsten für die ersten Tage brauchte. Alles übrige würde in den nächsten Tagen nachtransportiert werden.

Auf der Hacienda angekommen, hatte Juvencio nicht viel Zeit, sich um seine junge Frau zu kümmern. In den vergangenen Tagen hatte sich reichlich viel Arbeit angehäuft, die er zuerst einmal erledigen mußte.

Eine Hacienda steht nie still, wie es eine Fabrik tun mag.
Doña Luisa ordnete mit der alten indianischen Haushälterin und den Mädchen die Zimmer an.
Dann wurde es Abend, und Luisa legte sich, als die Zeit dafür fällig geworden war, in das schöne, weiche, neue und sehr breite Ehebett. Aber wer nicht kam, sich zu ihr zu legen, das war Juvencio, ihr kürzlich erworbener Ehemann.
Ob sie erwartete, daß er kommen würde, um mit ihr zu schlafen, weiß man nicht. Es hat sie nie jemand darum gefragt, was sie sich in jener Nacht gedacht hat und was sie erwartet haben mag. Es ist aber wohl sicher, daß sie glaubte, diese Hochzeitsnacht sei nicht ganz vollständig; denn sie war ja eine Frau, war fünfundzwanzig Jahre alt, hatte Romane gelesen, war in höhere Schulen gegangen und hatte Freundinnen, die längst verheiratet waren und Kinder besaßen.
Daß ihre Hochzeitsnacht vorüberging, wie jede Nacht in ihrem unverheirateten Bett vorübergegangen war, machte sie verwirrt. Sie war überzeugt gewesen, daß zwischen Verheiratetsein und Nichtverheiratetsein auf jeden Fall ein Unterschied bestehen müsse, der, je nach den Verhältnissen, die teils in der Psychologie, teils in der Physiologie begründet liegen, angenehm, für die Gesundheit und das allgemeine Wohlergehen nützlich, unangenehm, peinlich, schwierig, unbefriedigt, unerfreulich, langweilig, widerwärtig, ermüdend, erfrischend oder pflichtschuldig sein kann.
Aber Doña Luisa bekam keine Gelegenheit, persönlich zu prüfen, in welcher Form und Weise der Unterschied zwischen Verheiratetsein und Nichtverheiratetsein sich bei ihr geltend machen würde. Denn in der folgenden Nacht blieb sie gleichfalls allein.
›Dios mio‹, sagte sie zu sich, ›mein Gott im Himmel, er wird doch nicht etwa nicht mehr können, oder sollte er etwa gar so unschuldig sein, daß er nicht weiß, wo es fehlt? Aber in einem solchen Falle wäre er ja ein Phänomen, der erste und bisher einzige Mexikaner, der je gelebt hat, der das nicht wüßte. Und das glaube ich nicht.

Jeden Tag hat er mit Kühen und Stieren zu tun, hat Hengste und Mähren, ein halbes Dutzend Hunde und was weiß ich was sonst noch alles. Unterricht und Anschauung mehr als genügend. Heilige Maria, Mutter Gottes, allerliebstes, allerreinstes Himmelsjüngferlein, ich werde ihn doch nicht etwa aufklären müssen. Alle Heiligen, kommt mir doch zur Hilfe! Verflucht noch mal, ich kann ihm doch nicht die Tante herschicken, ihm ein kleines Geschichtchen zu erzählen von der Biene, die von Blume zu Blume fliegt und den Zauber besorgt. Wenn er wenigstens ins Bett kommen wollte, dann würde sich das ja alles wie von selbst und ohne Umstände ergeben. Aber so –. Und wenn ich mir ihn betrachte, er ist ein angenehmer und kräftiger Knabe, von welcher Seite ich ihn auch ansehen mag. Der am meisten Begehrenswerte der ganzen gottverdammten Bande, die ich kenne. Ich will gar keinen andern haben. Er ist mir schon recht von oben nach unten und von unten nach oben.‹
Das Einschlafen wurde ihr schwer. Sie wälzte sich hin und her in dem weichen, schönen, neuen, breiten Ehebett.

Es war am folgenden Nachmittag.
Don Juvencio, seit dem frühen Morgen auf den Feldern, war ermüdet zum Essen heimgekommen. Das Essen war vorüber, und er saß nun in einem Schaukelstuhl im hinteren Portico des großen Hauses. Vor ihm, auf einem Tischchen, lag die Zeitung, in der er, wenig interessiert, herumgeblättert hatte.
Im selben Portico, etwa zehn Schritte von ihm entfernt, ruhte Luisa in einer Hängematte; ein weiches Kissen unter ihrem Kopfe, las sie in einem Buche.
Seit sie auf der Hacienda angekommen, war sie keineswegs müßig gewesen. Sie trug ihren wohlgemessenen Anteil an aller Arbeit, die ihr zukam, an der Einrichtung, an den Umänderungen, die sich notwendig erwiesen, wie im besonderen an der Führung und Überwachung des Haushalts. In einem mexikanischen Hause, selbst in weniger bemittelten Kreisen, läßt der Mann im allgemei-

nen es nicht zu, daß die Frau mehr tut, als den Haushalt zu leiten, die Einkäufe zu besorgen oder anzuordnen und das Arbeitsprogramm für die Köchin und für die Mädchen zu bestimmen. Die Frau hat meist genügend gesellschaftliche Aufgaben zu erfüllen, die nicht vernachlässigt werden dürfen, wenn der Mann einen Beruf oder eine Stellung innehat, wo er darauf angewiesen ist, im Verkehr mit seinen Mitbürgern und Geschäftsfreunden zu bleiben.

So war es also durchaus nichts Besonderes oder besonders Bemerkenswertes, daß jetzt, nach dem Essen, Luisa lässig in einer Hängematte ruhte. Es würde einem normalen und vernunftbegabten Mexikaner selbst im Traume nicht einmal der Gedanke kommen, zu seiner Frau bei solcher Gelegenheit zu sagen: ›Du könntest um diese Zeit auch etwas Nützlicheres tun als dich faul in einer Hängematte herumzuwälzen und Romane zu lesen.‹

Seit Luisa auf der Hacienda eingezogen war, hatten die beiden Eheleute nicht gerade viel miteinander geredet. Es schien, daß sich beide erst einmal auszukennen wünschten, um zu lernen, in welche Kanäle ihre Gespräche zu leiten seien, ohne überflüssiges Wasser auslaufen zu lassen. Jedenfalls von dem zärtlich gemeinten, meist jedoch halb verblödeten Gequassel, das jungverheiratete Leute in den ersten zwei Wochen zu führen pflegen, war in diesem Hause nichts zu vernehmen.

Die Ursache, warum keine wirkliche Unterhaltung zwischen beiden in Gang kommen wollte, war wohl ausschließlich bei ihm zu suchen. Es war offenbar nicht seine Absicht, gleich in der ersten Woche ein tobendes Ungewitter heraufzubeschwören, solange es anständigerweise vermieden werden konnte. Aber Luisa, mit dem feineren Empfinden der weiblichen Seele, fühlte, daß sich in ihrer Nähe etwas vorbereitete. Daß er nun schon mehrere Nächte ihr aus dem Wege gegangen war, als wäre sie hier nur ein gelegentlicher Gast auf kurzem Besuch, war denn doch zu merkwürdig, als daß sie sich darüber keine Gedanken hätte machen sollen.

Gestern morgen, als er zum Frühstück ins Eßzimmer kam, hatte er gefragt: »Wo ist der Kaffee?« – »Frage Anita, ich bin nicht dein Dienstmädchen«, sagte sie darauf in kühler Weise. Er war darauf in die Küche gegangen und brachte den Kaffee selbst heraus und stellte ihn auf den Tisch, ohne auch nur ein Wort darüber zu verlieren. Später freilich donnerte sie Anita dieses Vorfalls wegen in der Küche gewaltig an; aber Anita entschuldigte sich damit, daß sie den Kaffee, den der Patron immer kochend heiß wünschte, erst aufzutragen gewöhnt war, nachdem die Eier gegessen waren, und wenn der Patron das jetzt anders haben wolle, so müsse er es ihr sagen, denn sie könne doch seine wechselnden Ideen nicht erraten. »Vergiß die Geschichte, Anita«, sagte Luisa, und damit war der Vorfall beendet.

Es war ein heißer tropischer Frühnachmittag. Der Portico war zwar weit überhängend überdacht und lag in seiner ganzen Länge und Breite im Schatten, aber es ruhte dennoch in ihm, wie auf dem grasbewachsenen, weiten Hof, dem Patio, der von flirrender Glut bedeckt war, eine lastende, unbewegte, schwere Hitze, die sich nur ertragen ließ, wenn man stillsaß oder sich in einem Schaukelstuhl oder in einer Hängematte wiegte, ohne mehr zu denken, als was unbedingt notwendig war, um sich noch von einem Tier zu unterscheiden.

Auch die Tiere des Hauses, die in der Nähe waren, dröselten schläfrig ihre Zeit dahin. Sie bewegten sich nur, wenn die summenden Fliegen sie allzusehr belästigten.

Im Portico, auf einer kleinen Schaukel, die von einem Dachsparren hing, hockte der Papagei. Er träumte dahin, wachte gelegentlich auf, krächzte oder rasselte einige unverständliche Worte und brütete dann wieder in sich hinein, wenn ihm niemand eine Antwort gab.

Auf der obersten Stufe der kurzen Treppe, die in den Portico führte, lag schlafend die Katze. Gut gegessen, lag sie nun, beinahe völlig auf dem Rücken, mit dem Kopfe weit zurückgelehnt, auf der Stufe. Dort lag sie, schlafend, mit jener satten Unbekümmertheit, die nur denjenigen irdischen Geschöpfen eigen wird, die um die Sicherheit ihres Lebens und um die Pünktlichkeit ihrer Mahlzeiten nie in Sorge zu sein brauchen. Unter einem schattigen Baum im Patio stand das bevorzugte Reitpferd Juvencios angebunden. Der Sattel lag einige Schritte neben dem Pferde, denn Juvencio wollte später noch einmal zu der Trapiche, seiner Zuckermühle, hinunterreiten.

Auch das Pferd, ein prachtvolles Tier, dröselte in der Nachmittagshitze seine Zeit dahin. Es ließ den Kopf sinken und sinken, bis die Nase beinahe die übriggebliebenen, breit gestreuten Halme auf dem Erdboden berührte. Und wenn der Kopf endlich so tief gesunken war, daß das Pferd sich gegen die Nase stieß, dann warf es mit einem raschen Ruck den Kopf hoch, riß die Augen weit auf, und wenn es sah, daß sich inzwischen nichts von besonderer Bedeutung in der Welt ereignet hatte, schloß es die Augen wieder langsam, und der Kopf begann abermals Zoll bei Zoll herunterzusinken.

Don Juvencio hatte seinen Schaukelstuhl so stehen, daß er den Patio übersehen konnte. Er hob jetzt seine Arme hoch, reckte sich ein wenig aus, gähnte leicht und ergriff die Zeitung, die vor ihm auf dem Tischchen lag. Er las einige Minuten, und dann legte er die Zeitung wieder hin.

Nun sah er zu dem Papagei, der vor ihm in seiner Schaukel hockte. »He, Loro«, rief er befehlend, »hole mir eine Kanne mit Kaffee und eine Tasse aus der Küche, ich habe Durst.«

Der Papagei, durch die Worte aus seinem Dahindämmern aufgeweckt, kratzte sich mit dem Fuß am Nacken, rutschte ein kleines Stück weiter auf seiner Schaukel, krächzte ein paar Laute und bemühte sich, sein unterbrochenes Dröseln wieder aufzunehmen. Don Juvencio griff nach hinten, zog seinen Revolver aus dem Gurt, zielte auf den Papagei und schoß. Der Papagei tat einen Krächzer; es flogen Federn in der Luft herum, der Vogel schwankte, wollte sich festkrallen, die Krallen ließen los, und der Papagei fiel auf den Boden des Portico, schlug ein paarmal um sich und war tot.

Juvencio legte den Revolver vor sich auf den Tisch, nachdem er ihn einige Male in der Hand geschwenkt hatte, als ob er sein Gewicht prüfen wolle.
Nun blickte er hinüber zur Katze, die so fest schlief, daß sie nicht einmal im Traume schnurrte.
»Gato«, rief Juvencio, »he, Kater, hole mir Kaffee aus der Küche, ich habe Durst.«
Doña Luisa hatte sich umgewandt zu ihrem Mann, als er den Papagei anrief. Was er zu dem Papagei sagte, hatte sie so aufgefaßt, als ob er mit dem Papagei schäkern wolle, und darum achtete sie nicht weiter darauf.
Als dann der Schuß krachte, drehte sie sich völlig in ihrer Hängematte um und hob den Kopf leicht.
Sie sah den Papagei von seiner Schaukel fallen, und sie wußte, daß Juvencio ihn erschossen hatte.
»Ay no«, sagte sie halblaut, »lächerlich.«
Jetzt, als Juvencio die Katze anrief, sagte Luisa laut zu ihm herüber: »Warum rufst du denn nicht Anita, daß sie dir den Kaffee bringt?«
»Wenn ich will, daß mir Anita den Kaffee bringen soll, dann rufe ich Anita, und wenn ich will, daß mir die Katze den Kaffee bringen soll, dann rufe ich die Katze.«
»Meinetwegen«, sagte darauf Luisa, und sie rekelte sich wieder in ihrer Hängematte ein.
»He, Gato, hast du nicht gehört, was ich dir befohlen habe?« wiederholte Juvencio seine Anordnung.
Die Katze schlief weiter, in dem sicheren Bewußtsein, daß sie, wie alle Katzen, solange es Menschen gibt, ein verbrieftes Anrecht darauf habe, ihren Lebensunterhalt vorgesetzt zu bekommen, ohne irgendeine Verpflichtung zu haben, sich dafür durch Arbeit erkenntlich zu zeigen; denn selbst wenn sie sich doch so weit herablassen sollte, gelegentlich eine Maus zu erjagen, so tut sie es nicht, um dem Menschen eine Gefälligkeit zu erweisen, sondern sie tut es, weil ja schließlich selbst eine Katze ein Recht darauf hat,

hin und wieder einmal ein Vergnügen zu genießen, das im gewöhnlichen Wochenprogramm nicht vorgesehen ist.
Don Juvencio aber dachte anders über die Pflichten einer Katze, die auf seiner Hacienda lebte. Als die Katze sich nicht regte, um dem Befehle nachzukommen und den Kaffee aus der Küche zu holen, hob er wieder den Revolver, zielte und schoß. Die Katze versuchte hochzuspringen, aber sie brach zusammen, rollte sich einmal über und war tot.
»Belario«, rief Juvencio jetzt über den Hof.
»Si, Patron, estoy«, antwortete der Bursche aus einem Winkel des Hofes hervor. »Hier bin ich, was ist zu tun?«
Als der Bursche auf der untersten Stufe der Treppe stand, mit dem Hute in der Hand, sagte Don Juvencio zu ihm: »Binde das Pferd los und führe es hierher, hier dicht an die Stufen.«
»Soll ich es auch gleich satteln?« fragte der Bursche.
»Ich werde dich dann rufen.«
Der Bursche brachte das Pferd und entfernte sich.
Das Pferd stand eine Weile vor dem Portico. Don Juvencio sah das Tier an, wie eben nur ein Mann ein Pferd anzusehen vermag, der auf gute Reittiere angewiesen ist und sich darum mit einigen dieser Tiere so verbunden fühlen kann wie mit einem treuen Freunde.
Das Pferd scharrte ein wenig, und dann, als es fühlte, daß man nichts von ihm wolle, begann es, mit kleinen Schrittchen lässig fortzutorkeln, wieder den Schatten des Baumes aufsuchend.
»Caballo, olla«, rief nun Don Juvencio das Pferd an, das inzwischen die Mitte des Hofes erreicht hatte, »trabe einmal rasch in die Küche und bringe mir eine Kanne mit Kaffee und eine Tasse, ich habe Durst.«
Bei dem Anruf ›Caballo‹ hatte das Pferd den Kopf gewandt, weil es die Stimme seines Herrn wohl kannte und auf diesen Zuruf zu hören pflegte. Als es aber sah, daß der Herr nicht aufstand und nicht in den Hof trat, wußte es, daß es sein Herr weder streicheln noch satteln wollte. Es machte Geste, auf seinem Wege zu jenem Baum weiter fortzutrotten. »Ja, du bist wohl verrückt geworden,

loco enteramente«, sagte da Doña Luisa von ihrer Hängematte her, mit einer Stimme, die halb erstaunt und halb erbost klang.
»Verrückt? Ich?« erwiderte Juvencio. »Ich weiß nicht, warum ich verrückt sein sollte. Das ist mein Pferd, und das Pferd ist auf meiner Hacienda, und ich darf meinem Pferde auf meiner Hacienda befehlen, was ich will, genausogut, wie du deinen Mädchen befehlen darfst, was du willst.«
»Meinetwegen«, sagte Doña Luisa, während sie in ihrem Buche weiterzulesen begann.
»Caballo«, rief nun Juvencio wieder über den Hof. »Wo ist der Kaffee? Bist du noch nicht fort?«
Das Pferd wendete abermals für einen Augenblick seinen Kopf, als es den Ruf hörte; und als es seinen Herrn wieder nicht näher kommen sah, wendete es sich ab und nahm seinen Weg zum Baum wieder auf. Don Juvencio nahm den Revolver auf, stützte den Ellbogen auf den Tisch, um einen ruhigeren Arm zu haben, zielte und schoß.
Das Pferd ruckte zusammen, stand dann wohl eine volle Minute still auf einem Fleck, begann hierauf heftig zu zittern und brach plötzlich wie gefällt zusammen.
»Wahnsinn! So ein Prachttier!« schrie jetzt Doña Luisa auf. Ihre Erbostheit war zum vollen Ausbruch gekommen. Es war mit untrüglicher Sicherheit vorauszusehen, daß nunmehr das erste schwere Gefecht, das man Don Juvencio von allen Seiten mit allen seinen Schrecken vorausgesagt hatte, geliefert werden würde und daß jetzt, wäre einer der Freunde Juvencios anwesend gewesen, er raschest zur Stadt geritten wäre, um die Ambulanz zu bestellen und ein Bett im Hospital zu mieten.
Luisa warf das Buch, das sie gelesen hatte, mit einer solchen Heftigkeit auf den Boden, daß es in allen seinen Blättern auseinanderflog. Sie begann sich innerlich einzuheizen, um überkochen zu können. Juvencio sagte nichts. Ohne aufzustehen, drehte er sich mit seinem Schaukelstuhl so um, daß er nun mit dem Gesicht zur Hängematte gerichtet saß.

Er legte den Revolver nicht aus der Hand, sondern schwenkte ihn einige Male auf und nieder. Dann prüfte er die Trommel, und hierauf hauchte er auf den polierten Schaft und putzte ihn mit dem Hemdsärmel sauber.
Und gerade im selben Augenblick, als Doña Luisa aus der Hängematte springen wollte, um sich in eine Tigerin zu verwandeln, sagte Don Juvencio mit sterbensruhiger Stimme, aber laut und hart: »Luisa, hole mir eine Kanne Kaffee aus der Küche und eine Tasse, ich habe Durst.«
Als er das sagte, hielt er die Augen gesenkt. Jetzt aber sah er auf und blickte seine Frau kalt und gerade an. Er nahm den Revolver ein wenig höher und schwenkte ihn einmal auf und nieder.
Doña Luisa fing den Blick auf, als sie aus der Hängematte hatte springen wollen. Sie sprang aber nicht, sondern sie begann ganz langsam aus der Hängematte wie von selbst herauszurutschen.
Juvencio hob den Revolver mit genau der gleichen Ruhe und Selbstverständlichkeit, wie er ihn erhoben hatte, als er auf seine Tiere geschossen hatte.
Doña Luisa wurde totenbleich, riß die Augen weit auf und sagte mit einem Schluck in ihrer Stimme: »Orito, Juvencio, sofort!«
Als kaum eine Viertelminute später Doña Luisa den Kaffee vor ihm auf den Tisch stellte, nahm er das hin und saß da in der Haltung eines Mannes, der jeden Tag in seinem Restaurant seinen Kaffee hingesetzt bekommt von einer Kellnerin, die ihm ebenso gleichgültig ist wie der Preis der Druckerschwärze, mit der die Zeitung gedruckt wird, die er liest. Er sagte kurz: »Gracias, danke!«, trank schluckweise den Kaffee und begann die Zeitung da weiter zu lesen, wo er aufgehört hatte, als er zum erstenmal Durst fühlte und den Papagei in die Küche schickte.
»Belario«, rief er dann über den Hof, »sattle mir den Prieto, ich will zur Trapiche hinunterreiten, sehen, was die Muchachos tun.«
Als das Pferd gesattelt vor der Treppe stand, schob Juvencio den Revolver in den Gurt, richtete sich auf, ging zu dem Pferde und klopfte es auf den Hals.

Doña Luisa legte sich, nachdem sie den Kaffee gebracht hatte, nicht aufs neue in die Hängematte, sie vergaß sogar, sich auf einem Stuhle niederzulassen. Sie stand da wie in einem Zustand der Lähmung. Es schien, daß sie Stunden oder gar Tage brauche, um in sich klarzuwerden, was geschehen war. Daß ihr Charakter sich in den wenigen Minuten so vollständig geändert hatte, daß sie das Bewußtsein ihres eigenen Selbst verlor und empfand, daß sie mit ihrem eigenen früheren Ich keine Verwandtschaft mehr hatte, das wurde ihr erst viele Monate später klar. Jetzt jedenfalls stand sie nur da wie eine, die auf Befehle wartet und die auf dem Sprunge steht, die erhaltenen Befehle mit blitzgleicher Schnelligkeit auszuführen.

Ehe sich Don Juvencio aufs Pferd setzte, drehte er sich noch einmal um. Er sah das in Blätter zerfallene Buch auf dem Boden liegen und sagte, mit einem leichten Ton von Freundlichkeit: »Licha, heb das Buch da auf, ich nehme es übermorgen mit zur Stadt, zum Neueinbinden.«

Während er davonritt, bückte sie sich nieder; und auf ihren Knien rutschend, suchte sie die Blätter zusammen.

Den Kosenamen Licha für Luisa hatte er nicht mehr gebraucht seit jenem Abend, als ihm der Kopf aufgeschlagen wurde. Und daß er sie nun in diesem kritischen Augenblick mit Licha anredete und den Befehl zum Aufsammeln der Blätter in einem Tonfall gab, der zwischen den Worten ein ungesprochenes, aber wohlverstandenes ›Bitte‹ einschwingen ließ, offenbarte, daß Juvencio von praktisch angewandter Psychologie mehr wußte, als Luisa je in ihren Colegios gelernt hatte. Und es geschah, daß unter der Einwirkung dieser wenigen, aber sausend dahingelebten Minuten im Charakter der jungen Frau noch eine andere entscheidende Wandlung vor sich ging. Es war diese zweite Wandlung, die Luisa plötzlich, gleich einem Sprung in ihren Nerven, ein Empfinden einflößte, das sie nie vorher in ihrem Leben gekannt hatte. Sie fühlte in sich eine brennende Sehnsucht aufkommen, einen heißen

Wunsch, daß Juvencio eiligst zurückkommen möchte, damit sie ihm nahe sein könnte.
Beim Abendessen sprachen sie nicht viel.
Als sich Luisa dann niedergelegt hatte, klopfte ein wenig später Juvencio an ihre Tür.
»Adelante!« sagte Luisa aufgeregt.
Juvencio kam herein. Er setzte sich auf den Rand des schönen, weichen, breiten Bettes und streichelte ihr Haar.
Dann stand er wieder auf und fragte: »Licha, wer befiehlt in diesem Hause?«
»Du, Vencho«, sagte sie lachend und sich in die Kissen kuschelnd. »Du!«
»Und wenn ich nicht daheim bin, du, Licha!«
Dieser Tag schien für Luisa nicht enden zu wollen mit neuen Erfahrungen. Denn zwei Stunden später war sie zu jener neuen Erfahrung – für sie neu – gelangt, daß, wenn auch oft in einem Hause oder in einer Ehe es nicht ganz zweifelsfrei feststeht, wer kommandiert, dann aber doch in einem Bett, in dem ein Mann und eine Frau nebeneinanderliegen, die Frage, wer kommandiert und wer zu gehorchen hat, nicht erörtert wird, weil sie nicht besteht, solange die Gesetze der Natur nicht durch höhere Verfügung abgeändert werden. Denn an diesem Ort kann ein zufriedenstellendes Resultat nur dann erreicht werden, wenn der Mann befiehlt und sich die Frau dem Befehle willig und erwartungsvoll unterwirft. Und man darf ganz sichergehen, wenn in irgendeiner Ehe die Frau kommandiert, so ist es nur darum, weil dem Manne die Fähigkeit fehlt, im Bett mit so starker Stimme zu befehlen, daß der Frau nichts anderes übrigbleibt als zu gehorchen und zuzugeben, daß sie die Untergebene und Unterliegende ist.
Trotz dieser mit viel Freude und wohltuender Zufriedenheit reich gesättigten neuen Erfahrung, die sich Doña Luisa in jener Nacht erwarb, vermochte sie doch nicht so rasch einzuschlafen, als sie das wünschte. Denn sie wurde von einer Frage gequält, die sie erst beantwortet haben mußte, um Ruhe in ihrem Kopf zu finden. Und

weil Frauen selten etwas auf sich beruhen lassen können, das an sich unwichtig für das Leben im allgemeinen ist, so entschloß sich endlich auch Doña Luisa zu fragen, um in einer bestimmten Sache für dauernd von allem Zweifel erlöst zu sein.
Sie sagte: »Venchito, hättest du mich wirklich erschossen, wenn ich dir den Kaffee nicht gebracht hätte? Hättest du das wirklich mit deiner Licha, die dich so sehr liebt, tun können?«
Don Juvencio, weniger von derartigen Zweifeln belästigt, war schon dreiviertel Stück im Schlaf gewesen, als er mit dieser Frage wieder aufgescheucht wurde.
Aber er vergaß dennoch nicht, daß er auch in Zukunft der Mann hier zu bleiben gedachte. Darum sagte er kalt und ruhig: »Ich hätte dich mit viel größerer Bestimmtheit und Sicherheit erschossen als mein Pferd, por La Santa Purísima. Denn deinetwegen wäre ich nur zum Tode verurteilt und erschossen worden; aber ich werde lange und weit und breit suchen müssen, ehe ich ein zweites Pferd finde, wie das, mein bestes Pferd, gewesen ist, das ich erschießen mußte, um dir zu zeigen, wie sehr ich entschlossen war. Buenas noches, hasta mañana! Gute Nacht!«
Jeder Mensch, der ein gutes Pferd schätzen und aufrichtig lieben kann, wie es ein Mexikaner tut, der wird ohne viel Worte verstehen, daß dies das innigste Liebesgeständnis war, das ein Mann einer Frau nur machen kann.

Die schönen Beine seiner Frau

Es geschah bei jener unvergeßlichen und wahrhaft erhabenen Gelegenheit, als Bill und Mina ihre Hochzeitsnacht feierten und, wie ja in einer solchen heiligen, wenn auch nicht gerade immer sehr stillen Nacht erwartet wird, allein waren, daß Bill, die schönen Beine Minas tätschelnd, liebkosend purrte: »Diese herrlichen süßen Beine gehören mir, nicht wahr, mein geliebtes Honigpüppchen?«
»Ganz und gar, natürlich, mein angebeteter Herzliebster, sind das deine Beine«, gluckste Mina verzückt, seine Beine gleichfalls nun streichelnd, hier und da ein wenig kneifend und fragend: »Und diese Beine hier, die ich hier in meinen Händen habe, sind nun meine Beine, nicht wahr, mein herzinnig geliebtes Schlüppchen?«
»He?« brauste er auf in beinahe beleidigtem Tone, »he, du, was glaubst du denn, du Dummelchen, wem diese Beine hier gehören? Du weißt doch recht gut, daß diese Beine von nun an dir gehören für immer und ewig, in gesunden und kranken Tagen, im Glück und im Unglück, bis der grausame Tod uns scheidet und wir in die kalte Grube fahren müssen.«
Diese intimen Nachtgespräche und feierlichen Versicherungen bewiesen, gegen jede irgendwie aufkommenden Zweifel, daß diese beiden verliebten Turteltaubchen glücklich verheiratet waren.
Eine Hochzeitsnacht, ganz gleich ob sie sanft, süß und gut geölt verläuft oder mit allen möglichen erwarteten und unerwarteten Schwierigkeiten und Kümmernissen verknüpft ist, dauert ja nicht ewig, denn der Mann muß hinaus ins feindliche Leben, muß wirken und weben und was so alles sonst noch dazu gehört.
Bill, und das muß ja wohl gleich hier erwähnt werden, gehörte nicht der hochgeachteten Sorte von edlen Männern an, die ins feindliche Leben hinausstürmen, um dort zu wirken und zu weben. Er liebte gute Gesellschaft, zuweilen hier, zuweilen da, zuweilen von dieser Gattung, zuweilen von jener. Und gleichfalls liebte

er zu spielen mit Freunden und Bekannten oder auch mit anderen, die zufällig des Weges vorüberkamen. Besonders, und ganz besonders liebte er zu spielen mit jenen anderen; mit jenen, die so gelegentlich vorüberkamen.
Und wie das nun schon so geht, eines schönen Tages wieder einmal, wie so häufig am Spieltische sitzend, fand er sich bis auf den letzten Cent ausgegeben. In der Hoffnung, das, was er verloren hatte, zurückzugewinnen und wenn möglich noch etwas darüber, jedoch niemand am Tische findend, der ihm auch nur einen halben Dollar zu leihen willens war, damit er aufs neue sein Glück versuchen könne, bot er in seiner Verzweiflung als Einsatz die schönen Beine seiner Frau an.
In dieser guten Gesellschaft, in der Bill zu verkehren liebte, betrachtete niemand einen solchen Einsatz als besonders schreckenerregend, um so weniger als an Spieltischen alles und jedes seinen Wert hat oder unter gewissen Umständen haben kann.
Ein gewisser Gentleman bot, ohne auch nur eine Miene zu verziehen, gegen Bills Einsatz fünfzig Dollars in bar. Und wie das in solchen verzweifelten Fällen gewöhnlich geschieht, verlor Bill.
Es war nun am späten Nachmittag, und das Spiel war zu Ende. Bill hatte nichts anderes von Wert mehr anzubieten, und darum sagte der Gentleman: »Well, mein Freund, ich denke, es ist nun an der Zeit, Ihren Scheck einzukassieren. Wie denken Sie denn darüber?«
»Mir ist es recht, heute so gut wie morgen. Gehen wir.«
»Okay, Mister, auf zum süßen, ach so süßen Heim.«

Mina sah in dem Augenblick aus dem Fenster, als die Gartentür geöffnet wurde, und sie murmelte vor sich hin: »Gesegnet sei meine unsterbliche Seele, ich hoffe nur, er hat diesen aufgegriffenen Typ nicht heimgebracht zum Essen. Es ist kaum genug für uns beide im Haus.«
»Meine Frau – Mister Roochgoat. Du magst ihn Dick nennen, oder Dickey, Mina; er ist ein sehr guter Freund von mir.« So etwa geschah die Vorstellung.

Mr. Roochgoat sah diese schöne, junge Frau vor sich und grinste ihr ins Gesicht in auffallend vertraulicher Weise. Aber gleich darauf platzte Mina heraus: »Daß Sie das nur gleich von Anfang an wissen, mein freches Bürschlein, Bills Freund oder nicht Bills Freund, schießen Sie keine Ihrer verdrehten Kalbsaugen auf mich los, wenn Sie wissen wollen, was gut für Sie ist, und wenn Sie in dem gesunden Zustand, in dem Sie sich jetzt befinden, bleiben wollen. Erinnern Sie sich dessen ständig, während Sie hier im Hause sind, verstanden?«

Mister Roochgoat klebte ein neues Grinsen auf sein Gesicht, diesmal bei weitem noch intimer als das erste Mal, als er sich halb zu Bill wandte und sagte: »Bill, sagen Sie ihr schon, was los ist und warum ich hier bin, damit die ganze Angelegenheit hier hotsy-totsy zu aller Zufriedenheit ablaufen wird.« Und er wandte sich aufs neue Mina zu: »Nicht wahr, mein Zuckerchen, das wird sich alles schön und vollauf befriedigend abwickeln?«

»Sie werden mich gleich nicht mehr länger Zuckerchen nennen, Sie frecher, ungehobelter Landstreicher«, brauste Mina heraus. »He, du, Bill, was für eine neue Sorte von Ringelreihen ist das hier, das Ihr beide zu spielen gedenkt?«

»Nun sieh hier mal her, Mina, mein Püppchen, rege dich nicht unnütz auf. Alles wird, wie Mister Roochgoat, ich meine natürlich Dick, bereits sagte, hotsy-totsy sein, wenn wir die ganze Sache in Ruhe und mit Verständnis behandeln.« Er ging dicht auf sie zu und schlang seinen Arm um ihre Hüften. »Nun hör mal gut her, Mina, die Sache ist die, ich habe – das heißt, ich habe wieder einmal – well, du weißt ja recht gut, was ich sagen will.«

»Wieder gespielt? Wieder verloren? Das ist seit langem keine Neuigkeit mehr, und es ist auch kein Krümelchen von Spaß mehr darin.« Sich aus seinen Armen windend, fragte sie: »Wieviel ist es diesmal, he? Du weißt recht gut, wir haben keine verlausten fünfundzwanzig Cents im ganzen Hause.«

»Da siehst du ja es eben, das ist ja der Grund, der ganze und einzige Grund, warum das alles geschah, was geschah.«

»Und was ist es, das geschah?« fragte sie in einem Tone, der verriet, daß sie das Schlimmste erwartete.
Worin dieses Schlimmste bestehen mochte, das konnte sie in aller Deutlichkeit in diesem Augenblick sich nicht ausdenken.
»Ganz einfach, mein Liebchen, ich hatte alles verloren, was ich in der Tasche trug, und als ich die Karten aufhob und sah, daß ich da ein fettes Spiel in der Hand hatte, aber keinen Cent darauf zu setzen, da gab ich als Einsatz deine Beine . . . .«
»Mein guter Gott im Himmel, höre ich recht? Du setztest was?« schrie sie auf.
»Ich setzte deine Beine und verlor sie an Mister Roochgoat hier, an Dick wollte ich natürlich sagen.« Unbeobachtet von Roochgoat, zwinkerte er mit seinen Augen, und sie, den Windbeutel, mit dem sie verheiratet war, nur allzu gut kennend, verstand sofort.
Bill, dicht bei ihr stehend, tätschelte nun ihre Beine und, seine Augen auf Mister Roochgoat gerichtet, fragte unschuldig: »Mein schönes Liebchen, wessen Beine sind dies?«
»Warum diese Frage? Das sind natürlich deine Beine, ein jeder Mensch in diesem gottverlassenen Nest von einer Stadt weiß das.«
»Richtig, mein Honigstengelchen, jeder Mensch weiß das«, und nun seine eigenen Beine beklopfend, fragte er: »Liebchen, sage Mister Roochgoat, ich meine natürlich Dick, wessen Beine sind diese hier?«
»Meine«, schnappte Mina kurz, »das sind meine, seitdem du sie mir gabst in unserer Hochzeitsnacht als Hochzeitsgeschenk. Ich hoffe doch, daß du dich dessen noch gut erinnern wirst, du elender Spitzbube, der du bist.«
»Ich erinnere mich daran, mein Honigschleckerchen. Und wie ich mich daran erinnere. Wer würde sich nicht daran erinnern?«
»Gottverdammt noch mal und zur Hölle mit diesem blöden Gequassel«, schnarrte Mister Roochgoat erbost. »Aber glauben Sie nur nicht, Sie zehnmal gesiebter Schwindler, der Sie sind, daß Sie mir auf diese Weise entwischen können. Nicht Sie und nicht mir. Das schwöre ich Ihnen. Ich kriege Sie schon. Auf dem Gericht

werden wir uns treffen, und da werde ich Ihnen zeigen, daß sich mit mir niemand einen so gemeinen und nichtswürdigen Schwindel erlauben kann, ohne dafür bitterlich zu büßen.«

Alle drei wurden aufgefordert, vor dem Richter Judge Chucklepin zu erscheinen.
Judge Chucklepin, Richter in Jammersville im Staate, bekannt als der Weise Salomon von Jammersville, erklärte im Gerichtssaal, mit Würde hinter seinem Amtstisch sitzend, daß dieser Fall ein ungewöhnlicher sei und von einer Art, die mit Gottesfurcht, sittlicher Lebensweise und frommen Gedanken an das Jenseits absolut, aber auch absolut gar nichts zu tun habe. Aber da nun der Fall hier vor das Gericht gebracht worden sei, betrachte er es als seine Pflicht in seiner Eigenschaft als von den Bürgern gewählter Richter, den Fall anzunehmen und ein Urteil abzugeben. Ferner erklärte er den Anwesenden, daß es ihm sehr leid tue, in den Gesetzesbüchern einen solchen Fall seines Wissens nicht erwähnt zu finden, sonst würde er das wissen. Trotz alledem, so sagte er, habe er sich entschlossen, den Fall nach bestem Gewissen zu beurteilen und mit Gottes Hilfe ein gerechtes Urteil zu sprechen, unter der Bedingung freilich, daß ein jeder, der in diesem Fall in Frage komme, Ankläger sowohl als Angeklagter, sein Urteil als endgültig annehmen und keine Berufung dagegen erheben werde.
Die drei erklärten sich damit einverstanden, wurden zum Zeugenstand aufgerufen und vereidigt.
Mister Roochgoat erklärte, daß er die Beine der Frau des Bill in ehrlichem Spiel gewonnen habe.
Bill gab zu, daß, soweit er es beobachtet hätte, das Pokerspiel ehrlich vor sich gegangen sei, von Anfang bis zu Ende.
Und Mina, noch einmal ausdrücklich darauf hingewiesen, daß sie unter Eid aussage, bezeugte, vom Richter befragt, wer der gesetzliche Besitzer ihrer Beine sei, daß ihr Ehemann der Besitzer ihrer Beine sei, denn sie habe ihm ihre Beine als Hochzeitsgeschenk in ihrer Hochzeitsnacht gegeben, wie er bei derselben Gelegenheit

seine Beine ihr als Geschenk vermachte, da beide nichts anderes von Wert besaßen, was sie einander hätten geben können, um sich stets ihres Hochzeitstages zu erinnern.

Der Richter, nachdem er den Erklärungen mit all der Geduld, für die er bekannt war, zugehört hatte, stand nun auf, verließ seinen Stuhl hinter dem Tisch und sagte zum Schreiber: »Mike, bring mir meine Reitpeitsche.«

Der Clerk Mike begab sich in einen kleinen Seitenraum, in dem der Richter seine Angelgeräte, seine Jagdbüchse und seine Reitausrüstung aufbewahrte, um diese Dinge zur Hand zu haben, wenn ein kurzer Gerichtstag ihm Zeit zu besonderer Erholung ließ.

Der Richter hielt nun die kurze Reitpeitsche in seinen verschränkten Armen und wanderte gemächlich vor den Stühlen, auf denen die drei auf das Urteil wartend saßen, auf und ab.

Und so auf und ab wandernd betrachtete er sich verschiedene Male die drei Gesichter eines nach dem andern, als ob er in ihren Gesichtern das Urteil, das er zu fällen hatte, erraten wolle.

Plötzlich und ohne auch nur die geringste Bewegung, die darauf hingedeutet hätte, zu offenbaren, ließ er einen grausamen Hieb auf Bills Beine sausen.

Und gleich darauf schoß Mina von dem Stuhle, auf dem sie bis jetzt ruhig gesessen hatte, einen halben Meter hoch in die Luft und heulte, daß es eine Meile weit gehört werden konnte: »Oh, meine Beine, meine armen, armen Beine. Oh, Judge, warum schlugen Sie meine armen Beine so grausam. Sie haben Ihnen doch niemals irgend etwas Böses zugefügt.« Und sie wimmerte in sich hinein: »Oh, meine armen, armen Beine.«

Und während sie wimmerte und jammerte, hatte Bill auch nicht einen Muskel bewegt in seinem Gesicht, noch versuchte er den Teil seiner Oberbeine zu reiben oder zu berühren, wo er in diesem Augenblick einen entsetzlichen Schmerz fühlen mußte.

Nun erhob Judge Chucklepin seine Peitsche aufs neue, diesmal jedoch seine Augen auf Minas Gesicht gerichtet, ihr auf diesem

Wege eine deutliche Warnung gebend von dem, was sie zu erwarten hatte.
Aber sie starrte ihn wild an und sagte sehr laut: »Hören Sie mal, Judge, ich mach' mir wirklich nicht viel daraus, wenn Sie meine Beine peitschen, aber wenn Sie nicht wollen, daß ich Ihnen die Augen auskratze, dann lassen Sie wohl besser die Beine meines Mannes in Ruh; denn ich bin außerordentlich empfindlich in allem, was man den Beinen meines Mannes antun möchte.«
»Beruhige dich, Mina, ich hatte auf keinen Fall die Absicht, die Beine deines Mannes zu verletzen.«
»Besser nicht, Judge«, sagte sie ruhig, aber mit einer deutlichen Warnung in ihrer Stimme und in ihrem Blick.

Der Richter gab die Peitsche an den Schreiber zurück und nahm seinen Sitz hinter dem Amtstisch wieder ein.
Er schlug mit dem Holzhämmerchen auf den Tisch, Ruhe im Saale gebietend.
»Ich habe mich zu meiner vollen Zufriedenheit davon überzeugt, daß der Angeklagte wie auch die Zeugin Mina die unzweifelhafte und unleugbare Wahrheit sprachen in Hinsicht der Frage, wessen Beine in diesem Falle wem gehören, und ich bin der unerschütterlichen Meinung, daß auch der Kläger gleichfalls überzeugt ist hinsichtlich der wahren Eigentümerschaft der Beine, um die es sich hier handelt. Irgendeine Entgegnung?«
»Keine irgendwelcher Art, Judge«, erklärte Mister Roochgoat.
»Gut denn, all right. Ich ersuche den Kläger und den Angeklagten, hierherzukommen und sich vor meinem Tisch aufzustellen, um das Urteil zu hören.«
Der Richter, seinen Five-Gallon-Hut auf den Kopf stülpend, stand nun auf und fragte feierlich: »Hat der eine oder andere von euch beiden eine Erklärung abzugeben oder eine Bemerkung zu machen, ehe ich das endgültige Urteil spreche?«
Die beiden Aufgerufenen schüttelten den Kopf.
»Okay. Alle Anwesenden höret zu wissen. Der Kläger hat in ehrli-

chem Stud-Poker die Beine der Frau des Angeklagten gewonnen. Der Angeklagte ist darum hiermit verurteilt, dem Kläger die Spielschuld auszuzahlen. Kläger, Sie sind hiermit berechtigt zur Besitznahme von Minas Beinen.«

Mister Roochgoat, vergnügt seine Hände reibend, gab Bill einen häßlich grienenden Blick, durch den er seine Zufriedenheit mit dem Urteilsspruch auszudrücken gedachte.

Sich nun an den Richter wendend, fragte er: »Habe ich das Recht, Judge, mit den gewonnenen Beinen zu tun, was mir beliebt?«

»Freilich dürfen Sie das, sie gehören ja nun Ihnen.«

Kaum hatte der Richter das gesagt, als Bill und Mina totenbleich wurden und Mina schrie: »Judge, Sie können so etwas auf keinen Fall zulassen.«

»Oh, kann ich das nicht? Mach die Augen auf und sieh, wie ich das kann. Ich bin es, der hier das Urteil spricht, und ich wünsche hier vor diesem Gericht keine Widerrede irgendeiner Art.« Und abermals seine Augen auf Mister Roochgoat richtend, sagte er: »Da Sie nur die Beine gewonnen haben, dürfen Sie freilich den Rest des Körpers nicht mit Beschlag belegen. Ich denke doch wohl, Kläger, daß Sie das begreifen werden.«

»Ich bin völlig zufrieden mit den Beinen, denn –« und nun einen teuflischen Blick auf Bill werfend, fügte er hinzu: »– denn ich lasse ihr die Beine amputieren und pökele sie ein in Alkohol. Kein smarter Schwindler kann mich auf eine solche gemeine Art und Weise betrügen und dann auf und davon laufen und mir eine Nase drehen. Was für ein Lachen ich haben werde, wenn ich auf die eingepökelten, in einer Glastonne aufbewahrten Beine sehe.« Und er brach in höhnendes Lachen aus.

»Ganz gewiß, Kläger, werden Sie sich eins lachen können. An der Tatsache, daß Sie ein gesetzliches Recht haben, jene von Ihnen gewonnenen Beine nun mit sich zu nehmen, kann nicht mehr gerüttelt werden.«

»Judge!« schrie Mina mit einem Weinen in ihrer Stimme.

»Du schweigst, Mina, oder ich lasse dich aus dem Saale werfen.«

Mister Roochgoat streckte seine Hand aus, um die des Richters zu schütteln, aber Judge Chucklepin blickte im selben Augenblick zufällig in eine andere Richtung. »Ich danke Ihnen herzlich, Judge, das nenne ich wirkliche Gerechtigkeit«, und nun Bill bei dessen Ärmel packend, kommandierte er: »Komm nun, mein smartes Lämmchen, komm, komm und sorge dich nicht um des Doktors Rechnung. Ich bezahle ihm die Rechnung in bar, und es wird mir ein Vergnügen sein, diese Doktorrechnung in bar zu begleichen.«

Er lenkte Bill zur Ausgangstür, als Judge Chucklepin ihn zurückhielt: »Einen Augenblick, Mister, der Fall ist noch nicht völlig beendet. Ich fühle mich verpflichtet, Kläger, Sie darauf hinzuweisen, daß, nachdem Sie die gewonnenen Beine eingepökelt haben, um sich daran täglich zu erfreuen, Sie natürlich die gesetzliche Verpflichtung haben, den Angeklagten für den Rest seines Lebens zu unterhalten, da er ohne die Beine seiner Frau große Schwierigkeiten haben wird, seinen Lebensunterhalt zu verdienen.«

»Das macht mir nicht viel aus, Judge. Glücklicherweise habe ich es ja, diesen gottverdammten Schwindler zu füttern und ihn gerade genügend zu füttern, daß er nicht abknabbelt.«

»Ja, das dachte ich wohl, daß Sie die Mittel haben, ihn dürftig gerade so am Leben zu erhalten.« Judge Chucklepin hatte für einen kurzen Augenblick seine Zunge in der Backe und sagte dann so gelegentlich: »Ich fühle mich außerdem noch dazu verpflichtet, Ihnen zur Kenntnis zu geben, Kläger, daß, sollte der Angeklagte während oder infolge der Amputation der Beine seiner Frau sein Leben verlieren, ich gegen Sie Anklage erheben werde wegen vorbedachten Mordes im ersten Grade und daß ich persönlich mich dafür einsetzen werde, daß Sie, mit allen Tröstungen der Religion versehen, gut und regelrecht gehenkt werden.«

Judge Chucklepin klopfte, nachdem er so gesprochen, mit seinem Holzhämmerchen auf den Tisch und rief: »Clerk, der nächste Fall.«

Eine unerwartete Lösung

Sieben Monate waren sie verheiratet, als beide, und beide zu genau gleicher Zeit, des Umstandes gewahr wurden, daß sie nicht glücklich seien und daß ein Eheleben, auf alle Fälle das ihrige, nicht das sei und nicht das an Freuden, Belustigungen und angenehmen Unterhaltungen böte, was beide von einem Eheleben erwartet hatten. Beiden erschien eine Ehe eine schlimme Form von Marter, eine Marter, die keine Grenzen aufwies.
Je mehr Zeit vorüberging, um so hoffnungsloser wurde ihr Zusammenleben. Lydia, kürzlich erst einundzwanzig, offenbarte die ersten untrüglichen Merkmale, daß sie sich im Laufe der Jahre zu einem Stachelschwein von ungeheuren Ausmaßen entwickeln würde.
Rogerio Zorro, einige Jahre älter als sie und ein schön gewachsener und hübsch anzusehender Mann, jedenfalls ein Mann, den zu gewinnen Dutzende von reizenden Dämchen Abend für Abend die Heilige Jungfrau bitten würden, konnte nichts, aber auch absolut gar nichts tun, im Guten oder im Bösen, um das Wohlgefallen seiner jungen Frau zu erregen. Was er auch immer tun mochte, sie hatte daran herumzumäkeln, zu kritisieren und zu nörgeln, sobald er sich auch nur in ihrer Gegenwart sichtbar machte.
Einmal war es der Anzug, den er sich gekauft hatte, der ihr nicht gefiel und der geschmacklos war. Dann wieder war es die Farbe seiner Schuhe, die nicht paßte zu seiner Krawatte, die er so schludrig und unkünstlerisch gebunden hatte, daß sie behauptete, in Ohnmacht zu fallen, wenn sie nur einen Blick darauf werfe. Die Form und das Material seines Hutes, obgleich neuester Mode, war einfach entsetzlich anzusehen auf seinem Kopf, und den Hut trug er in einem solchen Winkel zu seiner Stirn, daß es ihr grauenhafte Furcht einflößte. Nun war es wieder die Art und Weise, in der er die Suppe löffelte, oder wie er die Serviette behandelte, oder wie er das Fleisch auf dem Teller in viel zu große Bissen schnitt. Dann

gefiel es ihr nicht, wie er sich am Morgen reckte, wenn er aufstand, und wie er zu pfeifen liebte, wenn er sich rasierte. Sprach er zu ihr von einem neuen Plan in seinem neuen Geschäft, so war es reine Verrücktheit, was er zu tun gedachte. Und wenn er den Mund aufmachte und etwas sagte, so erklärte sie, daß es einfach kindisch sei, so zu reden, und daß das, was immer er auch sagte, nichts als blöder Unsinn sei.

Dann eines Tages sagte sie zu ihm: »Als ich dich heiratete, wurde mir erzählt, du seiest vierundzwanzig; aber jetzt, da ich dich besser kenne, weiß ich, daß dies gelogen war. Schlimmer noch ist, daß diese Lüge nun auch noch in der Heiratslizenz registriert ist. Nach meiner wohlbegründeten Meinung mußt du wenigstens sechzig sein, vielleicht sogar weit über achtzig. Oh, ich armes, betrogenes Lämmchen!«

»Lämmchen, du«, antwortete er darauf, »und da wir gerade einmal dabei sind, muß ich dir schon sagen, daß ich dich und all dein ewiges Nörgeln und Quengeln satt habe, satt habe bis oben hin. Wenn du glaubst, daß ich achtzig bin, dann mußt du falsch zusammengeschraubt sein, und die Seite, die bei jedem andern normalen Weibe oben ist, die ist bei dir unten, wenn sie überhaupt da ist. Tag und Nacht an mir herumzuzwicken und herumzupicken wie eine alte verschrobene Henne. Ich bin überaus glücklich, wenn ich in meinem Geschäft bin, umgeben von meinen Leuten. Hier, in meinem eigenen Haus, was gewöhnlich ›Sweet Home‹ oder ›Süßes Heim‹ genannt wird, und mit dir als Gesellschafterin, fühle ich mich wie ein Fremder, viel schlimmer noch, ich fühle mich als der Hausbursche.« »Ha, ha, ha!« lachte sie gellend heraus, »nicht einmal Hausbursche könntest du sein. Zu dumm für irgendeine Sorte von nützlicher Dienstleistung, und wenn ich sage, nützliche Dienstleistung, so meine ich jene Sorte nützlicher Dienstleistung, von der du in deiner Dummheit und Unschuld nie gehört hast. Raus aus meinen Augen, wenn du nicht willst, daß ich dir eine Vase an deinen Holzkopf pfeffere.«

Die beiden guten Leutchen kannten sich, seit sie Kinder waren, und ehe er das Alter von zwölf Jahren erreicht hatte und sie das von acht, wurde ihnen täglich von ihren Eltern gesagt, daß sie einander heiraten würden, sobald das Mädchen die Hochschule beendet habe. Vielleicht aus diesem Grunde, vielleicht auch aus mehreren anderen Gründen, die wir ja nicht alle kennen können, hatte zwischen beiden nie etwas von dem bestanden, was phantasiearme Dichter Romantik nennen. Die beiden kannten gegenseitig die Art und Weise, wie jeder der beiden erzogen worden war, zu gut von innen und außen, als daß irgendeine Form von Imagination kleine Fehler, die der eine oder die andere haben mochte, verdeckt haben könnte. Und wo keine Imagination, kein Geheimnis, das darauf hofft, eines Tages entdeckt zu werden, vorhanden ist, kann keine Romantik blühen. Nicht einmal eine Hochzeitsreise hatten sie sich gegönnt. Beide hatten vorgezogen, das Geld für eine teure Hochzeitsreise zu sparen und es für Gebrauchsgegenstände auszugeben, die ihnen wichtiger und nützlicher erschienen, als im Lande herumzureisen, hinter Hotelräumen herzujagen und Züge zu verpassen.

Und als sie nun in dieser Weise ein Jahr gut und schlecht verheiratet waren, begab es sich, daß Lydias Mutter erkrankte. Sie war nach der Hauptstadt verzogen am Tage nach Lydias Hochzeit. Seit fünf Jahren war sie Witwe, aber sie fühlte sich genügend lebenskräftig und verlangte danach, ihr ferneres Leben unabhängig zu führen und zu versuchen, soviel aus diesem, zuweilen sehr langweiligen Leben für sich herauszuschlagen, als eine gesunde, noch sehr hübsche Frau von vierzig Jahren und mit ansehnlichem Vermögen mit gutem Recht erwarten darf, vorausgesetzt, sie fürchtet sich nicht vor dem, was ihr so gelegentlich in den Weg kommen mag. Der wichtigste Grund jedoch, warum sie die Heimatstadt verlassen hatte, war, daß sie nicht als Schwiegermutter erwähnt zu werden wünschte, viel weniger noch als Großmutter.

Und nun war diese fröhliche und lebenshungrige Dame krank, und sie sandte ihrer Tochter ein Telegramm, sofort zu ihr zu kommen und, wenn irgend möglich, ihr zu helfen, nicht zu sterben.

Wie schon angedeutet, hatte diese Dame, jetzt nicht mehr den Kritiken, dem Tuscheln und Flüstern der Nachbarn in einer verhältnismäßig kleinen Stadt ausgesetzt, das Witwenleben so reich und in den letzten Monaten so unterhaltend gefunden, daß sie sich weigerte und entschieden sträubte, dieses Leben aufzugeben, als es gerade besonders schön zu werden versprach. Sie war sich bewußt geworden, daß ihr noch eine gute Zahl von Jahren, erfüllt mit gleichem, gutem und vergnügtem Leben, zur Verfügung stehen würde, sobald es ihr gelang, am Leben zu bleiben, wenn dieses Leben bedroht erschien.

Lydia nahm den nächsten Zug, um rasch bei ihrer Mutter zu sein, und sie blieb an ihrer Seite während mehr als zwei Monaten, einer Zeit, die von den Doktoren als die wirklich kritische bezeichnet worden war.

Nachdem sie einen Rückfall glücklich überstanden hatte, erholte sich Lydias Mutter rasch, und sie war unglaublich glücklich, als ihre Tochter in der ersten Woche, in der sie aus dem Bette war, sich zur Heimreise anschickte. Sie kannte ihre Tochter, und als deren Mutter sollte sie sie ja außerordentlich gut kennen und wissen, ohne daß es ihr jemand zu erzählen brauchte, daß ihre Tochter durch das reizvolle und interessante Leben, das für sie so voll Spaß und Vergnügen war, verdorben würde.

Lydia erstaunte ihren Mann nicht dadurch, daß sie zu ihm ins Haus zurückkehrte, als er es am wenigsten erwartete. In dieser Hinsicht handelte sie klüger als die Mehrzahl der Frauen, die ihren Mann zu überraschen suchen, meist in der Erwartung, ihn in einer Lage oder unter Verhältnissen zu finden, die es ihnen möglich machen, für die nächsten zwanzig Jahre Erpressungen aller Arten auszuüben.

Sie schickte ihm rechtzeitig genug ein Telegramm, um ihm ihre Rückkehr anzukündigen.

Da stand sie nun in der Tür und ließ ihre Augen rund im Raum herumschweifen, sich ungewiß erinnernd, wie das Haus ausgesehen haben möchte, als sie es verließ. Nichts stand auf seinem früheren Platz. Dem Anschein nach zu urteilen, war seit ihrer Abreise hier nie gefegt oder abgestaubt worden. Vasen und Gläser lagen herum, die meisten zerbrochen. Ungefaltete Zeitungen, wohin man auch blickte. Er hatte sich nicht die Mühe gemacht, sie aufzuheben.

Rogerio hatte, wie es sich nun endlich herausstellte, offenbar keinen Sinn für häusliche Ordnung, und das kam ihm, als er seine Frau dort in der Tür stehen sah, voll zum Bewußtsein. In der am weitesten von der Tür entfernten Ecke nahm er strategische Aufstellung, und von dort aus, geschützt durch einen Tisch, der zwischen ihnen stand, beobachtete er sie so, als ob er erwartete, daß sie sich im nächsten Moment in einen reißenden, blutdürstigen Tiger verwandeln würde.

Aber zu seinem größten Erstaunen blieb sie ganz ruhig. Nur ihre Augen spielten im Raum herum. Und merkwürdig, es war diese trockene Ruhe, die ihn mehr erregte und unsicher machte, als wenn sie auf ihn losgesaust wäre, um ihm ihre von ihm so sehr gefürchteten Fingernägel ins Gesicht zu bohren.

Er war überzeugt, daß er träumen müsse, als sie nicht nur nicht einen Wutanfall bekam, sondern ein breites und ungemein süßes Lächeln aufsetzte und in einem beinahe mütterlich zu nennenden Ton sagte: »So, so, aha, so sieht es zu Hause aus, wenn der Eheknabe eine Weile allein gelassen wird und sich niemand um sein Wohlergehen kümmert. Das nenne ich mal einen Jahrmarkt. Es wird mich eine volle Woche kosten, alles und jedes an seinen gewohnten Platz zurückzustellen und diesen Stall in Ordnung zu bringen.«

Sie trat nun in den Raum, zog ihren Hut herunter und erlaubte ihm, ihr aus dem leichten Reisemantel, den sie trug, zu helfen. Nicht nur ihr Ton, sondern auch das Lächeln, das sie beibehielt, wurde mehr und mehr mütterlich, als sie zwei Schritte zurücktrat, um ihn von dieser Entfernung abzuschätzen und ihn anzusehen, als ob sie ihn nie zuvor jemals richtig betrachtet hätte.

»Hm, hm, hm, laß dich doch mal ansehen. So, das ist also unser

alter Knabe hier. Beinahe habe ich dein Gesicht vergessen. Und sieh doch nur mal an, ja, willst du denn deiner Frau keinen Kuß geben, oder muß ich dich vielleicht zuerst küssen?«
Er fühlte sich mit jeder Sekunde unsicherer auf den Füßen. Vielleicht, sagte er zu sich, hat sie den Verstand verloren infolge der Krankheit ihrer Mutter. Und als er nun so gar nicht wußte, wie er dieser völlig neuen Situation begegnen sollte, schob sie ihn in einen Sessel, setzte sich auf seine Knie, nahm seinen Kopf zwischen ihre Hände und küßte ihn heftig und so viele Male, daß er es aufgeben mußte, die Küsse zu zählen. Ihren Kopf dann gegen seine Schulter bergend, sagte sie: »Oh, mein Lieber, wirklich und wahrhaftig, ich bin verliebt in dich. Niemals vorher wußte ich, wie sehr ich dich liebe. Du bist ein so feiner und anständiger und liebenswerter Mann – nein – nein, unterbrich mich nicht –, du bist ein sehr feiner, feiner Mann. Ich verstehe nicht, wie ich so viele Monate hindurch das nicht sehen konnte, was du bist und was in dir ist. Es war ein großer Irrtum von mir. Aber, Liebster, es ist niemals zu spät, einen Irrtum gutzumachen, denkst du nicht? Solange man am Leben ist, kann man auch lieben, nicht wahr?«
Und wieder und wieder bedeckte sie sein Gesicht mit einer Lawine von leidenschaftlichen Küssen.

Es war am nächsten Abend, lange nach dem Diner und als sie eine langausgedehnte Episode aller Art von Liebeleien beendet hatten, daß er, sie in seinen Armen haltend, sagte: »Deine Mutter muß eine ganz wundervolle Person sein.«
»Wieso?« fragte sie, ohne zu verstehen, daß er geglaubt hatte, ihre Mutter sei für diese unerwartete Änderung in ihrer Zuneigung für ihn verantwortlich.
»Mutter? Meine Mutter? Wundervoll? Natürlich, sie ist intelligent und weiß, was sie will. Ich denke doch, du kennst sie so gut wie ich. Augenblicklich freilich ist sie etwas reichlich lebhaft. Das Telefon geht Tag und Nacht. Lassen wir ihr doch das Vergnügen. Es ist ja ihr Geld, das sie ausgibt. Und sie hat gegen niemand

Verpflichtungen. Warum soll sie ihr Leben nicht nach ihrer Weise genießen. Sie wird bald genug davon haben, denke ich. Aber wundervoll, wie du sagst? Ich sehe nicht viel Wundervolles in ihr. Auf keinen Fall möchte ich, daß sie mit uns lebt. Ich ziehe vor, unser Heim für uns und für uns allein zu haben und – und – für – ja, und für –«

Sie vollendete den Satz nicht, sagte aber nun, in völlig verändertem Tone: »Wird es dir nicht zuweilen langweilig, Abend für Abend hier im Haus herumzusitzen wie eine Unke? Ich muß dich doch manchmal zu Tode langweilen. Raus aus dem Hause für einige Stunden. Sieh deine Freunde, spiele einige Partien Domino oder schiebe Kegel oder was du gerade willst.«

Er fand kaum Worte, so verstört war er. »Ich – ich – weißt du, Lydia, ich – ich würde lieber hier mit dir im Hause bleiben. Es gefällt mir hier.«

»Nichts da. Raus mit dir. Es bekommt einem jungen Mann nicht gut, immer und ewig an den Röcken seiner Frau zu hängen. Vergnüge dich für ein paar Stunden ohne mich. Es wird dir guttun. Los, raus mit dir.«

Er ging. Auf seinem Wege zu einem Lokal, wo er wußte, einige Bekannte zu treffen, murmelte er vor sich hin: »Ganz gleich, was sie sagt und wie sie versucht, es abzuleugnen, aber da ist kein Zweifel, daß ihre Mutter sie einige Wahrheiten gelehrt hat in Hinsicht dessen, wie sich ein richtiges Weib in einer Ehe verhalten soll und wie sie zu handeln hat, um die Ehe erfolgreich zu gestalten. Wer sonst sollte sich wohl die Mühe gemacht haben, sie so vollständig zu verwandeln?«

An einem Sonntagmorgen, nicht sehr lange nach jener intimen Unterredung der beiden, sagte sie, während ihr Gesicht sich rötete: »Ich glaube, Lieber, daß wir uns vorbereiten sollten für ein neues Mitglied der Familie.«

»Wer kommt auf Besuch?« fragte er unschuldig, »dein Bruder Albert oder wer sonst? Wer immer es ist, der auf Besuch kommen will, er ist willkommen in diesem Hause. Also, wer ist es?«

»Nein«, sagte sie und versuchte, gleichgültig zu bleiben, »es ist kein solcher Besuch. Du bist im Irrtum. Sehr im Irrtum. Ich spreche von einem echten und wirklichen Neuankömmling, ein neues Mitglied unserer Familie, unserer eigenen Familie.«

Nun endlich verstand er. Natürlich verstand er. Mit diesem besonderen Blick in ihren Augen würde selbst der gute Adam es verstanden haben, ehe Kain geboren wurde.

Es war ein Junge. Gut geformt und vortrefflich fabriziert. Sein Vater war stolz auf ihn. Er betrug sich, als ob niemals vorher unter der Sonne irgendwo ein Vater existiert hätte.

Dieser Neuankömmling tat für die nächsten dreiundzwanzig Jahre sein Bestes, das Eheleben seiner Eltern noch bei weitem glücklicher zu gestalten, als es während der Monate vor seiner Geburt gewesen war.

Rogerio und Lydia waren inzwischen eines jener seltenen Ehepaare geworden, die man zuweilen im Film sehen kann, weniger in der Wirklichkeit, und auf die man hinweist, wenn man nach einem sichtbaren Beispiel sucht, um zu beweisen, daß ein Eheleben nicht immer eine Katastrophe zu sein braucht.

Egberto, deren einziger Sohn, war heftig, aber sehr, sehr heftig verliebt in Vera, das einzige Kind eines Señor Cardoso, des am meisten verlangten Zahnarztes der Stadt, eines angesehenen Bürgers, von dem man wußte, daß er ein recht ansehnliches Vermögen besitze.

Egberto und Vera waren sich ihrer Liebe seit geraumer Zeit bewußt. Um das genauer zu bezeichnen, genügt es, zu gestehen, daß sie seinen Verlobungsring seit einem und einem halben Jahr trug. Trotz alledem, sie konnten sich nicht heiraten, wie sie so über alles gern gewollt hätten. Die Ursache war, daß sich die Eltern Egbertos dieser Heirat mit all ihrer Kraft und Gewalt widersetzten.

Der Zahnarzt, dessen Frau, Veras Mutter, vor vier Jahren gestorben war, dahingegen war voll des Jubilierens in bezug auf die Heirat seiner Tochter mit Egberto. Vom ersten Augenblick an, als er von dieser Liebschaft hörte, war er aufs höchste erfreut darüber. Wenn irgend jemand einen Grund gehabt hätte, sich dieser Heirat zu widersetzen, so wäre es Señor Cardoso, denn er war in der Lage, seiner Tochter eine Aussteuer und eine Mitgift zu geben, groß genug, um irgendwelchen Mann zu gewinnen, den sie sich nur immer wünschte. Aber er war durchaus und völlig zufrieden mit Egberto, den er als den schönsten und besten und feinsten jungen Mann auf Erden betrachtete.

Egberto versuchte alle seine Kenntnisse in den Künsten erfolgreicher Überredung, um die Einwilligung seiner Eltern für seine Heirat zu erlangen. Irgendwo in seinem Gemüt pflegte er die Idee, daß sich ohne die Bewilligung und Zustimmung der Eltern beider Parteien zu verheiraten, vielleicht zu einer unglücklichen Ehe führen könnte, und er wünschte in der Tiefe seines Herzens, glücklich mit Vera zu leben. Im Grunde genommen nahm er freilich diese Idee nicht gerade ernst. Ganz im Gegenteil. Im Kreise seiner Freunde prahlte er, ein wahrhaft moderner Mensch zu sein, der gelernt habe, unabhängig von der großen Herde zu denken. Er ging selbst so weit, daß er ›Heirat auf Probe‹ empfahl. Aber er lehnte es entschieden ab, eine solche Probeheirat mit seiner angebeteten Vera zu versuchen.

Seit er die Hochschule nach bestandenem Abgangsexamen verlassen hatte, war er in der Bank angestellt gewesen, wo er im Laufe der Zeit eine gutbezahlte und verantwortungsvolle Stellung übernommen hatte. Es öffnete sich nun in jener Bank der Posten des Filialdirektors, und er hatte jegliche Aussicht, diesen begehrten Posten zu erhalten. Jedoch der Aufsichtsrat bestand darauf, daß diese ungemein wichtige Stelle von einem verheirateten Mann bekleidet werden müsse. Und da dieser aussichtsreiche Posten in kurzer Zeit besetzt werden mußte, hatte sich Egberto mit seiner Heirat zu beeilen, wenn er diese seltene Gelegenheit, zu einem höheren Posten zu gelangen, nicht versäumen wollte.

Beide – sowohl sein Vater als erst recht Veras Vater – würden es mit großer Befriedigung und Genugtuung betrachtet haben, Egberto in jener hochgeachteten Stellung zu sehen, aber wenn es zu dem einzigen entscheidenden Punkt kam, ob er Vera heiraten dürfe oder nicht, zerstörten seine Eltern alle Hoffnung auf die endliche Erfüllung seiner innigsten Wünsche.

»Du magst irgendein Mädchen heiraten, das dir gefällt«, sagte sein Vater, »ich verspreche dir, mich nicht zu widersetzen, wer immer auch diese junge Person sein möchte. Aber ich widersetze mich mit allen meinen Kräften gegen deine Absicht, das Cardoso-Mädchen zu heiraten.«

»Wenn du mir doch nur endlich sagen wolltest«, erwiderte Egberto, »warum du nicht willst, daß ich das Cardoso-Mädchen heirate. Ist sie etwa nicht hübsch genug?«

»Ich denke, sie ist das hübscheste junge Mädchen der Stadt. Mehr als das; sie ist eine ausgesprochene seltene Schönheit.«

»Weißt du dann vielleicht etwas über sie zu sagen hinsichtlich dessen, daß sie vielleicht kein anständiges Mädchen ist?«

»Sie könnte wahrhaftig als Muster für eine junge Frau unserer Zeit angesehen werden.«

»Gut denn, was ist nun eigentlich hinter allen diesen widersprechenden Einwendungen, wenn du nichts, absolut gar nichts gegen das Aussehen oder den Charakter Veras zu sagen weißt?«

»Die Sache ist einfach die, du kannst das Cardoso-Mädchen nicht heiraten. Und das ist alles. Damit endet die Geschichte. Schlag sie dir aus dem Sinn und such dir eine andere.«

Egberto ging zu seiner Mutter, um zu hören, was sie dazu zu sagen habe. »Du hast gehört, was dir dein Vater gesagt hat«, antwortete sie kurz. »Vera kannst du nicht heiraten. Ich kann nichts gegen sie sagen. Sie ist ein vorzügliches und schönes Mädchen, das beste, das ich kenne hier in der Stadt. Aber du kannst sie nicht für dich haben. Sie ist nicht die rechte Frau für dich. Vergiß sie. Da sind eine Menge anderer schöner und guterzogener Töchter in unserer Stadt. Irgendwelche andere, die du bringst, ganz gleich, wie sie heißt, wer sie ist und wie sie aussieht; ich werde sie mit offenen Armen empfangen und euch beiden meinen mütterlichen Segen

geben. Aber niemals Vera, nicht als deine Frau. Und nun Schluß damit.«
An diesem Punkt der Ereignisse angelangt, kam Señor Cardoso zu Hilfe. »Ich werde diese Angelegenheit mit diesem alten störrischen Ochsen, entschuldige, mein Sohn, ich spreche von deinem ehrwürdigen Vater, nun einmal persönlich und recht ernsthaft verhandeln«, sagte Señor Cardoso zu Egberto. »Er, ich spreche von deinem ehrwürdigen Vater, ist ein eigensinniger, bockbeiniger Esel, das ist es, was er ist in meinen Augen. Und ich werde ihm ins Gesicht hinein sagen, was ich von ihm denke. Ich möchte doch nur gern wissen, was dahintersteckt. Oder hat er vielleicht gar ein anderes Mädchen für dich im Sinne?«
»Ganz gewiß nicht, er würde mir das seit geraumer Zeit schon gesagt haben.«
»Well, ich werde ihm mal einen Besuch abstatten, den er sicher nicht so bald vergessen soll. Warte nur ruhig, mein Sohn, und beobachte, wie die Angelegenheit nun auslaufen wird.«

Señor Cardoso kam zum Hause Rogerios, und er hatte eine Unterredung mit Egbertos Vater.
»Und nun erzählen Sie mir mal«, sagte Señor Cardoso ohne irgendwelche andere Einleitung oder Begrüßung, »ist meine Tochter vielleicht nicht gut genug für Ihren Jungen? Ich wünsche hier über diesen Punkt eine Meinung von Ihnen zu erhalten, aber ohne irgendein faules Herumschleichen um die richtige Anwort. Los, los, schießen Sie los. Ist meine Tochter gut genug für Ihren Jungen oder ist sie es nicht?«
Rogerio fühlte sich reichlich unbequem. Alles was er im Augenblick tun konnte, war, mit unsicherer Stimme zu murmeln: »Ich habe niemals in meinem Leben etwas Ähnliches gesagt oder gedacht, daß Ihre Tochter nicht gut genug für meinen Sohn sei oder nicht gut genug erzogen, um seine Frau zu sein. Sie bestand ihr Examen mit allen hohen Ehren. Ich sehe mich genötigt einzugestehen, daß sie eine bessere Schulbildung hat, als ich sie meinem

Sohn gewähren konnte. Nein, es ist nicht das. Soweit solche Dinge in Frage kommen, ist alles in schöner, ich muß sagen, in allerbester Ordnung. Keinerlei Beschwerden nach dieser Richtung hin.«

»Was ist es dann?« bellte der Zahnarzt heraus, während sein Gesicht rot anlief. »Hat sie vielleicht nicht genügend Geld, das ich ihr mitgebe? Ist es das? Raus mit der Sprache. Sagen Sie es nur ruhig und dreist heraus. Ich warte ja nur gerade auf das.«

»Ich kann es Ihnen leider nicht gestehen, Cardoso.«

»Cardoso? Für Sie bin ich Señor Cardoso, daß Sie das nur gleich wissen.«

»Wie schon gesagt, Señor Cardoso, ich kann Ihnen den wahren Grund nicht sagen. Das ist alles. Ich gebe einfach meine Einwilligung zu dieser Heirat nicht. Können Sie denn das nicht verstehen, Señor Cardoso?«

Rogerio kam dicht auf Señor Cardoso zu und versuchte ihn freundlich auf die Schulter zu klopfen, um damit anzudeuten, daß jene Weigerung nicht von bösen oder feindlichen Gedanken begleitet sei.

Señor Cardoso jedoch sprang einen Schritt zurück und brüllte: »Berühren Sie mich nicht, wenn Sie nicht von mir gleich hier auf der Stelle geschlachtet werden wollen. Ich bin gerade in der richtigen Stimmung dazu. – Und Sie?« Er wandte sich nun zu Lydia, Rogerios Frau, die in diesem Augenblick, aufgeschreckt durch das Brüllen Cardosos, ins Zimmer trat: »Und Sie? Was haben denn Sie zu dieser Sache zu sagen, Señora Zorro? Heraus mit einer klaren und ungeschminkten Antwort.«

»Ich bin derselben Meinung, die mein Mann bereits offenbart hat. Auch ich gebe meine Einwilligung zu dieser Eheschließung nicht«, sagte sie ruhig und ohne Erregung, als ob sie diese Antwort lange vorher schon auswendig gelernt und nur auf den Augenblick gewartet habe, um sie bei rechter Gelegenheit anzubringen.

»Nun hört einmal zu, ihr, meine lieben Leute«, Señor Cardoso schüttelte seine Fäuste vor den Gesichtern der beiden Widerspenstigen, »mit euch beiden störrischen Eseln bin ich fertig, jetzt und

für immer. Wir werden diese Angelegenheit zu einem guten Ende führen ohne eure Einwilligung, gottverdammt noch mal. Diese Heirat wird nicht unglücklich ausgehen, auch wenn die beiden Kinder ohne euren Segen ins Bett steigen. Der Segen von eurer Sorte von halb oder ganz idiotischen Hammeln ist sowieso nicht einen krummen und verbogenen Centavito wert. Das junge Pärchen soll zweimal, nein, zweihundertmal euren verblödeten Segen von mir erhalten und außerdem noch als Extrazugabe das schönste und eleganteste Haus in der ganzen Stadt. Und glücklich sollen die beiden sein trotz euch und gerade wegen euch.«
Und damit verließ Señor Cardoso den Raum und schlug die Tür mit einem solchen Krachen zu, daß das ganze Haus erzitterte.
An diesem Abend, als Egberto heimkehrte, verkündete er seinen Eltern: »All right, Sonnabend dieser Woche heiraten wir, Vera und ich. Das ist nun endgültig beschlossen. Wir beide können nicht länger warten und wollen auch nicht länger warten. Ihr beide seid zur Hochzeit eingeladen, herzlichst und mit aller Liebe und Hochachtung eingeladen von Vera und von ihrem Vater, der Eheschließung beizuwohnen. Solltet ihr nicht kommen, werde ich etwas traurig sein, um die Wahrheit zu gestehen. Ich habe mein Bestes in dieser Hinsicht getan. Aber da es sich nun wirklich so ergibt, daß da kein anderer Ausweg ist, werden wir die Feierlichkeit ohne eure Anwesenheit begehen. Aber, damit ihr es nicht vergeßt, die Eheschließung geht vor sich am Sonnabend um zwölf Uhr mittags. Gute Nacht.«
Er verließ seine Eltern und stieg die Treppe hinauf zu seinem eigenen Zimmer.

Eine unheimliche Stille herrschte im Raum, nachdem Egberto ihn verlassen hatte.
Da saßen die beiden nun, zum Bersten angefüllt mit ihren Gedanken.
Lydia überlegte eine gute Weile und sagte dann endlich: »Ich weiß natürlich recht gut, warum ich mich mit allen Kräften dieser Hei-

rat widersetze. Nur was ich nicht weiß, ist, warum du ebenfalls gegen diese Heirat bist. Bis heute hast du mir niemals den Grund angegeben, warum du nicht willst, daß der Junge die Vera Cardoso heiratet. Du kannst doch gewiß nichts gegen das Mädchen sagen, oder vielleicht doch?«

»Vielleicht kannst du etwas gegen sie sagen«, schnappte Rogerio nervös.

»Ich habe niemals behauptet, daß ich das kann. Ich habe lediglich behauptet, daß ich ein sehr unbequemes Gefühl in mir habe, daß jene Heirat auf keinen Fall vor sich gehen darf.«

»Gut gesagt. Ganz genau. Dasselbe Gefühl auf meiner Seite.«

Aufs neue fiel er in tiefes und langes Schweigen. Dann endlich, als mehrere Minuten vergangen waren, raffte er sich zusammen, erhob sich aus seinem tiefen und bequemen Sessel und begann im Zimmer auf und ab zu wandern.

Plötzlich blieb er vor Lydia stehen: »Ich muß es dem Jungen sagen. Es bleibt mir kein anderer Ausweg. Ich kann mich eines solchen schweren Verbrechens nicht schuldig machen. Ich muß es ihm sagen.«

»Was denkst du denn, was du ihm sagen mußt?« In ihrer Stimmung offenbarte sich eine auffallende Spannung, etwa so, als ob sie einen heftigen Donnerschlag erwarte.

»Ich habe ihm ganz einfach zu sagen, daß er wohl nicht gut seine eigene Schwester heiraten kann.«

Mit einem Satz, den man dieser nun etwas ältlich werdenden Dame nicht zugetraut hätte, sauste sie aus ihrem Sessel auf, aber gleich darauf fiel sie wieder in ihn zurück, während ihr Gesicht bleich und bleicher wurde.

»Wie und auf welche Weise wurdest du dieser Tatsache gewahr? Wann und wie entdecktest du dieses Geheimnis? War es Cardoso selbst, der es dir sagte? Oder wer sonst konnte es sein? Außerdem – wenn, now – warte doch mal nur einen kurzen Augenblick. Cardoso? Aber Cardoso wußte ja gar nichts davon, nicht eine blaue Silbe wußte er von dem Ergebnis.«

»Cardoso? Nein, nicht er. Er sagte niemals ein Wort, niemals. Ich denke sogar, daß er absolut gar nichts davon weiß. Er war ja gar nicht in der Stadt zu jener Zeit, als sich das ereignete. Die Sache ist die, ich fühlte mich etwas vereinsamt und verlassen. Sehr wahrscheinlich sie ebenfalls. Was weiß ich denn von solchen Dingen? So geschah es einfach, daß wir uns eines schönen Tages verstanden und Gefallen aneinander fanden. Um die ganze Geschichte kurz zu machen, das Cardoso-Jüngferlein, ich meine Vera, ist in Wahrheit und in Wirklichkeit meine Tochter. Du wirst nun auch einsehen, daß sie darum nicht gut Egberto heiraten kann, und wir haben ihm das zu erklären. Ein etwas heikles Geschäft für mich, denkst du denn nicht auch so?«

Rogerio hatte sein Bekenntnis beendet. Er stand in der Mitte des Raumes still, ohne aufzublicken, und er erwartete nun einen heftigen Aufschrei seiner Frau oder wenigstens alle Arten von Herumjammern und Herumlamentieren, reichlich verbrämt mit Anklagen und ewiger Verdammung. Als aber nun kein Schrei der Verzweiflung erfolgte, nicht einmal ein hörbarer Ton von den Lippen Lydias kam und diese Stille zwei, oder vielleicht waren es fünf, Minuten währte, wurde er von einem schrecklichen Gefühl gepackt, daß sie einen Schlaganfall erlitten habe und angesichts der furchtbaren Enthüllung seines Treuebruchs plötzlich verschieden sei. In jungenhafter Weise nahm er endlich Mut, zog die Schultern hoch, mit einer Gebärde, die sagte: ›Was geschehen ist, ist geschehen und kann nicht mehr ungeschehen gemacht werden‹, und richtete seine Augen auf sie, um seine Verurteilung zu erfahren.

Lydia hatte ein merkwürdig spaßhaftes Blinzeln in ihren Augen und ein besonderes, ein wenig satirisches und ein wenig ironisches Lächeln auf ihren Lippen, als sie fragte: »Bist du sicher, ganz und völlig und unzweifelhaft gewiß, daß Vera deine Tochter und nicht Cardosos Tochter ist? Absolut und unzweifelhaft gewiß?«

»Absolut und unzweifelhaft gewiß, das kann ich vor Gott und allen Gerichtshöfen der Welt beschwören. Wir beide wußten das, ehe Cardoso heimkehrte.«

»Ist das wirklich so?« Lydia fragte noch einmal, und gleich darauf brach sie in ein schallendes Lachen aus. Und je lauter und lärmender sie lachte, desto verwirrter wurde Rogerio, der um alle Schätze der Erde nicht verstand, was er über dieses unaufhörliche und nicht enden wollende brüllende Gelächter denken sollte, es wäre denn, daß sie plötzlich unter dem Eindruck seines furchtbaren Geständnisses den Verstand verloren habe.
Es fiel ihr schwer, mit ihrem Lachen aufzuhören. Aber das Vergnügtsein in ihren Augen wurde lebhafter und ansteckender, als sie mit einem fröhlichen Kichern in ihrer Stimme sagte: »Wenn du absolut und unzweifelhaft sicher bist, daß Vera deine Tochter ist und nicht Cardosos, dann besteht keinerlei Grund mehr, warum Egberto Vera nicht heiraten sollte und könnte, wenn er will. Denn höre mal her und verstehe das gut, wenn du sicher bist, daß sie deine Tochter ist, kann Egberto nicht ihr Bruder sein.«
»Wie soll ich denn das nun verstehen?« fragte er so erstaunt, daß sein Mund offenstehen blieb und er augenscheinlich zu erwarten schien, das Haus über ihm zusammenbrechen zu sehen.
»Sehr einfach«, erwiderte sie, »Egberto kann nicht ihr Bruder sein, denn er ist nicht dein Sohn.«
»Wa-a-a-as? Nicht mein –« Ihm lief das Mundwasser die Kehle hinunter, und für einen langen Augenblick verlor er die Stimme. Als er sie endlich wiederfand, sagte er: »Was sagtest du gleich? Meinst du wirklich zu sagen, daß er – hm – nun gut, wenn er nicht mein Sohn ist, wessen Sohn ist er denn?«
»Cardosos. Er befand sich in der Hauptstadt zur selben Zeit, als ich dort war bei meiner Mutter, die, wie du dich erinnern wirst, sehr krank war. Er, ich meine Cardoso, nahm in der Hauptstadt einen, wie sie sagen, Ergänzungskursus in der Universität, um die neuesten und letzten Verbesserungen und Entdeckungen in der Zahnheilkunde zu studieren. Oder was weiß ich, was er da tat in der Hauptstadt. Wir verliebten uns nicht. In keiner Weise. Er nicht in mich und ich nicht in ihn. Vielleicht war es diese große Stadt oder die interessante Umgebung oder der wunderschöne

Sommer, und da fanden wir uns eines Tages in einem fürchterlichen Regensturm während eines Ausfluges und saßen so mutterseelenallein in einer verlassenen Hütte. So – nun gut – so geschah es – wie das unter solchen Umständen überall in der Welt geschehen kann. Und ehe ich heimkehrte, entdeckte ich zu meinem entsetzlichen Schrecken, daß du einfach nicht der Vater des Kindes sein würdest und nicht sein konntest. Du konntest es einfach nicht sein, weil ich verfehlt hatte, dir eine wirkliche Frau zu sein. Darum, als ich nun heimkam, hatte ich sofort damit angefangen, alles und jenes zu sein, worauf du ein Recht hattest, von deiner Frau zu verlangen. Außerdem bestand da jenes unangenehme Gefühl, dir ein großes Unrecht zugefügt zu haben, denn infolge meines Irrtums, wenn ich das so nennen mag, brachte ich etwas in unser Haus, was wohl mein, aber nicht dein. In vieler Hinsicht war das alles ebenso gut dein Fehler als der meine; denn, als ich dich heiratete, wußte ich so gut wie nichts von dem, was dazu gehört. In einer Schule wird man in allen Dingen der Wirklichkeit absichtlich dumm gehalten. Dazu kam, daß ich ständig, vom ersten Tage an, nervös war und eine entsetzliche Furcht vor dem Ungewissen, vor dem Unbekannten hatte und darum wohl nie verstand, warum ich mich so dumm und lächerlich mit dir betrug. Nun gut, mein feiner Ehemann, da hast du die ganze und volle Wahrheit.«

»Das ist ja geradezu vortrefflich, sehr vortrefflich, das muß ich nun eingestehen, Lydia. Endlich habe ich doch nach so vielen und langen Jahren verstanden, warum du dich so völlig in deinem Charakter verändert hattest, als du heimkehrtest. Alle diese Jahre habe ich mich abgequält, herauszufinden, was wohl die Ursache deiner Veränderung sein möchte.«

»Dann denke ich doch, daß die Kinder nun heiraten können?«

»Die mögen heiraten oder mögen nicht heiraten. Was kümmert mich denn deren Heirat. Das einzige, was mich kümmert und was ich zu wissen wünsche, ist, ob du dich nun zurückverwandeln willst in die Eiskiste, die du warst, ehe du aus der Hauptstadt heimkehrtest?«

»Ich? Mich zurückverwandeln?« Lydia lachte laut heraus. »Das wäre närrisch, um das wenigste darüber zu sagen. Das Leben ist viel vergnügter und fröhlicher, wie wir beide es zusammen geführt haben, seitdem ich heimkam, als ein neues und völlig verändertes und nützliches Geschöpf. Cardoso, der ja um vieles älter und darum wohl auch erfahrener war als du zu jener Zeit, besonders erfahrener in allen menschlichen Dingen, lehrte mich einen guten Teil gesunder Lebensphilosophie, während wir in der Hauptstadt waren und dort Museen und Bildergalerien und Bibliotheken und Theater und Konzerte besuchten. Natürlich, und das ist ebenfalls die volle Wahrheit, ich habe niemals wieder etwas mit ihm zu tun gehabt. Niemals wieder. Als Mann war er für mich vergessen am selben Tage, als ich heimkehrte. Von jeher und immer liebte ich nur dich. Aber merkwürdig, ich wußte es nicht. Und noch merkwürdiger ist es, daß man jemand so sehr und so tief lieben kann, daß man nicht zu begreifen vermag, daß es Liebe und nichts anderes als Liebe ist, die einen nervös und kitzlig und streitsüchtig und sehnsüchtig macht, ohne zu wissen, nach was man sich sehnt.«
Alles was Rogerio tun konnte, war, ständig mit dem Kopfe zu nicken, um sein Zugeständnis zu bezeugen.
»Und da ist noch eine andere Sache«, fuhr sie fort.
»Noch eine Sache mehr?« Er verschluckte sich, als er das fragte.
»Mache dich doch nicht lächerlich. Was ich sagen wollte, ist dies. Diese andere Sache ist, daß Cardoso absolut nichts von Egberto weiß. Ich sagte es ihm niemals, und er selbst vermutete selbst in seinen wildesten Träumen nicht, daß Egberto etwas anderes als dein wirklicher Sohn sei. Hätte ich auch nur ein Wort zu ihm fallenlassen, würde das gewiß alle Umstände wahrhaft verwickelt gestaltet haben, denkst du nicht auch so?«
»Natürlich war es das Klügste, was du tun konntest. Das ist ja alles so wunder-, wunderschön. Ist es denn nicht wunderschön? Sage ja.« Er nahm sie in seine Arme und begann sie zu küssen und immer wieder zu küssen.
In diesem Augenblick stolperte Egberto in das Zimmer, um etwas

zu suchen, das er vergessen hatte, mit sich hinauf in sein Zimmer zu nehmen.
»Warum kann denn dieser Junge nie kommen, wenn sein Kommen erwartet und erwünscht wird? Immer zu unrechter Zeit«, flüsterte Rogerio in Lydias Ohr.
Ohne sie nun aus seinen Armen zu lassen, rief er: »He, du, junger Mann, was ist denn eigentlich nur los mit dir? Kannst du denn niemals zu rechter Zeit einschlafen? Die ganze lange Nacht im Hause herumrennen wie ein verlorener Geist. Natürlich, natürlich, wir sind einverstanden mit deiner Wahl, und wir kommen zur Feierlichkeit. Sonnabendmittag oder irgendwelchen anderen Tag. Was kümmert uns solche Kleinigkeit. Und wenn jemand vielleicht sagt, daß wir nicht zu deiner Hochzeit kommen, kannst du ihm sagen, er sei ein infamer Lügner. Sicherlich hast du uns nicht ernst genommen, oder du wurdest nicht ganz klug aus uns. Wir wollten nur etwas mit dir herumspielen, um zu sehen, wie lange du das aushältst. Tatsache ist, daß wir ungemein glücklich sind, dich mit Vera verheiratet zu sehen. Du wirst dich anstrengen müssen, dich ihrer würdig zu erweisen, denn sie ist einfach ein prachtvolles Mädchen. Sie ist das schönste und feinste und beste Mädchen unter dem Himmel. Dein Vater weiß das besser als irgend jemand sonst.«
Egberto hörte diese letzten Worte nicht mehr ganz, denn er sauste wie besessen zum Hause Cardoso, die große Neuigkeit zu berichten.
Señor Cardoso, der noch wach war und ein Buch las, sagte trokken: »Nun hör mal her, mein Sohn. Ich werde dir ein großes Geheimnis zu deiner Kenntnis geben. Du bist ein feiner Bursche, normal und intelligent, hast deinen Kopf an der richtigen Stelle. Aber deine Eltern, Junge, das muß ich denn doch sagen, deine Eltern sind die lächerlichsten und verrücktesten Leute, die ich jemals in meinem Leben gesehen habe. Vor zwei Stunden waren sie bereit, lieber Mord, Totschlag und Brandstiftung zu begehen, als ihre Einwilligung zu deiner Heirat zu geben. Und jetzt, ein und

eine halbe Stunde später, würden sie es lieber sehen, daß du dich verheiratest gleich auf der Stelle, mitten in der Nacht. Vor zehn Monaten hätte ich mit ihnen reden sollen, wie ich es heute abend tat. Das würde das richtige gewesen sein. Zu dieser Art von Leuten muß man mit der Keule kommen, um sie zu überzeugen.«

Dennoch eine Mutter

Mercedes hatte ihr Hochzeitskleid an und stand vor dem Spiegel. Sie war zwanzig Jahre alt. In Mexiko geboren, lebte sie in Texas, seit sie sechs Monate alt war. Seit fünf Jahren diente sie als Stubenmädchen in einem Hotel. Sie wollte diese Stellung auch nicht aufgeben – vorläufig.

»Bleibe auf der sicheren Seite, Meche«, riet ihr gestern eine ältere erfahrene Arbeitskameradin. »Du brauchst nur mich fragen, die alte Henne, die ich bin – und die bis jetzt dreimal versucht hat, ein glückliches Eheleben zu führen. Es hat nicht ein einziges Mal richtig geklappt.«

Mercedes hatte Anselmo, den Mexikaner, der in Texas geboren war, auf einem Fest kennengelernt, das die Mexikaner der Stadt am Unabhängigkeitstag gegeben hatten. Aus dieser Bekanntschaft erwuchs in kurzer Zeit eine tiefe Liebe, die vor fünf Monaten zur Verlobung geführt hatte.

Anselmo war Chauffeur einer reichen Familie auf ›The Hill‹, dem elegantesten Stadtteil.

Der Tag der Hochzeit war vor drei Wochen festgesetzt worden, und die Trauung sollte in der St.-Mary-Kirche stattfinden, die von den Mexikanern bevorzugt wurde.

Und heute war der Tag.

Eine Mexikanerin, die in einem anderen Stadtviertel lebte, war gekommen, um Mercedes beim Ankleiden zu helfen.

»Ich kann nicht lange bleiben, Meche, das weißt du. Ich muß um zwölf im Café antreten; und der Besitzer ist ein gemeiner Bursche, der mich mit höllischem Spektakel empfängt, wenn ich auch nur zwei Minuten zu spät am Küchenfenster erscheine.«

»Schon recht, Esther. Ich bin so gut wie fertig. Anselmo wird in einer Minute angesaust kommen. Die Trauung ist auf elf angesetzt.«

»Ich weiß. Sieh her, was wir jetzt haben: zehn Minuten vor elf, und

es ist ein gutes Stück Weg zu St. Mary. Das ist mir auch ein Knabe, dein zukünftiger Knüppel!«
Mercedes seufzte. »Verspätet – wie gewöhnlich. Er wird nie ein wirklicher Amerikaner werden. Er hat drei Tage Urlaub genommen: heute, morgen und übermorgen. Um halb elf wollte er hier sein.«
»Well, mein Zuckerchen, jetzt schlägt es elf. Vielleicht läßt er dich elend sitzen, der Schurke, noch in der letzten Minute. Es sieht genau so aus.«
»Anselmo? Er mich sitzenlassen? Nie im Leben! Er weiß, daß ich ohne ihn nicht leben könnte und daß ich auf der Stelle sterben würde, wenn er mich sitzenließe.«
»Ach – Erdbeeren mit Sahne und Soda! Er würde der erste nicht sein und auch nicht der letzte, der zuletzt noch abschnappt. Diese Schurken von Männern! Nicht einer ist wert, für ihn zu sterben oder auch nur zu heulen. Ich muß rennen, verflucht noch mal.«
Mercedes richtete ihre Augen auf Esther und biß sich in die Lippen.
»Drei gegen eins wette ich, daß dein Chauffeur stinkvoll ist«, sagte Esther und griff nach ihrer Handtasche. »Well, Meche, ich muß fliegen. Muß erst noch nach Hause laufen und mich umziehen. Wie ich das hasse, dieses ewige Geklapper von Tellern und Tassen und Messern und Löffeln! Dann muß ich den schmatzenden Schnellessern noch ein schönes Lächeln gratis dazugeben, auch wenn ich ihnen am liebsten die Suppe über den Kopf stülpen möchte. Wenn ich, weil mir die Rippen und Nieren weh tun, die Kunden nicht anlächle, heult mich der Alte an – und wenn ich was sage, schmeißt er mich raus. Schon gut, mein Zuckerchen; ich brauche dir nicht zu sagen, daß ich dir alles Glück auf Erden wünsche. Die Heilige Jungfrau möge dich segnen, meine Liebe! Adios!«
Die Mädchen umarmten sich, und Esther rannte davon.

Mercedes fand sich allein in ihrer kleinen Wohnung aus zwei Zimmern und einer Küche. Es war nun halb zwölf. Sie dachte daran, ein Taxi zu rufen und zur Kirche zu fahren. Vielleicht wurde sie dort von Anselmo erwartet.

Sie lief zur Tür; dabei verwickelten sich ihre Füße im Rocksaum, und sie wurde sich ihrer Hochzeitsgewandung bewußt. »In diesem Kleid«, sagte sie zu sich selber, »kann ich nicht allein in die Kirche gehen, um dort vielleich . zu entdecken, daß niemand auf mich wartet.« Sie wechselte das Kleid so schnell, als hätte es Feuer gefangen.

Auf der Straße winkte sie einem Taxi, erreichte die Kirche, trat hinein und blickte umher. Einige Frauen, die vor Heiligenbildern knieten und beteten, war alles, was sie sah. Sie lief in die Sakristei, wo sie Padre Justino antraf, der sie hatte trauen sollen.

»Nein, liebe Tochter«, sagte der Geistliche, »er war nicht bei mir und auch nicht in der Kirche; ich müßte ihn gesehen haben . . . Natürlich, Tochter, ich weiß, von wem du sprichst . . . Vielleicht hat er einen Unfall erlitten, oder seine Herrschaft hatte eine unaufschiebbare Fahrt zu erledigen – oder sein Herr mußte dringend verreisen, und der junge Mann hatte keine Gelegenheit mehr, dich zu benachrichtigen. Sorge dich nicht, mein Kind, alles wird sich zum Guten wenden . . . Natürlich, liebe Tochter, natürlich, zu jeder Zeit könnt ihr herkommen, Tag und Nacht. Ich wohne in dem kleinen Haus hinter der Kirche. Du brauchst nur an die Tür zu klopfen, und ich bin sofort bereit, euch zu trauen. Gehe mit Gott, meine Tochter.«

»Ich danke Ihnen, Padre.« Mercedes küßte die Hand des Geistlichen und rannte in ihre Wohnung zurück.

Anselmo war nicht dort. Er hatte sich auch nicht sehen lassen, während sie ihn in der Kirche suchte.

Große Angst stieg in ihr auf. Es mußte etwas geschehen sein, etwas Entsetzliches. Hatte nicht Padre Justino gesagt, daß ihm ein Unfall zugestoßen sein könne? Sie lief wieder hinaus und betrat den nächsten Laden, um das Haus seiner Herrschaft anzurufen.

»Nein, Miß«, sagte eine männliche Stimme, »er ist die letzte Nacht nicht im Hause gewesen . . . Nein, auch heute morgen zum Frühstück war er nicht hier. Sehen Sie, Miß, er hat bis übermorgen Urlaub genommen . . . Nein, ich weiß nicht, zu welchem Zweck. Er wollte eine private Angelegenheit erledigen, sagte er . . . Wie bitte? Habe ich Sie recht verstanden? Heiraten wollte er? Heute? . . . Ist das nicht ein Irrtum? . . . Das ist das Neueste, was ich höre. Davon ist hier nichts bekannt. Wir sollten das wissen. Er geht doch seit langem mit dem Kammermädchen der gnädigen Frau . . . Wie lange? Oh, schon hübsch lange. Bei der Dienerschaft wissen alle, daß die beiden verlobt sind und bald heiraten wollen. Ich kann es Ihnen ja nun verraten: die beiden sind heute zu einem Ausflug weggefahren . . . Nein, Miß, Sie sprechen mit dem Hausmeister . . . Entschuldigen Sie bitte, ich werde von Madame gerufen und muß abbrechen . . . Keine Ursache, Miß, gern geschehen . . . Wie war doch bitte Ihr Name? . . . In Ordnung, Miß, natürlich; wenn Sie nicht wünschen, daß er von Ihrem Anruf erfährt, werde ich niemand davon erzählen . . . Nichts zu danken, Miß. Guten Morgen!«

Mercedes glaubte, in der engen Telefonzelle zusammenbrechen zu müssen. Ein Klopfen an der Tür brachte sie zur Besinnung. »Hallo, Fräulein – wenn Sie sich da ausschlafen wollen, so kommen Sie doch bitte erst zur Theke und tragen sich ins Gästebuch ein. Inzwischen kann ich Ihnen ein Bett hineinbringen.«
Während sie langsam die Tür öffnete, sagte sie müde: »Entschuldigen Sie, Mister, es geht mir schon wieder besser.«
Die Leichenblässe ihres Gesichtes bemerkend, änderte der Drogist seinen Ton und sagte teilnehmend: »Verzeihen Sie, ich wußte nicht . . . Kann ich etwas für Sie tun? Ich werde Ihnen eine Erfrischung holen. Es tut mir aufrichtig leid, Miß, wirklich. Wenn ich Ihnen helfen kann . . .«
»Vielen Dank, Mister, es geht schon wieder. Ganz gut geht es schon wieder; wirklich, vielen Dank!«

Zu Hause warf sie sich auf das Bett. Ein Wirrsal von Gedanken raste durch ihr Hirn. Töten wollte sie sich – oder Anselmo, oder das Kammermädchen, oder seinen Herrn, oder den Hausmeister. Oder das Hotel wollte sie anzünden, in welchem sie arbeitete . . . Endlich sank sie in tiefen Schlaf.
Zwei Tage und Nächte schlief sie durch. Da sie Urlaub hatte und ihre Kollegen überzeugt waren, daß sie sich auf der Hochzeitsreise befände, kam niemand sie suchen.
In der Frühe des dritten Morgens erwachte sie, stand auf, badete und fühlte sich so frisch und jung wie je. Nur im Kopf hatte sie ein Empfinden, als sei er angeschwollen, als befände sich etwas darin, das nicht hineingehörte. Mit einer Aspirintablette und einer Tasse starken Kaffees war sie gewiß, daß das Gefühl verschwinden werde.
Während sie, auf dem Bett sitzend, sich umsah, blieb ihr Blick am Kleiderschrank haften, dessen Türen offenstanden und in dem ihr Hochzeitskleid nachlässig aufgehängt war.
Sie nahm es heraus, breitete es über den Tisch und begann es zu glätten. Auf diese Weise beschäftigt, summte sie leise eine Melodie vor sich hin. Und nach wenigen Minuten sang sie mit voller Stimme alles, was ihr an mexikanischen Liedern einfiel.
Dann trat sie vor den Spiegel, lächelte sich zu und ordnete ihr reiches Haar. Dann bearbeitete sie ihr Gesicht, als ob sie zu einem Ball gehen wollte.
Nachdem alles erledigt war, was ein unerklärlicher Drang ihr eingegeben hatte, packte sie ihre Hochzeitskleidung in einen kleinen Koffer, rief ein Taxi – und fuhr zu dem Fotografen, den sie bereits für ihr Hochzeitsbild erwählt hatte.

»Ich möchte eine gute Aufnahme in meinem Hochzeitskleid gemacht haben«, sagte sie.
»All right, Miß – oder Missus bereits?«
»Mistreß, please. Ich habe vor einigen Tagen geheiratet. Wir hatten aber damals keine Zeit für die Aufnahme.«

»Freilich, freilich, Madame.« Der Fotograf grinste vertraulich. »Ich verstehe. Abgesaust auf die Hochzeitsreise? Ich irre mich nie in solchen Dingen.«
»Stimmt, Mister. Woher wissen Sie das so genau?«
»Erfahrung, Madame. Erfahrung mit einigen hundert Neuvermählten.« Zwei lange Schritte zurücktretend, breitete er beide Arme aus, erhob seine Augen und deklamierte: »O Hochzeit, o Ehe, o du schöne, süße Ehe, nichts auf Erden kommt dir gleich! O du herrliche romantische Ehe, die du die Herzen verliebter Turteltäubchen in unendlicher Glückseligkeit überfließen läßt!« Und als käme er aus seligem Traumland zurück auf die nüchterne Erde, schüttelte er sich, strich sich durchs Haar, verbeugte sich und sagte: »Verzeihen Sie, Madame, ich werde immer sentimental, wenn eine so junge Frau wie Sie, Madame, in meinem Atelier erscheint. Ich kann nichts dafür. Bei solchen Gelegenheiten werde ich von meinen Gefühlen überwältigt.«
Wenige Minuten später war das Bild aufgenommen. Der Mann zeigte Mercedes die nassen Abzüge. »Natürlich, Madame, die fertigen Bilder sehen hundertmal schöner aus als diese rohen Probeabzüge. Die Feinheit in der Bearbeitung ist es, an welcher Sie erkennen können, ob Sie es mit einem Künstler zu tun haben. Ist es Ihnen recht am Montag, Madame?«
Mercedes gab ihm Geld.
»Danke verbindlichst, Madame, tausend Dank. Ich bin auch als der beste Kinderfotograf der Stadt bekannt – besonders Babys. Sollte sich die Gelegenheit ergeben . . .«
»Das können wir besprechen, wenn es soweit ist, Mister.«
»Gewiß, Madame. Keine Ungehörigkeit meinerseits. Ich bin Geschäftsmann, Madame, verstehen Sie, und muß meine Kundschaft werben und auch erhalten.«
Mercedes schien nachzudenken. Sie war noch im Hochzeitskleid; denn der Fotograf hatte sie gebeten, es bis zur Fertigstellung der Proben anzubehalten.
»Ich denke gerade nach . . .«, sagte sie zögernd.

»Bitte, Madame – was soll es sein?«
»Ich denke darüber nach, ob Sie nicht ein Bild von mir an der Seite meines Mannes machen könnten, den ich jetzt nicht herholen kann, weil er mit seinem Chef in Kansas City ist und vermutlich erst in einigen Wochen zurückkommen wird. Ich habe ein Bild von ihm bei mir.«
Der Fotograf betrachtete Mercedes mißtrauisch.
»Natürlich kann ich ein solches Bild machen. Man nennt das Fotomontage. Es ist aber etwas ungewöhnlich, wenn ich so sagen darf, Madame. Sind Sie sicher, daß hinter diesem Auftrag nichts Unlauteres steckt?«
»Wieso? Ich verstehe Sie nicht.«
»Sehen Sie, Madame: Wenn der Mann, dessen Bild Sie mir für diese Aufnahme geben wollen, gar nicht Ihr Mann sein sollte – das kann dann üble Folgen haben: Ehescheidung, Erpressungen oder was weiß ich. Ich wäre dann Mitschuldiger.«
»Gut, dann lassen Sie nur. Wenn Sie meinen, das nicht verantworten zu können, beauftrage ich einen anderen Fotografen.«
»Pardon, Madame, ich habe nicht gesagt, ich wolle die Arbeit nicht übernehmen«, beeilte sich der Fotograf. »Wenn Sie sagen, daß alles recht und legal zugeht, sehe ich keinen Grund, daß ich das Bild nicht machen sollte; genausogut oder besser als irgendein anderer Fotograf. Ich muß nur darauf hinweisen, daß derartige Arbeiten erheblich teurer sind.«
Mercedes öffnete ihren Handkoffer und brachte die Fotografie hervor.
Eine Woche darauf hatte Mercedes die Bilder. Die Aufnahme, auf welcher sie an der Seite von Anselmo zu sehen war, war so geschickt gearbeitet und so natürlich herausgekommen, daß nur ein Fachmann sie als Fotomontage erkannt haben würde.
Natürlich mußten alle Kolleginnen das Bild sehen.
»Potz Wetter«, sagte die eine, »das ist ein Junge, in den selbst ich mich noch verlieben könnte! Da gibt es wohl in der ganzen Stadt kein Mädel, das sich nicht um ihn den Hals verrenkt.«

Von nun an hatte Mercedes den Mädchen Tag für Tag etwas Neues und Interessantes aus ihrem Eheleben zu berichten. Sie erzählte ihnen, welche Frühstücksbeilagen er bevorzugte, zu welcher Zeit er abends zu essen wünschte, falls er daheim und nicht im Hause seiner Herrschaft äße; welche Kinostücke er am liebsten sah, welche Sportwetten er einging. Ja, ihren vertrautesten Kameradinnen berichtete sie von den intimen Dingen ihrer Ehe, und das mit einer Unbefangenheit und einem Freimut, daß die Reifen in ihrem kleinen Freundeskreis staunten – zuweilen sogar erröteten.

So verging ein Jahr. Eines Morgens erschien Mercedes im Büro des Hoteldirektors und bat um einen sechswöchigen Urlaub.
»Wozu?« fragte der Chef. »Wollen Sie nach Paris reisen? Oder haben Sie eine reiche Bekanntschaft gemacht?«
Mercedes errötete. »Nein, Mr. Leager. Wie soll ich Ihnen das nur gleich erklären? Ich bin doch seit mehr als einem Jahr verheiratet. Wir – ich meine – ich und mein – wir werden nun Einquartierung – wir – ach, verstehen Sie doch endlich! Sie sind doch selber verheiratet und haben Kinder, nicht wahr?«
»Ach so – gratuliere, Mercedes, gratuliere! Natürlich können Sie sechs Wochen Urlaub haben, bei halbem Lohn zudem. Sollten Sie Geld brauchen – ich kann Ihnen einen Scheck auf fünfzig Dollar ausschreiben . . .«
»Vielen Dank, nein. Ich habe schon dafür gespart.«
»Hoffentlich ist es ein Junge, Mercedes.«
»Ich möchte gern ein Mädchen haben. Ein Mädchen bleibt länger bei der Mutter als ein Junge.«
»Auch richtig. Ich möchte jetzt fast glauben, für Sie wäre ein Mädchen besser. Bringen Sie morgen Ihre Stellvertreterin, und dann kann Ihr Urlaub beginnen. Nochmals, gratuliere, und ich hoffe, Sie kommen gut durch mit der Sache.«

Nach sechs Wochen, als sich Mercedes wieder zur Arbeit meldete, lachte der Direktor. »Nun, Mercedes – Junge oder Mädchen?«

»Ein Junge«, erwiderte Mercedes mit stolzer Kopfbewegung. »Ein Junge! Wog achteinhalb Pfund, als er ankam!« »Tüchtige Frau!« sagte Mr. Leager bewundernd. »Glücklich, nicht wahr? Brauchen Sie mir nicht zu sagen. Gut, Mercedes, dann kommen Sie morgen wieder zur Arbeit. Nebenbei gesagt: für die nächsten vier Wochen können Sie alle drei Stunden einmal für eine halbe Stunde nach Hause gehen.«
»Vielen Dank, Mr. Leager. Das kann ich einrichten, ich brauche nur den Bus zu nehmen.«

Sobald Mercedes ihren Wochenlohn empfing, war ihr erstes, Spielzeug zu kaufen, oder ein Paar Strümpfchen, oder kleine Schuhe und ähnliches. Tage vorher beriet sie mit ihren Arbeitskameradinnen, was ihr kleiner Junge wohl am besten brauchen könne. Und nachdem sie eingekauft hatte, erzählte sie eifrig, wie sich das Kind über die Sachen gefreut habe und wie hübsch er in diesem oder jenem neuen Kleidungsstück aussähe. Die ganze Woche hindurch sprach sie kaum von etwas anderem: wie schnell das Kind heranwachse, wie schmerzvoll es die ersten Zähnchen bekäme, wie gesund der Junge aussähe und bei welcher Gelegenheit er zum erstenmal gelacht habe.
Sie unterhielt sonst keine enge Freundschaft mit ihren Kameradinnen, und auch anderswo hatte sie keine näheren Bekannten. Esther, die ihr am Hochzeitstage beim Ankleiden geholfen hatte und die sie als einzige wirkliche Freundin betrachtete, war kurz nach dem mißlungenen Hochzeitstage nach Oklahoma City verzogen, um mit ihrer älteren Schwester ein kleines Frühstückslokal zu eröffnen.
Gelegentlich indessen, obschon sehr selten, kam es doch vor, daß eine ihrer Kolleginnen oder eine Nachbarin zu einem kleinen Schwatz zu ihr hineinschaute. Bei solchen Besuchen gab sie an, daß sich der Junge auf dem Spielplatz im nahen Park befände, wohin eine Nachbarin ihn mitgenommen habe, damit er in die Sonne käme; sie selbst, Mercedes, habe ja dafür keine Zeit. Oder

sie berichtete, daß der Junge zu Besuch bei einer Tante sei, die eine Farm habe, wo er nach Belieben umhertollen könne, wie es seiner Gesundheit zuträglich sei. Auf alle Fälle jedoch bemerkten die Besucherinnen das Spielzeug des Kindes, seine Anzüge, die zum Waschen bereitlagen, und andere, die im Schrank hingen. Sie bewunderten auch sein hübsches Bettchen, sein eigenes Tischchen und die kleinen Stühle. Unter dem Hotelpersonal herrschte nur eine Meinung: Es konnte auf der Erde keine Mutter geben, die ihr Kind mehr liebte als Mercedes.
Hin und wieder kam dann ein Tag, an welchem sie erregt und bekümmert bei der Arbeit erschien und den Geschäftsführer aufsuchte, um sich einen freien Tag zu erbitten oder früher nach Hause gehen wollte, weil ihr Kleiner Fieber habe oder erkältet oder sonst nicht wohl sei. Am folgenden oder nächstfolgenden Tag erschien sie wieder strahlend und frohgelaunt bei der Arbeit und erzählte, selbst den Hotelgästen, daß sie überglücklich sei, weil ihr Junge wieder gesund wäre.

Der Junge war nun, wie Mercedes vor kurzem erwähnt hatte, sechs Jahre alt und sollte zum nächsten Schulbeginn angemeldet werden.
»Alle Wetter noch mal, Meche, wie doch die Zeit vergeht!« sagte eine ihrer älteren Kolleginnen. »Man kann es kaum glauben. Und nun kommt dein Junge schon zur Schule! Du schickst ihn doch auf die Universität, wenn es soweit ist, nicht wahr?«
»Dumme Frage, Rosy. Klar schicke ich ihn hin. Was glaubst du wohl, wozu ich all diese Jahre hindurch hier schufte? Doch nur, damit ich dem Jungen eine wirklich erstklassige Bildung ermögliche. Ingenieur soll er werden oder so etwas, vielleicht auch einer, der große Häuser baut, vierzig Stockwerke hoch. Ich weiß nur nicht, ob ich das alles von meinem Lohn hier bestreiten kann, so sehr ich auch spare. Wenn ich nur wüßte, welche Art Geschäft ich aufmachen könnte, um sicher zu verdienen und meine Ersparnisse nicht zu verlieren.«

»Wie lange ist es jetzt her, daß dein Mann verunglückte?«
»Mehr als sechs Jahre. Du weißt ja, Rosy – er starb vor der Geburt des Jungen.«
»Natürlich weiß ich es, du hast uns das ja oft genug erzählt. Er krachte mit seinem Auto – oder war es das seines Herrn? – gegen einen Lastwagen, der einen Radbruch hatte. So war es doch wohl?«
»So war es«, bestätigte Mercedes mit einem tief heraufgeholten Seufzer. »Nur, bitte, erinnere mich nicht daran, ich bin noch immer nicht darüber hinweg.«
Unerwartet erkrankte Mercedes. Lungenentzündung, erschwert durch Tuberkulose im vorgeschrittenen Stadium – das war es, was der Arzt sagte.
Sie kam ins Hospital. Die Ärzte gaben sie am zweiten Tag schon auf, denn ihr Zustand verschlechterte sich so sehr, daß die Mediziner die Stunde ihre Verscheidens bestimmen zu können vermeinten.
Sie verfiel in Fieberphantasien. Von Stunde zu Stunde nahm ihre Unruhe zu. Dann begann sie, unaufhörlich nach ihrem kleinen Rudolf zu schreien.
Die Kameradinnen, die nach ihr schauten, sooft es ihre Zeit erlaubte, versuchten vergeblich, sie zu beruhigen. Die Mädchen hatten ihr ein Einzelkrankenzimmer verschafft, um ihr die letzten Stunden zu erleichtern.
Da ihr Rufen und Schreien nach dem Kinde immer unerträglicher wurde und die Mädchen ihr nach bestem Können zu helfen gewillt waren, machten sich zwei von ihnen auf, den Jungen zu suchen und zu ihr zu bringen, damit sie friedlich sterben könne. Indessen konnten sie das Kind nicht finden, und da sie der Arbeit nicht so lange fernbleiben durften, baten sie die St.-Anne-Schwestern um Hilfe und Beistand.

Zwei dieser Schwestern erschienen im Krankenhaus. Der Arzt, welcher sie in das Sterbezimmer führte, sagte zu ihnen: »Sie hat

nur noch etwa drei Stunden zu leben, mit weiteren Injektionen vielleicht sogar sechs. Ich überlasse die arme Frau Ihrer Obhut; denn meine Aufgabe ist hier zu Ende. Bitte tun Sie alles, ihr die letzten Stunden zu erleichtern. Das beste, sie fänden ihren kleinen Jungen und könnten ihn herbringen. Sie schreit sich die Lungen wund nach ihm. Erkennen wird sie ihn nicht, das ist sicher – aber wenn sie nur seine Händchen halten kann, wird sie einen leichten und raschen Tod haben. Sie kann nicht sterben, bevor sie ihren Jungen bei sich weiß.«
Die guten Schwestern eilten zu Mercedes' Behausung.
»Ja, Schwester, ich bin die Hausbesitzerin . . . Nein, sie schuldet mir keinen Cent, alles bezahlt, sogar zwei Monate im voraus, wie sie es immer tat . . . Kind? Was für ein Kind? . . . Ihr Junge? . . .Was, sie hat einen Jungen? . . . Ach, richtig, sie hat einen Jungen – er müßte jetzt etwa im Schulalter sein . . . Das können Sie hier sehen, die ganze Wohnung ist voll von den Sachen des Jungen . . . Nein, Schwester, das tut mir sehr leid; wo der Junge jetzt ist, kann ich Ihnen wirklich nicht sagen. Hier im Hause ist er nicht, das weiß ich bestimmt. Vielleicht bei Nachbarn oder Verwandten . . . Good-bye!«
Die Schwestern erkundigten sich in der Nachbarschaft, aber der Junge war nirgends zu finden. Alle wußten, daß Mercedes einen Jungen hatte, von welchem sie immerzu sprach – wo er sich jedoch aufhielt, vermochte niemand zu sagen.
Als die Schwestern ins Krankenhaus zurückkehrten, schrie Mercedes herzzerbrechender denn je nach ihrem Kinde.
Der Stationsarzt sagte: »Wenn sie doch nur sterben könnte, die bedauernswerte Frau! Sie möchte so gern sterben, aber sie kann es nicht, ohne den Jungen bei sich zu fühlen, sie verbrennt innerlich in der entsetzlichsten Weise. Ich flehe Sie an, Schwestern, helfen Sie ihr! Bringen Sie meinetwegen einen anderen Jungen gleichen Alters; sie erkennt ihn doch nicht. Aber sie wird ihn in ihren Armen fühlen, und dann wird sie einschlafen als eine glückliche Mutter . . .«

Die Schwestern entsannen sich einer Familie ihres Bezirkes, die einen Jungen hatte, wie er hier gesucht wurde.
In Windeseile war die Familie aufgesucht, und die Mutter, nachdem man ihr rasch die Not der sterbenden Frau erzählt hatte, erlaubte, den Jungen mitzunehmen. Schnell wurde der Kleine in seinen besten Anzug gesteckt, und in wenigen Minuten stand er vor der Tür des Zimmers, darin Mercedes ihren letzten Kampf zu bestehen hatte.
Rasch und weit rissen die Schwestern die Tür auf, schoben den Knaben in das Zimmer und auf das Bett zu – und riefen laut und eindringlich: »Hier ist Ihr kleiner Junge, teure Mercedes. Jetzt ist er bei Ihnen. Wollen Sie nicht mit ihm sprechen?«
»Ist er endlich doch noch gekommen, mein kleiner Junge, mein geliebtes Kind? Komm her, kleiner Rudolf, komm ganz nah zu deiner Mutti. Sie wartet auf dich, so lange Zeit hat sie auf dich gewartet, so unendlich lange Zeit . . .« Der Knabe aber begann zu weinen und wollte wohl eben sagen: »Du bist nicht meine Mutti« – als ihm die Schwestern den Mund zuhielten und ihm zuflüsterten, er möchte furchtlos zum Bett treten, es würde ihm nichts geschehen. »Sie ist eine arme Mutti, die ihr Kindchen verloren hat, und sie weiß es nicht, weil sie so krank ist«, beschwichtigten sie ihn.
Trotz seiner wenigen Jahre verstand der Knabe sofort. Entschlossen trat er heran, ergriff die Hand der Frau und sagte: »Mutti, liebe Mutti, da bin ich. Ich bin hier an deinem Bett. Nicht weinen, Mutti. Ich habe draußen gespielt, aber jetzt bin ich bei dir.«
»Danke dir, mein Kindchen; endlich bist du doch gekommen. Siehst du, mein Junge, so lange habe ich auf dich gewartet – und jetzt bist du endlich bei mir. Es ist spät. Alles ist so dunkel. Sicher werden sie bald Licht machen. Weine nicht, mein Kindchen! Mutti ist morgen schon wieder gesund. Geh und trink deine Milch. Sie steht auf deinem Tischchen, du weißt ja, und ein Brötchen liegt dabei. Iß und trink nicht so hastig, sonst verschluckst du dich wieder. Ich bin nur heute so müde von der vielen Arbeit im Hotel und will jetzt schlafen. Wenn du morgen früh aufwachst, bin

ich an deinem Bettchen und sag' dir guten Morgen, wie ich es immer tue. Bald ist auch Weihnachten. Ich bin so müde, so schrecklich müde. Komm, halt nur noch ein bißchen meine Hand; ein kleines bißchen, bis ich eingeschlafen bin.«
Diese lange Rede, die stückweise, halb unverständlich und mit langen Unterbrechungen aus ihrem Munde kam, hatte die letzten Kräfte der Kranken verzehrt. Ihre Hand in der des kleinen Jungen, seufzte Mercedes auf, öffnete noch einmal weit die Augen, als sähe sie etwas Wunderbares in weiter Ferne, neigte ihren Kopf dem Jungen zu, lächelte matt und verschied.

Die Schwestern begannen nunmehr, ernsthaft nach dem Jungen zu suchen. Irgendwo mußte er zu finden sein, und seine Verwandten mußten benachrichtigt werden, um sich seiner anzunehmen. Abermals besuchten die Schwestern die kleine Wohnung von Mercedes. Dort war alles reinlich und freundlich. Nichts von dem, was ein kleiner Junge braucht, fehlte. Sie fanden das Hochzeitsbild seiner Eltern. Aber ein Bild des Kindes fanden sie nicht, so sehr sie auch danach suchten.
Schließlich wurde die Sache der Polizei übergeben, der Abteilung ›Vermißte Personen‹. Der Junge mußte gefunden werden. Jedoch keine Spur von ihm wurde entdeckt.
Da kam der Beamte, der den Fall bearbeitete, auf eine eigentümliche Idee. Er wandte sich an den behandelnden Arzt des Krankenhauses.
Am Nachmittag wurde der Beamte vom Krankenhaus angerufen.
»Inspektor Kinner«, meldete er sich. »Jawohl, ich war heute morgen bei Ihnen . . .«
»Nun, Herr Inspektor, die Frau hat niemals ein Kind gehabt, ist niemals mit einem Manne zusammen gewesen. Nein, Inspektor, kein Zweifel. Es steht einwandfrei fest.«

Der Silberdollar

Shirps kam an einem Wochentage zu ganz ungewöhnlicher Stunde heim und fand seine geliebte und angebetete Frau in einer Situation, wie sie nicht gerade besonders angenehm empfunden wird von einem Mann, der volles Vertrauen in seine Frau gesetzt hat und stets glaubte, daß so etwas niemals ihm angetan werden könnte, sondern ausschließlich und immer nur anderen Ehemännern. Während einiger Sekunden stand er da wie gelähmt, aber schnell kam er zu sich, wurde tief rot im Gesicht, und ohne seine Augen von den beiden auch nur für einen Augenblick abzulenken, tastete er mit seiner rechten Hand nach einem ihm nahe stehenden Möbel, griff in die oberste Schublade und brachte einen Revolver hervor.

»Oh, bitte, bitte, mein Herr, nicht schießen«, sagte der ertappte Besucher, sein Gesicht so schneeweiß wie das Bettlaken, das er rasch um seinen Körper geworfen hatte. »Bitte, bitte, nicht schießen. Ich will ja alles tun, was Sie anordnen. Ich verspreche Ihnen das feierlich.«

Das geliebte und angebetete Weibchen, ebenso bleich wie ihr Beteiligter in dem süßen Spiel, stierte auf ihren Mann, ohne augenscheinlich irgendwelche Furcht vor dem drohenden Revolver zu offenbaren.

Der Ehemann blieb bei der Tür stehen, sie mit seinem ganzen Körper bedeckend, und hielt den Revolver auf das Bett gerichtet. »Sie da, Mann, ganz gleich wie Sie heißen mögen, ziehen Sie sich rasch an, und du, Belda, bleibst, wo du bist.«

Das geliebte Weibchen verkroch sich so tief wie möglich in den Bettlaken. Nur ihre Augen, die allen ihren schönen Glanz verloren hatten, blinzelten aus einer schmalen Falte heraus, alle Bewegungen ihres Mannes verfolgend.

Der Besucher hatte sich gut und schlecht angekleidet, und für die

Dauer einer kurzen Sekunde wunderte sich der Ehemann, wie schnell sich doch ein Mensch anziehen kann, wenn er dazu gezwungen wird. Er blickte nun auf den Ehemann, zog die Schultern ungewiß hoch und ließ sie wieder fallen, als ob er zu fragen gedachte, was er jetzt tun solle.

»Wieviel Geld haben Sie bei sich?« fragte der Ehemann kurz und trocken.

»Sagten Sie Geld?«

»Richtig, das ist es, was ich gesagt habe – Geld. Wieviel haben Sie bei sich?«

Als er den alltäglichen menschlichen Ausdruck ›Geld‹ hörte, fühlte sich der Mann sofort erleichtert und sagte im Geschäftston: »Ich habe so etwa vierhundert Dollars bei mir.«

»Haben Sie in diesem Gelde wohl etwas Silber, ich meine wenigstens einen Dollar in Silber?«

»Ich glaube ich habe drei, vielleicht gar vier.«

»Einer genügt völlig«, sagte darauf der Ehemann kalt. »Nehmen Sie diesen Silberdollar und geben Sie ihn meiner Frau. Meine Frau tut es nicht, ohne dafür bezahlt zu werden.«

Mit einem Satz richtete sich die Frau hoch. Auf ihren Fersen im Bett sitzend und den Ausdruck entsetzlichen Schreckens auf ihrem Gesicht, bat sie: »Nicht das, mein lieber Ehemann, bitte, bitte, nicht das. Erschieß mich, wenn Du willst, aber nicht das. Es ist nicht so, wie du vielleicht denkst. Es war nur gerade ein dummer Irrtum von mir. Ja, das ist es, ein ganz dummer Irrtum. War das erste Mal, seit ich dich kenne. Ich schwöre, es war das erste Mal. Bitte, bitte, geliebter Ehemann, beschäme mich nicht so tief, so fürchterlich tief. Ich verspreche dir beim Leben unserer Kinder, es soll nie, nie, niemals wieder geschehen.«

Ungerührt, als habe er nicht ein Wort gehört, was seine Frau gesagt hatte, befahl er ihr: »Du schweigst.«

Er wendete sich zu dem Mann: »Geben Sie ihr den Silberdollar. Sie hat ihn hart und ehrlich verdient. Das können Sie gewiß nicht ableugnen.«

Der Mann setzte eine ungewisse Grimasse auf, wendete sich halb herum zu der Frau und reichte ihr den Dollar. Als sie sich weigerte, die Münze anzutasten, sagte der Ehemann: »Werfen Sie ihr den Dollar auf das Kissen, wie es üblich ist. Gut so.«
Der Mann, nachdem er den Dollar auf das Bett geworfen hatte, sah auf den Ehemann, dessen fernere Anordnungen erwartend.
»Nun können Sie gehen. Ich glaube, es ist nicht nötig, Ihnen zu sagen, daß, sollte ich noch einmal von einem ähnlichen Vorfall hören, ich Sie versichern kann, daß Sie das nächste Mal nicht auf Ihren eigenen Beinen abmarschieren. Raus aus meinem Hause!«
Der Mann, sein Hemd und seine Hosenträger hinten heraushängend, wurmte sich durch die schmale Öffnung in der Tür, die der Körper des Ehemanns für ihn offenhielt, und ohne auch nur einen Blick auf die Frau zurückzuwerfen, stürmte er hinaus.
Nun ging der Ehemann dicht an das Bett, nahm den Dollar in die Hand, sah ihn an, als ob er solche Münze zum ersten Male in seinem Leben sähe, wiegte ihn in seiner offenen Hand hin und her, biß auf ihn, ließ ihn auf den Boden fallen, um seinen klingenden Ton zu hören, nahm ihn wieder auf vom Fußboden und sagte: »Es ist gutes Geld. Silber ist rein und echt. Wird niemals rostig. Niemals betrügt es den Menschen, der sein Vertrauen in gutes Silber setzt. Es ist rein, und für immer und für ewig bleibt es rein.«
Er schob den Dollar in seine linke Westtasche und sagte seiner Frau, sie möge sich ankleiden und das Dinner, das Vorabendessen, zubereiten wie gewöhnlich, da die Kinder in weniger als einer Stunde heimkommen würden.
Nun legte er den Revolver in die Schublade zurück, aus der er ihn vor wenigen Minuten genommen hatte. Seine Frau wußte, daß er niemals geladen war. Aber es konnte ja möglich sein, daß er ihn vielleicht gelegentlich wieder geladen hatte, dachte sie, man kann es nie mit Sicherheit wissen.
Kein anderes Wort sagte er zu ihr. Er klagte sie nicht an, beschimpfte sie nicht und stellte ihr keine einzige Frage.

Das Dinner zwischen sechs und sieben am Spätnachmittag war das einzige Mahl am Tage, das die ganze Familie, Mann, Frau und deren vier Kinder, beisammen sah. Wenn das Mahl vorüber war, blieben alle Teilnehmer sitzen, bis der Vater sagte: »Wir danken Gott für das, was er uns heute gegeben hat. Amen.«

Es war am folgenden Tage, als das Mahl zu Ende war und der Ehemann wie gewöhnlich gesagt hatte: »Wir danken Gott für das, was er uns heute gegeben hat«, stand er nicht auf, wie es seine tägliche Gewohnheit war. Die Kinder blickten ihn erstaunt und erwartend an, denn sie waren stets auf dem Sprunge, vom Tische wegzusausen, sobald der Vater das kurze Gebet gesprochen hatte und durch sein sofort darauf folgendes Aufstehen das Signal gegeben hatte, daß ein jeder nun frei sei, gleichfalls aufzustehen und den Tisch zu verlassen.

Diesmal jedoch blieb er sitzen, zog eine Serviette hinweg, wo sie bis zu diesem Augenblick unbeachtet gelegen hatte, dicht bei seinem linken Arm, und zum Vorschein kam ein kleines Rähmchen aus Metall, festgenagelt auf den Tisch, und das Rähmchen hielt eine dünne Glasscheibe gegen die Tischplatte gepreßt, und unter der Glasscheibe befand sich ein Silberdollar.

Auf diesen Dollar mit seinem Finger hinweisend, wiederholte der Ehemann: »Ja, wir danken Gott für das, was er uns heute gegeben hat; wir haben unsern Hunger gesättigt, und da ich immer noch gut im Stande bin, für diese Familie ausreichend zu sorgen, ist es nicht nötig gewesen bis heute, diesen Dollar, ehrlich verdient von eurer geliebten Mutter, anzutasten. Amen.«

Die Frau wurde tief rot im Gesicht, schlug ihre Augen nieder, sprang auf ihre Füße und rannte wild aus dem Raum.

Von diesem Tage an, sobald das Mahl vorüber war, sagte der Ehemann den gleichen Spruch: »Wir danken Gott und haben es bis heute nicht nötig gehabt, diesen Dollar, ehrlich verdient von eurer geliebten Mutter, anzutasten, weil ich immer noch gut im Stande bin, für diese Familie ausreichend zu sorgen.«

In dieser Weise ging es zwei volle Monate hin.

Und während dieser zwei Monate fühlte sich der Ehemann überzeugt, daß seine Frau keinen anderen Irrtum begangen habe.
So entschied er nun bei sich selbst, sein peinliches Dankgebet für eine weitere volle Woche noch herzusagen, und am Sonntag darauf würde er zum ersten Mal, seit er dieses nicht gerade sehr empfehlenswerte Spielchen begonnen hatte, die Danksagung in dieser Form nicht mehr sprechen. Mehr noch, in Gegenwart von Frau und Kindern würde er mit feierlicher Geste das kleine Metallrähmchen zerbrechen, den Silberdollar herausnehmen und mit gleicher feierlicher Geste in den Heizungsofen im Keller werfen und ihn auf diese Art dem Verkehr in einer von Sünden und Schande verderbten Welt zu entziehen.

Es war nun Sonnabend vor dem ereignisschweren Sonntag, für dessen Hauptmahlzeit er einen besonders ausgewählten Truthahn gekauft hatte und eine Flasche sehr guten Weines, als seine Frau sich an den Tisch setzte mit einem schönen, teuren, neuen Kleide an.
Es sei hier berichtet, daß er während der letzten zwei Monate zu seiner Frau gesprochen und sie behandelt hatte, als ob sich nichts Ungewöhnliches in ihrem Eheleben zugetragen hätte. Sein einziger Hinweis auf das, was sich ereignet hatte, war sein tägliches Danksagungsgebet, ein Gebet, das sich in die Seele seiner Frau bohrte, als wäre jedes einzelne Wort ein langer, tiefen Schmerz erzeugender Dorn.
Aber obgleich er sie vor den Augen ihrer Kinder und der Nachbarn in üblicher Weise behandelte, hatte er, wenn sie allein waren, ihr kein gutes oder vertrauliches Wort gegönnt. Doch nun, nachdem er beschlossen hatte, daß von morgen an alles vergeben und für immer vergessen sein sollte, blickte er mit Bewunderung auf seine Frau. Ein leichtes, sogar etwas stolzes Lächeln spielte auf seinen Lippen, als er in freundlicher Weise bemerkte: »Es ist ein wirklich schönes Kleid, das du heute trägst, Belda.«
»Ist es wirklich so schön, wie du sagst?«

Sie hatte ebenfalls ein Lächeln auf ihrem Munde, als sie das fragte. Er, dieses Lächeln beobachtend, fühlte, daß es irgendwie und in irgendeiner versteckten Weise einen Stachel in sich hatte. Auf jeden Fall, er konnte sich nicht erinnern, jemals vorher seine Frau in dieser rätselhaften Form lächeln gesehen zu haben.
Das Essen war beendet, und er, wie es seit Wochen seine Gewohnheit geworden war, sagte: »Wir danken dir, guter Gott, wir haben unseren Hunger gestillt, und dennoch haben wir bis jetzt nicht diesen Dollar berührt, der ehrlich von eurer geliebten Mutter verdient . . .«
Er hatte sein Gebet nicht völlig beendet, als seine Frau mit ihrer geballten Faust auf den Tisch hieb und explodierte: »Nein, meine lieben Kinder, wir haben bis heute nicht diesen Silberdollar berührt, und wir werden es nicht nötig haben, ihn je zu berühren. Denn seht hier, meine lieben Kinder, ich ebenfalls kann für diese Familie sorgen. Ich habe heute sechs Dollar verdient, außerdem den Preis für dieses schöne, neue Kleid, das eurem Vater so gut gefällt. Und ich habe das alles verdient in der gleichen Weise, wie ich den Silberdollar verdiente, der dort an der Seite eures Vaters eingerahmt ist, und genau so ehrlich, das kann ich euch schwören.«
Mit einem festen Ruck zog sie eine Serviette fort, die bis zu diesem Augenblick unauffällig nahe ihres linken Arms gelegen hatte, und zum Vorschein kam ein Metallrähmchen, am Tisch befestigt und ähnlich dem an der Seite ihres Mannes, nur etwas größer, und unter der Glasscheibe glänzten sechs schön polierte Silberdollars. Auf diese glänzenden sechs Dollars nun hinweisend, sagte sie: »Euer lieber Vater zwang mich, dieses Geld hier zu verdienen in der gleichen Weise, wie er behauptete, ich habe den Dollar an seiner Seite da verdient, denn er lebte täglich in der entsetzlichen Furcht, daß er an einem dieser schönen Tage vielleicht nicht mehr fähig sein könnte, für diese Familie zu sorgen. Amen.«

Als, acht Stunden später, der Ehemann abgeschnitten wurde, war sein Körper noch warm. In größter Eile wurde er zum Hospital gefahren, wo ihm sofort Sauerstoff eingepumpt wurde. Es war zu spät. Er wurde auf Eis gelegt, um abzukühlen und dort zu warten, bis jemand käme, den Leichnam zu fordern, denn irgendwelche Papiere, durch die seine Person identifiziert werden könnte, wurden bei ihm nicht gefunden.

Der Silberdollar wurde nicht in den Heizungsofen im Keller geworfen. Natürlich nicht. Er befand sich wieder im Umlauf in dieser von Sünden und Schande verderbten Welt gleich am nächsten Tage.

B. Traven
im Diogenes Verlag

Werkausgabe in Einzelbänden
Einzig berechtigte deutsche Ausgabe, vollständig neu herausgegeben von Edgar Päßler in Zusammenarbeit mit der Büchergilde Gutenberg, Frankfurt am Main

Das Totenschiff
Roman. detebe 21098

Die Baumwollpflücker
Roman. detebe 21099

Die Brücke im Dschungel
Roman. detebe 21100

Der Schatz der Sierra Madre
Roman. detebe 21101

Die Weiße Rose
Roman. detebe 21102

Aslan Norval
Roman. detebe 21103

Regierung
Roman. detebe 21104

Die Carreta
Roman. detebe 21105

Der Marsch ins Reich der Caoba
Roman. detebe 21106

Trozas
Roman. detebe 21107

Die Rebellion der Gehenkten
Roman. detebe 21108

Ein General kommt aus dem Dschungel
Roman. detebe 21109

Die Geschichte vom unbegrabenen Leichnam
Erzählungen. detebe 21110

Ungeladene Gäste
Erzählungen. detebe 21111

Der Banditendoktor
Erzählungen. detebe 21112

Land des Frühlings
Reisebericht. Mit zahlreichen Fotos des Autors. detebe 21230

R. L. Stevenson

Werke in 12 Bänden

nach der Edition und Übersetzung
von Curt und Marguerite Thesing

Die Schatzinsel
Roman. detebe 20701

Der Junker von Ballantrae
Roman. detebe 20703

Die Entführung
Roman. detebe 20704

Catriona
Roman. detebe 20705

Die Herren von Hermiston
Roman (Fragment). detebe 20702

Der Pavillon auf den Dünen
Der seltsame Fall von Dr. Jekyll und Mr. Hyde
Zwei Geschichten. detebe 20706

Der Selbstmörderklub
Der Diamant des Rajahs
Zwei Geschichtensammlungen
detebe 20707

Die tollen Männer
und andere Geschichten. detebe 20708

Der Flaschenteufel
und andere Geschichten. detebe 20709

Der Leichenräuber
und andere Geschichten. detebe 20710

Der gefährliche Archipel
In der Südsee I. Roman. detebe 21449

Der Palast der vielen Frauen
In der Südsee II. Roman. detebe 21450

Deutsche Klassiker im Diogenes Verlag

● Angelus Silesius
Der cherubinische Wandersmann
Auswahl und Einleitung von Erich Brock
detebe 20644

● Ulrich Bräker
Gesammelte Werke in 2 Bänden
Herausgegeben von Samuel Voellmy und Heinz Weder. Vorwort von Hans Mayer.
detebe 20581–20582

● Georg Büchner
Werke und Briefe
Herausgegeben und mit einem Vorwort von Franz Josef Görtz. Mit einem Nachwort von Friedrich Dürrenmatt. detebe 21656

● Wilhelm Busch
Schöne Studienausgabe in 7 Bänden
Herausgegeben von Friedrich Bohne
detebe 20107–20113

Das Wilhelm Busch Bilder- und Lesebuch
Ein Querschnitt durch das Werk. Herausgegeben von Gerd Haffmans. detebe 20391

● Meister Eckehart
Deutsche Predigten und Traktate
Herausgegeben von Josef Quint
detebe 20642

● Joseph von Eichendorff
Aus dem Leben eines Taugenichts
Novelle. Mit einem Nachwort von Thomas Mann. detebe 20516

Wem Gott will rechte Gunst erweisen
Die schönsten Gedichte. Ausgewählt von Franz Sutter. detebe 21607

Meistererzählungen
detebe 21608

● Erasmus von Rotterdam
Das Lob der Torheit
Mit einem Nachwort von Stefan Zweig
detebe 21495

● Theodor Fontane
Gedichte · Erinnerungen · Aufsätze
Nachwort von Kurt Tucholsky
detebe 21074

Schach von Wuthenow · L'Adultera · Stine
Drei Romane. Nachwort von Werner Weber
detebe 21075

Irrungen Wirrungen · Frau Jenny Treibel
Zwei Romane. Nachwort von Otto Brahm
detebe 21076

Effi Briest
Roman. Nachwort von Max Rychner
detebe 21077

Der Stechlin
Roman. Nachwort von Thomas Mann
detebe 21073

● Geh aus, mein Herz, und suche Freud
Frühlings-, Sommer-, Herbst- und Wintergedichte von Matthias Claudius bis Gottfried Keller. Mit Zeichnungen von Ludwig Richter. Herausgegeben von Anton Friedrich. Diogenes Evergreens

● Goethe
Liebesgedichte
Ausgewählt von Gerda Lheureux und Fritz Eicken. Mit Illustrationen
Diogenes Evergreens

Gedichte I
detebe 20437

Gedichte II
Gedankenlyrik / Westöstlicher Diwan
detebe 20438

Faust
Der Tragödie erster und zweiter Teil
detebe 20439

Die Leiden des jungen Werther
Roman. detebe 21366

● Jeremias Gotthelf
Ausgewählte Werke in 12 Bänden
Herausgegeben von Walter Muschg
detebe 20561–20572

Der Bauernspiegel
oder Lebensgeschichte des Jeremias Gotthelf. Von ihm selbst beschrieben. Mit einem Essay von Walter Muschg. detebe 21407

Als Ergänzungsband liegt vor:

Keller über Gotthelf
detebe 20573

● Brüder Grimm
Märchen der Brüder Grimm
Ausgewählt von Lore Segal und Maurice Sendak. Mit Zeichnungen von Maurice Sendak. detebe 21350

● Wilhelm Hauff
Lichtenstein
Romantische Sage aus der württembergischen Geschichte. Mit einem Nachwort von Friedrich Pfäfflin. detebe 21448

● Heinrich Heine
Gedichte
Ausgewählt, eingeleitet und kommentiert von Ludwig Marcuse. detebe 20383

● Immanuel Kant
Deines Lebens Sinn
Eine Auswahl aus dem Gesamtwerk. Herausgegeben und mit einem Vorwort von Wolfgang Kraus. detebe 21552

● Gottfried Keller
Zürcher Ausgabe
Gesammelte Werke in 8 Bänden. Herausgegeben von Gustav Steiner
detebe 20521–20528

Als Ergänzungsband liegt vor:

Über Gottfried Keller
Herausgegeben von Paul Rilla
detebe 20535

● Deutsche Liebesgedichte
von Walther von der Vogelweide bis Gottfried Keller. Auswahl von Christian Strich. Mit Zeichnungen von Ludwig Richter
Diogenes Evergreens. Auch als detebe 21497

● Conrad Ferdinand Meyer
Jürg Jenatsch / Der Heilige
Herausgegeben von Gustav Steiner
Mit einem Essay von Hans Mayer
detebe 20965

● Eduard Mörike
Mozart auf der Reise nach Prag
Eine Novelle. detebe 21611

● Christian Morgenstern
Alle Galgenlieder
Fotomechanischer Nachdruck der Erstausgabe 1932. detebe 20400

● Wilhelm Müller
Die Winterreise und
Die schöne Müllerin
Mit Illustrationen von Ludwig Richter
Diogenes Evergreens

● Johann Nepomuk Nestroy
Und 's ist alles nicht wahr
Ausgewählt und herausgegeben von Helmut Lohner. Mit einem Nachwort von Egon Friedell. detebe 21649

● Friedrich Nietzsche
Vom Nutzen und Nachteil der
Historie für das Leben
Herausgegeben und mit einem Nachwort von Michael Landmann. detebe 21196

Brevier
Ausgewählt, herausgegeben und mit einem Vorwort von Wolfgang Kraus. detebe 21550

● Arthur Schopenhauer
Zürcher Ausgabe
Volks- und Studienausgabe in 10 Bänden. Nach der historisch-kritischen Edition von Arthur Hübscher. Editorische Materialien von Angelika Hübscher.
detebe 20421–20430

Außerdem erschienen:

Aphorismen zur Lebensweisheit
Textidentisch mit Band 8 der ›Zürcher Ausgabe, Werke in zehn Bänden‹. Herausgegeben von Arthur Hübscher. Mit einem Nachwort von Egon Friedell. detebe 21555

Über Arthur Schopenhauer
Herausgegeben von Gerd Haffmans
detebe 20431

● **Adalbert Stifter**
Meistererzählungen
detebe 21609

● **Walther von der Vogelweide**
Liebsgetön
Minnelieder, frei übertragen von Karl Bernhard. Diogenes Evergreens

● **Das Diogenes Lesebuch klassischer deutscher Erzähler**
Band I
Geschichten von Wieland bis Kleist. Mit einem Nachwort von Arthur Schopenhauer
detebe 20727

Band II
Geschichten von Grimm bis Hauff
detebe 20728

Band III
Geschichten von Mörike bis Busch. Mit einem Nachwort von Fritz Mauthner
detebe 20669

● **Das Diogenes Lesebuch deutscher Balladen**
von Johann Gottfried Herder bis Erich Kästner. Herausgegeben von Christian Strich
detebe 20923

● **Das Neue Testament**
in 4 Sprachen: Lateinisch, Griechisch, Deutsch (Luther) und Englisch (King James Bible). detebe 20925